Gabriela Gwisdek
Nachts kommt die Angst

atb aufbau taschenbuch

Gabriela Gwisdek lebt als Autorin mit ihrem Ehemann, dem Schauspieler Michael Gwisdek, in der Schorfheide. Als Aufbau Taschenbuch erschien von ihr bisher der Psychothriller: »Die Fremde«.

In einem kleinen Dorf in der Uckermark hofft die Malerin Alexandra, wieder zur Ruhe zu kommen. Doch das Haus, das sie gemietet hat, gilt bei den Dorfbewohnern als Spukhaus. Alexandra meint, Schritte auf dem Dachboden zu hören – dann erfährt sie, dass ihre Vormieterin spurlos verschwunden ist und unlängst fünf Frauen in der Gegend getötet worden sind. Sie freundet sich mit Harris, dem Dorfpolizisten, an, der sie offensichtlich verfolgt. Ob er sich in sie verliebt hat oder sie einfach nur beschützen will, findet Alexandra nicht heraus. Als Theresia, die schöne Kellnerin aus der Dorfkneipe, tot aufgefunden wird, glaubt Alexandra, die Atmosphäre in ihrem Haus kaum noch ertragen zu können. Sie bekommt Warnungen, ihre Sachen zu packen. Will sie jemand in den Wahnsinn treiben? Aber warum?

Gabriela Gwisdek

Nachts kommt die Angst

Psychothriller

aufbau taschenbuch

FSC
www.fsc.org
MIX
Papier aus verantwortungsvollen Quellen
FSC® C083411

ISBN 978-3-7466-2919-3

Aufbau Taschenbuch ist eine Marke
der Aufbau Verlag GmbH & Co. KG

1. Auflage 2013

Umschlaggestaltung capa, Anke Fesel
unter Verwendung einer Illustration von Chris Keller/bobsairport
Satz LVD GmbH, Berlin
Druck und Binden CPI – Clausen & Bosse, Leck
Printed in Germany

www.aufbau-verlag.de

1.

Obgleich die ersten Septemberstürme schon ihre Vorboten geschickt hatten, war dieser Spätsommertag warm, und es wehte nur ein schwacher Wind. Alexandra hielt den Kopf weit aus dem Fenster des fahrenden Zuges und atmete tief den Duft von frischen Strohballen und Kuhdung ein. Stroh war das, woran sie sich am meisten aus ihrer Kindheit erinnerte. Harte Stoppeln, die sich schmerzhaft in ihre nackten Fußsohlen bohrten und schon nach kurzer Zeit blutige Knöchel hervorriefen. Das Ende des Sommers, jedes Jahr aufs Neue schmerzlich empfunden, bedeutete auch, dass die unbeschwerte Zeit der Ferien endgültig vorbei war. Sie hatte es gehasst, den geliebten Abenteuerspielplatz gegen die harte Schulbank einzutauschen, und war demonstrativ kurz nach ihrer Rückkehr in die Stadt erkrankt. Der Traum ihrer Kindheit, die ländliche Idylle irgendwann einmal nicht mehr verlassen zu müssen, würde nun endlich in Erfüllung gehen. Zudem hatte ihr Professor Lenning schon oft ans Herz gelegt, ihr städtisches Dasein gegen ein gesundes Landleben einzutauschen, nicht nur, weil es ihrer angeschlagenen Gesundheit zuträglich sein würde, sondern auch das künstlerische Schaffen positiv beeinflussen könnte. Einundsechzig Kilo waren aus ärztlicher Sicht einfach zu wenig für eine Größe von ein Meter achtundsiebzig. Alexandra war also nicht nur schlank, sondern fast hager. Sie vermied es allerdings, Ärzten gegenüber zu sagen, dass sie sich so, wie sie war, durchaus mochte. Der morgendliche Blick in den Spiegel ließ sie nicht, wie so manche Frau, verzweifeln, sondern gab den Männern mit ihren Komplimenten recht. Ihr Teint war nicht der üblich blasse, den viele Rothaarige beklagten, die grünen Augen schimmerten geheimnisvoll, und die Lippen waren nicht allzu schmal. Einzig ihre Nase mochte Alexandra nicht sonderlich. Der leichte Schwung nach oben ließ sie etwas vorwitzig erscheinen. Im Grunde ein Allerweltsgesicht, nicht übermäßig schön, dafür aber ausdrucksstark.

Der Reisezug hatte inzwischen sein Tempo gedrosselt und zuckelte nun gemächlich dem nächsten regionalen Bahnhof entgegen.

Wenn sie die Augen ein wenig zusammenkniff, verschwammen die Farben der Landschaft in einem Meer aus Gelb und Rot, und in ihrem Kopf entstand das Bild ihrer neuen Heimat. Sie würde nach ihrer Ankunft die letzten Sonnenstrahlen nutzen, um es zu Papier zu bringen, bevor die Erinnerung verblich. Fast zärtlich strich sie mit der Hand über den ledernen Beutel, der ihre besten Pinsel beherbergte und den sie fast ständig bei sich trug. Schon oft war sie danach gefragt worden, warum sie Pinsel dabeihatte, wo sie doch weder Papier noch Farben mit sich herumschleppte. Schulterzuckend musste sie immer eingestehen, dass sie es nicht wusste. Es war wie ein Zwang, sie konnte auf den ledernen Beutel einfach nicht verzichten. Sogar in der eigenen Wohnung trug sie ihn manchmal bei sich. Mit einem Ruck zog Alexandra das Fenster zu, ordnete, als sie den amüsierten Blick ihres Sitznachbarn sah, ihre zerzausten roten Haare und schlang sie zu einem Knoten im Nacken. Dann ließ sie sich auf den Sitz fallen, stopfte ihre Jacke zwischen Kopf und Fenster und schloss die Augen. Ihre Gedanken kehrten in die Vergangenheit zurück.

Fünf Jahre waren vergangen, seit Marcel sie das erste Mal gebeten hatte, seine Frau zu werden. Da kannten sie sich gerade mal ein halbes Jahr. Sie hatte nein gesagt.

Alexandra musste zugeben, dass der Mann, der vom ersten Tag an so unverhohlen sein Interesse an ihr gezeigt hatte, alles andere als langweilig war. Das nämlich war zum damaligen

Zeitpunkt nach ihrer Erfahrung die größte Schwachstelle der Männer. Marcel hingegen hatte es binnen kurzer Zeit geschafft, mit Charme, Humor und außergewöhnlichen Einfällen nicht nur ihre Gunst, sondern auch die ihrer besten Freundin Nina zu erobern. Und das sollte etwas heißen. Diese war mit knapp fünfzig und nach etlichen gescheiterten Beziehungen zu der festen Überzeugung gelangt, dass Männer einfach das Allerletzte seien. Alexandra hatte also ihrer Meinung nach wenig Aussichten, noch einen halbwegs passablen Mann abzubekommen. Missmutig hatte Alexandra der Freundin immer recht gegeben. Bis zu jenem Tag, als die Kette ihres Fahrrades, weit entfernt von jeglicher Zivilisation und etwaigen Reparaturläden, lautstark riss. Alexandra hatte ihr Fahrrad in den Straßengraben fallen lassen und war einfach daneben sitzen geblieben. Nach einer halben Stunde hielt ein Auto, und nur fünfzig Minuten darauf saß sie in einer gemütlichen kleinen Dorfkneipe und beobachtete durch das Fenster, wie Marcel ihr Fahrrad reparierte. Sieben Monate später hatte sie ihm das Angebot gemacht, bei ihr einzuziehen. Vier Jahre hatte diese Beziehung bestanden, glückliche Jahre, wie sie sich bekümmert eingestand, jetzt war alles vorbei. Vielleicht war es ein Fehler gewesen, Marcel das Gefühl zu geben, dass Eifersucht nicht zu ihren Charaktereigenschaften gehörte. Sie wollte einfach nicht, dass er sich unfrei fühlte, nur weil sie das Bett miteinander teilten. Lange Zeit, so schien es Alexandra, war es genau dieser Umstand gewesen, weshalb die Beziehung so unkompliziert und glücklich verlief, bis sie eines Nachts eines Besseren belehrt wurde. Sie hatte ihn in flagranti mit einer anderen ertappt, noch dazu in ihrem eigenen Bett. In der Erwartung, Marcel würde die Frau beschämt aus der Wohnung geleiten, hatte sie in der Küche auf ihn gewartet. Doch stattdessen betraten beide den Raum und setzten sich ihr gegenüber an den Tisch. Das darauffolgende Gespräch führte ihre Sicht auf Marcel ad absurdum. Bis dato glaubte sie sich mit ihm im Einvernehmen darüber, dass Treue eine elementare Voraussetzung für eine gute Beziehung wäre, nun erklärte er ihr das Gegenteil. Ein monogames Leben hätte er niemals in Betracht gezogen, dafür wäre seine Anwesenheit auf dieser Welt einfach zu kurz. Alexandra war geschockt. Nie war sie jemandem näher als Marcel gewesen, aber ganz offensichtlich kannte sie ihn gar nicht. Wie sonst war es zu erklären, dass sie ein so wichtiges Detail seiner Ansichten nicht wusste? Noch in derselben Nacht hatte Alexandra wutentbrannt seine Koffer gepackt und sie unten vor das Haus gestellt. Am nächsten Morgen hatte es ihr zwar leidgetan, aber die Koffer waren schon verschwunden.

Das Dröhnen eines Warnsignals ließ Alexandra erschreckt die Augen öffnen, gleichzeitig wurde sie mit enormer Kraft gegen die vordere Sitzreihe gedrückt. Kurz darauf kam der Zug zum Stehen. Einige Gepäckstücke rutschten aus den Ablagen und fielen donnernd zu Boden. Die darauf einsetzende Stille währte nur kurz, dann hörte man allgemeines Stimmengewirr und Kinderweinen. Eine junge Frau eilte, ein Taschentuch vor die blutende Nase ihres kleinen Mädchens haltend, mit bleichem Gesicht den Gang entlang. Alexandra zog das Fenster wieder nach unten und streckte den Kopf weit nach draußen. Da sie sich im ersten Waggon des Zuges befand, konnte sie zwar den weiteren Schienenlauf überschauen, aber es war nicht festzustellen, was den plötzlichen Stopp ausgelöst hatte. Sie wollte gerade das Fenster schließen, als ihr Blick an etwas in der Böschung hängenblieb. Alexandra spürte, wie sich die Härchen in ihrem Nacken zu sträuben begannen, obgleich sie nichts Genaues erkennen konnte.

»Ist jemand verletzt worden?«, hallte es laut durch den Waggon. Eine Frau mittleren Alters in Bahnuniform durchschritt, sich prüfend nach rechts und links umsehend, die Reihen. Der Großteil der Fahrgäste reagierte nicht, nur hin und wieder schüttelte jemand den Kopf. »Ist hier jemand verletzt worden?«, hörte Alexandra sie beim Betreten des zweiten Waggons wiederholen, dann richtete sie ihr Augenmerk wieder auf die Böschung. Was sie sah, ließ ihr den Atem stocken. Ein nackter, blutüberströmter Fuß ragte unter einem Busch hervor, der Rest des Körpers wurde von herabhängenden Ästen verdeckt. In diesem Moment durchdrang ein gellender Schrei das Abteil. Alexandra schnellte herum und sah gerade noch, wie eine ältere Frau in der gegenüberliegenden Sitzreihe ohnmächtig zusammenbrach. Ihr Mann schien keinerlei Notiz davon zu nehmen, sondern starrte mit weit aufgerissenen Augen aus dem Fenster. Dann sackte er in sich zusammen und setzte sich wortlos neben seine Frau. Sein Gesicht war aschfahl, und sein Blick blieb starr geradeaus gerichtet. Alexandra reagierte instinktiv. Mit zwei Schritten war sie bei der alten Dame, ohrfeigte sie leicht, in der Hoffnung, den Ohnmachtsanfall dadurch zu beenden, und brachte sie in eine aufrechte Position. Als auch das nichts bewirkte, öffnete sie ihr hastig den oberen Blusenknopf am viel zu engen Kragen. Ein leises Röcheln drang aus der Kehle, ihre Lider zitterten, aber die Augen blieben geschlossen. Alexandra bekam es mit der Angst zu tun.

»Gibt es hier einen Arzt? Hallo! Ich brauche einen Arzt!«, rief sie, immer lauter werdend. Innerhalb weniger Sekunden war sie von Neugierigen umringt, die auf ihren Hilferuf jedoch mit bedauerndem Kopfschütteln reagierten.

»Was mach' ich denn jetzt, verdammt«, flüsterte Alexandra, während sie die Hand der alten Frau tätschelte und deren Mann hilflose Blicke zuwarf.

»So lassen Sie mich doch durch, Himmel noch mal!«, polterte eine tiefe männliche Stimme vom Ende des Zugabteils.

Kurz darauf stand ein junger Mann in zerrissenen Jeans und ebenso verschlissenem Shirt neben ihr. Ohne weitere Worte zu verlieren, schob er den Ehemann auf den gegenüberliegenden Sitz, legte mit geübten Griffen die alte Dame auf die Bank und hob deren Beine nach oben.

»Hier, halten Sie mal«, sagte er knapp und deutete Alexandra an, die Beine der Frau möglichst hoch zu halten. Nach einem, für Alexandras Empfinden eindeutig zu derben Schlag auf die Wange der alten Frau öffnete diese die Augen.

»Na bitte. Alles gut, Frau …? Hören Sie mich?«

Die Frau nickte schwach und setzte sich, von Alexandra gestützt, wieder auf. Benommen sah sie zu ihrem Mann hinüber und schüttelte dabei unentwegt den Kopf. Alexandra musterte den jungen Mann, den sie auf Anfang zwanzig schätzte.

»Danke. Das mit dem Beinehochlegen ist mir nicht eingefallen.«

Der junge Mann griff, ohne zu fragen, nach der Wasserflasche eines Schaulustigen und drückte sie dem Ehemann der alten Dame in die Hand.

»Trinken Sie! Am besten alles, dann geht's wieder!«

Der Mann tat es fast mechanisch.

»Medizinstudent, oder?«, sagte Alexandra mehr anerkennend als fragend.

Der junge Mann sah sie belustigt an. »Nee, vom Bau.«

Er warf noch einen prüfenden Blick auf das Ehepaar, nickte Alexandra zu und verschwand dann wieder im hinteren Bereich des Abteils. Sie wollte gerade zu ihrem Platz zurückkehren, als sie durch einen unterdrückten Aufschrei an den Auslöser für den Zusammenbruch der alten Dame erinnert wurde. Darauf vorbereitet, etwas schier Entsetzliches zu sehen, wagte sie einen zaghaften Blick nach draußen. Noch bevor sie sich abwenden konnte, brannte sich das Bild in ihr Gedächtnis. Der abgetrennte Kopf einer jungen Frau mit weit aufgerissenem Mund und offenen Augen stand aufrecht im Schotterbett der Gleise. Ihr Antlitz, durch den Tod zur Fratze verzerrt, schien mit angsterfülltem Blick geradewegs hinauf zu den entsetzten Menschen zu starren.

Fast schlagartig wurde ihr klar, dass der Fuß und dieser

Kopf zu ein und derselben Person gehörten. Die Frau musste quer über dem Bahngleis gelegen haben. Alexandra unterdrückte den aufkommenden Brechreiz und taumelte zu ihrem Sitzplatz zurück. Inzwischen hatten die meisten Fahrgäste verstört ihre Plätze verlassen und sich auf die dem Frauenkopf abgewandte Seite des Zugabteils gesetzt. Mindestens eine halbe Stunde lang passierte nichts. Über Lautsprecher wurde den Fahrgästen mitgeteilt, dass ein unvorhergesehenes Ereignis die Fahrt für mindestens zwei Stunden unterbrechen würde. Man bitte um Verständnis, dass niemand den Zug verlassen dürfe.

Es begann bereits zu dämmern, als Sirenengeheul ertönte. Drei Polizeiwagen mit Blaulicht näherten sich, eine riesige Staubwolke hinter sich lassend, querfeldein dem Zug. Die aufgewirbelte Erde gab schließlich ein Dutzend Polizeibeamte frei, die sich fluchend den unwegsamen Abhang hinaufkämpften. Alexandra beobachtete, wie ein junger Beamter seitlich des Zuges auf die Knie ging und mit einer Taschenlampe unter den Waggon leuchtete, ein weiterer wandte sich jäh ab, rannte ein paar Schritte und übergab sich in die Böschung. Sie verdrängte die Bilder, die ihrer Phantasie entsprangen, und versuchte sich abzulenken.

Der Abschied von Nina, ihrer Galeristin und besten Freundin, lag nur fünf Stunden zurück, aber sie vermisste sie schon jetzt. Bei einem ausgedehnten Frühstück auf Getränkekisten, mit heißem Kaffee und Croissants, hatten sie so lange in Erinnerungen geschwelgt, bis Alexandra ihre Tränen nicht mehr zurückhalten konnte und ihr Vorhaben, aus Frankfurt am Main wegzuziehen, komplett in Frage stellte. Auch der Umstand, dass sie in einer gekündigten Wohnung saß und der Umzugswagen schon am Vortag in Richtung Brandenburg losgefahren war, konnte sie nicht davon abhalten, alles noch einmal gründlich in Zweifel zu ziehen. War es denn wirklich notwendig, die Stadt zu verlassen, nur weil Marcel eine Nacht mit einer anderen verbracht hatte?

Um sich dem Gefühl, einen Fehler begangen zu haben, nicht ganz hinzugeben, hatte sie an Ort und Stelle begonnen, eine Liste mit den negativen Eigenschaften von Marcel zu erstellen. Zu ihrem Erstaunen war sie nicht weit gekommen, aber das, was letztlich auf dem Zettel stand, hatte ausgereicht, sie davon zu überzeugen, das Richtige zu tun. Nun trennten Nina und sie nicht nur sechshundert Kilometer Autobahn, sondern auch ihr nicht vorhandener Führerschein und laut Aussage ihres neuen Vermieters ein Haus ohne Festnetzanschluss. Dennoch dachte sie, dass, wenn sie erst einmal da war, schon alles gut werden würde.

Wenn, ja, wenn …! Eine Enttäuschung mochte sie sich nicht ausmalen, schon gar keinen Rückzug. Nina hatte ihr zwar eindringlich von diesem Haus abgeraten, aber die Bilder im Internet und der niedrige Mietpreis hatten Alexandra überzeugt. Einhundert Quadratmeter Wohnfläche, dazu ein Hektar Land, ein Weiher mit altem Baumbestand und absolute Ruhe klangen wie das Paradies. Sie würde malen, malen und malen!

Alexandra spürte plötzlich, dass sie beobachtet wurde. Langsam tastete sich ihr Blick die Sitzreihen entlang, aber der überwiegende Teil der Reisenden war damit beschäftigt, dem jeweiligen Gegenüber die Geschehnisse am Gleisbett zu kommentieren, der Rest döste vor sich hin. Die Polizei hatte inzwischen rechts und links des Zuges Scheinwerfer aufgestellt, so dass die Umgebung in gleißendes Licht getaucht war. Eigentlich liebte sie die Mischung aus Kunstlicht und schwachem Tageslicht und die daraus entstehenden absonderlichen Schattenwürfe, dieses hier allerdings wirkte gespenstisch. Hinzu kam der nicht auszublendende Grund des Haltens.

Voller Unbehagen stand Alexandra auf und verließ das Abteil.

Vom grellen Licht geblendet, schirmte sie die Augen mit

der Hand ab und warf einen Blick aus dem Fenster der Zugtür. Sie stand jetzt unmittelbar über der Unglücksstelle.

Die Beamten hatten den Torso der Verunglückten unter dem Zug hervorgezogen und ihn mit einem weißen Tuch bedeckt. Seltsam klein zeichneten sich die Umrisse des Körpers unter dem Laken ab. Unmittelbar daneben lagen der Kopf und die Füße unter separaten Tüchern, was die Grausamkeit des Bildes enorm verstärkte.

Wie vorhersehbar, wie spürbar ist das nahende Ende? Verließe man, wenn man es erahnen könnte, an jenem Tag das Haus? Gibt es ein vorbestimmtes Schicksal, oder ist es nicht vielmehr eine zufällige Begegnung mit dem Tod? Alexandra schauderte bei dem Gedanken, dass diese Frau vielleicht am Morgen noch die Post ins Haus geholt, den Kindern das Frühstück bereitet und ihren Mann verabschiedet hatte. Danach war sie losgegangen, um ihrem Leben ein Ende zu setzen. Irgendetwas hielt Alexandra davon ab, sich abzuwenden und zurück in ihr Abteil zu gehen. Wie unter Zwang starrte sie nach draußen.

Dann sah sie ihn. Mitten in der Menge geschäftiger Polizeibeamter schien ein unsichtbarer Fokus plötzlich auf ihn gerichtet. Sie schätzte ihn auf Mitte dreißig, markant geschnittene Züge, dunkelblondes schulterlanges Haar, die Polizeimütze lässig nach hinten geschoben. Selbst aus der Entfernung meinte sie, stahlblaue Augen zu erkennen.

Er unterschied sich in nichts von den anderen, einzig seine Bewegungslosigkeit war es, die ihn in diesem Moment besonders machte. Er stand da und sah sie an. Sekunden vergingen, dann wandte er sich abrupt ab.

Als hätte sie ein Gespenst gesehen, schüttelte Alexandra den Kopf und ging langsam zu ihrem Platz zurück. Den Rest des Haltes verbrachte sie damit, mit teilnahmslosem Blick den Beamten beim Abtransport des Leichnams zuzuschauen. Den jungen Mann sah sie nicht mehr.

2.

Der Himmel musste sich entschlossen haben, den ausgebliebenen Regen der letzten Wochen genau in dem Moment auszuschütten, als Alexandra den Bahnsteig von Eberswalde betrat. So war sie bereits bis auf die Haut durchnässt, als sie, am letzten Waggon angekommen, lautstark gegen die Tür hämmerte. Zu ihrem Erstaunen wurde sie prompt geöffnet, und ein freundlicher Bahnbeamter kletterte umständlich mit Alexandras Fahrrad auf den Bahnsteig. Der Weg zurück gestaltete sich schwieriger als gedacht, denn viele der Fahrgäste schienen schon ungeduldig erwartet worden zu sein, so dass der schmale Bahnsteig restlos überfüllt war. Alexandra hatte Mühe, sich mit dem Fahrrad einen Weg durch die Menge zu bahnen.

Vor dem Bahnhof dagegen herrschte gähnende Leere. Eigentlich hatte sie vorgehabt, die letzten Kilometer mit dem Fahrrad zurückzulegen, aber da war sie noch davon ausgegangen, am späten Nachmittag anzukommen. Jetzt war es kurz nach acht, es regnete in Strömen, und in spätestens einer halben Stunde würde es stockdunkel sein. Die vierstündige Verspätung hatte ihr einen Strich durch die Rechnung gemacht. Verdrossen sah sie sich um. Die gewohnte Schlange unterschiedlich großer Taxis gab es nicht, einzig zwei normale Taxis standen in einiger Entfernung und warteten auf Gäste. Diese allerdings, so befürchtete Alexandra, würden sicher die Mitnahme eines Fahrrades verweigern. Sie wollte es trotzdem versuchen. Zielstrebig ging sie auf den ersten Wagen zu, blieb aber kurz davor wie vom Donner gerührt stehen. Irgendetwas fehlte! Ihr Gepäck! Sie musste es auf dem Bahnsteig vergessen haben, als sie ihr Fahrrad in Empfang genommen hatte. Leise fluchend machte sie kehrt. Sicher würde, wenn sie zurückkam, kein Taxi mehr da sein.

»Hinterwäldlerisches Kaff!«, murmelte sie verstimmt, während sie sich durch den Gegenstrom der letzten Fahrgäste schlängelte.

Nina, die überzeugte Großstädterin, hatte sie gewarnt. »Es ist das Ende der Welt! Felder, Wiesen und Seen, wohin man blickt, Arbeitslosigkeit, Osten! Eigentlich schon Polen!«, hatte sie, nach kurzer Überlegung, lakonisch hinzugefügt. Für die Freundin war es schier unvorstellbar, dass Alexandra genau das suchte. Abgeschiedenheit, Ruhe, den weiten Blick über das Land.

Der Bahnsteig war inzwischen verwaist. Alexandra konnte schon von weitem erkennen, dass ihr Koffer nicht an der erwarteten Stelle stand. Sie wollte sich gerade auf ihr Rad schwingen, um die knapp hundert Meter bis zum Ende des Zuges schnell zurückzulegen, als ihr jemand von hinten auf die Schulter tippte.

»Na da ham Se aber Glück, dass es mich gibt!«, hörte sie eine tiefe Stimme in ihrem Rücken. Überrascht drehte sie sich um und sah in das freundliche Gesicht eines alten Mannes. »Ich hab Sie beobachtet!«, fügte er hinzu, stockte aber, als er ihre erschrockenen Augen sah. »Ich wollt sagen, ich hab zufälligerweise gesehen, wie Sie Ihr Gepäck abstellten, um sich Ihr Fahrrad geben zu lassen.«

Er hielt ihr am ausgestreckten rechten Arm den schweren Koffer hin, während er mit der Linken in seiner Jackentasche kramte. Als er gefunden hatte, wonach er suchte, streckte er auch noch den linken Arm aus und offerierte stolz seine Visitenkarte. Alexandra wusste nicht, wonach sie zuerst greifen sollte, zögerte und musste plötzlich lachen. Das Bild, welches er abgab, war einfach zu komisch. Der Bann war gebrochen, nun lachte auch er.

»Entschuldigen Sie, Fräulein.« Er stellte den Koffer ab,

ergriff Alexandras Hand und schüttelte sie kraftvoll. »Fuhrunternehmen Beyer, Josef Beyer! Ganz zu Ihren Diensten!«

»Alexandra Fischer«, antwortete sie höflich und musterte ihn mit unverhohlener Bewunderung. Sie schätzte ihn auf knapp siebzig, er war klein, etwas untersetzt, und unter seinem Hut schauten kaum noch Haare hervor. Dafür waren seine Augen die eines Dreißigjährigen, wach, neugierig und aufgeschlossen. Die Kraft, mit der er am ausgestreckten Arm zwanzig Kilo zu halten vermochte, war ihm nicht anzusehen. Was hatte er gesagt? Fuhrunternehmer? Vielleicht sollte sie ... Noch bevor Alexandra den Gedanken zu Ende führen konnte, griff er wieder nach ihrem Koffer und machte auf dem Absatz kehrt.

»Wissen Se was, ich bring Sie!«, sagte er im Weggehen. »Die Taxis da draußen können Sie vergessen, die transportieren keine Fahrräder.«

Alexandra stand noch immer an der gleichen Stelle.

»Wohin?«, rief sie ihm nach.

»Na da, wo Se hinwollen!«, antwortete er, ohne sich nach ihr umzudrehen.

Während sie ihm nacheilte, versuchte sie sich diese Begegnung auf dem Frankfurter Bahnhof vorzustellen. Undenkbar, dass irgendein Mensch dort von ihr Notiz genommen, geschweige denn ungefragt seine Hilfe angeboten hätte. Nun gut, sie war auf dem Land, hier schien alles anders zu sein. Sie hatte ihn inzwischen eingeholt und versuchte mit ihm Schritt zu halten. Der alte Mann steuerte mit ungeheurem Tempo dem Ausgang entgegen und blieb erst wieder neben einem uralten Lieferwagen auf dem Parkplatz stehen. Mit Schwung hob er ihren Koffer auf die Ladefläche, schob ihr Fahrrad daneben, zog eine Plane darüber und grinste dann über das ganze Gesicht. »So, wo soll's hingehen?«

Alexandra zögerte. Ganz sicher ging er davon aus, sie drei Straßen weiter absetzen zu können. Dass es hingegen achtundzwanzig Kilometer sein würden, war ihr mehr als peinlich. »Nach Lunow«, sagte sie zaghaft.

Er schien kurz nachzudenken, nickte dann und schloss die Beifahrertür auf. »Bitte schön!«, sagte er freundlich und machte eine einladende Handbewegung.

»Das sind knapp dreißig Kilometer!«, fügte Alexandra hinzu. »Ich kann unmöglich von Ihnen verlangen, dass Sie mich …«

Weiter kam sie nicht, denn Herr Beyer schob sie kurzerhand auf den Beifahrersitz und knallte die Tür hinter ihr zu. Dann lief er kopfschüttelnd um die Kühlerhaube und öffnete die Fahrertür.

»Nu machen Se sich mal keine Sorgen, ob Se was verlangen können oder nicht. Natürlich können Se das von niemandem verlangen. Das tun Se doch auch nicht, ich überrede Sie dazu!« Er schwang sich auf den Sitz, als wäre er zwanzig, grinste noch einmal und startete den Wagen. »Also Lunow! In Ordnung. Halbe Stunde.«

»Na ja, das Haus steht nicht in Lunow, sondern irgendwo zwischen Oderberg-Neuendorf und einem Kieswerk.«

»Irgendwo ist eine sehr vage Beschreibung«, brummelte Herr Beyer. »Geht es vielleicht ein bisschen genauer?«

Gerade bog er in rasantem Tempo in die Hauptstraße ein. Alexandra bezweifelte plötzlich, dass es richtig gewesen war, in das Auto eines wildfremden alten Mannes mit Rennfahrerambitionen einzusteigen.

»Früher war es mal ein Bahnhof. Kann aber auch sein, dass ich da völlig falschliege«, murmelte sie und warf ihm einen unsicheren Blick zu.

»Hab davon gehört. Finden wir schon!«, antwortete er und grinste wieder.

Eine Weile herrschte Schweigen. Alexandra suchte das Innere der Fahrerkabine nach einem Hinweis auf eine Familie ab. Aber da war nichts, kein Foto von Kindern oder einer

Ehefrau. Der alte Mann schien ihr mit einem Mal nicht geheuer.

»Warum tun Sie das?«, wollte Alexandra das Gespräch wieder in Gang bringen, solange sie sich noch innerhalb der Stadtgrenzen befanden.

»Was?«

»Fremde Personen am Bahnhof einsammeln und von A nach B bringen.«

»Weil ich sonst nichts zu tun hab«, brummte er und bekam dabei einen merkwürdigen Ausdruck im Gesicht. »Aber nicht jeden. Nur solche wie Sie.«

Er schaute kurz zu ihr, verzog den Mund zu einem gequälten Lächeln und sah dann wieder geradeaus.

»Sie meinen … Frauen?«, fragte Alexandra und hoffte dabei inständig, seine Antwort wäre ein Nein.

Er nickte. »Ja, nur junge Frauen.«

Alexandra hatte genug gehört. »Können Sie bitte anhalten!«

Zu ihrem Erstaunen nickte er und fuhr an den Straßenrand. Ängstlich tastete sie die Tür nach einem Hebel ab, fand aber nichts, womit sie hätte öffnen können.

»Wie geht die auf, verdammt noch mal!«

»Von außen«, antwortete er ruhig.

Alexandra geriet immer mehr in Panik. »Dann öffnen Sie sie! Ich möchte aussteigen!«

Um ihn einzuschüchtern, hatte sie ihrer Stimme Nachdruck verliehen. Vollkommen unbeeindruckt schaltete er den Motor ab und drehte sich zu ihr.

»Hören Sie, ich weiß, was Sie denken … Aber so ist es nicht. Sie brauchen keine Angst zu haben. Nicht vor mir!«

»Warum sollte ich Ihnen das glauben?«

Er lächelte nachsichtig und beugte sich dann langsam zu ihr hinüber. Außer sich vor Schreck stieß sie ihn mit voller Wucht zurück, so dass er hart gegen das Lenkrad prallte. Der alte Mann verzog für einen Moment schmerzhaft das Gesicht, lehnte sich dann ruhig zurück und zeigte auf das Handschuhfach. »Öffnen Sie das Fach!«, sagte er leise. Alexandra blieb keine Wahl, sie kam eh nicht aus dem Wagen. Vorsichtig drückte sie den Knopf des Faches, das daraufhin mit einem lauten Klicken aufsprang. Ein Stapel Fotos fiel vor ihre Füße. Bevor sich der Mann erneut zu ihr hinüberbeugen konnte, griff sie nach unten und sammelte sie hastig ein. Auf den ersten Blick konnte sie erkennen, dass sich auf allen Fotos dieselbe Frau befand.

»Letzten Dienstag wäre Michaela fünfunddreißig geworden.« Er nahm ihr den Stapel aus der Hand, strich vorsichtig den Schmutz vom obersten Bild und ließ die Fotos in seinen Schoß sinken. »Ist jetzt sieben Wochen her. Die Polizei fand ihre Leiche in der Oder, auf polnischer Seite.« Augenblicklich brach er in heftiges Weinen aus. »Sie hatte kein … kein Gesicht mehr!«, schluchzte er und heftete seinen Blick starr auf die Bilder. Es vergingen einige Sekunden, in denen Alexandra nicht wagte, sich zu rühren. »Ihr Mörder läuft noch immer frei herrum«, fügte er leise hinzu. Mit einem Mal tat er ihr unendlich leid. Vorsichtig näherte sich ihre Hand der seinen, doch bevor sie ihn berühren konnte, setzte er sich kerzengerade auf und wischte sich heftig mit der Hand übers Gesicht.

»Deshalb fahr ich Sie! Verstehn Sie? Damit Ihnen nicht dasselbe passiert! Ich hab sonst nichts zu tun!«

Er hatte laut und energisch gesprochen, und als dulde er keinerlei Widerspruch, ließ er den Motor an und fuhr mit durchdrehenden Reifen los.

Sie sprachen erst wieder, als sich der Lastwagen den holprigen Weg zu ihrem Haus bahnte. Rund um sie herum war nichts als finsterer Wald. Die Felder hatten, kurz nachdem sie Lunow passiert hatten, aufgehört. Ebenso die Straße, die abrupt zu diesem unwegsamen Waldweg wurde.

»Das mit Ihrer Tochter tut mir leid und auch, dass ich dachte, Sie wären vielleicht …«

Er unterbrach sie mit einem Kopfschütteln und tätschelte dabei ihre Hand. »Ist gut, Mädchen. Ein andermal rettet dir dein Misstrauen vielleicht das Leben. So, da wären wir! Ach du meine Güte!«

Im Licht der Scheinwerfer zeichneten sich die Umrisse eines riesigen Stapels ab. Die Umzugsfirma hatte ihre Möbel und Kisten einfach vor dem Haus abgestellt. Zu Alexandras Erleichterung hatten die Männer, des drohenden Regens wegen, über alles eine Plane gezogen. Herr Beyer stellte den Motor ab und blieb, ebenso wie Alexandra, mit einem skeptischen Blick auf das Haus sitzen.

Das, was sie sahen, war alles andere als einladend. Schon von weitem konnte man erkennen, dass sich das Haus in keinem guten Zustand befand, vielmehr war es verwahrlost und heruntergekommen. Der Putz bröckelte von den Wänden, allerlei Schrott umlagerte den Eingang, das Gras stand mindestens einen Meter hoch und ließ den Weg zur Haustür nur erahnen. Eine zerplatzte Glühbirne baumelte an einer Leitung vor dem Eingang.

Alexandra hatte sich alles völlig anders vorgestellt. Es war dunkel, es regnete, und in wenigen Minuten würde sie hier ganz allein sein. Kein guter Start in ein neues Leben!

»Darf ich Sie anrufen, wenn ich Hilfe brauche?«, fragte sie leise, fast flehentlich.

»Ich bestehe darauf!«, antwortete Herr Beyer und schenkte ihr ein väterliches Lächeln. Er zog einen Regenschirm hinter seinem Sitz hervor, öffnete die Tür und kam dann um den Wagen herumgelaufen.

Mit aufgespanntem Schirm wartete er darauf, dass sie ausstieg, aber Alexandra rührte sich nicht. Am liebsten wäre sie im Auto sitzen geblieben und hätte gewartet, bis die Nacht vorbei war. Ihre Vorfreude auf das Haus war einem mulmigen Gefühl gewichen. Was, um alles in der Welt, hatte sie sich nur dabei gedacht!

»Morgen früh, wenn die Sonne scheint …«, hörte sie Herrn Beyer sagen.

»… sieht alles ganz anders aus! Ich weiß«, beendete sie seinen Satz und lächelte tapfer. Trotzdem würde sie jetzt viel dafür geben, mit ihm zurückzufahren und für die erste Nacht ein Hotelzimmer zu nehmen. Der Gedanke, das Haus allein zu betreten, ängstigte sie furchtbar. »Reiß dich zusammen«, ermahnte sie sich im Stillen und stieg aus dem Wagen.

»Haste eine Taschenlampe?«, fragte Herr Beyer, während er im Handschuhfach kramte. Ohne ihre Antwort abzuwarten, drückte er Alexandra eine große Stablampe in die Hand. »Behalt sie! Wer weiß, ob's da drin überhaupt Strom gibt!«

»Sie machen Witze!«, schoss es aus ihr heraus. Herr Beyer wiegte den Kopf. »Weiß man's? Schließlich scheint es schon sehr lange leer zu stehen!«

So liebenswürdig sie den alten Mann auch fand, in dieser Situation sagte er einfach das Falsche. Alexandras Selbstsicherheit rutschte ins Nichts ab. Voller Verzweiflung sah sie auf das dunkle Haus, knipste die Lampe an und leuchtete die Umgebung ab. Nichts hier lud auch nur im Entferntesten zum Bleiben ein. Trotzdem lief sie zügig auf den Stapel Umzugskisten zu, riss mit einem Ruck die Plane zur Seite, griff zielsicher in einen Karton und holte einen Baseballschläger heraus. Sie wiegte ihn kurz in den Händen und drehte sich dann mit einem gequälten Lächeln zu Herrn Beyer um. »Ich glaube, jetzt geht's mir besser!«

3.

Herrn Beyers Angebot, noch einen Moment zu bleiben, hatte Alexandra dankend abgelehnt. Bei allem Unbehagen, sie würde gleich die Schwelle in ein neues Leben überschreiten. Und das musste sie ganz allein tun. Dass es nur eine morsche Holzdiele unter einer noch maroderen Tür sein würde, spielte in diesem Augenblick keine Rolle. Es war ihr neues Zuhause, und sie beschloss schon jetzt, sich hier wohl zu fühlen.

Das brummende Geräusch des Lastwagens wurde schwächer und schwächer, bis das Rauschen der Baumwipfel es gänzlich übertönte. Alexandra stand noch immer an der gleichen Stelle, den Lichtstrahl der Taschenlampe auf die Eingangstür gerichtet, und lauschte angestrengt. Sie meinte, ein Geräusch aus dem Inneren des Hauses wahrgenommen zu haben, als der Lastwagen wendete. Es hatte sich wie das Zuschlagen einer Tür angehört. Nun, da der Motorenlärm verstummt war, wartete sie darauf, dass es sich wiederholte, aber nichts rührte sich. Im Haus herrschte Totenstille. Alexandra holte tief Luft und schritt mit kerzengeradem Rücken auf den Eingang zu. Sie hatte mit dem Vermieter vereinbart, dass der Schlüssel unter einem Blumentopf rechts der Tür hinterlegt sein sollte. Von Blumen war allerdings weit und breit nichts zu sehen. So leuchtete sie zentimeterweise das Gerümpel im Eingangsbereich ab, bis sie glaubte, einen Blumentopf zu erkennen. Es war eher das Fragment eines Topfes, angefüllt mit Sand oder Ähnlichem und voller ausgedrückter Zigarettenstummel. Vorsichtig hob sie den Topf ein wenig an und griff mit der Hand darunter. Tatsächlich, in der weichen Erde fühlte sie einen einzelnen Schlüssel.

»Heben Sie die Tür etwas hoch, wenn Sie aufschließen, sonst funktioniert das Schloss nicht«, erinnerte sie sich an die Worte des Besitzers. Sie tat, wie ihr geheißen wurde, und sperrte die quietschende Tür auf. Feuchte Kühle schlug ihr entgegen. Alexandra klemmte sich die Stablampe unter den Arm, nahm den Baseballschläger in die rechte Hand und tastete mit der linken die Wand nach einem Lichtschalter ab.

»Ich muss doch wahnsinnig sein!«, murmelte sie leise, während sie sich Schritt für Schritt in das Hausinnere bewegte. Endlich, sie hatte bereits eine erste Zimmertür erreicht, fand sie einen Schalter und betätigte ihn. Das Licht einer etwas absonderlichen Hängelampe erhellte den Flur. Bei genauerem Betrachten stellte sie fest, dass es kein außergewöhnliches Design, sondern eine bis zur Hälfte mit Motten gefüllte Glaskugel war.

Ja, sie war wahnsinnig! Alexandra hatte zwar ein altes Haus erwartet, aber dass die Einrichtung ebenso alt sein würde, damit hatte sie nicht gerechnet. Der schmale Flur war bis zur Decke angefüllt mit unzähligen alten Stühlen, kleinen und großen Schränken, Blumentöpfen mit verdorrtem Inhalt, hässlichen Stehlampen, Kisten und Kartons. Der schmale Gang in der Mitte ließ einer schlanken Person gerade noch genug Platz, um mit eng an den Körper angelegten Armen zu laufen. Auf allen Möbeln lagerten zudem noch undefinierbarer Kram und eine zentimeterdicke Schicht Staub. Zwei durchgebissene Hundeleinen baumelten an einem in die Wand eingelassenen eisernen Ring.

Augenscheinlich waren sämtliche Abbildungen vom Inneren des Hauses an einem anderen Ort gemacht worden, denn nur von außen entsprachen die Internetfotos der Realität. Alexandra spürte Wut in sich aufsteigen, aber für diese Misere konnte sie niemanden verantwortlich machen außer sich selbst. Dabei hätte sie noch vor kurzem jeden, der ohne Vorbesichtigung eine Wohnung mietete, für leichtsinnig, wenn nicht gar verrückt erklärt, nun war sie selbst ein Opfer der Gutgläubigkeit geworden.

»Mein Gott«, dachte sie zähneknirschend, »ich bin jetzt dreißig. Wann werde ich endlich kapieren, dass es auch Gauner auf dieser Welt gibt?«

Desillusioniert und verärgert, was den Umzug im Ganzen betraf, öffnete sie eine der Zimmertüren und knipste das Licht an. Schlagartig tat sie Abbitte beim Vermieter. Ein frisch gestrichener leerer Raum, auf dessen Fensterbrett eine vertrocknete rote Rose in einer zierlichen Vase stand. Daneben lag ein weißer Briefumschlag. Alexandra lehnte den Baseballschläger an die Wand und öffnete neugierig den Brief.

»Herzlich willkommen!«, stand in leicht krakeliger Schrift auf einem DIN-A4-Blatt, sonst nichts. Mit plötzlich aufkommender Euphorie rannte sie aus dem Zimmer und öffnete zwei weitere Türen des Untergeschosses. Auch diese beiden Räume waren leer und frisch renoviert. Erleichtert atmete sie auf. Zwar hatte der Vermieter die alten Möbel nur in den Flur gestellt und sich nicht die Mühe gemacht, den Kram zu entsorgen, aber das war selbst von einer einzelnen Person schnell zu bewerkstelligen. Gleich am nächsten Morgen würde sie damit beginnen. Jetzt aber war es dringend notwendig, die Luftmatratze aus den Untiefen ihrer Umzugskisten hervorzuholen, wenn sie nicht auf dem blanken Fußboden übernachten wollte. Sie legte die Stablampe auf einem ausrangierten Kühlschrank vor dem Haus ab und richtete sie so aus, dass der Strahl die Umgebung bis zum Kistenstapel erhellte. Gut, dass Nina darauf bestanden hatte, die Kartons zu beschriften. Alexandra brauchte nur kurze Zeit, bis der Karton mit der Aufschrift »Bettzeug und Matratze« gefunden war. Leise keuchend schleppte sie den vom Regen feuchten Karton zum Haus, doch kurz bevor sie die Eingangstür erreichte, schlug diese mit einem lauten Knall vor ihr zu. Für Sekunden stand sie wie gelähmt. Das Adrenalin durchströmte ihren Körper, unmittelbar danach begannen ihre Knie zu zittern. Es gab nur eine Erklärung: Irgendwo im Haus musste ein Fenster offen stehen. An etwas anderes wagte sie nicht zu denken. Fast geräuschlos stellte sie den Karton ab und drückte langsam die Klinke nach unten. Tatsächlich spürte sie leichten Widerstand, und ein schwacher Windhauch strömte ihr durch den Türspalt entgegen. Alexandra atmete auf, es konnte nur ein offenes Fenster sein! Kaum hatte sie das Haus betreten, fiel die Tür mit lautem Krachen hinter ihr ins Schloss. Mit einer heftigen Handbewegung, als wolle sie einen Angreifer abwehren, ließ sie den Karton fallen und fuhr herum. Mit schreckgeweiteten Augen riss sie den Kopf hin und her und überflog blitzschnell ihre Umgebung. Plötzlich meinte sie, im halbtoten Winkel eine huschende Bewegung wahrzunehmen. Sie drehte langsam den Kopf in diese Richtung und verharrte bewegungslos. Es raschelte, dann ein Trippeln, wieder ein huschender Schatten. Alexandras Muskeln spannten sich an. Mäuse! Nicht eine oder zwei, in diesem Haus gab es sicher Hunderte! Offenbar musste sie sich darauf einstellen, dass ihre ausgeprägte Phobie in diesen Mauern zum anhaltenden Alptraum mutieren würde. Minuten vergingen. Ganz langsam normalisierte sich ihre Atmung, der Puls wurde ruhiger. Alexandra hatte genug. Kopfschüttelnd befahl sie ihrem Verstand, wieder normal zu funktionieren, sammelte den Inhalt der auseinandergefallenen Pappkiste ein und trug ihn in das vordere Zimmer. Dann marschierte sie, ohne nach rechts und links zu sehen, wieder hinaus und schleppte einen weiteren Karton ins Haus. Sie wiederholte diesen Vorgang ohne Pause an die zwanzig Mal, bis sich nach einer knappen Stunde alle Kisten im Trockenen befanden. Erschöpft ließ sie sich auf der unaufgeblasenen Matratze nieder und betrachtete zufrieden ihr Werk. Inzwischen war es kurz vor Mitternacht, und ihr laut knurrender Magen zeigte an, dass ihm die fast zwölfstündige Abstinenz alles andere als guttat. Das änderte allerdings nichts daran, dass sie rein gar nichts Essbares bei sich hatte. Nichts, absolut nichts. Ninas Rat, sich doch wenigstens die heißgeliebte Tafel Schokolade einzustecken, hatte sie mit der Bemerkung »Du klingst wie meine Mutter« abgetan. Jetzt rächte sich nicht nur ihre Starrköpfigkeit, sondern auch die ihr angeborene Haltung, prinzipiell für sich selbst verantwortlich zu sein und mütterliche Ratschläge generell in den Wind zu schlagen. Ein triumphierendes Lächeln huschte über ihr Gesicht. Wenn sie sich nicht täuschte, waren sie mit dem Lastwagen an einem Apfelbaum vorbeigefahren, der inmitten einer Gruppe Obstbäume, circa hundert Meter vom Haus entfernt, stand. Auf eine späte Apfelsorte hoffend, rannte sie aus dem Haus, griff im Vorbeigehen nach der nur noch matt leuchtenden Taschenlampe auf dem Kühlschrank und schlug sie mehrmals gegen den Oberschenkel. Das brachte die Lampe jedoch nicht zum Leuchten, sondern ließ sie gänzlich erlöschen. Mittlerweile hatte es aufgehört zu regnen, der Himmel stand sternenklar über ihr, und das weiße Licht des Mondes erhellte die Umgebung. Im Wald herrschte Stille, nur ein Käuzchen lärmte mit der immergleichen Abfolge von Schreien in den Baumwipfeln. Alexandra ignorierte die schaurigen Laute und lief zielstrebig auf eine Baumgruppe zu, die sich deutlich in Höhe und Form vom Hintergrund der Kiefern unterschied. Tatsächlich lagen unter den Bäumen mehr oder weniger brauchbare Äpfel. Sie ging auf die Knie, sammelte einige davon ein und stopfte sie in ihre Hosentaschen. Auf dem Rückweg war ihr, als hätte sie einen Lichtschein am Dach des Hauses gesehen, aber sie schenkte dieser Erscheinung keine große Bedeutung, da sie inzwischen zu der Überzeugung gelangt war, dass ihr eigener Verstand sie narrte. Trotzdem schloss sie vorsorglich die Eingangstür mehrere Male ab und schob zu ihrer eigenen Beruhigung eine alte Kommode davor. Als sie darauf noch recht umständlich einen Stuhl positionierte, der ihr mehrere Male herunterfiel, erwischte sie sich wieder bei dem Gedanken, einen Fehler begangen zu haben. In ihrer Großstadtwohnung war sie niemals in eine Situation gekommen, in der sie sich ängstigte. Dafür hatte der Hund ihrer Nachbarin schon gesorgt, der sich lautstark meldete, wenn jemand nur das Haus betrat, und Schritte fremder Personen bis ins Obergeschoss mit nervendem Gebell begleitete. Vielleicht hätte sie auch in diesem Punkt auf Nina hören sollen. Die Freundin hatte ihr, neben all den mehr oder weniger nützlichen Ratschlägen, auch empfohlen, sich sofort einen großen Hund anzuschaffen. Alexandras Gegenargument war, dass sie sich doch nur vor einer Sache wirklich fürchtete, und das waren Mäuse. Ihre erste Wahl bei der Anschaffung eines Haustieres wäre demzufolge eine Katze. Nun gut, sie hatte weder das eine noch das andere und würde wohl allein zurechtkommen müssen. Der Baseballschläger musste für nächtliche Panikattacken genügen, und das Mäuseproblem würden schon die Fallen beseitigen, die sie am nächsten Tag kaufen würde. Da sie keine Lust verspürte, die Matratze aufzublasen, warf sie alles, was sie an Decken finden konnte, übereinander und legte sich Apfel essend darauf. Es dauerte nur wenige Minuten, bis ihr, noch kauend, die Augen zufielen.

4.

Das flackernde Licht der Kerze warf lange zitternde Schatten an die unverputzten Wände des Obergeschosses. Konnte man den unteren Teil des Hauses noch als bewohnbar bezeichnen, entpuppte sich das obere Stockwerk als blanke Ruine. Auch hier türmte sich in jeder Ecke des Flures allerlei Krempel, der auf den ersten Blick nur noch als Brennholz zu verwenden war. Zwei in hässlichem Rot gestrichene Türen führten in kleine mansardenähnliche Räume, aus denen ein kalter, modriger Geruch strömte. Hunderte von Spinnen hatten sich in winzigen Löchern und Rissen zwischen den Ziegelsteinen ihre Behausungen gebaut und die Wände inzwischen fast vollständig eingesponnen. Wie eine dünne Haut zog sich das weiße, dicht gewebte Netz über das gesamte Mauerwerk. Obwohl man diesem Umstand ein gutes Raumklima nachsagte und Alexandra keinerlei Angst vor den achtbeinigen Mitbewohnern hatte, jagte ihr der Anblick dennoch kalte Schauer über den Rücken. Sie hob die Kerze ein wenig höher und leuchtete eine steile Treppe hinauf, die in eine große Deckenluke mündete. Von da, so vermutete sie, mussten die Geräusche kommen, die gegen zwei Uhr nachts eingesetzt hatten. Anfangs hatte es wie Schritte geklungen, leichte Schritte, die hin und wieder innehielten, wenig später war es eher ein rhythmisches Schleifen. Aber in allem, was sie meinte, gehört zu haben, konnte sie auch irren, ein altes Gemäuer besaß nun mal eigene, ganz charakteristische Geräusche. Mancher sah darin die Seele eines Hauses, ein anderer widerlegte jegliches Philosophieren über das Eigenleben von Gebäuden mit logischen Erklärungen von alten Wasserrohren oder Ähnlichem.

Egal, wie man es auch betrachtete, des Nachts von unerklärlichen Geräuschen geweckt zu werden, gehörte nicht zu den angenehmsten Erfahrungen.

Der zentimeterdicken Schicht Staub und losem Mörtel nach zu urteilen, war die Treppe zum Dachboden schon jahrelang nicht mehr benutzt worden. Es würde nicht einfach sein, die Luke zu öffnen, denn auch wenn sie nicht sonderlich solide wirkte, maß sie doch schätzungsweise einen Quadratmeter. »Was soll's«, dachte Alexandra, an Einschlafen war eh nicht mehr zu denken.

Die alte Holztreppe ächzte unter ihren Füßen, begleitet vom leisen Rieseln des Mörtels in den Hohlraum unter ihr.

Sie hatte keine Ahnung, was sie da oben erwartete, aber die Angst beim Lauschen würde sich ins Unerträgliche steigern und der Phantasie freien Lauf lassen. Diese Angst trieb sie jetzt, ungeachtet der eigenen Geräuschkulisse, nach oben. Wie erwartet bestand die Luke nur aus zusammengenagelten Brettern, von verrosteten Schrauben notdürftig an zwei großen Scharnieren gehalten.

Alexandra stemmte eine Hand von unten dagegen und hob sie vorsichtig ein paar Zentimeter an. Ein schwacher Windhauch schlug ihr entgegen und brachte die Kerze in ihrer rechten Hand beinahe zum Erlöschen. Reflexartig ließ sie die Luke los, um die flackernde Flamme mit der Hand abzuschirmen, und zog blitzschnell den Kopf ein. Die fallende Luke verfehlte sie nur knapp und landete mit lautem Krachen in ihrem Rahmen. Spätestens jetzt würden alle Mäuse in ihren Löchern verschwunden sein, etwaige Geister das Weite gesucht haben und selbst ein heimlicher Dachbewohner alarmiert in Deckung gehen.

Alexandra stellte die Kerze windgeschützt auf einer Stufe ab und hob dann mit beiden Händen die Tür wieder an.

Schwaches Mondlicht, das durch ein kleines Dachfenster fiel, erhellte den Raum. Vorsichtig lehnte sie die Luke an den

Schornstein zur Linken und griff nach der Kerze. Obgleich ihr das Herz bis zum Hals schlug, stieg sie entschlossen die beiden letzten Stufen hinauf und betrat mutig den Dachboden. Verwundert stellte sie fest, dass er um vieles kleiner war, als sie erwartet hatte. Die Dachschrägen ließen nur einen schmalen Gang, in dem man aufrecht stehen konnte, im übrigen Teil war man gezwungen, sich in leicht gebückter Haltung fortzubewegen. Ein kleiner Holzverschlag, nicht größer als zwei mal drei Meter, dicht umlagert von Korbtruhen und antiken Kleiderständern, zwängte sich in die linke Ecke des Dachbodens. Ringsherum lehnte eine unüberschaubare Anzahl unterschiedlich großer und wertvoll anmutender Wandspiegel. Alexandras Leidenschaft für Antiquitäten ließ sie ihr Unbehagen vergessen und zielstrebig auf die Kammer zulaufen. Voller Enthusiasmus und Entdeckerfreude hoffte sie, im Inneren des Verschlages auf weitere Kostbarkeiten zu stoßen, die der Aufmerksamkeit ihrer Vormieter entgangen waren oder aber in ihnen keine Liebhaber gefunden hatten. Wenn ihre Freundin Nina jetzt hier wäre, würde diese ganz sicher in ein nicht enden wollendes Kreischkonzert ausbrechen. Alexandra beschloss noch im gleichen Moment, die zum Teil in Gold gerahmten Spiegel im gesamten Haus zu verteilen und die Truhen statt ihrer instabilen Ikeaschränke zur Kleideraufbewahrung zu nutzen. Sie stellte die Kerze auf einen kleinen dreibeinigen Tisch, der geradezu dafür geschaffen schien, und zog vorsichtig die Brettertür des Verschlages auf. Ein kurzer flüchtiger Blick in das Innere genügte, um ihr das Blut in den Adern gefrieren zu lassen. Sie hätte schwören können, im Zwielicht des Mondes eine sitzende Gestalt in einem schaukelstuhlähnlichen Gebilde gesehen zu haben. Ihr Instinkt forderte die Flucht, aber der furchtbare Schreck hielt ihre Füße bleiern an Ort und Stelle. Wie gelähmt stand Alexandra mit geschlossenen Augen vor der angelehnten Tür und wagte nicht zu atmen. Einige Sekunden lang herrschte Totenstille, dann drang ein leises Knarren aus dem Inneren der Kammer. Sei es, dass der Wind das Haus zum Ächzen brachte oder ihr eigenes Gewicht die altersschwachen Dielen überbeanspruchte, es reichte aus, ihren Fluchtinstinkt aufs Neue zu aktivieren. Wie von Sinnen rannte sie, ohne nach rechts und links zu sehen, zur Luke und hastete die Treppe hinunter. Auch da blieb sie keine Sekunde, sondern hetzte weiter nach unten und schlug im Vorbeigehen auf sämtliche Lichtschalter, bis der Hausflur hell erleuchtet war.

Sekunden später lehnte sie zitternd am Türrahmen, den Blick starr nach oben gerichtet. Sie fühlte, wie die Angst an ihr hochkroch und ihr mehr und mehr den Atem nahm. »Beruhige dich«, hämmerte es in ihrem Kopf, »und hole um Gottes willen die Kerze vom Dachboden, wenn du nicht willst, dass dir das Haus über dem Kopf abbrennt.« Alexandra schüttelte abwehrend den Kopf. Keine zehn Pferde würden sie dazu bringen, noch einmal nach oben zu gehen, lieber hielt sie die restliche Nacht auf dem Flur stehend Feuerwache und verzichtete auf ihr kuscheliges Deckenlager.

In der darauffolgenden halben Stunde passierte nichts, weder kamen Geräusche vom Dachboden, noch breitete sich von dort ein Brand aus. Langsam kam sie sich albern vor, halbnackt und mittlerweile schlotternd vor Kälte hockte sie auf der Zimmerschwelle und beobachtete argwöhnisch die Treppe zum Obergeschoss. Auch zweifelte sie inzwischen daran, dass es ein Mensch sein könnte, der in einer dunklen Kammer auf ihrem Dachboden saß. Legten nicht die Kleiderständer und Spiegel vielmehr die Vermutung nahe, dass es sich bei der Gestalt um eine Schaufensterpuppe handelte? Diese Erklärung war zwar in Anbetracht der eigenen Hysterie beschämend, beruhigte aber ungemein. Bei der Vorstellung, Nina von dieser ersten Nacht zu erzählen, musste sie nun beinahe lachen.

Sie ließ sämtliche Glühbirnen brennen und schlurfte müde

ins Zimmer zurück. Inzwischen war es vier Uhr morgens, bald würde die Sonne aufgehen. Fröstelnd zog sie sich die Decke um die Schultern, lehnte den Kopf an die Wand und schlief binnen Minuten ein.

5.

Die Sonne ging gerade auf, als Alexandra eine Gabelung im Wald erreichte, an deren Wegesrand ein Pfahl mit einem einstmals grünen Schild und der Aufschrift »Lunow 3,5 Kilometer« lag. Ein etwas fahrradfreundlicherer Weg führte nach links, der Weg zur Rechten nahm schon nach wenigen hundert Metern pfadähnliche Züge an. Da nicht erkennbar war, in welche Richtung das Schild ehemals zeigte, entschied sich Alexandra für links. Außerdem meinte sie, am Vorabend an dieser Kreuzung mit dem Lastwagen nach rechts abgebogen zu sein. Aber sicher war sie sich nicht, denn sie hatten weit mehr als eine Wegkreuzung passiert. Die ersten Sonnenstrahlen durchbrachen jetzt das Dickicht der Bäume und verwandelten das kühle Licht des Morgens ganz langsam in ein warmes Gelb. Alexandra liebte diesen bläulich weißen Übergang eines nebelverhangenen Septembermorgens in die Klarheit des Tages. Oft war sie am frühen Morgen im Biegwald von Frankfurt spazieren gegangen, und nicht selten war es vorgekommen, dass sie dabei niemandem begegnet war. So konnte sie sich einbilden, der einzige Mensch auf der Welt zu sein. Andere empfanden diesen Gedanken vielleicht als furchteinflößend, ihr vermittelte er ein Gefühl von Freiheit und Einzigartigkeit.

Sie trat jetzt kräftig in die Pedale, legte einen kurzen Sprint ein und ließ so binnen weniger Minuten den Wald hinter sich. Am Horizont zeichneten sich bereits die Umrisse der Dorfkirche von Lunow ab, darüber stand der orangefarbene Ball der Sonne! »Perfekt«, dachte sie, »wenn das Wetter so bleibt, wird das mein erstes Motiv. Die Natur ist doch ein Meister der Perfektion und des Kitsches.«

Sie würde Lunow nun zwar weit vor jeder Ladenöffnungszeit erreichen, aber dieser Anblick war es wert, und außerdem gab es ihr die Möglichkeit, die Ortschaft unbeobachtet zu erkunden.

Gut einen Kilometer nach dem Ortseingangsschild hatte sie das Dorf beinahe durchquert. Lunow war winzig. Im Vorfeld hatte sie einiges über den Ort gelesen. Die Bevölkerungsdichte lag bei sechsunddreißig Einwohnern pro Quadratkilometer, die östliche Gemeindegrenze bildete mit der Oder die Staatsgrenze zwischen der Bundesrepublik und der Republik Polen, und in den Neunzigern hatte man dieses Gebiet zum Nationalpark erklärt. Industrie gab es wohl nicht, vielmehr betrieb man Landwirtschaft, was Alexandra als geborene Großstädterin sehr angenehm fand. Sechsunddreißig Einwohner bewohnten hier einen Quadratkilometer! In Frankfurt am Main kamen auf dieselbe Fläche zweitausendsiebenhundert! Nina hatte recht, die perfekte Einöde!

Inzwischen war es sieben Uhr, aber der Ort wirkte noch immer wie ausgestorben. Keine fahrenden Autos, keine zur Arbeit eilenden Menschen, nicht einmal Leute, die mit ihrem Hund Gassi gingen, weit und breit keine Menschenseele. Alexandra lehnte ihr Fahrrad gegen einen Strommasten und ging ein paar Schritte zu Fuß. Irgendwo würde es doch wohl eine Bäckerei geben, die um diese Uhrzeit öffnete!

Auf den ersten Blick machte der Ort einen sehr gepflegten Eindruck, bepflanzte Vorgärten vor niedrigen Häusern, wunderbare alte Bäume mit Alleecharakter, hier und da ein altes Fachwerkhaus und im Hintergrund die Kirche von Lunow, ein frühgotischer Feldsteinbau. Fast bedauerte sie, nicht direkt in diesem Dorf zu wohnen.

Zu ihrer Freude entdeckte sie in einiger Entfernung eine metallene Brezel, die, an zwei Ketten aufgehängt, im Wind schaukelte. Ihr Magen meldete sich fast automatisch mit lauten Knurrgeräuschen. Schnellen Schrittes steuerte sie auf den

Laden zu, drückte mit Schwung die Klinke herunter und wurde jäh gestoppt. Die Tür war verschlossen. Ungläubig sah sie auf das Schild mit den Öffnungszeiten. Montag bis Freitag von sieben bis achtzehn Uhr, samstags bis vierzehn.

»Der ist zu!«, hallte es von der anderen Straßenseite.

»Das sehe ich auch«, murmelte Alexandra, setzte ein freundliches Lächeln auf und drehte sich zu dem Rufenden um. Ein Mann mittleren Alters, mit von der Sonne gegerbtem Gesicht, grau meliertem Haar, Jeans und halboffenem Hemd, stand, die Hände in die Hüften gestemmt, mitten auf der Straße und betrachtete sie neugierig.

»Heute is Sonntag, da ist hier alles dicht!«, sagte er mit Berliner Dialekt und schlenderte dabei langsam auf sie zu. Sonntag! Natürlich, es ist Sonntag! Alexandra hatte das völlig vergessen. Der Mann stand jetzt vor ihr und hielt zum Gruß seine rechte Hand hin. Kaum hatte sie die Hand ergriffen, drückte er so fest zu, dass Alexandra beinahe laut aufgeschrien hätte. Aber da sie Frauen verabscheute, die unter einem festen Händedruck so taten, als hätte man ihnen soeben die Hand gebrochen, verzog sie nur ein wenig den Mund. Erschrocken ließ der Mann sie los und brummelte eine Entschuldigung. Dabei klopfte er ihr freundschaftlich mit solcher Kraft auf die Schulter, dass sie einen erneuten Aufschrei nur schwer unterdrücken konnte.

»Sie sind nicht von hier, oder?«

Alexandra, die noch immer mit dem Schmerz kämpfte, schüttelte den Kopf.

»Macht nix, ich auch nicht! Sind wir schon zwei.«

Bevor sie sich's versah, hakte der Mann sich bei ihr unter und zog sie mit sich. »Kommen Sie, ich lad Sie auf 'nen Kaffe ein! Und 'ne Schrippe hab ich bestimmt auch noch irgendwo.«

Die Aussicht auf einen Kaffee und ihre Erfahrung mit dem Fuhrunternehmer Beyer führten dazu, dass sie keine Sekunde darüber nachdachte, dass dies ein ungewöhnliches Angebot war. Anscheinend funktionierte das hier so, jeder lud jeden ein, ganz egal, ob man sich kannte oder sich gerade zufällig auf der Straße begegnet war. Ein anderes Bundesland, andere Gepflogenheiten und anscheinend die vielfach beschriebene ostdeutsche Mentalität. Was soll's, ihr gefiel es.

»Wissen Se«, hörte sie den Mann jetzt sagen, »als ich vor zwanzig Jahren hierherkam, war das ja hier Wüste. Osten eben, wenn Se verstehn. Na ja, aber die sind ja nich blöde hier, nur weil se Ossis sind. Die haben was draus gemacht. Nette Leute, durch die Bank, und arbeiten könn se!« Alexandra kommentierte seine Ausführungen mit beiläufigem Nicken, während sie versuchte, mit dem Mann Schritt zu halten. Es schien ihn nicht sonderlich zu interessieren, ob sie ihm zuhörte oder nicht, er redete einfach weiter. »Hier! Die Engel, sehn Se die?« Er zeigte über ihre Köpfe hinweg auf das Portal des Kirchengeländes, das drei weiße Statuen zierten.

»Gibt 'ne Legende dazu. So um 1860 rum wütete hier die Pest … nee, ich glaube, die Cholera war's. Jedenfalls müssen mächtig viele verreckt sein, nur da, wo die Engel stehen, gab es einen Platz, der verschont wurde. Einer der Dorfbewohner, ich glaube ja, dass er besoffen war, soll im Mondschein drei Engel gesehen haben, die dem Tod den Eingang zu dem Platz verwehrten. Und aus Dankbarkeit haben die Bürger die Engel auf das Portal gestellt.«

Alexandra verrenkte sich fast den Hals, um im Vorbeigehen noch einen kurzen Blick auf die Statuen zu erhaschen.

»Trinken Sie überhaupt Kaffee?« Der Mann blieb plötzlich stehen und musterte sie misstrauisch. »Oder sind Sie so 'ne … Teetrinkerin!«, fügte er hinzu, als ob das etwas Verwerfliches wäre.

Alexandra verneinte schnell. »Meine Freunde sagen: Kaffeejunkie im fortgeschrittenen Stadium!«

Der Mann nickte zufrieden und lief geradewegs auf eine Gastwirtschaft zu. Alexandra bezweifelte, dass diese schon geöffnet hatte, und folgte ihm zögerlich. An der Tür angekommen, kramte er in seinen Hosentaschen, holte einen Schlüssel heraus und steckte ihn ins Schloss.

»Ich heiße übrigens Paul.«

»Alexandra«, beeilte sie sich zu sagen.

Keine fünf Minuten später saß sie am Tresen der gemütlichen Dorfkneipe und wartete darauf, dass die Kaffeemaschine ihre Entkalkungsmaßnahmen beendete und endlich bereit war, das lebenserweckende Elixier herzustellen, auf das Alexandra inzwischen ungeduldig lauerte.

»Sorry, ich vergess das andauernd, und immer dann, wenn's schnell gehen soll, sagt dieser bekloppte Automat, dass er erst mal entkalkt werden will.«

Der Mann namens Paul stellte eine mittelgroße Platte mit belegten Brötchen vor Alexandra ab und grinste sie an.

»Na denn, haun Se mal rein!«

»Sie wollen mir jetzt nicht weismachen, dass Sie sonntags um sieben öffnen!«, sagte Alexandra, angelte sich ein Käsebrötchen vom Teller und biss hinein. »Kommt doch keiner! Außer einer zerstreuten Fahrradfahrerin!«, fügte sie kauend hinzu.

»Stimmt. Aber Sie werden lachen. Ist wahrlich nicht das erste Mal, dass ich so 'ne verpeilte Städterin vor 'nem geschlossenen Laden aufsammle.«

Alexandra dachte darüber nach, was sie an seinen Worten merkwürdig fand.

»Wieso reden Sie eigentlich nur von weiblichen Verirrten?«, fragte sie in scherzhaftem Ton und wusste plötzlich, was sie störte. Herr Beyer hatte fast dasselbe gesagt. »Nur junge Frauen«, waren seine Worte gewesen, allerdings hatte der alte Mann einen Grund dafür.

»Weil Männer um diese Uhrzeit noch schlafen«, antwortete Paul ebenso scherzhaft. »Nee, Spaß beiseite. Ich wüsste nicht, warum ich mir männliche Gesellschaft an den Frühstückstisch holen sollte. Sie taten mir einfach leid, so allein und hungrig vor 'ner geschlossenen Bäckerei!«

Alexandra warf ihm einen schrägen Blick zu. »Und das passiert Ihnen öfters?«

Er nickte voller Überzeugung.

»Wer's glaubt, wird selig«, murmelte Alexandra.

Paul sah sie mit einem Mal neugierig an. »Darf ich Sie fragen, was Sie hier in Lunow machen?«

Alexandra hielt ihm das halbe Käsebrötchen vor die Nase. »Schon vergessen? Ich bin auf Nahrungssuche.«

»Ja, ja, aber woher kommen Sie?«

»Frankfurt am Main. Ursprünglich. Aber seit gestern wohne ich hier. In dem alten Bahnhof im Wald. Kennen Sie den? Mit dem Fahrrad knappe fünfzehn Minuten von hier.«

Pauls Miene verfinsterte sich zwar nur für einen kurzen Moment, aber doch lang genug, dass sie es bemerkte.

»Gibt's ein Problem?«, fragte Alexandra freimütig.

Er schüttelte den Kopf und wirkte plötzlich irritiert und abgelenkt. Der Kaffeeautomat gab jetzt einen leisen Piepton von sich. Als wäre er erleichtert darüber, etwas tun zu können, wendete Paul sich beflissen der Maschine zu.

»Normaler Kaffee oder was anderes?«, fragte er über die Schulter hinweg.

»Ganz normaler Kaffee«, sagte Alexandra im gleichen Jargon und überlegte dabei, wie sie das Gespräch auf seine merkwürdige Reaktion bringen könnte.

»Ich könnte ein paar Handwerker gebrauchen, natürlich hier aus dem Ort. Fällt Ihnen da jemand ein? Wissen Sie, das Haus ist ziemlich heruntergekommen.«

Paul reagierte nicht, sondern klopfte lautstark den Kaffeeeinsatz gegen den Rand eines Mülleimers.

»Haben Sie eine Ahnung, wie lange es schon leer steht?«,

fragte Alexandra penetrant weiter. Irgendwann musste er doch reagieren!

»Ein Vierteljahr vielleicht«, antwortete er knapp, während er hektisch versuchte, die Kaffeeverpackung aufzureißen. Schließlich schaffte er es, aber der halbe Inhalt landete auf dem Boden. Völlig entnervt starrte er sekundenlang nach unten, dann lächelte er plötzlich und wandte sich Alexandra zu. »Bin ich bloß so dämlich, oder passiert Ihnen so was auch? Jetzt sagen Sie bitte nicht nein.«

Alexandra lächelte zurück. »Andauernd. Ich warte sozusagen täglich darauf, dass jemand bessere Verpackungen erfindet. Aber was anderes. Wieso reagieren Sie so … merkwürdig, wenn ich auf mein Haus zu sprechen komme?«

»Tu ich das?«, lautete die viel zu schnelle Antwort.

Alexandra nickte nachdrücklich. »Sie sagten, das Haus würde jetzt ein Vierteljahr leer stehen. Wer hat vorher darin gewohnt?«

»'ne junge Frau, soweit ich mich erinnere.«

»Ach, kommen Sie, natürlich erinnern Sie sich! Eine fremde junge Frau fällt doch hier sofort auf.«

Alexandra konnte sich zwar nur schwer vorstellen, dass der uralte Krempel im Flur einer jungen Frau gehört hatte, aber es gab ja Leute, die auf ihre Einrichtung keinen sonderlichen Wert legten.

»Wissen Sie, wie lange sie da gewohnt hat?«

Wieder schüttelte er den Kopf. »Ein paar Monate vielleicht, dann war sie verschwunden.«

»Wie verschwunden?«

»Ganz einfach, ich hab sie nicht mehr gesehen!«

»Kannten Sie sie?«

»Flüchtig. So wie Sie saß sie hier ab und zu am Tresen. Ich glaube, sie hieß Stefanie.«

»Und hat es Sie gar nicht interessiert, wohin diese Stefanie verschwunden ist?«

Paul sah sie irritiert an. »Wieso sollte mich das interessieren? Die Bewohner dieses Hauses haben ständig gewechselt, keine hat es da lange ausgehalten. Zu alt, zu einsam und sicher auch für Frauen nachts ganz schön gruselig.«

Alexandra spürte plötzlich Unbehagen. »Sie meinen, da haben immer nur Frauen gewohnt?«

Paul nickte und betätigte dabei den Knopf der Kaffeemaschine. Leise fauchend füllten sich die beiden Tassen.

»Tolle Frauen übrigens. Sagen Sie, was machen Sie beruflich? Nein, warten Sie, lassen Sie mich raten!«

Er nahm mit fragendem Blick Alexandras ledernen Beutel vom Tresen, schnürte ihn auf und sah hinein. Ein breites Grinsen legte sich über sein Gesicht.

»Wusste ich es doch. Alle waren in irgendeiner Form Künstlerinnen, wer sonst mietet sich auch in so 'ne Bruchbude ein.«

Als er Alexandras verstörte Miene sah, schob er ihr lächelnd eine der Tassen hin und entschuldigte sich. »Sorry, das mit der Bruchbude war nicht so gemeint. Und für einen Sommer reicht es ja auch!«

Da war es wieder, Frauen! Die Tote auf dem Bahngleis war eine Frau, der Fuhrunternehmer Beyer hatte es sich zur Lebensaufgabe gemacht, junge Frauen zu beschützen, und ihre Vormieter waren ausschließlich Frauen gewesen. Man könnte es Zufall nennen, und sicher war es das auch, aber das eigenartige Gefühl, welches sie seit ihrer Ankunft verspürte, manifestierte sich nach diesem Gespräch mehr und mehr.

Paul hatte sich inzwischen auf dem Barhocker neben Alexandra niedergelassen und betrachtete sie besorgt von der Seite.

»Geht's Ihnen nicht gut? Sie sehen plötzlich so blass um die Nase aus!«

Alexandra war so in Gedanken, dass sie seine Frage überhörte. Im Einzelnen betrachtet, war keiner dieser Zufälle eine Überlegung wert, aneinandergereiht wirkten sie jedoch beängstigend. Als Großstädterin waren ihr solche Ängste bislang vollkommen fremd gewesen, nun, da sie allein in einem abgeschiedenen Haus mitten im Wald wohnte, reagierte sie sensibel auf alles, was in irgendeiner Form von ihrer gewohnten Erlebniswelt abwich.

Vielleicht hätte sie mit ihrem Umzug einfach bis zum Frühjahr warten sollen, denn auch wenn der Winter noch nicht unmittelbar bevorstand, war es nicht gerade verlockend, einen düsteren regenreichen Herbst mutterseelenallein in einem maroden Haus zu verbringen.

»Kennen Sie meinen Vermieter, ich meine, den Besitzer des Hauses?«

Paul verneinte. »Der Hof gehört nicht zu Lunow. Wie ich schon sagte, hin und wieder wurde er vermietet, aber von wem … da hab ich keine Ahnung. Wie sind Sie denn darauf gestoßen?«

»Übers Internet.«

»Und an wen zahlen Sie die Miete?«

»Gustaf Kronmüller.«

»Nie gehört.«

Paul schenkte Kaffee nach und schob den Brötchenteller näher an Alexandra heran. »Hier aus der Gegend ist der jedenfalls nicht, das wüsste ich«, sagte er abschließend.

Eine Weile saßen sie still nebeneinander, Alexandra aß, Paul trank seinen Kaffee, und beide hingen ihren Gedanken nach. Fast zeitgleich setzten sie zum Sprechen an.

»Was sind Sie nun eigentlich von Beruf?«, kam Paul ihr nur Sekunden zuvor.

»Malerin«, antwortete Alexandra knapp.

»So richtig mit Atelier und so?«

»Ja. Aber eigentlich wollte ich Sie etwas fragen.«

Sie hatte sich vorgenommen, ihre dunklen Gedanken beiseitezuschieben und wieder nach vorn zu blicken. Verschwundene oder weggezogene Frauen hin oder her, man sollte

Gerede oder Dorfklatsch nicht zu wichtig nehmen. Anscheinend war keine ihrer Vorgängerinnen so praktisch veranlagt gewesen, das Haus wieder auf Vordermann zu bringen. Sie war es, und sie würde diese neue Aufgabe schon bewältigen.

»Wie gesagt. Ich brauche ein paar Adressen oder Namen von Handwerkern aus dem Ort. Können Sie mir jemanden empfehlen?«

Paul legte nachdenklich die Stirn in Falten und blies dann laut die Luft durch die Lippen. »Handwerker gibt's jede Menge. Was für einen brauchen Sie denn?«

»Einen Allrounder? Jemanden, der irgendwie alles kann?«

»Okay. Dann fragen Sie am besten mal im Supermarkt nach Dirk Schumann, dem Freund von Sybille. Die steht da an der Kasse. Oder Sie kommen heute Abend noch mal her, dann sitzt er hier vorn am Stammtisch und kloppt Skat.«

Alexandras Verabschiedung von Paul war herzlich, voller Dankbarkeit und an das unbedingte Versprechen gebunden, wenigstens ein Mal pro Woche auf einen Kaffee bei ihm vorbeizuschauen. Er hatte ihr einen riesigen Korb voller phantastischer Leckereien gepackt und sie gezwungen, ihn anzunehmen, da ja alle Läden erst vierundzwanzig Stunden später wieder öffnen würden. Auf ihren Einwand hin, der Inhalt des Korbes würde für eine ganze Woche reichen, hatte er nur freundlich gelächelt.

Nun wollte Alexandra ihr neues Zuhause endlich bei Tageslicht sehen, sich einrichten und ein bisschen die Gegend erkunden. In rasantem Tempo passierte sie die erste Wegkreuzung, durchquerte ein Birkenwäldchen und überschritt zu Fuß eine kleine Holzbrücke, die unter dem Tritt ihrer Sohlen beängstigend knarrte. Nachdem sie heil über das Flüsschen gekommen war, hielt Alexandra verdutzt inne. Der Weg am Morgen war ein anderer gewesen. Sie erinnerte sich zwar an die ersten Sonnenstrahlen durch einen lichten Birkenwald, aber die Brücke hatte sie nicht überquert. In Gedanken ging sie den Weg zurück, konnte sich aber an keine Gabelung erinnern, an der sie eine falsche Richtung eingeschlagen haben könnte.

»Was soll's«, dachte Alexandra und schwang sich wieder aufs Rad, »das hier ist nicht Sibirien, das Waldgebiet ist relativ überschaubar, ich habe alle Zeit der Welt, und, wenn nötig, werde ich die Strecke noch einmal zurückfahren und von vorn beginnen.«

Es dauerte allerdings nur eine knappe Viertelstunde, bis sie sich heillos verfahren hatte. Selbst den Rückweg würde sie jetzt nicht mehr finden.

Nach dem Stand der Sonne zu urteilen, müsste ihr Haus in westlicher Richtung liegen, aber soweit sie es überschauen konnte, gab es keinen Weg, der nach rechts führte. Es blieb ihr also gar nichts anderes übrig, als, auf eine Kreuzung hoffend, immer weiter geradeaus zu fahren. Dreihundert Meter weiter hatte sie eben diese erreicht. Mit viel zu hohem Tempo bog sie auf den hügeligen Schotterweg ab und wäre fast mit einem von links kommenden Polizeiwagen zusammengeprallt. Mit voller Kraft drückte Alexandra die Bremsen, schaffte es gerade noch, nicht über das Lenkrad abzusteigen, und stürzte dennoch, da ihr Hinterrad auf dem Schotter keinen Halt fand. Fast zeitgleich kam der Wagen mit quietschenden Reifen zum Stehen. Ganz vom Staub eingeschlossen, rappelte sich Alexandra hoch und trat mit einem verärgerten Blick auf den überall verteilten Inhalt ihres Korbes laut fluchend gegen ihr Rad. Nichts aus Pauls Geschenkkorb war heil geblieben. Zwei Schokoladenriegel und der wunderbar duftende Käse klebten im Profil des Autoreifens, die Joghurtbecher lagen aufgeplatzt unter dem Wagen, und sämtliches Obst rollte eben in alle Richtungen davon.

Wutschnaubend ging sie auf das Auto zu und klopfte mit der Faust gegen die Scheibe. Nichts passierte. Sie klopfte erneut, beugte sich ein wenig hinunter und sah in das Wageninnere. Ein junger Mann saß schwer atmend hinter dem Lenkrad und verdeckte mit beiden Händen das Gesicht. Es war augenscheinlich, dass er unter Schock stand. Alexandras Wut war verflogen. Behutsam öffnete sie die Fahrertür.

»Ist alles in Ordnung? Kann ich Ihnen irgendwie helfen?«

Der junge Mann ließ die Hände sinken und drehte den Kopf sehr langsam in ihre Richtung. Alexandra war sich sicher, dass die Welt für einen Augenblick aufhörte, sich zu drehen, als sein Blick sie traf.

Sie kannte diesen Mann. Die stahlblauen Augen, das dunkelblonde halblange Haar und die Art, wie er seine Mütze trug, hatten sich tief in ihr Gedächtnis gebrannt. Genauso bewegungslos, wie er am Gleisbett gestanden und sie angesehen hatte, saß er nun hinter dem Lenkrad. Seine Augen hatten etwas Magisches, dem sie sich nicht entziehen konnte, und wie schon am Tag zuvor verspürte sie den Zwang, ihn anzusehen.

»Ich war mir sicher, dass ich Sie überfahren habe«, hörte sie ihn sagen.

Im Gegensatz zum kühlen Blau seiner Augen war seine Stimme warm und eindringlich und vermochte im gleichen Maße zu fesseln wie sein durchdringender Blick.

»Es war mein Fehler«, gab Alexandra zu und versuchte, den Blick von ihm zu wenden, was ihr aber nicht gelang. Vielmehr stotterte sie plötzlich drauflos. »Ich hab einfach nicht aufgepasst …« Sie erkannte sich selbst nicht mehr wieder. Eben noch wäre sie diesem mit Vollgas durch den Wald donnernden Autofahrer fast an die Gurgel gesprungen, jetzt entschuldigte sie sich kleinlaut und wäre am liebsten in den Erdboden versunken. Allein die Tatsache, dass sie schon am ersten Tag auf diese Art Bekanntschaft mit der hiesigen Polizei machte, trieb ihr den Schweiß auf die Stirn. Das ging ja alles verdammt gut los.

»Es tut mir leid«, sagte sie abschließend, ging in die Hocke und begann, die Überreste der Lebensmittel in ihren Korb zu werfen.

Sekunden später stand er neben ihr. »Ich muss Sie bitten, mich aufs Revier zu begleiten.«

Alexandra, die den Blick starr auf seine Schuhe gerichtet hielt, riss empört den Kopf hoch. »Was soll das werden, verdammt noch …«, donnerte sie los und wollte aufspringen.

Mit sanftem Druck auf ihre Schulter hielt er sie davon ab und ging neben ihr auf die Knie.

»Das war ein Witz!«, sagte er und hielt ihr lächelnd den einzig intakt gebliebenen Joghurtbecher hin. »Harris Zimmering, ich bin der Dorfsheriff.«

»Unschwer zu erkennen«, dachte Alexandra und betrachtete aus den Augenwinkeln heraus seine Uniform. Nach den Sternen auf seinen Schulterklappen zu urteilen, schien er dienstgradmäßig nicht sonderlich hochgestellt zu sein, denn er besaß nur einen davon.

»Spaß beiseite. Sie haben was gut bei mir! Könnte ich Sie vielleicht auf einen …?«

Alexandra schüttelte den Kopf, bevor er den Satz beendet hatte. »Wenn Sie Kaffee meinen … nein, können Sie nicht! Sie könnten mir allerdings sagen, wie ich zum alten Bahnhof komme.«

Harris Zimmering sah sie erstaunt an. »Sie meinen diese Bruchbude hier um die Ecke?«

Alexandra benutzte den Ausdruck »hier um die Ecke« selbst ziemlich oft und meinte dann auch wirklich die nächste Straßenecke, aber mitten im Wald klang diese Beschreibung doch recht kurios.

»Welche Ecke meinen Sie?«, fragte sie mit leicht ironischem Unterton. »Die um den runden Eichenstamm da oder …«

Sie drehte sich einmal im Kreis und blieb dann mit hochgezogenen Schultern und todernstem Gesicht vor ihm stehen. Harris Zimmerings Miene blieb ernst. Alexandra befürchtete plötzlich, ihn verärgert zu haben. Sekundenlang fixierten sie einander, dann spielte ein winziges Lächeln um seinen Mund.

»Tja, der alte Bahnhof … hier um die Ecke. Da wohnt niemand! Und ich kenne auch niemanden, der da wohnen wollte!«

»Doch. Ich!«, erklärte sie triumphierend und wartete gespannt auf seine Reaktion.

Sie meinte, so etwas wie Verblüffung zu erkennen, als er nach kurzer Pause einen Schritt zurücktrat und sie musterte.

»Ach! Ich hab zwar davon gehört, konnte mir aber nicht vorstellen, dass jemand so … verrückt sein würde.«

Wie schon Paul vor ihm wirkte er mit einem Mal verunsichert, denn er sah plötzlich vor sich auf den Boden, bückte sich dann und holte etwas unter dem Auto hervor.

»Eigentlich zu schade«, murmelte er.

Obwohl er sehr leise sprach, hatte es Alexandra nicht überhört. »Was meinen Sie damit?«, fragte sie laut und geradeheraus.

Harris Zimmering hielt einen Moment erschrocken inne, dann erhob er sich und reichte ihr einen knallroten Apfel.

»Nichts. Dummes Geschwätz. Am besten, Sie geben nichts drauf.«

Anscheinend versuchte er, sie zu beruhigen, was ihm jedoch unter den gegebenen Umständen gründlich misslang. Schon der Wirt war ihren Fragen ausgewichen, jetzt wollte sie es genau wissen und blieb hartnäckig beim Thema.

»Auch an Geschwätz ist irgendetwas dran. Also, was schwätzt man so?« Alexandra stellte sich direkt vor ihn und versperrte ihm so den Weg um das Auto herum. Sein Unbehagen stand ihm förmlich ins Gesicht geschrieben, und der Vergleich mit einem Wurm am Haken drängte sich fast bildlich auf. Harris Zimmering wand sich, als zwinge man ihn, ein Geheimnis zu offenbaren, das er gedachte, mit ins Grab zu nehmen. Seine Augen wanderten unruhig hin und her, während er zwischen Daumen und Zeigefinger sein rechtes Ohrläppchen knetete.

»Wie ich schon sagte, man redet …«, murmelte er.

»Ja. Das sagten Sie schon! Aber was reden die Leute?«

»Also gut. Obwohl es schon ein paar Monate leer steht, haben Dorfbewohner hin und wieder in der Nacht Licht gesehen. Seitdem machen alle einen großen Bogen um das Grundstück. Na ja, so was spricht sich schnell rum, und irgendwann sind alle davon überzeugt, dass es in dem Haus …« Er legte eine Pause ein, fasste sich wieder an das rechte Ohr und schüttelte nach kurzer Überlegung den Kopf. »Wenn Sie mich fragen … also ich denke, dass ein paar Jugendliche aus dem Ort da ab und zu 'ne wilde Party feiern«, endete er schließlich und ging um Alexandra herum zur Fahrertür. Sie folgte ihm mit schnellen Schritten, hielt die geöffnete Autotür fest und hinderte ihn daran einzusteigen.

»Wollten Sie eben ›spukt‹ sagen? Oder dass es in diesem Haus Geister gibt?«, fragte Alexandra in forschem Ton, während sie mit Unbehagen an die vergangene Nacht dachte. Es war nicht ihre Art, einem Fremden gegenüber ihre Ängste zu offenbaren, aber sie hätte viel darum gegeben, offen darüber sprechen zu können.

»Jetzt mal im Ernst, Herr Dorfpolizist! Sie sind schon der Zweite, der einen Riesenhokuspokus um dieses Haus macht, und langsam nervt es mich ein bisschen, dass ich auf meine Fragen prinzipiell keine Antwort bekomme. Also, was muss ich über dieses Haus wissen?«

Harris Zimmering sah sie einen Augenblick lang prüfend an, dann senkte er den Kopf. »Das, was Sie schon wissen. Es ist alt, heruntergekommen und sehr einsam.« Wieder machte er eine lange Pause. »Na ja, vielleicht sollte ich es Ihnen doch sagen. Alle Mieter vor Ihnen … sind auf mysteriöse Weise verschwunden. Wie vom Erdboden verschluckt!«

»Was?«

»Ja, wir stehen … das heißt, die Polizei steht vor einem Rätsel.«

Sein Gesichtsausdruck ließ keinen Zweifel an der Wahrheit seiner Worte aufkommen, und schlagartig wurde Alexandra klar, warum dieses Haus so einfach und vor allem billig zu mieten gewesen war. Das also war der Haken.

»Was heißt vom Erdboden verschluckt?«, fragte sie eingeschüchtert.

»Dass sie spurlos verschwunden sind«, antwortete er.

Alexandra schüttelte den Kopf. »Vielleicht sind sie einfach weggezogen. Kann doch sein! Oder muss man sich bei den Dorfbewohnern abmelden, wenn man auszieht?«

»Das nicht, aber ich glaube schon, dass man seine Haustiere oder Möbel mitnimmt!«

Alexandra lief ein kalter Schauer über den Rücken, als sie an die Ansammlung alter Möbel im Flur dachte. Schon beim ersten Blick darauf hatte sie sich gewundert, wie jemand so viel Kram anhäufen konnte. Die durchgebissenen Hundeleinen an den eisernen Wandringen unterstrichen zudem die gruselige Vermutung, dass es in diesem Haus nicht mit rechten Dingen zugegangen war. Paul hatte ihr also nur die halbe Wahrheit gesagt.

Alexandra begann von einem Bein auf das andere zu treten, so wie sie es immer tat, wenn sie nicht weiterwusste. Insgeheim formulierte sie schon eine passende Begründung, um den eben erst geschlossenen Mietvertrag für null und nichtig zu erklären. Sicher würde es nicht einfach sein, aber aufgrund der Tatsache, dass ihr der Vermieter derart wichtige Umstände verschwiegen hatte, hoffte sie, selbst vor einem Gericht recht zu bekommen.

Harris Zimmering stand noch immer mit gesenktem Kopf vor ihr. Verunsichert beobachtete sie ihn und bemerkte plötzlich, wie sich sein Mund zu einem infamen Grinsen verzog. Weitere Sekunden vergingen, dann hob er den Kopf und lächelte sie an. »Nein, war ein Witz. Ich hab Sie verarscht. Ich wollte Ihnen einen Schrecken einjagen, was mir ja auch gelungen ist. Na gut, war vielleicht ein bisschen makaber, aber man hat ja sonst keinen Spaß hier.«

Er hatte den letzten Satz kaum ausgesprochen, als eine schallende Ohrfeige auf seiner linken Wange landete. Alexandra selbst war danach wie erstarrt. Einige Sekunden lang durchbohrte sie ihn mit ihrem zornigen Blick, laut atmend vor Erregung, dann drehte sie sich abrupt um und lief zu ihrem Fahrrad. Anscheinend ahnte er, dass es in diesem Moment nichts gab, was sie besänftigen würde, denn er stieg ohne ein Wort in sein Auto und ließ den Motor an. Noch immer außer sich vor Wut, griff Alexandra nach dem Korb, leerte ihn über der Kühlerhaube und hängte ihn anschließend an den Lenker. Dann bestieg sie, ohne Harris Zimmering noch eines Blickes zu würdigen, ihr Fahrrad und fuhr los. Der lose Schotter unter den Reifen verhinderte, dass sie an Fahrt gewann, jeder Tritt in die Pedale wurde zum Kraftakt, und schon nach kurzer Zeit stand ihr der Schweiß auf der Stirn. Dem Geräusch nach hatte sich sein Auto noch keinen Zentimeter bewegt. Sie spürte, dass er ihr nachsah, und dieser Blick in ihrem Nacken machte sie hochgradig nervös. Auch wenn er höchst unverschämt gewesen war, hatte sie soeben einen Beamten geohrfeigt und vermochte sich gar nicht auszumalen, was für Konsequenzen es nach sich ziehen könnte, wenn Harris Zimmering sie wegen Beamtenbeleidigung anzeigte. Sie sollte sich also dringend entschuldigen. Obwohl es ihrem Innersten widersprach, hielt sie an und stieg vom Rad. Der Polizeiwagen stand noch immer an der gleichen Stelle.

»Er wird doch wohl nicht verlangen, dass ich umkehre und zu ihm krieche«, murmelte Alexandra und wartete darauf, dass er losfuhr. Eine gefühlte Ewigkeit lang passierte nichts, dann fuhr der Wagen mit durchdrehenden Reifen an. Eine dichte Staubwolke hinter sich herziehend, raste das Auto direkt auf Alexandra zu.

»Macho«, dachte sie geringschätzig, während sie nach dem

passenden Anfang einer nicht allzu kleinmütigen Entschuldigung suchte. Das Auto war jetzt keine fünfzig Meter mehr von ihr entfernt, und wenn Harris Zimmering nicht endlich das Tempo drosselte, würde sie sich wohl nur noch mit einem Sprung zur Seite retten können. Zunehmend verunsichert musterte sie den Wegesrand.

»Er ist ein Bulle. Er wird es nicht darauf ankommen lassen«, betete sie vor sich hin, »und außerdem sind wir hier nicht im Wilden Westen.«

Mit Erleichterung hörte sie laute Bremsgeräusche. Als sie den Kopf hob, sah sie gerade noch, wie der Wagen keine zwanzig Meter vor ihr nach rechts in einen kleinen Waldweg abbog. Mit offenem Mund verfolgte sie ihn, bis das Dickicht der Bäume die Sicht endgültig versperrte. Plötzlich war es totenstill. Es dauerte eine Weile, bis Alexandra sich beruhigt und ihre Gedanken geordnet hatte. Warum zum Teufel hatte sie ihn geohrfeigt? Wie konnte sie nur so überreagieren? Mit ihm war, wie er selbst sagte, der Humor durchgegangen! Und wenn schon, ihre Art zu scherzen war schließlich auch nicht jedermanns Sache. Missmutig ließ Alexandra das Rad fallen und setzte sich auf einen Baumstumpf. Ihren ersten Tag hatte sie sich wahrlich anders vorgestellt!

Eine halbe Stunde später hatte Alexandra ihr Haus wiedergefunden und begutachtete nun kritisch das verwilderte Grundstück. Bei Licht besehen wirkte es noch trostloser, als sie es sich bei ihrer Ankunft vorgestellt hatte. Das Wohnhaus selbst war zwar halbwegs instand, aber das Nebengebäude, eine Art Scheune, würde wohl schon beim Öffnen der schief hängenden Holztür in sich zusammenfallen. Der Baumbestand aus alten Eichen und Birken war recht ansehnlich, und es gab zu Alexandras Freude mehr Obstbäume, als sie vermutet hatte. Nur die Sonne, die zu dieser Jahreszeit nicht mehr allzu hoch stand, hatte wenig Chancen, zum Hausinneren vorzudringen.

Dazu war der Kiefernwald, der das Grundstück umschloss, einfach zu hoch. Vom erhofften weiten Blick über das Land musste sie sich wohl oder übel verabschieden. Alexandra bahnte sich mühevoll einen Weg durch das meterhohe Gras, wobei sie immer wieder über unsichtbare Hindernisse stolperte. Die Natur hatte sich Stück für Stück ihren Platz zurückerobert und weit verstreutes Gerümpel einfach überwuchert.

Inzwischen war sie auf der Rückseite des Hauses angelangt. Auch hier türmte sich der Unrat etlicher Jahre, wenn nicht gar Jahrzehnte. Alexandra erkannte schon aus der Entfernung die Überreste eines ehemals himmelblauen Trabants. Auch dieses Glanzstück der ostdeutschen Autoindustrie hatte der Natur nicht widerstanden und diente jetzt einer knapp drei Meter hohen Birke als Blumentopf. Kurzerhand kletterte sie auf das Autodach und verschaffte sich so einen besseren Überblick. Zu Alexandras Entzücken hatte die Rückseite des Hauses ihren Putz wie eine lästige Haut abgeworfen und eine alte Ziegelwand in den schönsten Farben freigelegt. Am Fuße dieser Wand befand sich der Kellerzugang. Zwei vorgebaute schiefe Mauern, auf denen ein durchlöchertes Wellblechdach lag, begrenzten eine steinerne Treppe, die in ein dunkles Loch führte. Eine dagegengelehnte Holzpalette diente als provisorische Tür. Die Vorstellung, den Keller womöglich bei Dunkelheit betreten zu müssen, war so schauerlich, dass sie an Ort und Stelle beschloss, ihn als nicht vorhanden anzusehen. Sie drehte dem Haus den Rücken zu und nahm nun den übrigen Teil des Grundstücks in Augenschein.

Großblättriger Efeu hatte sich im Laufe der Jahre wie eine riesige grüne Decke über den größten Teil des Gartens gelegt und hielt den schmiedeeisernen Zaun, auf dessen verrosteten Spitzen faulende Äpfel steckten, mit festem Griff umklammert. Das Summen Hunderter Insekten erfüllte die Luft.

Alexandra kräuselte angewidert die Lippen. Wenn man

dem Gerede der Leute Glauben schenkte, und das Grundstück tatsächlich gemieden wurde, müssten sich die Äpfel im Fallen selbst aufgespießt haben, was sehr unwahrscheinlich war. Ganz sicher war es entweder der geheime Spielplatz irgendwelcher Kinder oder, wie Harris Zimmering vermutete, nächtlicher Partytreff der Dorfjugend. Obgleich es nur Obst war, hatte der Anblick etwas Martialisches. Alexandra sprang vom Autodach und griff sich im Gehen einen herumliegenden Holzknüppel. Es bereitete ihr sichtliches Vergnügen, wie die Äpfel unter dem Schlag ihres Stockes zerplatzten. Sie zählte zwölf Stück, dann ließ sie mit einem gellenden Aufschrei den Knüppel fallen. Die letzten fünf Zaunspitzen zierten große aufgedunsene Frösche, die man durch das aufgerissene Maul kopfüber auf die Pfähle gesteckt hatte. Wer, verdammt noch mal, tat so etwas? Auch wenn Kinder in der Gruppe oftmals zu brutalen Handlungen neigten, widerstrebte es ihr zu glauben, dass es sich hier um einen Dummejungenstreich handelte. Blieben also die Jugendlichen, die aller Wahrscheinlichkeit nach im Vollrausch ihre niedersten Triebe ausgelebt hatten. Mit halb zusammengekniffenen Augen versuchte Alexandra, die Frösche mit Hilfe des Stockes von den Spitzen zu schieben, aber es gelang ihr nur bei dreien, dann überwältigte sie der Brechreiz, und sie wandte sich ab. Die Hände auf die Knie gestützt und immer noch würgend, nahm sie plötzlich im näheren Umfeld eine Bewegung wahr. Ohne sich aufzurichten, sagte sie laut: »Wer auch immer hier ist, ich habe Sie bemerkt!«

Einige Sekunden lang passierte nichts, dann trat Harris Zimmering, die Hände unnatürlich hinter dem Rücken haltend, hinter einer mannsdicken Eiche hervor. Alexandra kniff misstrauisch die Lider zusammen, als er kurz vor ihr plötzlich auf die Knie fiel und einen hässlichen Nelkenstrauß hinter seinem Rücken hervorholte.

»Sorry wegen eben. War ’ne Scheißnummer von mir!«

Er schien sich der Wirkung seines Blickes bewusst zu sein, denn er sah ihr direkt in die Augen. Seine Miene war ernst und aufrichtig. Eben noch wütend über sein unmögliches Verhalten im Wald, war Alexandra jetzt beschämt und mit der Abbitte total überfordert. Da sie dazu neigte, alles, was ihr durch den Kopf ging, sofort auszusprechen, ohne weiter darüber nachzudenken, missachtete sie das Friedensangebot und ging erneut auf Konfrontation.

»Verfolgen Sie mich?«, fragte sie unverfroren und ignorierte den Blumenstrauß, obgleich er unmittelbar vor ihrem Gesicht schwebte. Harris Zimmering blieb in seiner peinlichen Haltung.

»Vielleicht«, antwortete er lächelnd.

»Was heißt das?«, hakte Alexandra sofort nach und schob dabei seinen ausgestreckten Arm mit dem Strauß ein wenig zur Seite.

»Vielleicht beschütze ich Sie auch.«

»Wovor?«

»Ich weiß nicht. Wovor fürchten Sie sich denn so?«

Alexandras schroffe Art schien ihn nicht im Geringsten zu beeindrucken, er blieb hartnäckig auf den Knien und hielt ihr weiterhin die Blumen vors Gesicht. Ihre Unfreundlichkeit war nicht länger durchzuhalten, außerdem jagte ihr sein Blick von neuem warme Schauer über den Rücken.

»Vor Mäusen«, sagte sie leise.

Harris Zimmering sprang auf, griff nach ihrer Hand und zog sie mit sich. »Dagegen gibt es ein absolut sicheres Mittel, vollkommen kostenlos und Tausende Male erprobt. Kommen Sie, ich zeig's Ihnen!«

»Wo?«, fragte Alexandra mit naiver Neugier, während sie hinter ihm herstolperte.

»Na im Haus! Oder wo haben Sie Ihre Mäuse?«

»Meine Mäuse! Sehr komisch! Ich schenk sie Ihnen!«

Einige Sekunden später standen beide vor ihrer geschlossenen Haustür. Harris Zimmering legte seinen Zeigefinger auf Alexandras Lippen, trat dann leise an die Tür heran, öffnete sie fast geräuschlos und machte einen Schritt in den Flur. Für einen Moment verharrte er so, dann sprang er in die Höhe und landete laut polternd auf beiden Füßen. Alexandra, die ihn bis dahin gebannt beobachtet hatte, lächelte in sich hinein.

»So. Und jetzt zeigen Sie mir den Trick, ich meine das todsichere Mittel!«, forderte sie amüsiert.

Harris kniff einen Moment argwöhnisch die Augen zusammen, dann grinste er über das ganze Gesicht.

»O Gott, wie peinlich«, dachte Alexandra noch in derselben Sekunde, aber statt sich erneut zu ärgern, ging sie laut lachend auf ihn los.

»Sie sind gemein! Sie sind so was von gemein!«

Gekonnt wehrte Harris Zimmering die harmlosen Schläge auf seinen Kopf und Oberkörper ab, ergriff dann blitzschnell ihre Hand, öffnete die Faust und legte den Blumenstrauß hinein.

»Frieden?«

Alexandra nickte. »Frieden.«

Einen Moment lang standen sie beschämt voreinander. Keiner von beiden schien zu wissen, wie er sich verhalten sollte, und so wichen sie abwechselnd dem Blick des anderen aus.

»Tut mir wirklich leid, wegen vorhin im Wald. Ist nicht mein Tag heute. Und was diesen Strauß angeht, ich weiß, er ist abscheulich, aber es gab nichts anderes«, murmelte Harris Zimmering schließlich und machte Anstalten, wieder nach draußen zu gehen. An der Tür angekommen, drehte er sich abrupt zu Alexandra um.

»Glauben Sie an Bestimmung?«

Alexandra ahnte, worauf er hinauswollte, denn er formulierte soeben ihre geheimsten Gedanken.

»Wissen Sie, als ich Sie gestern im Zug …«, sagte er zögerlich. »Ich meine, es ist doch kein Zufall, dass Sie …«

Statt weiterzusprechen, schüttelte er plötzlich den Kopf und machte auf dem Absatz kehrt.

Es war unangemessen, ihm nachzulaufen und auf den Schlussteil seines Satzes zu drängen, schließlich wusste sie doch, wie er endete. Mein Gott, was passierte hier? Liebe auf den ersten Blick? Jetzt war es an ihr, entschieden den Kopf zu schütteln.

Sie legte den Nelkenstrauß auf der alten Kommode ab und lief nach draußen.

Harris Zimmering war nirgends zu sehen. So still und leise, wie der Polizist aufgetaucht war, war er auch wieder verschwunden.

Ein wenig enttäuscht drehte Alexandra sich um und ging zum Haus zurück.

Auch wenn sie ihn ganz sicher nicht danach gefragt hätte, worauf seine Überlegungen abzielten, ein paar Worte mehr hätte sie gern mit ihm gewechselt.

Sie wollte gerade das Haus betreten, als sie das Anspringen des Motors hörte. Harris Zimmering musste sein Auto, um sich unbemerkt anschleichen zu können, in einiger Entfernung geparkt haben. Nun trug der Wind das Motorengeräusch zu ihr herüber. Erfreut machte sie kehrt und folgte dem Geräusch. Obwohl es an Lautstärke zunahm, war der Standort des Autos nicht auszumachen.

Vollends irritiert blieb Alexandra unweit des Obstbaumes, unter dem sie in der Nacht zuvor die Äpfel aufgesammelt hatte, stehen und erkundete mit den Augen sorgfältig die Umgebung. Fast musste sie lächeln, als sie plötzlich ihren Herzschlag hörte. Was, um alles in der Welt, war in sie gefahren? Entgegen jeder Vernunft war sie ihm nachgelaufen und hoffte nun, ihn noch einmal zu sehen. Wie albern, stellte sie belustigt fest. Sie war dreißig, frisch getrennt und im Grunde zu jedem Abenteuer bereit, bis auf eines! Eine neue Beziehung! Was sie suchte, waren Ruhe und Zeit.

»Du klingst, als gingst du in Rente«, hatte Nina sie aufgezogen und war über Alexandras Reaktion sehr erstaunt gewesen.

»Nenn es, wie du willst! Rente, Ruhestand, Flucht. Ich brauch einfach mal Zeit für mich! Sieh mich doch an! Meine Bilder verkaufen sich nicht, mein Freund tauscht mich gegen eine Jüngere, mein Bankberater weiß nicht, wobei er mich beraten soll, und ich habe seit einem halben Jahr keinen Pinsel mehr in die Hand genommen!«

Alexandra stand mitten auf dem Weg, während sie all das dachte, bewegungslos, mit hängenden Schultern und leicht zerknirschtem Gesichtsausdruck. Das Aufheulen des Motors holte sie in die Gegenwart zurück. Sie bemerkte die Bodenerhebung erst, als sich das Heck des Polizeiwagens hinter dem grasbewachsenen Hügel hervorschob und der Wagen rückwärts auf sie zugefahren kam. Alexandra setzte ein charmantes Lächeln auf und schlenderte betont gelassen dem Auto entgegen.

Harris Zimmering saß, eine brennende Zigarette lässig im Mundwinkel und den linken Arm im offenen Fenster abgelegt, hinter dem Lenkrad. Eine dunkle Sonnenbrille verdeckte seine Augen. Er bewegte sich nicht, hielt den Blick geradeaus gerichtet und sprach mit leiser Stimme.

»Wenn ich Ihnen einen Rat geben darf, bleiben Sie besser nicht hier wohnen!«

Er fuhr los, ohne sie noch einmal anzusehen.

Alexandra hatte den Nachmittag damit verbracht, den Hausflur leer zu räumen, ihre eigenen Möbel provisorisch auf die renovierten Zimmer zu verteilen und das gesamte untere Stockwerk von Schmutz und Mäusekot zu befreien. Vorsorglich hatte sie alle Schränkchen, jede Kommode und sogar gepolsterte Stühle vor dem Anheben mit einem langen Stock geöffnet oder abgeklopft, da sie in jedem Winkel mindestens eine sprungbereite Maus vermutete.

Währenddessen geisterte Harris Zimmerings Satz in ihrem Kopf umher. Wie auch immer man ihn interpretierte, eine sinnvolle Erklärung fiel ihr nicht ein.

Von oben bis unten eingestaubt saß sie nun auf einer alten Gemüsekiste vor dem Haus und besah zufrieden ihr Werk. Auch wenn sich der Unrat nun in der Scheune türmte, er war aus ihrem Blickfeld, und das machte es ihr leicht, ihn fortan zu ignorieren.

Nachdenklich betrachtete sie das Haus. Den Charme alter Gemäuer besaß es nicht, dazu war es nicht alt genug, auch hatte es keine außergewöhnliche Architektur oder zumindest etwas, was auf verschiedene Bauepochen oder unterschiedliche Geschmäcker jeweiliger Bewohner schließen ließ. Es war einfach nur ein Haus, vier Mauern mit einem Dach, zu groß für eine Person, zu klein für eine Familie. Wenn sie davon absah, was die Leute redeten, war es für ihre Zwecke der perfekte Platz, obgleich sie daran zweifelte, dass es möglich war, es noch vor Wintereinbruch derart instand zu setzen, dass sie sich dort zu Hause fühlte. Alexandra blies verächtlich die Luft durch die Lippen. Zu Hause! Zu Hause war man an dem Ort, an dem man geliebte Menschen um sich hatte oder sich aus anderen Gründen wohl fühlte. Die Menschen, die sie geliebt hatte, waren unerreichbar weit weg. Was blieb, war sie selbst, und vielleicht bestand darin ihre einzige Chance. Ihre Vergangenheit hatte sie wie etwas Lästiges und Nutzloses in Frankfurt zurückgelassen. Mehr noch, sie hatte sie weggesperrt, und wenn die Möglichkeit bestünde, sähe sie sie am liebsten auf dem Grund des Ozeans.

Inzwischen stand die Sonne so tief, dass sie nur noch partiell durch die eng stehenden Bäume brach. Die alten Tonziegel, die hier und da unter dem Putz hervorschauten, schimmerten nunmehr fast golden, und ein Stück blauer Himmel spiegelte sich in einem der Fenster. Fasziniert und vollkommen bewegungslos, als befürchte sie, das Bild zu zerstören, verharrte Alexandra auf ihrem Platz und beobachtete das Spiel des Sonnenlichts auf der Hausmauer. Obwohl sie es immer wieder versucht hatte, war es ihr nie gelungen, Licht in ihren Bildern einzufangen. Vielleicht lag es daran, dass bisher endlose, kalte Häuserschluchten zu ihren bevorzugten Motiven gehörten, vielleicht war es aber auch einfach nur Unvermögen. Möglicherweise würde das Leben in der Natur ihren Stil ein für alle Mal ändern. Beseelt von dieser Hoffnung rannte Alexandra ins Haus, um kurz darauf, einen mit Leinen bespannten Rahmen unter dem Arm, in der anderen Hand eine Werkzeugkiste mit Farbtuben, wieder nach draußen zu eilen. Im Nu hatte sie die Farben auf die Palette aufgebracht, verzichtete auf die Staffelei, sondern legte den Keilrahmen quer über die Knie und begann zu malen. Aus Angst, das Schauspiel auf der Hausmauer könnte abrupt enden, malte sie so schnell und leicht wie noch nie zuvor. Ihr Blick wechselte in Sekundenschnelle zwischen Wand und Leinen, und ihre Hand führte den Pinsel wie von selbst. Der Bann schien endlich gebrochen.

6.

Paul hatte an diesem Sonntagabend alle Hände voll zu tun und war heilfroh, dass Theresia Hoefling, die zwanzigjährige Tochter einer kürzlich zugezogenen Familie, in solchen Fällen als zusätzliche Bedienung aushalf. Außerdem steigerte sie durch ihr auffallend gutes Aussehen und ihre Vorliebe für extrem kurze Röcke eindeutig den Umsatz. Sie war schlank, besaß einen makellosen Teint, hatte lange blonde Haare, die sie zum Zopf geflochten trug, und verfügte, trotz ihrer Jugend, nicht nur über eine gewisse Reife, sondern auch über eine erstaunliche Schlagfertigkeit. Selbst Paul zog im Wortgefecht mit ihr oftmals den Kürzeren, was ihn zwar für den Moment verärgerte, jedoch nicht davon abhielt, ihr kurz darauf für den Abend seinen Chefposten zu überlassen. Ermöglichte es ihm doch, das eine oder andere Bier zu trinken und den Abend einmal ganz entspannt zu verbringen.

Die Dorfjugend war nach einem verlorenen Fußballspiel gegen den Nachbarort schon am Nachmittag in Pauls Kneipe eingefallen und ertrank ihren Frust nun lautstark im Alkohol. An den vollbesetzten Tischen ging es inzwischen hoch her.

Der Stammtisch blieb dennoch den Alteingesessenen vorbehalten, die daran fast jeden Abend in mehr oder weniger gleicher Runde Skat spielten. Harris Zimmering, Robert Schumann, ein knapp dreißigjähriger Raufbold, dessen jüngerer Bruder Dirk und Tobias Krüger, dem seine Schüchternheit ins Gesicht geschrieben stand.

Zufrieden verfolgte Paul mit seinem Blick Theresia, die sich trotz des vollbeladenen Tabletts mit einem freundlichen Lächeln zwischen den Tischen hindurchschlängelte und derbe

Männerwitze prompt konterte. Insgeheim bewunderte er die zierliche Frau für die Kraft, acht Bierhumpen am ausgestreckten Arm über dem Kopf zu balancieren.

»Vier Wochen Oktoberfest ist besser als jedes Fitnessstudio!«, hatte Theresia ihm gleich zu Anfang in breitem Bayrisch erklärt. Die ehemalige Münchnerin war vor einem halben Jahr mit ihren Eltern hierhergezogen, um eine Gastwirtschaft im Nachbarort Stolzenhagen zu betreiben. Paul, der anfänglich Konkurrenz befürchtete, war schnell besänftigt, als Theresia ihm schon nach kurzer Zeit ihre Hilfe anbot, denn der elterliche Laden lief schlechter als erwartet. Außerdem war sie inzwischen bis über beide Ohren in Robert Schumann verknallt und arbeitete am Abend lieber hier. Paul bezweifelte zwar, dass Theresias Wahl auf den Richtigen gefallen war, denn Robert galt als jähzornig und arrogant, aber sein Aussehen machte ihn für Frauen zum begehrten Objekt. Groß und breitschultrig, mit leicht gewellten, kohlrabenschwarzen Haaren und unergründlich dunklen Augen, war er rein äußerlich der Frauenschwarm schlechthin.

Ein junger Fußballspieler zog Theresia gerade auf seinen Schoß und küsste sie ungestüm. Jede andere hätte ihm sofort eine Ohrfeige verpasst. Theresia hingegen wand sich lachend aus seinen Armen, zog ihm sein Basecap bis zur Nase hinunter und ging dann lächelnd davon.

Paul registrierte zwar Roberts finsteren Blick, hielt ihn aber für vernünftig genug, sich wegen dieses derben Spaßes nicht mit einer betrunkenen Elfermannschaft anzulegen. Schnell goss Paul fünf Schnäpse in die Gläser und brachte sie an den Tisch der Skatrunde.

»Das geht aufs Haus!«, sagte er laut und schob Robert das Glas direkt neben sein Blatt. Dann stieß er mit seinem dagegen und wartete, dass die anderen es ihm gleichtaten.

»Gibt's w-w-was zu feiern?«, stotterte Dirk lautstark und warf dabei einen schnellen Blick auf die Karten seines Bruders.

Wenn er angetrunken oder nervös war, gelang es ihm nicht, das auffällige Handicap in den Griff zu bekommen. Nur wenn er leise sprach, glückte ihm der normale Sprachfluss.

»Nee. Einfach nur so … weil der Laden gut läuft«, antwortete Paul.

»Gleich nicht mehr«, murmelte Robert und drehte sich mit wutverzerrtem Gesicht zu den Fußballspielern um.

Genau das hatte Paul befürchtet. Er packte blitzschnell Roberts Schulter und hielt ihn auf dem Stuhl fest.

»Das lässte mal schön sein! Ja? Theresia hat das nämlich sehr charmant geregelt.«

»Geregelt nennst du das? Ich glaube eher, sie hat es genossen!«

Paul beugte sich langsam zu Robert hinunter, seinen Mund nah an dessen Ohr.

»Hör mal zu, mein Freundchen, bis jetzt hab ich mir die Scheiße, die du mit Theresia veranstaltest, angesehen. Aber das hier ist mein Laden, und ich schwöre dir, wenn du sie irgendwie blöd anmachst, polier ich dir die Fresse! Verstanden?«

Er verharrte noch einen Moment in seiner Haltung, dann stieß er erneut sein Glas gegen Roberts.

»Wie gesagt, der geht aufs Haus!«

Während er trank, beobachtete er argwöhnisch die Runde. Erst als Harris und Dirk lautstark die Gläser aneinanderknallten und sich Tobias fast gewohnheitsmäßig verschluckte, schien Roberts Wut allmählich abzuebben. Paul nickte zufrieden und ging hinter den Tresen zurück.

Tobias hing inzwischen mit hochrotem Gesicht über seiner Stuhllehne, prustete und schnappte nach Luft, während Dirk ihm mit voller Kraft auf den Rücken schlug.

»Tja, Schnaps ist nun mal w-w-was für Männer, w-w-was, Tobias?«

Mittlerweile fast blau im Gesicht, versuchte dieser die

Schläge abzuwehren. Dabei schüttelte er wie wild den Kopf und zeigte auf die Schale Erdnüsse, die auf dem Tisch stand.

Harris erhob sich, packte Tobias blitzschnell, umschloss ihn von hinten mit den Armen und hob den röchelnden Mann ruckartig hoch. Es knackte gefährlich, und fast hätte man meinen können, das Brechen von Rippen zu hören. Tobias' Gesicht bestätigte diese Befürchtung, denn es war jetzt nicht mehr nur blau, sondern schmerzverzerrt, aber letzten Endes führten Harris' Bemühungen zum Erfolg. Die Erdnuss flog in weitem Bogen über den Tisch und landete im Bierglas des Torwarts. Hätte man es darauf angelegt, wäre dieser Treffer nahezu unmöglich gewesen, aber der Zufall wollte es so. Vollkommen konsterniert starrte der Torwart in sein Glas. Tobias' Gesicht verfärbte sich langsam wieder in sein typisches Rot, während er sich linkisch und unbeholfen an den Tisch zurücksetzte und verlegen eine Entschuldigung murmelte.

Theresia, die den Vorgang vom Tresen aus beobachtet hatte, reagierte in Windeseile. Noch bevor der Torwart entrüstet aufspringen konnte, stand sie neben ihm und tauschte sein halbvolles Glas gegen ein frisch Gezapftes.

Charmant lächelnd tätschelte sie seine Schulter. »Ich gehe davon aus, dass Bier mit Erdnussgeschmack nicht dein Ding ist.«

Der Torwart grinste breit. »Und ich gehe davon aus, dass so 'ne Braut wie du nicht solo ist. Aber vielleicht belehrst du mich ja eines Besseren!«

Er griff nach Theresias Hand und wollte sie zu sich ziehen. Darauf schien Robert nur gewartet zu haben. Blitzschnell stürzte er auf den Nachbartisch zu, ließ wider Erwarten den Torwart links liegen, packte Theresia am Arm und zerrte sie zur Tür. Seine Augen funkelten vor Zorn.

»Willst du mich hier vorführen? He? Macht es dir Spaß, mich zum Deppen zu machen?«

Theresia war selbstbewusst genug, um sich nicht einschüchtern zu lassen.

»Und du? Willst du dich wirklich mit einer ganzen Fußballmannschaft prügeln? Die sind voll bis obenhin! Ignorier sie, und beruhig dich wieder.«

»Ich soll mich beruhigen, wenn meine Freundin vor meinen Augen mit anderen Kerlen rummacht?«

»Robert! Ich stelle ihnen das Bier hin! Und es macht mir Spaß, nett zu sein! Oder willst du dein Bier von irgendeinem muffeligen Typen serviert bekommen? Na bitte!«

Theresia küsste ihn auf den Mund und lächelte versöhnlich.

»Ich liebe nur dich! Das weißt du doch!«

Roberts Miene blieb kalt. Abrupt ließ er ihren Arm los und trat ganz nah an sie heran. »Du hast die Wahl, mich oder dieser beschissene Job hier!«

Er hatte nicht bemerkt, dass Paul schon seit geraumer Zeit in nächster Nähe stand und beide aufmerksam beobachtete. Nun kam er mit weit ausholenden Schritten auf sie zu. Seine Körpersprache war eindeutig, er sprach leise und drohend.

»Auf deine Gesellschaft kann ich gut und gern verzichten, auf Theresias nicht! Also lass dir dein idiotisches Verhalten mal durch den Kopf gehen! Und jetzt verschwinde!«

Er packte Robert am Kragen und setzte ihn kurzerhand vor die Tür. Dieser war so perplex, dass er sich nicht einmal ansatzweise wehrte. Kaum hatte Paul die Tür hinter Robert geschlossen, drang ein einzelner lauter Beifall vom Fußballertisch herüber. Der Torwart erhob sich und nickte anerkennend.

»Verpiss dich!«, zischte Paul ihm im Vorbeigehen zu und verschwand hinter einer Tür mit der Aufschrift »Privat«.

Drei Stunden später, es war inzwischen weit nach Mitternacht, verließen die letzten Gäste stark angetrunken die Gastwirtschaft. Ihr Grölen hallte noch lange durch die Nacht und schreckte hier und da die Bewohner aus dem Schlaf. Eine halbe Stunde später betrat Theresia die Straße. Der Ort war mittlerweile wieder still und menschenleer, einzig Harris' Polizeiwagen parkte auf der gegenüberliegenden Straßenseite.

Harris saß rauchend hinter dem Lenkrad.

»Soll ich dich bringen?«, rief er durch das geöffnete Fenster.

Theresia hob abwehrend die Hände, aber es war ihr anzusehen, dass sie unter anderen Umständen das Angebot nur allzu gern angenommen hätte.

»Lass gut sein, Harris, das würde alles nur noch schlimmer machen!«

»Ach komm, ich erklär's ihm morgen!«

Theresia schüttelte den Kopf. »Nein, aber lieb von dir!«

Sie winkte ihm zu und nahm dann den kleinen Weg, der zwischen den Häusern hindurch zum nahe gelegenen Wäldchen führte. Wenn sie die Abkürzung querfeldein benutzte, war sie in fünfzehn Minuten zu Hause. Das war besser, als den nächsten Eifersuchtsanfall von Robert ertragen zu müssen. Einen Moment noch sah Harris ihr nach, dann startete er den Wagen und fuhr davon.

Die Straßenlaternen erhellten nur begrenzte Zeit den schmalen Weg, dann versank in dieser mondlosen Nacht alles in tiefer Dunkelheit. Zuversichtlich steuerte Theresia, ungeachtet des holprigen Untergrundes, in schnellem Tempo dem Wald entgegen, aber als die Lichter von Lunow hinter dem Hügel verschwanden, verließ sie der Mut. Nicht nur, dass sie sich in ihren hochhackigen Schuhen über kurz oder lang die Knöchel brechen würde, es war so verdammt schwarz um sie herum, dass sie zum ersten Mal eine wahrhaft reale Vorstellung von Blindheit bekam. Sie bedauerte es nun zutiefst, Harris' Einladung nicht angenommen zu haben. Ein Geräusch zur Linken ließ sie zusammenfahren. Theresia riss den Kopf herum und richtete ihren Blick starr auf das Maisfeld. Bauer Müller, dem es gehörte, war im August gestorben, und niemand hatte sich seitdem um das Land gekümmert. Der inzwischen verdorrte Mais stand also noch immer mannshoch. Theresia meinte zwar, einen großen Schatten wahrzunehmen, aber sie hätte es nicht beschwören können. Vielleicht nur ein einzelnes Wildschwein, das sich den überreifen Mais schmecken ließ. Sie atmete tief durch, strich, um besser hören zu können, ihre Haare hinter die Ohren und ging weiter. Kurz darauf knackte es wieder, fast unmittelbar neben ihr.

»Robert?« Ein schwacher Windhauch bewegte die ausgetrockneten Maisblätter, dann war es wieder still. Theresia lächelte in sich hinein. Die Natur spielte ihr einen Streich. Als ehemaliges Stadtkind waren ihre Sinne wenig geschärft und in dieser Situation höchstwahrscheinlich überstrapaziert. Das Beste war, einfach geradeaus zu gehen und nicht mehr hinzuhören; sehen konnte sie ohnehin nichts. Sie hatte den Wald fast erreicht, als es erneut raschelte.

»Wenn du das bist, Robert, finde ich das überhaupt nicht komisch!«, sagte sie laut in die vermeintliche Richtung und marschierte stramm weiter.

Das unregelmäßige Knacken hinter ihr wurde ganz plötzlich zum steten Geräusch schwerer Schritte. Mit weit aufgerissenen Augen versuchte sie, immer schneller werdend, über die Schulter hinweg etwas zu erkennen, aber die Dunkelheit war wie eine undurchdringliche Wand. Sie wusste zwar, dass der Weg durch das Wäldchen zu lang war und dass sie keine Chance haben würde, dem Verfolger zu entkommen, aber sie musste es versuchen. Der Rückweg war abgeschnitten. In panischer Angst streifte Theresia die Schuhe von den Füßen und rannte los. Sie spürte nicht, wie die Dornen der Sträucher ihre Waden zerschnitten, auch nicht den Druck scharfkantiger kleiner Steine unter ihren Fußsohlen, vollkommen blind rannte sie geradeaus. Kein Laut kam über ihre Lippen, kein Hilfeschrei, den eh niemand hören würde, sie brauchte die Kraft, um noch schneller zu werden. Die Schritte hinter ihr wurden hastiger, dann aber zunehmend leiser. Sie hatte ihn abgehängt. In ihrem Kopf rasten die Gedanken. Sie wusste, dass der Weg nach circa zweihundert Metern an einem viereckigen Markierungsstein eine leichte Linkskurve nahm und dann wieder schnurgeradeaus bis zum Ende des Waldes verlief. Wo aber befand sie sich gerade? Hatte sie diese Biegung schon erreicht? Verunsichert blieb sie stehen. Sie brauchte eine Orientierung, und wenn es nur ein umgefallener Baum war. Sie kannte jeden, denn sie war diese Strecke etliche Male gelaufen. Theresia hielt den Atem an und lauschte, während sie in ihrer Handtasche nach dem Handy suchte. Sie benötigte Licht, wenigstens für ein paar Sekunden, auch wenn sie dabei Gefahr lief, selbst gesehen zu werden. Es war jetzt totenstill. Der Wind hatte sich fast schlagartig gelegt, und nicht ein einziger Laut drang aus dem Wald. Das Handy eng an ihren Bauch gepresst und damit nach hinten abgeschirmt, leuchtete sie, soweit es das schwache Licht hergab, den Weg ab. Aber nichts an dieser Stelle war in irgendeiner Weise markant. Lautlos lief sie ein paar Schritte weiter. Nichts! Auch hier erkannte sie absolut nichts. Das Herannahen schwerer Schritte durchbrach die Stille. Sie waren ganz nah, er musste direkt hinter ihr sein. Theresia fuhr herum und riss das Handy wie eine Waffe nach oben. Sie wollte ihren Verfolger sehen, wenigstens wollte sie wissen, wer ihr das antat.

Mit zitternden Händen hielt Theresia das Handy weit vor sich gestreckt, aber als sie die Umrisse einer Gestalt erkennen konnte, geriet sie in Panik, ließ das Handy fallen und rannte los. Nur wenige Meter weiter bremste ein schmerzhafter Schlag gegen ihr linkes Schienbein den Lauf, und sie fiel hart zu Boden. Der viereckige Stein an der Wegbiegung hatte sie zu Fall gebracht. Innerhalb von Sekunden war das Keuchen über ihr. Der Angreifer drückte sie mit enormer Kraft auf den Boden, indem er sich rittlings auf sie setzte. Es gelang ihr dennoch, den Kopf blitzschnell seitlich zu drehen, um nicht im weichen Waldboden zu ersticken. Langsam beugte er sich zu ihr hinunter.

»Es kann dich niemand hören. Also schrei! Schrei, so laut und so lange du noch kannst«, hauchte er fast tonlos in ihr Ohr.

Gleichzeitig spürte sie, wie sich eine dünne Schlinge um ihren Hals legte. Sein Atem roch nach Pfefferminz. Und da war noch etwas! Die milde Waldluft mischte sich plötzlich mit einem Duft, den sie kannte. Ein Aftershave! Robert! Beinahe erleichtert über ihre Erkenntnis, versuchte sie den Kopf weiter zu drehen, aber der Druck seines Knies auf ihrem Rücken verhinderte jegliche Bewegung. Zugleich wurde die Schlinge um den Hals enger.

»Robert! Bitte, bitte hör auf! Es tut mir leid«, krächzte sie.

»Jetzt schrei endlich!« Es war nicht Robert.

»Was willst du?«, presste Theresia hervor.

»Dass du schreist!«, hauchte er.

Theresia war sich sicher, diese Stimme schon einmal gehört zu haben, aber um deren Klang zu erkennen, musste sie ihn dazu bringen, lauter zu sprechen.

»Und dann?«, fragte sie. Wieder näherte er sich ihrem Ohr.

»Werde ich dich sehr langsam töten«, flüsterte er.

Sie hatte keine Chance. Er war ein Wahnsinniger, wild entschlossen, sie umzubringen. Ein Ruck seiner Hände, und der Draht schnitt tief in ihre Kehle. Es war ihr kaum noch möglich zu atmen.

»Halt die Luft an, und stell dich tot. Lass ihn denken, er hätte es geschafft!«, hämmerte es in ihrem Kopf, aber ihr Körper gehorchte ihr nicht, er rang nach Luft, anfangs röchelnd, kurz darauf schnappend. Der Todeskampf hatte begonnen. Theresia schloss die Augen und ließ ihn gewähren. Mit einem Mal lockerte sich die Schlinge, und laut ächzend strömte ein wenig Luft in ihre Lungen. Er spielte mit ihr. Sie musste nur durchhalten und den geeigneten Punkt finden, ihn glauben zu machen, dass sie tot war. Sie brauchte nur genug Luft dafür. Der Druck auf ihren Rücken ließ plötzlich nach. Der Angreifer kniete jetzt seitlich von ihr.

»Jetzt schrei, verdammt noch mal!«, hörte sie ihn zischen.

Mit einer Hand fuhr er unter sie, zerriss den Bund ihres Slips und zerrte diesen dann nach unten. Sie schrie laut auf, als sie seine eiskalte Hand zwischen ihren Beinen spürte.

»Na bitte, es geht doch!«, schnaufte er, ergriff mit beiden Händen die Schlinge und zog mit aller Kraft zu. Sie spürte noch lange, wie ihr Körper sich wehrte, dann entließ ihr Bewusstsein sie endlich in die Dunkelheit.

7.

Alexandra erwachte mitten in der Nacht. Sie hätte nicht sagen können, ob ein Geräusch sie weckte oder ob es der bittere Geschmack von Terpentin auf ihren Lippen war. Vorsichtig tastete sie den Boden ab, fühlte die klebrige Fläche der Farbpalette unter ihrer Hand, stieß etwas um und fand dann endlich den Kippschalter der kleinen Stehlampe. Das schwache Licht der Fünfzehn-Watt-Birne erhellte den Raum. Sie hatte bis Einbruch der Dunkelheit gemalt, ohne Pause, euphorisch und glücklich darüber, die Schaffenskrise überstanden zu haben. Danach war sie erschöpft eingeschlafen. Jetzt war es vier Uhr morgens. Alexandra verspürte plötzlich unbändigen Appetit auf heißen und extrem süßen Kaffee. Lächelnd rappelte sie sich hoch und sah versonnen auf das an der Wand lehnende Ölbild. Es war perfekt.

Sie war angekommen, alles war wieder da! Der Geruch von frischer Ölfarbe und Terpentin, pechschwarzer, zuckersüßer Kaffee, die Bedeutungslosigkeit von Tag und Nacht, sie spürte sie wieder, die enthusiastische Lust am Malen. Beschwingt stand sie auf, ordnete mit geübten Handgriffen das Chaos der Zeichenutensilien um sie herum und ging in die Küche. Auch hier herrschte noch immer ein heilloses Durcheinander, und sicher würde sie noch Wochen brauchen, bis die Küche ihren Vorstellungen entsprach. Jetzt stand einzig ein alter Gasherd an der linken Seite, von dem sie noch nicht einmal wusste, ob er überhaupt funktionierte. Den Rest des Raumes füllten Alexandras Kisten. Unentschlossen, ob sie auf der Stelle ihr Geschirr auspacken oder doch lieber den Kaffee aus der Tasse ihrer Vorgängerin trinken sollte, musterte sie argwöhnisch den blau-weiß gepunkteten Kaffeepott, der verloren auf dem Gasherd stand. Der dunkelbraune Rand eingetrockneten Kaffees ließ erkennen, dass sich der Benutzer nicht mehr die Mühe gemacht hatte, die Tasse zu reinigen. Alexandra hatte plötzlich das Empfinden, die Tasse könnte sich noch warm anfühlen, wenn sie nach ihr griff. Beinahe ängstlich trat sie näher an den Herd heran und starrte auf den Kaffeepott. Hatte er gestern schon hier gestanden? Die Geschichten, die Harris Zimmering erzählt hatte, spukten ihr im Kopf herum. Ob sie nun erfunden waren oder nicht, sie hinterließen einen unangenehmen Nachgeschmack. Als könne frische Luft die düsteren Gedanken vertreiben, schob sie das Fenster nach oben, verriegelte es auf halber Höhe, lehnte sich weit hinaus und atmete tief die warme Nachtluft ein. Um das Haus herum herrschte Windstille, nur die Baumwipfel bewegten sich leise rauschend, hin und wieder kündigten vereinzelte Vogelstimmen die nahende Morgendämmerung an. Die hohe Luftfeuchtigkeit lag wie ein Schleier auf dem Gras und ließ einzelne Halme im schwachen Licht der Küchenlampe glitzern. Wenige Meter weiter herrschte jedoch tiefe Finsternis.

Alexandra beschloss, ein paar Scheinwerfer so am Haus anzubringen, dass sie die Waldgrenze ein wenig erhellten und sie dadurch nicht mehr wie eine schwarze Wand wirkte. Sie schloss das Fenster, hob im Vorbeigehen den Wasserkocher vom Boden, füllte ihn mit Wasser und stellte ihn wieder auf den Fußboden zurück. Die spärliche Anzahl der Steckdosen deutete darauf hin, dass dieser Raum ehemals nicht als Küche gedient hatte, sondern aller Wahrscheinlichkeit nach ein ganz normaler Wohnraum gewesen war. Erst nachträglich hatte man einen Gas- und Wasseranschluss gelegt, eine Aufstockung der Steckdosen jedoch vergessen. So musste die momentan einzig bodennahe Steckdose, der knappen Schnur des Wasserkochers wegen, den Strom liefern, bis sie eine Verteilerdose gekauft hatte.

Alexandra ließ sich auf dem Fußboden nieder und wartete darauf, dass das Wasser zu kochen begann. Es verging nur ein Moment, dann erlosch mit einem Knall das Licht, und das leise Brodeln des Kochers verstummte. Sie saß im Dunkeln. Da sie keinerlei Lust verspürte, in einem ihr noch völlig unbekannten Haus nach einem Sicherungskasten zu suchen, schob sie den Gedanken an Kaffee wehmütig beiseite und beschloss, die Morgendämmerung vor dem Haus zu erleben. Sie war gerade im Begriff aufzustehen, als das Licht wieder anging. Obwohl sie von Elektrik rein gar nichts verstand, wusste sie doch zumindest, dass eine herausgesprungene Sicherung sich nicht allein umlegte. Anscheinend handelte es sich nur um einen Wackelkontakt, aber da absehbar war, dass so etwas immer wieder passieren würde, musste sie wohl einen Fachmann beauftragen. An die daraus entstehenden Kosten mochte sie noch gar nicht denken. Jetzt war nur wichtig, dass die Steckdose durchhielt, bis das Wasser brodelte.

Wenige Minuten später ging Alexandra, eine Tasse heißen, wohlriechenden Kaffee unter ihre Nase haltend, leise summend durch den Flur. Ganz plötzlich blieb sie stehen und sah verwundert auf die Spur schmutziger Fußabdrücke, die sich kreuz und quer durch den gesamten Flur zog und an der Haustür endete. Als dürfe sie die Fährte nicht zerstören, bahnte sie sich schlängelnd einen Weg bis zur Tür und betrachtete dann nachdenklich ihre sauberen Turnschuhe. Konnte es sein, dass der Schmutz noch von der ersten Nacht herrührte, als sie wieder und wieder hinausgelaufen war, um die Kartons zu holen? Es hatte geregnet, es war dunkel, und sicher war ihr nicht aufgefallen, dass sie derart viel Schmutz ins Haus getragen hatte. Der Adrenalinstoß durchfuhr sie wie ein Stromschlag. Was war das? Ein Poltern, oder waren es Schritte? Einige Sekunden verharrte sie bewegungslos, dann tat sie zaghaft einen Schritt nach vorn. Zeitgleich setzte auch das Geräusch ein, und wie schon in der vergangenen Nacht kam es vom Dachboden.

Kein Zweifel, es waren unverkennbar Schritte, und sie hatte das Gefühl, dass sie verstummten, wenn sie innehielt. Kaum tat sie jedoch den nächsten Schritt, knarrte auch das Gebälk über ihr. War es möglich, dass sie es selbst verursachte? Das Ohr eng an die Wand gepresst, rührte Alexandra sich nun minutenlang nicht mehr. Eine gespenstische Stille herrschte im Haus, einzig ihr Herz schlug so laut und schnell in ihrer Brust, dass sie meinte, man könne es noch Meter von ihr entfernt hören. Aufmerksam suchte sie mit den Augen die Zimmerdecke ab. Erschütterungen waren nicht zu erkennen, aber da es gerade still war, bewies das gar nichts. Alexandra erschauderte bei dem Gedanken, es könnte sich vielleicht doch jemand auf dem Dachboden befinden. Warum, verdammt noch mal, hatte sie nicht am Tage nachgesehen? Missmutig gestand sie sich ein, dass sie es schlichtweg vergessen hatte. Wer sollte allerdings da oben auch sein?

Von Obdachlosen in ländlicher Gegend hatte sie noch nie gehört, und selbst wenn der Boden einem verliebten Pärchen des Nachts als Treffpunkt für heimliche Rendezvous gedient hatte, so wäre es doch spätestens bei der Feststellung, dass eseinen neuen Bewohner gab, klammheimlich wieder verschwunden. Bliebe eine Sache, von der sie schon oft gehört hatte und die derlei Geräusche plausibel machte. Ein Marder! Möglich, dass dies sogar eine Erklärung für die Instabilität der elektrischen Leitungen war. So possierlich diese Pelztierchen auch waren, einmal auf dem Dachboden eines Hauses niedergelassen, wurden sie zu kaum vertreibbaren, nächtlichen Ruhestörern, denen selbst die heimtückischsten Fallen selten den Garaus zu machen vermochten. Die Existenz eines Marders, der sich für den Winter einrichtete, war zwar wenig erfreulich, aber Unwissenheit war weitaus beängstigender. Sie musste der Sache nachgehen, wollte sie vermeiden, dass sie weiterhin jedes nächtliche Geräusch in Angst und Schrecken versetzte. Momentan allerdings gab es nur eine Sache, vor der sie sich wirklich fürchtete: das Dachgeschoss ein weiteres Mal im Dunkeln zu betreten. Was, wenn die Gestalt im Schaukelstuhl keine Sinnestäuschung gewesen war? Allein der Gedanke daran ließ ihr die Haare zu Berge stehen. Obwohl es dumm war und ihre Ängste nur verstärkte, rannte sie, als wäre der Leibhaftige hinter ihr her, nach draußen und hielt erst an, als sie zwischen sich und das Haus einen gebührenden Abstand gebracht hatte.

Aus sicherer Entfernung und atemlos vor innerer Anstrengung begutachtete sie Meter für Meter das Dach. Selbst den schwachen Strahl einer Taschenlampe würden die maroden Dachziegel in der Dunkelheit preisgeben. Es war jedoch nichts zu sehen. Das Haus lag in tiefer Dunkelheit. Einzig die Lampe im Flur warf einen matten Schein durch die offene Eingangstür.

»Wenn du hier wohnen bleiben willst, musst du damit aufhören«, beschwor sich Alexandra. Dann holte sie tief und langsam Luft, drückte den Rücken durch, ließ entspannt die Schultern fallen und atmete ebenso langsam wieder aus. Ninas Tipp, sich in solchen Momenten einzig auf die eigene Atmung zu konzentrieren, half. Alexandra beruhigte sich, ihr Puls kehrte zur normalen Frequenz zurück, und das Denken fiel ihr wieder leicht.

Obgleich sie sich eingestehen musste, dass sie sich noch nie so hilflos gefühlt hatte, widerstand sie der Versuchung, ihre Freundin sofort anzurufen. Was sollte sie Nina sagen? Hilfe, ich höre Geräusche, und die Hauselektrik spinnt? Nina würde ihr sofort raten, alles stehen und liegen zu lassen und noch am selben Tag zurückzukehren. Sie hatte sie schließlich eindringlich vor diesem Umzug gewarnt und während der letzten gemeinsamen Abende mit Horrorgeschichten umzustimmen versucht. Erst als sie eingesehen hatte, dass das nichts brachte, hatte sie ihr alles Glück der Welt gewünscht und ihr das Versprechen abgenommen, beim geringsten Anzeichen eines Rückfalls sofort einen Arzt aufzusuchen.

Alexandra tastete nach der kleinen Dose in ihrer Hosentasche und lächelte. Nein, sie brauchte keine Tabletten mehr, sie war inzwischen stark genug, dagegen anzukämpfen. Trotzdem beschloss sie, gegen zehn Uhr Nina anzurufen und sie zu einem Besuch zu überreden. Die Anwesenheit der Freundin würde nicht nur jede Menge Spaß bringen, auch zwei helfende Hände konnte sie bei dem, was sie einrichtungstechnisch noch vor sich hatte, gut gebrauchen. Ungeduldig sah sie auf ihre Uhr. Wenn sie Nina allerdings sofort anriefe, noch bevor diese ihren Tag plante, standen die Chancen für einen Besuch deutlich höher. Gegen zehn war Nina doch längst in irgendeiner Galerie oder saß mitten in einer Besprechung. Momentan jedoch schlief sie tief und fest. »Was soll's«, dachte Alexandra. Die Gewissheit, den anderen zu jeder Tages- und Nachtzeit anrufen zu können, war eines der wertvollsten Merkmale dieser jahrelangen Freundschaft. Mit diesem Gedanken fiel es ihr leicht, ins Haus zurückzukehren. Minuten später hatte sie beinahe jeden Winkel des Erdgeschosses nach einer Stelle durchforstet, an der es wenigstens einen schwachen Handyempfang gab. Ohne Erfolg, ebenerdig gab es keinen Ort, an dem ihr Telefon funktionierte.

»Na, das kann ja heiter werden«, schimpfte Alexandra leise vor sich hin und verfluchte wieder einmal ihre Leichtfertigkeit und ihre lapidare Behauptung, auch ohne einen Festnetzanschluss mit der übrigen Welt in Verbindung bleiben zu können. Das nicht bestehende Funknetz würde in dieser gottverlassenen Gegend nun zum existentiellen Problem werden. In der Hoffnung, dass es nur die dicken Mauern des Hauses waren, die den Empfang verhinderten, lief sie, in der rechten Hand noch immer die Tasse mit dem inzwischen erkalteten Kaffee, die linke mit dem Handy weit nach oben gestreckt, wieder nach draußen, aber auch dort zeigte das Telefon nicht einen einzigen Balken an. Nach einigem Hinundhergelaufe gab Alexandra auf und ließ sich enttäuscht auf der alten Gemüsekiste nieder. Es würde ihr wohl nichts anderes übrig bleiben, als den Morgen abzuwarten und es bei einem Ausflug ins Dorf erneut zu versuchen.

8.

Den Duft frisch gebackener Brötchen der nahe gelegenen Bäckerei in der Nase und in Vorfreude auf ein ausgedehntes Frühstück im eigenen Garten, betrat Alexandra gutgelaunt die einzige Verkaufsstelle von Lunow. Wie in kleineren Orten üblich, stellte dieser Supermarkt mehr als nur eine Einkaufsmöglichkeit für die Dorfbewohner dar, er schien Treffpunkt tratschender Hausfrauen und Kindergarten in einem zu sein. Entweder kauften hier selten Fremde ein, oder aber Alexandras Auftritt in farbverschmierter Latzhose, aus deren Taschen rechts und links jeweils ein Baguette hervorschaute, verschlug den Frauen die Sprache. Es herrschte jedenfalls, kaum dass man ihrer gewahr wurde, peinliche Stille.

»Einen wunderschönen guten Morgen allerseits«, sagte Alexandra und bahnte sich lächelnd einen Weg durch eine ganze Horde Kinder unterschiedlichen Alters. Während einige der Frauen zaghaft zurückgrüßten, plärrte der Großteil der Kinder brav im Chor »Guten Morgen!«.

Alexandra, verzückt über diesen Empfang, wandte sich spontan den Kindern zu. »Na, was ist, wollt ihr mir helfen? Ich bin neu hier und habe keine Ahnung, wo Milch und Zucker stehen.«

Mit diesem Ansturm kindlicher Hilfsbereitschaft und Neugierde, der nun auf sie einprasselte, hatte sie nicht gerechnet. In Windeseile hatte sie an jeder Seite mindestens drei Kinder, die sich lautstark darüber stritten, wo rechts und links ist und in welchem der Regale denn nun der Zucker zu finden war. Alexandra ließ sich lachend mitziehen, bis ein lauter Pfiff aus einer Trillerpfeife die Gruppe abrupt zum Stehen brachte.

Maulend drehten die Kinder um und kehrten zu ihrer Erzieherin zurück. Diese winkte Alexandra zu und zeigte auf ihre Armbanduhr. Weshalb auch immer sie es eilig hatten, nur eine Minute später war die Verkaufsstelle kinderfrei. Das Einsetzen von Glockengeläut verringerte die restliche Menschenansammlung mindestens um zwei Drittel, und als Alexandra um die fünfte Regalecke bog, war der Eingang schließlich menschenleer.

Sie suchte gerade, die Lebensmittel bis hoch zum Kinn gestapelt, nach einem leeren Karton, als eine harte knorrige Hand ihren Unterarm umklammerte. Verdutzt drehte Alexandra sich um und sah in das faltige Gesicht einer uralten Frau. Nun, da Alexandra sich ihr zuwandte, lockerte sie nicht etwa den Griff, sondern zog sie mit eiserner Hand zu sich hinunter.

»Gehen Sie fort von hier!«, flüsterte die alte Frau und durchbohrte sie mit einem Blick aus milchig weißen Augen. Noch bevor Alexandra etwas erwidern konnte, ließ die Frau los, drehte sich um und schlurfte, das linke Bein ein wenig nachziehend, davon. Obgleich sich der Satz wie eine Warnung anhörte, schenkte Alexandra dem Vorfall keine weitere Beachtung. Erst an der Kasse kam er ihr wieder in den Sinn. Da sie davon ausging, dass die gelangweilte Verkäuferin hinter der menschenleeren Kasse sie als nunmehr einzige Kundin beobachtet hatte, fragte sie direkt und ohne Umschweife: »Die alte Frau eben, was ist mit ihren Augen?«

»Sie ist blind«, antwortete die Verkäuferin recht teilnahmslos, während sie mit geübtem Griff die Waren über den Scanner zog.

»Aber wie konnte sie dann …?«

Die Verkäuferin unterbrach sie, ohne aufzusehen. »Sie meinen, Ihren Arm greifen? Sie fühlt es.«

Eine Packung Batterien, die sich partout nicht einscannen lassen wollte, brachte die eingespielte Routine ins Stocken.

Beinahe hektisch, so als stünden hinter Alexandra noch Dutzende andere, nestelte die Kassiererin an ihrer Kitteltasche und zog, nachdem sie sich nach allen Seiten umgesehen hatte, eine Brille hervor. Verlegen setzte sie das Kassengestell auf, kniff dennoch die Augen zusammen und hielt sich die Packung nah vor das Gesicht. Dabei tippte sie eilig die Nummern in die Kasse. So schnell, wie sie die Brille hervorgeholt hatte, ließ sie sie auch wieder in ihrer Tasche verschwinden. Dann atmete sie erleichtert auf und sah Alexandra an.

»Was hat sie gesagt?«, fragte sie neugierig.

Alexandra, die den Brillenvorgang amüsiert beobachtet hatte, wusste nicht gleich, worauf sie hinauswollte. »Wer? Ach so. Dass ich fortgehen soll. Was meint sie damit?«

»Gar nichts. Ich glaube, es ist eine Macke von ihr. Sie ist fünfundachtzig und lebt seit Jahrzehnten vollkommen allein. Da wird man halt wunderlich.«

Alexandra hätte dieser einfachen Erklärung gern Glauben geschenkt, aber da jede Person, der sie bisher begegnet war, in irgendeiner Weise seltsam reagiert hatte, musste es einen geheimnisvollen Umstand geben, von dem alle, außer sie selbst, Kenntnis hatten. Entweder legten es hier alle darauf an, sie zu vergraulen, indem sie von mysteriösen Bedrohungen sprachen, oder aber Alexandra bildete sich all das nur ein, weil sie, plötzlich allein, übersensibel auf Gerede reagierte. Da Letzteres beruhigender war, beschloss sie zum wiederholten Mal, dieser Art von Dorfgeschwätz keine große Bedeutung zukommen zu lassen.

»Übrigens, 'ne super Nummer, die Sie da abgezogen haben!«, hörte sie die Verkäuferin sagen. »Sie sind jetzt zwar das Klatschthema Nummer eins für mindestens zwei Tage, aber Sie sehen so aus, als ob Sie damit klarkämen.« Die Verkäuferin streckte plötzlich die Hand über die Kasse. »Sybille.«

»Alexandra. Die Neue, über die man sich ab jetzt das Maul zerreißt!«

Sybille zog lächelnd die Brauen nach oben und zuckte mit den Schultern. »Das lässt schnell wieder nach. Dann schließt man dich in die Arme, und zwar so sehr, dass dir die Luft wegbleibt. Ne, ne, das Dorf ist schon okay, und irgendwie hat's ja auch was für sich, wenn alle zusammenhalten. Heutzutage! Zwanzig vierunddreißig.«

Mit einem »Pling« sprang die Kasse auf. Alexandra legte einen Hunderter in Sybilles geöffnete Hand, ignorierte deren verzweifelten Blick und packte ihre Sachen in die Plastiktüten.

»Wohin sind denn alle so schnell verschwunden? Sah ja nach einer regelrechten Vollversammlung aus«, sagte Alexandra beiläufig.

»Du meinst die Leute? Die Alten zur Morgenandacht, die Kleinen zum Kindergarten, der Rest wartet auf den Schulbus.«

»Jeden Morgen?«

»Wenn's ein Dorfthema gibt? Ja.«

»Und gab's heute ein Thema?«

Sybille sah sie ungläubig an. »Hast du's noch nicht gehört?«

Alexandra hatte kaum die Schultern gehoben, als Sybille schon die Neuigkeit dieses Montagmorgens verkündete. Sie hielt dabei das Wechselgeld über Alexandras offene Handfläche, ließ es aber nicht hineinfallen.

»Das mit Theresia! 'tschuldigung, du kennst sie ja gar nicht. Theresia Hoefling ist die Freundin von Robert ... ist ja auch egal. Na ja, jedenfalls gab's gestern Abend 'nen mordsmäßigen Zoff in der Dorfkneipe wegen irgend so 'nem Fußballer. Und nun ist Theresia verschwunden.«

Sybille hatte beinahe ohne Punkt und Komma geredet, nun holte sie tief Luft, legte endlich das Geld in Alexandras noch immer geöffnete Handfläche und beugte sich dann zu ihr herüber. »Unter uns ... Robert Schumann is 'n Arschloch, und meine Meinung ist, dass sie die Schnauze voll von ihm hat und mit 'nem andern durchgebrannt ist.«

Das Wort »verschwunden« löste bei Alexandra zwar erneut Unbehagen aus, aber um nicht wieder und wieder demselben unguten Gefühl zu verfallen, schob sie den Gedanken sofort beiseite.

Stattdessen besann sie sich auf Pauls Tipp, universal einsetzbare Handwerker betreffend.

»Ach so, Paul … ich kenn seinen Nachnamen nicht … der Wirt vom … sagte mir …«

Sybille riss erstaunt die Augen auf. »Ihr seid per du? Wow! Da musste ja Eindruck gemacht haben. Paul Borowski ist 'n echt cooler Typ, wenn man mal von seinem Alter absieht, aber eh der jemandem vertraut, … wächst Gras in der Wüste!« Ein wenig misstrauisch sah sie Alexandra an. »'tschuldigung! Was wolltest du …? Äh, ich meine, was sagte Paul?«

»Dass ich dich nach Dirk Schumann fragen soll.«

Sybille nickte stolz. »Absolut richtig. Das ist meiner! Und was willste von ihm?«

»Ich brauche einen Handwerker, jemanden, der von der Elektrik bis zum Dach einfach alles kann.«

»Kann er … aber ob er's macht?«

»Er soll's ja nicht umsonst machen. Wie es aussieht, muss ich zwar tief in die Tasche greifen, aber wenn er mir vielleicht …«

»Schwarz?« Sybille schüttelte bedauernd den Kopf. »Auch wenn wir die Knete wirklich gebrauchen könnten, schwarz geht gar nichts. Leider.«

»Ich wollte sagen, einen ungefähren Kostenvoranschlag machen könnte und ich erst danach entscheide …«

»Ja klar«, unterbrach Sybille. »Das macht er sowieso.«

»Na dann. Kannst du ihm Bescheid sagen, dass er bei Gelegenheit vorbeikommen soll? Ich wohne im alten Bahnhof.«

Sybille nickte eifrig, während sie einen skeptischen Blick auf Alexandras unzählige Plastiktüten warf. »Soll ich dir tragen helfen? Ich meine, bis zum Auto?«

»Fahrrad!«, berichtigte Alexandra lächelnd. »Ich hab kein Auto.« Sie schnappte sich die Tüten und steuerte auf den Ausgang zu.

»Nee, oder? Und wohnst da draußen im Wald?«, rief Sybille ihr entgeistert nach. Alexandra nickte, ohne sich umzudrehen.

Sie war schon fast zur Tür hinaus, als ihr die Mausefallen einfielen. Entnervt stellte sie die Tüten ab, lief zu den Regalen zurück, griff im Vorbeigehen ins Schokoladensortiment und nahm dann einen gut gefüllten Pappkarton mit Mausefallen. Sybille konnte sich den neiderfüllten Blick auf Alexandras schlanke Taille nicht verkneifen, als sie die zehnte Tafel Schokolade über den Scanner zog. Ihre Entgeisterung steigerte sich allerdings noch, als sie den Karton sah. »Willst du die alle kaufen?«

»Ja. Und ich befürchte, die reichen nicht mal!«

9.

»Das heißt also, Sie sind der Letzte, der Theresia Hoefling lebend gesehen hat. Ausgerechnet Sie, Zimmering! Das ist geradezu … absurd!« Kriminalhauptkommissar Schneider, ein kleiner, drahtiger Mann um die fünfzig, dessen gebogene Nase dem Vergleich mit einem Adlerschnabel standhielt und ihm daher etwas Scharfsinniges und Lauerndes verlieh, ließ sich auf den Drehsessel hinter Harris Zimmerings Schreibtisch fallen und rollte mit Schwung bis zur Fensterfront. Er strich mit den Händen sorgfältig den maßgeschneiderten Anzug glatt, schlug das Revers nach oben, legte die Beine auf dem Fenstersims ab und sah nach draußen.

»Ja. Ich habe draußen im Auto auf sie gewartet.« Harris Zimmering gab sich Mühe, nicht eingeschüchtert zu klingen. Die Sonderkommission, der Schneider angehörte, war im Polizeipräsidium von Eberswalde gebildet worden, Schneider selbst wollte jedoch sprichwörtlich am Tatort sitzen und hatte sich daher in der kleinen Polizeistation von Hohensaaten eingemietet. Seit sechs Wochen belagerte er nun rund um die Uhr Harris' Büro, schlief dort, wusch sich und aß auch dort.

»Warum?«

»Weil ich sie nach Hause fahren wollte.«

»Und warum haben Sie's dann nicht gemacht, verdammt noch mal?«

»Theresia Hoefling wollte es nicht. Nach dem Streit mit Robert Schumann wollte sie jeden weiteren Ärger vermeiden.«

»Das ist bescheuert, Zimmering, das ist vollkommen bescheuert!« Schneider schob den etwas zu engen Ärmel seines

Anzuges nach oben und sah auf seine Uhr. »Haben Sie diesen Robert Schumann schon auftreiben können?«

Harris schüttelte den Kopf. Er wusste, dass Hauptkommissar Schneider einige Minuten brauchen würde, bis er sich wieder beruhigt hatte. Obwohl Harris weit davon entfernt war, sich zu rechtfertigen, fühlte er sich doch aufgrund der Tatsachen und durch Schneiders polemische Art beinahe unter Anklage. Er mochte diesen überheblichen Kommissar nicht und würde schon deshalb niemals durchblicken lassen, dass die Mordserie, deren Entwicklung er bisher recht unbeeindruckt verfolgt hatte, plötzlich zu einem Desaster für ihn geworden war.

»Wer auch immer diese Frauen tötet, legt an Tempo zu«, hörte er Schneider jetzt sagen, zu dessen Angewohnheiten es gehörte, Sätze einfach in den Raum zu stellen. Es schien ihm dabei unwichtig, ob sie in einem Zusammenhang zu seinen vorherigen Ausführungen standen oder zu etwas Neuem führten. »Zwischen den ersten fünf Morden lagen jeweils zwei Wochen, sollte Theresia Hoefling tatsächlich das nächste Opfer sein, sind wir bei zwei Tagen. Es eskaliert. Das ist kein normaler Serienmörder, dieser hier befindet sich im Vollrausch!«

Während der letzten Worte sah er fragend zu Harris, der zwar nickend bestätigte, inzwischen aber ziemlich genervt wirkte. Harris hasste Schneiders sprunghaftes Denken, zum einen, weil es ihn schlichtweg überforderte, zum anderen, weil er ständig das Gefühl hatte, von Schneider getestet zu werden.

Als Dorfpolizist beschäftigte er sich für gewöhnlich mit Streitigkeiten zwischen den Einwohnern, Schlägereien in der Stammkneipe, vielleicht noch kleineren Diebstählen oder Einbruchsdelikten, niemals jedoch mit Mord. Er besaß also keinerlei kriminalistische Erfahrungen, geschweige denn fundiertes Wissen zur Lösung eines Mordfalles. Trotzdem hatte man ihn, aufgrund der Tatsache, dass sich die Fundorte der Opfer in seinem Revier befanden, in die Ermittlungen einbezogen. Der Anblick der verstümmelten Frau auf dem Bahngleis, die man kurz darauf als fünftes Mordopfer identifizieren konnte, hatte Harris Zimmering erstaunlich kaltgelassen. Dass nun allerdings Theresia ein weiteres Opfer dieses Wahnsinnigen geworden sein könnte, erfüllte ihn mit unbändiger Wut. Er hatte es nicht nur angenehm gefunden, wenn Theresia ihm mit charmantem Lächeln sein Bier serviert oder ihm gar einen neckischen Blick zugeworfen hatte, sondern er hatte des Öfteren auch angeregte Gespräche mit ihr geführt, aus denen er jedes Mal wohlgelaunt hervorgegangen war. Kurz gesagt, er mochte sie mehr, als er es je zugeben würde.

»Und er scheint besessen von einem bestimmten Gesicht«, sagte Schneider jetzt leise, während er mit verdrießlichem Blick und spitzen Fingern ein unsichtbares Haar von seinem Anzug entfernte. »Die Opfer ähneln einander, mehr noch, auf den ersten Blick könnte man fast meinen, dass sie allesamt Schwestern wären. Jung, schlank, schmales Gesicht und rote Haare.«

Eine weitere Eigenart des Kommissars war es, beim Sprechen den anderen nicht anzusehen. Anfangs noch irritiert, tat Harris es ihm mittlerweile gleich.

»Theresia Hoefling ist blond«, murmelte er. »Ich meine, er hat es vielleicht gar nicht auf sie abgesehen, der Zufall wollte es, dass er ihr begegnet ist.«

Hauptkommissar Schneider rollte zurück an Harris' Schreibtisch und schlug einen Ordner auf. »Serienmörder töten nicht im Affekt und überlassen schon gar nichts dem Zufall. Und was Theresia Hoefling angeht, sie war keine echte Blondine.«

Er tippte auf die erste Seite und schob den Ordner zu Harris. »Hier! Die Obduktionsberichte. Ich schlage vor, Sie lesen sie mal, und dann unterhalten wir uns weiter.«

Harris Zimmering warf Schneider einen verächtlichen Blick

zu, wissend, dass der Kommissar das nicht bemerken würde. Der Unterton in Schneiders Stimme war ihm nicht entgangen, und wenn Harris Zimmering eines hasste, dann waren es Vorwürfe.

Betont gelassen nahm er den Ordner vom Tisch und lief damit lesend durch den Raum. Der ständig wiederkehrende Vibrationston von Schneiders Handy irritierte Harris, aber da Schneider ihn mit stoischer Ruhe ignorierte, vermied er es, seinen Chef darauf anzusprechen. Nur ein einziges Mal warf Schneider einen kurzen Blick auf das Display, quittierte seine Erkenntnis mit einem verachtenden Zucken der Mundwinkel und redete dann, ungeachtet ob Harris zuhörte, weiter.

»Die Serienkiller, mit denen ich bisher zu tun hatte, schienen nicht zu wollen, dass man ihre Opfer findet. Dieser hier will es. Warum?«

Schneider zog das Wort extrem in die Länge, daher antwortete Harris reflexartig, ohne nachzudenken: »Weil er gefasst werden will.«

Schneiders erhobene Brauen straften seine Voreiligkeit. »Nein. Weil er bewundert werden will! Er hat nichts davon, wenn sein Tun nicht bemerkt wird.«

Einen Augenblick lang beobachtete er Harris, aber da dieser wieder in seine Lektüre vertieft war, wandte er sich dem Fenster zu.

»Wir sollten ihm diesen Gefallen nicht tun!«, sagte Schneider nach einer Weile und sah erneut in Harris' Richtung. Dieser schlug in diesem Moment den Ordner zu und legte ihn zurück auf den Schreibtisch. Harris, der Schneiders Ausführungen zum größten Teil nur halbherzig zugehört hatte, spürte, dass er jetzt etwas sagen musste. Die Haltung des Vorgesetzten verlangte danach. Auch wusste er inzwischen, dass Schneider es liebte, Fragen gestellt zu bekommen, statt Bewertungen oder gar Hypothesen zu hören. Die Antworten sollte man, wenn man mit ihm auskommen wollte, besser ihm überlassen.

»Meinen Sie wirklich, dass die langen schwarzen Haare, die man beim letzten Opfer gefunden hat, dem Täter gehören? Suchen wir jetzt nach einem Hippie?«

An Schneiders Gesichtsausdruck war deutlich abzulesen, dass er weder auf Harris' lockeren Ton eingehen noch solcherart Fragen beantworten würde.

»Was meinen Sie, hat der Mörder sie willkürlich ausgesucht?«, fragte Harris daher weiter und ließ sich auf der Schreibtischkante nieder. Dass dies in Gegenwart des Chefs ungehörig war, störte ihn nur wenig, schließlich war es sein Büro.

»Die Ähnlichkeit der Opfer ist zwar nicht von der Hand zu weisen, doch bezüglich der Frage, weshalb er diesen Frauentyp ausgewählt hat, sind wir genauso schlau wie am Anfang«, antwortete Schneider bereitwillig und lehnte sich tiefer in Harris' Bürosessel. Offenbar spürte er erst jetzt die gebrochenen Metallstäbe unter dem Leder, die aus Harris' letztem Wutanfall resultierten, denn er verzog schmerzhaft das Gesicht und kam wieder nach vorn. Harris dachte nicht daran, sich für den unbequemen Sessel zu entschuldigen oder ihm gar einen anderen anzubieten, sondern führte das Frage-und-Antwort-Spiel weiter. »Sie sagten doch, er wäre besessen von einem bestimmten Gesicht. Und dann zerschneidet er es?«

»Dafür kann es tausend Gründe geben. Wir werden es wissen, wenn wir ihn haben.«

»Warum nimmt er ihre Klamotten mit? Sie waren nackt, und alle, bis auf die mit dem abgetrennten Kopf, lagen mit dem Gesicht nach unten, als man sie fand. Warum hat er sie umgedreht?«

Schneider warf Harris einen Blick zu, der so viel heißen sollte wie »Na, Junge, vielleicht kommst du selber drauf«, dann aber wanderten seine Augen irritiert hinauf zur Zimmerdecke, und seine Mundwinkel verzogen sich nach unten, was ihm einen leicht dümmlichen Ausdruck verlieh. Es war mehr als ersichtlich, dass er keine Antwort parat hatte, was Harris ermutigte weiterzureden.

»Hat er den Anblick nicht ertragen können? Möglicherweise ist er verklemmt, verweichlicht, unsicher ... zieht sich heimlich die Frauenkleider an. Die Zeitungen schreiben doch so was!« Harris hatte unbewusst das Spiel verlassen und stellte nun keine Fragen mehr, sondern Mutmaßungen an.

Hauptkommissar Schneider reagierte erwartungsgemäß verärgert. »Ja, und es gibt Leute, die sich mit Zeitungen den Arsch abwischen! Lassen Sie das, Zimmering! Spielen Sie hier nicht den Psychologen!«

Kommissar Schneider suchte mit den Augen den Schreibtisch ab, griff mit einem missbilligenden Blick zu Harris in eine Schachtel mit Reißzwecken und drehte sich zu der Landkarte in seinem Rücken um. »Mich interessiert inzwischen vielmehr dieses Muster.« Er markierte vier verschiedene Punkte und behielt eine Reißzwecke in der Hand. »Das sind die Fundorte der ersten vier Opfer. Sie ergeben ein Kreuz, und zwar auf den Meter genau. Bliebe die hier!« Er hob die fünfte Reißzwecke in die Höhe und sah Harris Zimmering einladend an. »Der religiöse Hintergrund, den ich persönlich für kompletten Schwachsinn gehalten habe, bricht mit der Toten auf den Gleisen weg.« Er steckte die Reißzwecke leicht nach links versetzt über den oberen Punkt. Harris erinnerte sich gut daran, dass es Schneider selbst gewesen war, der die Theorie vertreten hatte, dass der Mörder einen persönlichen Kreuzzug veranstaltete und daher seine Opfer bewusst so anordnete, dass sie auf der Landkarte ein Kreuz ergaben. Diese Behauptung unterstrich er damit, dass die Fundstellen in keinem der Fälle die Tatorte waren.

Harris kniff die Augen zusammen und trat ein paar Schritte zurück. Auf den ersten Blick ergab die fünfte Markierung keinerlei Sinn, es sei denn, die Punkte auf der Karte formierten sich zu einem neuen Bild, was wiederum bedeuten könnte, dass weitere Morde folgten.

Zog man eine waagerechte Linie vom letzten Punkt zur anderen Seite des Kreuzes, drängte sich eine eindeutige Form auf. Ein zynisches Grinsen huschte über Harris Zimmerings Gesicht.

Er würde sich hüten, seine Entdeckung kundzutun, denn wie er Hauptkommissar Schneider kannte, würde dieser es sofort als eigene Überlegung im Kreis der Kollegen präsentieren und Harris würde wieder einmal leer ausgehen. Um sicher zu sein, dass seine Theorie einen Sinn ergab, trat er näher an die Karte heran und legte im Geist ein Lineal an der fiktiven Linie an. Wenn Theresia tatsächlich das sechste Opfer dieses Irren sein sollte, würde man sie also … Harris' Mundwinkel zuckten vor Erregung, als er den imaginären Punkt auf der Landkarte identifizierte.

10.

Schwer bepackt mit einem Vorrat an Lebensmitteln, mit dem man gut eine ganze Kompanie satt bekäme, verließ Alexandra den Supermarkt und wäre beinahe zum zweiten Mal von Harris Zimmering überfahren worden, hätten nicht die Henkel der Einkaufstüten einen knappen Meter vor der Straße den Geist aufgegeben. So, wie sie Einkaufswagen hasste, verabscheute sie auch Plastiktüten inklusive ihrer unbrauchbaren Griffe. Jetzt aber schienen sie ihr glatt das Leben gerettet zu haben. Laut fluchend ließ sie die restlichen Tüten nebst Pappkarton auf das Pflaster fallen und blieb wutentbrannt an der Bordsteinkante stehen. Nichts brachte sie so sehr in Rage wie vermeidbare Missgeschicke, vorwiegend ausgelöst durch den ihr angeborenen Starrsinn.

Leise schnaufend vor Zorn stand sie vor Harris Zimmerings Polizeiwagen und war kurzzeitig geneigt, die zerrissenen Tragetaschen auf dem Asphalt sich selbst zu überlassen und einfach zu ihm ins Auto zu steigen. Es war wirklich zu blöd, dass ein solches Malheur zweimal hintereinander passierte, und noch dazu wahnsinnig peinlich, dass beide Male Harris Zimmering in den Vorfall involviert war. Zum Glück war es ihr nicht gegeben, vor Scham zu erröten. Wie schon im Wald stieg Harris stillschweigend aus, öffnete im Vorbeigehen die Kofferraumklappe, nahm die heil gebliebenen Tüten vom Boden, sammelte den verstreuten Rest ein und stellte alles ins Auto. Der einzige Unterschied zum Vortag war, dass er es dieses Mal lächelnd tat. Alexandra hatte sich noch keinen Zentimeter von der Stelle bewegt, sondern reglos und stumm dem Vorgang zugesehen. Sie zuckte kurz zusammen, als die Klappe des Kofferraumes lautstark ins Schloss fiel, und setzte sich, nachdem ihr Harris die Tür geöffnet hatte, wortlos auf den Beifahrersitz. Harris Zimmering ließ sich hinter dem Lenkrad nieder, nahm seine Zigarette zwischen Daumen und Mittelfinger und hielt sie ihr hin.

»O nein, danke. Rauchen ist nicht mein Ding«, wehrte Alexandra ab.

»Und was ist Ihr Ding?«, fragte er knapp.

Alexandra war nicht der Typ, der nach einer solchen Schlappe zum Alltäglichen überging, aber es imponierte ihr immer wieder, wenn es anderen gelang.

»Ich glaube, ich würde dich damit langweilen«, sagte sie nach einer kurzen Pause.

»Lassen Sie mich das beurteilen!«

»Na gut. Spaziergänge im Regen, gegrillte Riesengarnelen, Käsebrötchen mit Marmelade … Regenwürmer … Reicht das?«

»Klingt interessant.«

Trotz ihrer jüngsten Erkenntnis, dass Harris Zimmering einen etwas absonderlichen Humor besaß und seine Antworten keineswegs ernst zu nehmen waren, sah sie verunsichert zu ihm hinüber.

»Du verarschst mich!«

»Wieso sollte ich? Aber ich hätte da mal eine Frage. Essen Sie Regenwürmer?«

»Um Gottes willen, wie kommst du denn darauf?«, antwortete Alexandra wieder einmal viel zu schnell. Harris hatte ihre Art, Fragen allzu wörtlich zu nehmen, schnell erkannt und nutzte es nun schamlos aus, sie mit ihrer eigenen Schnelligkeit zu verwirren. Aber er hatte gewonnen; sie lächelte jetzt.

»Fährst du mich nach Hause? Ich meine … zu meiner Bruchbude im Wald?«

Harris sah sie erstaunt an. »Wie kommen Sie darauf? Und wieso duzen Sie mich eigentlich?«

Dieses Mal nicht, dachte sie und legte ihr charmantestes Lächeln auf. »Weil ich nicht davon ausgehe, dass dies eine Verhaftung ist … Lieutenant!«

Harris stieß einen typisch männlichen Pfiff aus, drehte dann den Zündschlüssel nach rechts und fuhr mit quietschenden Reifen los. Keine fünfzig Meter weiter legte er einen filmreifen U-Turn hin, stoppte vor dem Supermarkt und hievte Alexandras Fahrrad auf die Rückbank.

»Ich bin mir inzwischen sicher, dass du mich verfolgst«, nahm Alexandra das Gespräch wieder auf, als der Wagen das Ortsausgangsschild passierte.

»Meine Antwort darauf kennst du ja.«

»Ja, ja, die Mäuse. Hab gerade dreißig Fallen gekauft.«

Alexandra sah sich plötzlich hektisch um. »Ich hab was vergessen. Scheiße, wo sind wir jetzt? Halt an!«

Harris trat hart auf die Bremse. Da er es liebte, beim Bremsen dicke Staubwolken zu verursachen, sah er dabei jedes Mal prüfend in den Rückspiegel, so auch jetzt. Erst danach wandte er sich zu Alexandra. Diese war jedoch längst ausgestiegen und lief, ihr Handy in die Höhe haltend, querfeldein. Sie gab ein lustiges Bild ab, wie sie, den Blick starr auf das Display gerichtet, durch die Gegend stolperte. Leise fluchend kehrte sie nach einer Weile zum Wagen zurück und stieg, unter Harris' skeptischem Blick, auf die Kühlerhaube. Als sie jedoch im Begriff war, das Autodach zu besteigen, klopfte Harris energisch gegen die Frontscheibe. Alexandra hielt nur kurz in ihrer Bemühung inne, zeigte nach oben und erkletterte dann tatsächlich das Dach.

Sekunden später hörte er sie telefonieren. »Da habe ich die einzige Stelle in Brandenburg gefunden, wo man mit Handy telefonieren kann, und du gehst nicht ran! Na gut. Also, hör zu, Nina! Wenn du meine Freundin bist, setzt du dich sofort in dein Auto und kommst her! Bitte, bitte, tu mir den Gefallen! Ach so, du wirst mich nicht so ohne weiteres finden. Also gib Lunow in dein Navi ein, geh dort in den Supermarkt und frag die Verkäuferin, wie man zum alten Bahnhof kommt. Bitte, Nina, ja?«

Zu Harris' Freude nahm Alexandra nicht den Rückweg über die Kühlerhaube, sondern landete direkt neben der Beifahrertür. Als wäre nichts gewesen, ließ sie sich auf den Sitz fallen und lächelte ihn an. »Kann weitergehen.«

Verblüfft und nicht minder beeindruckt, startete Harris den Wagen und fuhr los.

»Würdest du mir einen Gefallen tun?«, fragte Alexandra gutgelaunt, als sie den Wald erreichten. Sie war sich sicher, dass Nina ihrem Hilferuf folgen und spätestens am Abend bei ihr eintreffen würde. Die Vorfreude auf die Freundin ließ sie den verpatzten Einkauf vergessen und stattdessen voller Arbeitseifer nach vorn sehen. »Also was ist? Würdest du?«, wiederholte Alexandra.

Harris zuckte mit den Schultern. »Kommt drauf an. Wenn du 'nen Koch für heute Abend brauchst, Fehlanzeige. Mit deiner Freundin lass ich mich auch nicht ein, und gleich vorweg, als Unterhalter tauge ich absolut nicht.«

»Keine Sorge, nichts von alledem. Ich kann zwar auch nicht sonderlich gut kochen, aber für ein Käsebüfett auf Gemüsekisten reicht's. Was meine Freundin Nina angeht, die ist überzeugter Single und hat das Alleinunterhalten erfunden! Was ich will … ich meine, wobei du mir helfen könntest, wäre, mit mir auf den Dachboden zu gehen.«

Eine Sekunde lang meinte sie auf Harris' Gesicht so etwas wie Enttäuschung wahrzunehmen, aber sie konnte sich auch gewaltig irren.

»Und weiter?«, fragte er trocken.

Ein wenig schämte sie sich für das, was sie gleich sagen würde. »Ich glaube, dass da oben irgendetwas oder jemand ist.«

»Und wie kommst du darauf?«

»Weil ich jede Nacht Geräusche höre.« Vorsorglich prüfte sie Harris' Reaktion mit einem Seitenblick.

»Kein Problem«, sagte er kurz. »Gehört ja sozusagen zu meinem Job.«

Erstaunt gestand sie sich ein, dass sie enttäuscht war. Sie hatte weniger die polizeiliche Hilfe erhofft, sondern war vielmehr darauf aus, seinen männlichen Beschützerinstinkt zu wecken. Harris Zimmering gab ihr Rätsel auf. Gestern der Blumenstrauß, heute seine Hilfsbereitschaft vor dem Supermarkt und jetzt das. Eigentlich hatte sie vorgehabt, ihn für den Abend einzuladen, um im Anschluss mit Nina, von deren Eintreffen sie fest überzeugt war, beraten zu können, ob Harris als potentieller neuer Mann in Frage käme. Bei allem, was sie bisher mit ihm erlebt hatte, war das zwar weit vorgegriffen, und diese Überlegungen waren zweifellos abenteuerlich, aber sie musste zugeben, dass sie Harris' Gesellschaft zunehmend genoss. Ninas pragmatische Art, das Für und Wider von Beziehungen darzulegen und besondere von gewöhnlichen Männern anhand hypothetischer Kriterien auszusondieren, hatte ihr schon gute Dienste erwiesen, obgleich sie in einigen Dingen mit der Freundin niemals konform gehen würde. Harris Zimmering verhielt sich in beinahe jeder Situation atypisch, und das machte ihn zumindest für Alexandra besonders.

Die Frage nach dem Verschwinden von Theresia Hoefling lag Alexandra bereits auf den Lippen, als sie das schwarze Cabriolet erblickte, das mitten auf dem Zufahrtsweg zu ihrem Haus parkte.

»Besuch?«, fragte Harris. Alexandra bekam vor Aufregung kein Wort heraus. Den Kopf weit nach vorn gestreckt, suchte sie mit den Augen das Grundstück ab. Dabei strahlte sie über das ganze Gesicht. Harris hatte kaum angehalten, als Alexandra schon aus dem Wagen sprang und laut kreischend auf das Haus zulief.

Sie hatte den Eingang fast erreicht, als ihr schlagartig der

Weg versperrt wurde. Vor ihr stand ein wuscheliges beigefarbenes Etwas von der Größe eines Löwenbabys mit breiten Tatzen, Schlappohren und großen schwarzen Augen unter einem zotteligen Pony. Und es bellte, lautstark und energisch!

»Jack? Jack, wo bist du?« Es war Ninas Stimme, die aus der Scheune hallte. Kurz darauf trat Nina, einen alten Stuhl mit drei gedrechselten Beinen unter dem einen Arm, eine gruselige Stehlampe aus Urgroßmutters Zeiten unter dem anderen, aus dem Scheunentor. Kaum dass sie Alexandra erblickte, ließ sie beides fallen, schlüpfte in Windeseile aus ihren High Heels und rannte auf die Freundin zu. Angestachelt von Ninas Freudenjauchzern, geriet auch das löwenähnliche Riesenbaby namens Jack außer Rand und Band und sprang aus dem Stand an Alexandra hoch. Geschätzte zwanzig Kilo pure Energie prallten gegen ihre Brust und brachten sie zu Fall. Jack blieb danach einfach auf ihr liegen und leckte Alexandra mit seiner warmen Zunge breitflächig und sabbernd das Gesicht ab. Erst Ninas »Pfui!« und der kräftige Zug an seinem ledernen Halsband stoppten Jacks feuchte Liebesbekundungen. Äußerst unwillig ließ er von Alexandra ab und warf sich schnaufend ins hohe Gras. »So ist es brav, Jack«, lobte ihn Nina und fiel freudestrahlend der Freundin um den Hals.

»Na, was sagst du? Überraschung gelungen?«

»Na und ob! Vor nicht mal fünf Minuten hab ich deine Mailbox vollgequatscht, dass du dich auf der Stelle ins Auto setzen sollst. Aber auf die Idee, dass du in meinem Funkloch steckst, wäre ich natürlich nie gekommen.«

Nina kniff plötzlich die Augen zusammen und löste die Umarmung. Ihr Blick über Alexandras Schulter hinweg ließ erahnen, dass Harris das Auto verlassen hatte. Alexandra kannte diesen Blick, mit dem Nina Männer binnen Sekunden scannte, noch bevor diese ihrer überhaupt gewahr wurden. Passten sie in Ninas Beuteschema, bestand ihr Trick darin, sich sofort abzuwenden, bewusst Desinteresse zu zeigen und darauf zu warten, dass sie angesprochen wurde. Sie liebte es, sich dann langsam und mit kühler Miene umzudrehen. Jetzt aber spitzte sie die Lippen, stieß einen leisen Pfiff aus und versteckte ihr Gesicht hinter Alexandras Kopf. »Oh, là, là, das ging aber schnell!«

»Du bist doof«, erwiderte Alexandra und warf einen kurzen Blick nach hinten. »Wenn ich dir erzähle, unter welch peinlichen Umständen ich ihn kennengelernt habe, sagst du …«

»Wie auch immer. Jetzt steht er hinter dir«, unterbrach Nina flüsternd, legte ein charmantes Lächeln auf und streckte Harris die Hand entgegen. Dieser zog betont gelassen seine Hände aus den Hosentaschen, nahm mit der linken die Zigarette aus dem Mundwinkel und ergriff mit der rechten Ninas Hand. An ihrer schlagartig versteinerten Miene war abzulesen, dass er kräftig zudrückte.

»Nina von Treuenfeld«, sagte sie mit warmer Stimme und trat sehr nah an Harris heran. Alexandra konnte sehen, wie sich Ninas Nasenflügel bewegten, während sie tief die Luft einsog. Wäre es nicht Nina, würde sie annehmen, dass die Frau, die sich jetzt so unverblümt und vordergründig anbiederte, gerade im Begriff war, vor ihren Augen eine Affäre zu beginnen. Aber sie kannte diesen Test. Wiche Harris auch nur einen Schritt zurück, verlöre Nina augenblicklich das Interesse, bliebe er aber fasziniert stehen, ginge das Spiel in die zweite Runde. Harris tat jedoch weder das eine noch das andere. Er sah auf Nina herab, murmelte »Harris« und wandte sich mit leicht erhobenen Brauen Alexandra zu. »Ich hol die Tüten, und dann zisch ich wieder ab, okay?«

Nach einem kurzen spöttischen Seitenblick auf Nina drehte er sich um und lief zum Auto. »Ist nichts für dich«, flüsterte Nina, während sie begehrlich Harris' athletischen Körper musterte.

»Und das weißt du nach dreißig Sekunden?«, flüsterte Alexandra zurück.

»Ja«, antwortete Nina knapp.

Alexandra schubste die Freundin sanft von sich. »Wie siehst du überhaupt aus?«, beschwerte sie sich. »Da bin ich zwei Tage weg, und schon legst du dir einen neuen Haarschnitt zu! Identitätskrise oder neuer Lover?«

Nun war es Nina, die sich beklagte. »Zwei Tage? Eher zehn Wochen! Mehr oder minder.« Belustigt schüttelte sie den Kopf. »Zu viel Landluft, was?«

»Sagte ich schon, dass du doof bist?«, konterte Alexandra.

»Sagtest du.« Nina warf den Kopf in den Nacken, so wie sie es früher getan hatte, als ihre Haare noch bis zum Po reichten. Jetzt aber schwang nicht eine Strähne schwungvoll über die Schultern, denn die Haare maßen gerade mal noch zwei Zentimeter. Einzig das Blond war geblieben. Wenn Alexandra noch bis vor kurzem ihre Freundin scherzhaft als Schwester der Sängerin Nena vorstellte, so konnte man sie jetzt für deren blonden Zwilling halten.

»Ich vermiss die alten Zeiten!«, sagte Nina leise.

»Geht mir genauso.«

Für einen kurzen Moment fielen sie sich erneut in die Arme, dann löste sich Nina, wischte mit einer schnellen Handbewegung eine Träne von ihrer Wange und klatschte in die Hände.

»Aber nun hast du ja dieses Prachtexemplar!«

Es störte sie nicht im Geringsten, dass Harris soeben an ihnen vorbeilief und daher ihren letzten Satz gehört haben musste. Im Gegenteil, sie setzte noch eins drauf. »Und Sie, Harris? Verheiratet?«

»Was geht Sie das an?«

Nina schien für einen Moment tatsächlich von Harris' Tonfall eingeschüchtert. »Nur so!«, antwortete sie daher mit einiger Verzögerung. »›Nur so‹ ist die dämlichste Antwort«, brummte Harris, während er die Einkaufstüten vor der Haustür abstellte. Er zögerte einen Augenblick, als schiene er darüber nachzudenken, was er als Nächstes tun sollte, dann drehte er sich langsam um und kam auf die Frauen zu. Direkt vor Nina blieb er stehen. »Also. Was wollen Sie?«

Noch nie hatte Alexandra so etwas wie Unsicherheit bei ihrer Freundin bemerkt, in Harris aber schien Nina tatsächlich ihren Meister gefunden zu haben. Statt der gewohnten schnellen und meist bissigen Antwort, die Nina in solchen Situationen aus der unerschöpflichen Schublade mit ihren Männererfahrungen holte, räusperte sie sich anhaltend. Alexandra musste insgeheim zugeben, dass sie die momentane Pattsituation ein wenig genoss. Sosehr sie Nina auch mochte, deren Umgang mit Männern hielt sie weder für passend noch für erstrebenswert. Einige Sekunden lang taxierten sich Nina und Harris vollkommen regungslos, erst als er sich mit einer fahrigen Bewegung ans Ohr fasste und es zwischen Daumen und Zeigefinger massierte, fand auch die Freundin zu ihrer gewohnten Art zurück. Sie trat noch näher an Harris heran und griff direkt an. »Mache ich Sie nervös?«

»Im Moment sind hier alle nervös, dazu braucht es sicher nicht Ihre Anwesenheit. Sonst noch was?« Obgleich seine Erwiderung mit einer Frage endete, schien er kein Interesse an einer Antwort zu haben. Er warf Alexandra einen irritierten Blick zu und ging.

Einen Moment lang stand Alexandra unentschieden vor der noch immer verschlossenen Haustür und sah Harris nach, erst Ninas »Idiot« erinnerte sie daran, dass sie nicht allein war. »Du bist zu schnell, Nina!«

»Und du zu blauäugig.«

»Ja, ja, ja, lass uns das Thema wechseln.«

»Wieso?«, fragte Nina vergnügt. »Ich finde das Thema hochspannend!«

»Ich aber nicht«, erwiderte Alexandra im gleichen Tonfall und zwinkerte der Freundin zu. »Ich meine, wir sollten es auf später verschieben, wenn's dunkel ist.«

»Aha! Also doch! Dann eben, wenn's dunkel ist.« Voller

Tatendrang klatschte Nina in die Hände. »So. Und nun schließ endlich diese Bruchbude auf!«, forderte sie mit leicht ironischem Unterton, während sie skeptisch den Boden und anschließend ihre nackten Füße betrachtete. Alexandra lehnte sich mit dem Rücken an die Haustür, legte die Arme schützend über die Türflügel und verzog beleidigt das Gesicht.

»Wieso sagen eigentlich alle Bruchbude zu meinem Haus?«

»Weil es eine ist«, antwortete Nina trocken.

Alexandra gab sich geschlagen. »Wahrscheinlich habt ihr recht, es ist eine elende Bruchbude. Aber nun bist du ja da!«

Nina warf ihr einen argwöhnischen Blick zu und betrat, nachdem Alexandra aufgesperrt hatte, den Flur. Unsicher, als würde ihr jeden Moment das Haus über dem Kopf zusammenfallen, sah sie sich um. Obgleich sie mit ihrem tadellosen Outfit aussah, als sei sie gerade einem Modemagazin entsprungen, war die Freundin von ihrer Wesensart her eher praktisch veranlagt. »Ich will jetzt auf der Stelle einen Kaffee und ein paar passende Klamotten für deine Wildnis. Hier kann man doch schon Kaffee kochen, oder?«

Alexandra zog empört die Stirn in Falten. »Im hinteren Teil des Hauses ist 'ne offene Feuerstelle. Für gewöhnlich koche ich da meinen Kaffee. Mein Gott, was denkst du denn!« Sie griff nach den Einkaufstüten, drückte Nina zwei davon in die Hand und deutete auf das Ende des Flures. »Letzte Tür links.«

»Du wolltest mir doch erzählen, wie du ihn kennengelernt hast!«, nahm Nina ihr Lieblingsthema wieder auf, nachdem sie den Inhalt der Tüten im Kühlschrank verstaut hatte. Sie schlenderte neugierig durch die Küche, strich hier und da mit dem Zeigefinger über millimeterdicke Staubschichten, hob verschiedene Kartondeckel an, schob dann kurzerhand eines von Alexandras Regalen an die Wand und begann, Gläser aus einem Umzugskarton vom Zeitungspapier zu befreien.

»Was meinst du, wie alt er ist? Dreißig? Fünfunddreißig? 'nen verdammt knackigen Arsch hat er ja. Ich schätze, achtundzwanzig … ja … nicht älter, eigentlich noch ein bisschen grün hinter den Ohren, findest du nicht? Aber sexy, verdammt sexy. Ist er nun eigentlich verheiratet?«

»Schüttest du mal den Kaffee in die Tassen?« Alexandra stand, ungeduldig mit dem Fuß wippend, neben dem Wasserkocher und beobachtete ihn argwöhnisch.

»Ob er 'ne Freundin hat, die er jetzt loswerden muss? Ich meine, loswerden muss er sie ja, jetzt, wo er dich kennengelernt hat.«

Alexandra verdrehte die Augen und blies dabei laut die Luft durch die Lippen. »Kannst du bei mir Zucker reinmachen? Zwei Löffel, ich will ihn schwarz und sehr, sehr süß.«

Nina stellte die letzten Gläser ins Regal, erhob sich stöhnend aus der Hocke und humpelte, eine Hand in den Rücken gedrückt, an den Herd. Wie es ihre Art war, schüttete sie Kaffee und Zucker nach Augenmaß in die Tassen und lehnte sich dann rücklings an den Herd. »Wo wohnt er denn … dein Bodybuilder?«

»Du stellst ganz schön viele Fragen!«

»Und du weichst ihnen aus!«

»Tue ich nicht.«

»Doch, das tust du! Und weißt du auch, warum? Weil es dir peinlich ist, dass du dich in den erstbesten Kerl verknallt hast.«

»Ich hab mich nicht verknallt.«

»Und ob! Und soll ich dir noch was sagen? Er ist vernarrt in dich. Glaub mir, meine Liebe, ich rieche so was aus hundert Metern Entfernung.«

»Du riechst es«, spöttelte Alexandra, nickte übertrieben und wiederholte den Satz mehrmals, während sie mit dem brodelnden Wasserkocher zum Herd lief. Sie goss das Wasser auf, verbrühte sich wohl zum hundertsten Mal in ihrem Leben am aufsteigenden Dampf und sprang daraufhin fluchend an den Waschtisch. Ihre Gesichtszüge entspannten sich erst, als das eiskalte Wasser über ihre Hand lief. Plötzlich spitzte Nina die Ohren. »Was ist das für ein Geräusch?«

Ein leises Quietschen, durchdrungen von immer schneller werdendem Scharren, kam aus Richtung der Haustür.

»O mein Gott, Jack!«, stieß Nina hervor und rannte aus der Küche. Wenige Sekunden später kam Jack in wildem Galopp um die Ecke und rannte mit voller Wucht gegen die Umzugskisten. In heller Aufregung und außer sich vor Freude schlug er mit seinem Schwanz alles um sich herum zu Boden. Nina griff geistesgegenwärtig nach seiner Rute und hielt sie fest. »Gewöhn dich schon mal dran, keine kostbaren Gegenstände in dieser Höhe abzustellen. Der macht dir innerhalb einer Woche alles zu Kleinholz!«

»Du bleibst eine Woche?« Während Alexandra über das ganze Gesicht strahlte, löste der Satz bei Nina das komplette Gegenteil aus. Erschrocken hielt sie sich die Hand vor den Mund. »Ups!«

»Wieso, ist doch toll! Eine Woche! Wann haben wir das letzte Mal so viel Zeit miteinander verbracht?« Ninas Miene offenbarte jetzt deutlich, dass es sich um ein Riesenmissverständnis handelte, sie aber nicht wusste, wie sie das Alexandra beibringen sollte.

»Ich fliege morgen Abend nach New York, und Jack … bleibt hier.«

Nach kurzer Überlegung trat bei Alexandra Ernüchterung ein, aber sie liebte Nina und war daher weit davon entfernt, ihr Vorwürfe zu machen. »Und? Freust du dich?«

Nina setzte eine gelangweilte Miene auf. »Ich werde nicht viel von New York zu sehen bekommen! Es wird wie immer, ein brechend voller Terminplaner, langweilige Geschäftsessen, meistens mit Frauen, natürlich das gleiche Hotelzimmer mit der berühmten Aussicht auf nichts, endlose Häuserschluchten, verstopfte Straßen und hupende Taxis. Ob ich mich darauf freue? Kann ich nicht unbedingt behaupten.«

»Ja, ja, ja, du bist zu bedauern!«, stichelte Alexandra. »Und wann kommst du zurück?«

»Kurz vor Weihnachten.«

»Oh … das ist ja ein Vierteljahr!«, folgerte Alexandra mit einem mitleidigen Seitenblick auf den Welpen, der gerade dabei war, eine Rolle Küchenpapier in winzig kleine Schnipsel zu zerreißen. »Meinst du, das ist gut für Jack? Ich meine, glaubst du, der erkennt dich dann noch?«

Nina machte eine bedeutungsvolle Pause.

»Alex. Jack ist für dich!« Als hätte sie soeben den nahenden Weltuntergang verkündet, entglitt Alexandra nun vollkommen das Gesicht. Verunsichert wechselte ihr Blick zwischen Nina und dem Welpen, während sie darauf wartete, dass ihre Freundin den Scherz, und sie war fest davon überzeugt, dass es einer war, auflöste, aber nichts dergleichen geschah. »Du meinst es ernst«, sagte sie nach einer Weile. Es war typisch für Nina, Alexandras Blick einfach lächelnd standzuhalten und sie selbst die Schlussfolgerungen ziehen zu lassen. Als Erstes legte sich Alexandras Stirn in Falten, anschließend wurden die Augen zu Schlitzen, und die Nasenwurzel kräuselte sich, schließlich verzog sich ihr Mund zu einem Flunsch. Nina hielt der Versuchung stand, in lautes Lachen auszubrechen, und wartete ab. Zum einen wusste sie, dass dieser Zustand der totalen Verzweiflung nicht lange anhielt, zum anderen vertraute sie Jacks unwiderstehlichem Charme. Von Alexandra unbemerkt schob sie den Welpen in Richtung der Freundin, und wie erwartet tat Jack das, was er am besten konnte. Er stolperte tollpatschig auf Alexandra zu, blieb kurz vor ihr stehen und legte den Kopf leicht schief. Die Wandlung in Alexandras Gesicht war bildhaft. Jacks Charme glitt wie ein Weichzeichner über ihr Antlitz, die Falten verschwanden, und um ihren Mund spielte ein verzücktes Lächeln. »Na gut. Wenn du mir versprichst, dass du Mäuse jagst, kannst du bleiben.«

11.

Die kleine Insel maß nicht mehr als achtzig mal fünfzig Meter, war überwuchert mit undurchdringlichem Dickicht und erhob sich nur wenige Meter aus dem Wasser. Es bedurfte einiger Geschicklichkeit, trockenen Fußes anzulanden, denn der Bootsrumpf stieß schon wenige Meter vom Ufer entfernt an die Wurzeln alter Bäume, die wie knorrige Finger einer riesigen Hand ins seichte Wasser ragten.

Es hatte mehrere Anläufe und schließlich einen Hunderter gebraucht, um einen der Anwohner des Parsteiner Sees davon zu überzeugen, Harris sein Boot zu leihen. Wäre der Umstand ein anderer, würde er die Strecke von knapp zweihundert Metern, welche die Insel vom Festland trennte, schwimmend zurücklegen, in diesem Fall aber war das äußerst unpassend, hoffte er doch, mit dieser Aktion seinen kriminalistischen Scharfsinn unter Beweis stellen zu können. Wahrscheinlich reichte Schneiders Phantasie nicht aus, um aus fünf Punkten auf der Landkarte ein sinnvolles Bild entstehen zu lassen, oder er war zu sehr mit sich selbst beschäftigt, weil seine These vom mordenden »Kreuzritter« zusammengebrochen war. Für Harris jedoch ergab sich nach Theresias Verschwinden nur eine Möglichkeit. Der sechste Punkt, an dem man nach ihr suchen sollte, formte aus dem Kreuz und einem scheinbar belanglosen fünften Punkt ein Herz. Und dieser Punkt befand sich hier auf der Insel. Obwohl es ihm Vergnügen bereitet hätte, Schneider großmütig diesen Tipp zu geben, hatte er seine Entdeckung verschwiegen, denn es war ja durchaus möglich, dass er sich irrte.

Zielstrebig steuerte Harris jetzt das Boot in eine winzige

Bucht auf der Rückseite der Insel, die einzige Stelle, an welcher der Baumbestand von großflächigen Steinen über einen knappen Meter natürlich zurückgedrängt wurde. Nur hier war es möglich, unbeschadet und trocken an Land zu gehen.

Als Kind, als sich die Insel noch nicht in Privatbesitz befand, hatte er auf dem Eiland sogar einige Nächte verbracht. Endlose Auseinandersetzungen mit seinem Vater waren zu jener Zeit für Harris an der Tagesordnung, an einem Juliabend jedoch hatten die Streitigkeiten eine andere Qualität bekommen. Dem Vater war nach einer heftigen verbalen Attacke des damals Siebenjährigen die Hand ausgerutscht. Harris hatte die Ohrfeige stillschweigend und ohne auch nur im Geringsten das Gesicht zu verziehen hingenommen, verließ aber noch in der gleichen Nacht das Elternhaus. Erst am nächsten Morgen hatte es seine Mutter bemerkt und daraufhin das gesamte Dorf alarmiert. Überall wurde nach ihm gesucht, aber auf die Idee, er könne des Nachts schwimmend die Insel erreicht haben, war niemand gekommen. Demzufolge wurde sie bei der Suche ausgespart. Harris verschaffte dieser Umstand drei abenteuerliche Tage, am vierten jedoch trieb ihn der Hunger an den elterlichen Tisch zurück. Die Erleichterung der Eltern, ihn wohlbehalten wiederzusehen, bewahrte ihn allerdings nicht davor, die folgende Woche unter Hausarrest in seinem Zimmer verbringen zu müssen.

Während sich Harris durch das Unterholz kämpfte, kreisten seine Gedanken um die Begegnung mit Alexandras Freundin. Unmöglich, sich vorzustellen, dass die beiden Frauen miteinander befreundet waren. Nina bediente seiner Meinung nach jedes Klischee. Ihr Styling war das einer New Yorker Businessfrau, das schwarze Cabriolet unterstrich ihr Faible für Luxusgüter, und die Art, wie sie Männer ansah, schlug sicherlich jeden Bewerber direkt in die Flucht. Alexandra hingegen stellte in seinen Augen das komplette Gegenteil dar, wenngleich er zugeben musste, dass er sie nach der ersten Begegnung ebenfalls in die Kategorie »Großstadtzicke« eingeordnet hatte.

Harris war so in Gedanken, dass er, ohne es zu bemerken, inzwischen auf der anderen Seite der Insel angelangt, wieder am Wasser stand. Verdrossen stellte er fest, dass er weder nach menschlichen Spuren noch nach Theresia selbst gesucht hatte, sondern einfach nur, ohne nach rechts und links zu sehen, geradeaus gelaufen war. Kopfschüttelnd machte er kehrt. Auch wenn die Insel flächenmäßig klein war, so war es nahezu ein Ding der Unmöglichkeit, bei diesen Lichtverhältnissen ohne einen Spürhund im dichten Gestrüpp eine Leiche ausfindig zu machen. Theresia konnte überall sein. Ganz plötzlich kam ihm seine fixe Idee von einer herzförmigen Anordnung gar nicht mehr so genial vor. Warum sollte der Mörder diesen enormen Aufwand betreiben, wenn er doch die anderen fünf Leichen nicht verschwinden lassen, sondern gewissermaßen zur Schau gestellt hatte? Und da war noch eine Sache, die er schon seit dem Betreten der Insel erfolglos zu verdrängen versuchte. Er hatte noch nie in seinem Leben nach einer Leiche gesucht! Seine Phantasie gaukelte ihm fortwährend Bilder von blutüberströmten, aus dem Laub ragenden Armen oder Beinen vor, von Wölfen, die um die Reste eines Leichnams kämpften, oder gar mutierten Wesen, die Jagd auf Menschen machten. Die Jagdschreie eines Raubvogels über dem Wasser und der aufziehende Abendnebel vervollständigten die Szenerie, die er aus jedem Horrorfilm kannte. Nicht, dass er sich Furcht hätte eingestehen müssen, aber ein Gefühl äußersten Unbehagens beschlich ihn schon. Schließlich war die Tote, nach der er suchte, keine beliebige.

Die Dämmerung hatte eingesetzt, und die tiefstehende Sonne warf nur noch ein mattes Licht in das Unterholz. Die Luft war erfüllt vom Summen Abertausender Insekten, die, im morastigen Boden aufgescheucht, sich nun, durstig nach dem Blut des weit und breit einzigen Opfers, auf ihn stürzten.

Harris hatte aufgeben, nach ihnen zu schlagen, und bewegte sich nun beinahe katzengleich durch die eng stehenden Bäume, den Blick nicht vom Boden lassend.

Mittlerweile hatte er die Insel ohne einen einzigen Anhaltspunkt drei Mal durchquert. Missgestimmt ob seiner eigenen Unfähigkeit oder der Tatsache, dass sich Theresias Leiche wohl nicht auf der Insel befand, ließ er sich am Fuß einer alten Erle auf dem Boden nieder.

Obwohl das Licht entschieden schlechter geworden war, meinte Harris plötzlich, knapp drei Meter von ihm entfernt im aufgewühlten Waldboden Fußabdrücke erkennen zu können. Er blieb auf den Knien und studierte die Furchen genauer, die sich in einem Abstand von circa zwanzig Zentimetern parallel im Boden abzeichneten. Die etwas tieferen Mulden rechts und links dieser Spuren konnten nur von den schweren Schritten eines Mannes herrühren. Es brauchte nicht viel Phantasie, um aufgrund dieser Anordnung schlussfolgern zu können, dass ein rückwärtslaufender Mensch einen leblosen Körper über den Boden geschleift hatte und dessen Fersen die parallellaufenden Furchen hinterlassen hatten. Also hier! Angewidert sah Harris auf seine aufgestützten Hände und nahm sie vom Erdboden. Da die Spuren genau hier endeten, musste er direkt auf Theresias Grab knien. Harris spürte, wie ihm diese Vorstellung das Adrenalin durch die Adern schießen ließ, seine Atmung schneller und das Zittern der Hände unkontrollierbar wurde. Er verfluchte seine Eingebung, hierhergekommen zu sein, verfluchte die Idee, auf eigene Faust nach ihr zu suchen, letztendlich verfluchte er sich, dass er nicht durchgesetzt hatte, sie in jener schicksalhaften Nacht nach Hause fahren zu dürfen. Vorsichtig begann er, ungeachtet des Umstandes, dass er Spuren beseitigte, die feuchte Erde mit den Händen beiseitezuschieben. Keine Minute länger wollte er ihren Leichnam in der kalten Erde wissen, er wollte nur noch eines, Theresia nach Hause bringen. Er grub wie von

Sinnen, wechselte nach kurzer Zeit den Platz, grub an anderer Stelle weiter, drang immer tiefer ins Erdreich ein, riss Wurzeln in Stücke und warf schwere Steine zur Seite, als wären sie Federbälle. Nach einer halben Stunde hielt er erschöpft inne. Es hätte nicht Theresia sein dürfen, jede andere, aber nicht Theresia! Wenn er sie doch bloß gezwungen hätte, zu ihm ins Auto zu steigen. Hätte … dieses verfluchte Wort machte ihn wahnsinnig.

In Panik riss er an seinem Hemdkragen, warf den Kopf nach hinten und erstarrte im gleichen Moment. Sein markerschütternder Schrei durchdrang die Nacht und schien, nicht enden wollend, von den Ufern des Sees hin und her getragen. Harris starrte mit weit aufgerissenen Augen nach oben.

Theresia befand sich direkt über ihm. Ihr nackter Körper hing kopfüber an einem armstarken, knorrigen Ast der großen Erle. Für einen kurzen Moment schloss er die Augen, aber die Hoffnung, dass es sich um ein Trugbild handeln könnte, erfüllte sich nicht.

Der geschundene Körper war übersät von großflächigen Hämatomen und unzähligen Schnittwunden. Die Schlaufe des dicken Taues, welches ihre Fußgelenke umschloss, wurde durch das Körpergewicht zusammengezogen, so dass die Füße nicht hindurchrutschen konnten. Ihre Hände waren auf dem Rücken gefesselt, und ihr langes blondes Haar, verklebt von geronnenem Blut, hing in Strähnen herunter. Es war unmöglich, aus dieser Entfernung die Verletzung, die zu ihrem Tod geführt hatte, auszumachen, aber da davon auszugehen war, dass Theresia Opfer Nummer sechs sein würde, musste sie erwürgt worden sein.

Harris ließ sich auf den Waldboden fallen, zündete sich mit fahrigen Bewegungen eine Zigarette an und blieb dann, den Blick starr hinauf zu Theresia gerichtet, sitzen.

Wenige Stunden später war die Insel in das gleißende Licht Dutzender Scheinwerfer getaucht, das Gebell von Spürhunden hallte durch die Nacht, und das Ufer des Festlandes säumten Schaulustige mit ihren Taschenlampen.

Zu diesem Zeitpunkt saß Harris als einziger Gast an Pauls Tresen und betrank sich heillos.

12.

Es war kurz vor Mitternacht, als es sich die beiden Frauen mit einer Flasche Wein, einem Krug Leitungswasser, frischem Brot und einem riesigen Berg Käsewürfel im vorderen Zimmer gemütlich machten. Nina hatte inzwischen ihr Louis-Vuitton-Kleid gegen Jeans und T-Shirt eingetauscht, trug einen alten Strohhut, den sie in der Scheune einer Vogelscheuche abgenommen hatte, und saß, entgegen ihrer sonstigen Gewohnheit, mit ausgestreckten Beinen auf dem Fußboden. Schnaufend ließ sie sich nach hinten fallen, wehrte Jack ab, der sich sofort auf sie stürzen wollte, stellte sich das Weinglas auf den Bauch und starrte an die Decke. »So. Es ist dunkel draußen, nun zu dir! Also, was läuft da zwischen dir und diesem Dorfsheriff?«

»Bis jetzt noch gar nichts.«

Lächelnd hob Nina ihr Glas, trank einen Schluck und stellte es dann mit einem tiefen Seufzer zurück auf den Boden.

»Zu schade, dass du dich nicht selbst sehen kannst! Das Rot steht dir nämlich gut!«

»Ich bin noch nie rot geworden!«

»Dann nenn's orange! Ist doch scheißegal! Auf jeden Fall läuft da was!«

»Ach ja? Und warum hast du ihn dann vor meinen Augen angebaggert?«

»Um ihn zu testen!«

»Vielen Dank! Und zu welchem Schluss bist du gekommen?«

»Ich weiß nicht. Irgendwie kommt er mir komisch vor!«

»Das musst du mir genauer erklären!«

Obwohl sie es eigentlich strikt vermeiden wollte, da sie fest davon überzeugt war, dass es schädlich für ihre Haut ist, zog Nina überraschend die Stirn in Falten. »Der hat was, was mir nicht gefällt«, sagte sie nachdenklich.

»Er soll dir ja auch nicht gefallen. Aber vielleicht gefällt er mir?«

»Wenn ich mich recht erinnere, hast du Frankfurt verlassen, um dich von den Männern ...«

»Von Marcel!«, fuhr Alexandra dazwischen.

»Okay Und nun willst du gleich in die nächste Zwangsjacke, ja?«

»Hör auf mit diesem Schwachsinn! Will ich überhaupt nicht!«

»Wärst du aber mit diesem Dorf...«

»Harris. Sein Name ist Harris Zimmering!«

»Ha! Du verteidigst ihn!«

»Kann ja sein, aber auch nur, weil du einfach alle über einen Kamm scherst ... Ihn zum Dorfdeppen machst! Kein Status, kein dickes Bankkonto, also minderbemittelt, wenn nicht gar doof.«

Nina wurde mit einem Mal ernst. »So denke ich nicht. Und ich meine so etwas prinzipiell nicht ernst. Irgendwas an ihm gefällt mir nicht. Ich weiß nicht, was es ist. Vielleicht sein Machogehabe, die Art, wie er mich angesehen hat.«

Alexandra ließ sich ihre Schadenfreude nicht anmerken. Ja, Harris war auf Ninas Test nicht eingegangen, er hatte nicht mitgespielt, hatte sie links liegengelassen, und wenn es etwas gab, was Nina zutiefst verletzte, dann war es das. Und das wiederum machte ihn für Alexandra interessant. Allerdings verspürte sie keinerlei Lust, auf dieser Basis mit der Freundin über ihre Gefühle für Harris zu reden. Also lenkte sie ein.

»Wie ich schon sagte, da läuft überhaupt noch nichts. Wir haben uns vor zwei Tagen unter den denkbar ungünstigsten Bedingungen kennengelernt und, um mit deinen Worten zu reden, befinden uns jetzt in der Testphase … mit offenem Ausgang. Ich verspreche dir, dass ich auf mich aufpasse!«

»Mehr wollte ich ja auch nicht!«, knurrte Nina und lächelte versöhnlich. Sie schenkte sich Wein nach, zog den Käseteller zu sich heran und ließ sich wieder nach hinten fallen. »Und? Malst du wieder?«

»Ich habe angefangen, aber so richtig läuft's noch nicht.«

Nina nickte vor sich hin.

»Ich finde es schön, wie ruhig es in diesem Haus ist«, sagte sie nach einer Weile.

»Es ist alles andere als ruhig«, erwiderte Alexandra. »Vor allem nachts. Entweder hat die gesamte Brandenburger Mäusepopulation mein Haus zum Winterquartier auserkoren oder aber … es ist ein Marder … ich bin noch nicht dahintergekommen. Insgeheim hoffe ich ja, dass es Letzteres ist.«

»Du hoffst, einen Marder auf dem Dachboden zu haben?« Nina schüttelte den Kopf, richtete sich ein wenig auf und sah Alexandra ungläubig an. »Das hoffst du? Weißt du, was diese Mistviecher für Schaden anrichten können? Wenn du Pech hast, erwählt er die Stelle über deinem Bett als Klo und pinkelt dir zielsicher Nacht für Nacht ins Gesicht! Und du hoffst, es ist ein Marder! Na sicher doch!«

»Ja«, entgegnete Alexandra verdrossen, »das wäre das kleinere Übel.« Sie nickte eine Weile still vor sich hin, stocherte mit einem kleinen Holzspieß in den Käsewürfeln, suchte den größten heraus und schob ihn sich in den Mund. »Eigentlich müsste es jetzt losgehen«, sagte sie leise.

»Was?«

»Die Geräusche … die Schritte über uns.«

»Du machst Witze!«

Sie parierte Ninas skeptischen Blick, indem sie mit dem Spieß an die Zimmerdecke deutete. »Ich glaube, da oben wohnt jemand«, sagte sie kauend. »Ich höre ihn jede Nacht … tanzen!«

Nina reagierte nicht. Sie hielt ein Stück Brot zwischen Daumen und Zeigefinger, drehte es vor ihren Augen hin und her und betrachtete es eingehend. »Bist du sicher, dass dir die Einsamkeit guttut?«, fragte sie nach einer langen Pause. »Ich meine, nach allem, was passiert ist?«

Dass Alexandra nicht, wie es sonst ihre Art war, mit spitzer Zunge zurückschoss, sondern weiterhin mit verzagtem Blick nach oben sah, ließ Nina aufhorchen. »Nimmst du deine Tabletten eigentlich noch?«

Alexandra schüttelte wild den Kopf. »Brauch ich nicht mehr.«

»Du willst mir aber erzählen, dass nachts jemand auf deinem Dachboden tanzt!«

»Genau das!«

Nina atmete tief ein. »Warst du schon mal oben?«

»Letzte Nacht.«

»Und?«

»Ich bin zu Tode erschrocken und gleich wieder runtergerannt.«

»Und warum gehst du nicht am Tag hinauf?«

Sichtlich verlegen hob Alexandra die Brauen. »Ich hab's vergessen. Am Tag denk ich einfach nicht dran.«

»Okay. Dann gehen wir eben jetzt. Besuchen wir deinen ominösen Tänzer und bitten ihn höflich, heute noch auszuziehen!« Nina war während ihres letzten Satzes aufgestanden und sah sich suchend um. »Ist da oben Licht, oder brauchen wir eine Taschenlampe?«

»Keine Ahnung. Ich hatte 'ne Kerze dabei. Die dürfte immer noch da stehen.«

Ninas Blick fiel auf den Baseballschläger, der noch vom ersten Abend an der Wand lehnte. Mit einem Schmunzeln tätschelte sie ihn im Vorbeigehen und griff dann nach der Stablampe auf dem kleinen Tisch im Flur. »Also was ist, wollen wir?«

Obgleich Alexandra froh darüber war, ihre Befürchtungen jemandem offenbart zu haben, der sie nicht sofort für verrückt erklärte, behagte ihr der Gedanke, in diesem Moment keinen starken Mann an ihrer Seite zu wissen, keinesfalls. Viel zu gern würde sie jetzt Nina gegen Harris eintauschen.

Vorsorglich knipste Alexandra alle Lampen an, sperrte Jack im vorderen Zimmer ein, griff den Baseballschläger und folgte der Freundin ins Obergeschoss.

»Tote Mäuse«, stellte Nina naserümpfend fest, als sie den Dachboden betraten.

»Was?« Allein diese Worte lösten bei Alexandra blankes Entsetzen aus.

»Es riecht nach toten Mäusen oder sonst was. Ist ja widerlich!« Beherzt schritt Nina auf das Fenster an der Stirnseite zu, stellte die Stablampe ab und hantierte an der Fensterverriegelung, die anscheinend schon Jahre nicht mehr benutzt worden war. Mit einigem Kraftaufwand gelang es ihr schließlich, den verrosteten Riegel zu öffnen und den Rahmen aufzusperren. Sie trat einen Schritt zur Seite, um dem Strom kühler Nachtluft Platz zu machen, und lehnte sich mit dem Rücken gegen die Tür des Holzverschlages. Der Hauch, der jetzt jedoch ihren Nacken streifte, unterschied sich deutlich von der Nachtluft, und sie hätte schwören können, dass es sich um den warmen Atem eines Menschen handelte, der unmittelbar hinter ihr stand. Nina sprang nach vorn, griff die Stablampe und richtete deren Strahl blitzschnell auf die Tür. »Was ist?«, hörte sie Alexandra flüstern. Auf Zehenspitzen schlich Nina an die Tür heran und öffnete sie mit ausgestrecktem Arm, bereit, sofort zur Seite zu springen, wenn ihr irgendetwas entgegenkommen sollte, aber im Inneren der Kammer rührte sich nichts. »Alles in Ordnung. Ich hab mich getäuscht.« Vorsichtig betrat sie die Kammer und sah sich um. Der Verschlag wirkte im Inneren noch kleiner, als er aussah, und er war bis an die Decke vollgestopft mit Sachen.

»Ich glaube, du könntest recht haben.«

»Womit?« Alexandra stand noch immer wie angenagelt an der Luke, die Augen konzentriert auf den hin und her wandernden Strahl der Taschenlampe gerichtet.

»Es sieht zwar nicht wie eine Wohnung aus, eher wie ein Klamottenladen, auf jeden Fall aber ist das alles nicht aus Großmutters Zeiten. Komm her, sieh's dir selber an!«

Schritt für Schritt bewegte sich Alexandra vorwärts, wobei sie den Baseballschläger wie einen Blindenstock vor sich hin und her schwenkte, bis sie mit dem Kopf gegen einen Dachbalken stieß. »Kannst du nicht mal die Lampe hierherrichten? Ich kann absolut nichts sehen!«

Das undurchdringliche Schwarz um sie herum signalisierte ihr automatisch Gefahr, und wenn es anderen vergönnt war, in solchen Momenten weglaufen zu können, so fiel sie in eine Starre, die das unmöglich machte. Das Licht der Taschenlampe tanzte jetzt durch den Raum. Nina hatte die Kammer verlassen und kam auf sie zu. »Da hängt 'ne Fassung von der Decke, die aussieht, als könnte sie noch funktionieren. Wo hast'n du Glühbirnen?«

»Warte, ich gehe eine holen«, sagte Alexandra schnell und drückte der Freundin den Baseballschläger in die Hand. Bevor sie Nina den Karton beschrieb, von dem sie selbst nicht wusste, ob es der richtige war, und sie daraufhin stundenlang suchen würde, wollte sie lieber selbst nachsehen. Außerdem war der Gedanke, sich auch nur eine Minute allein hier oben aufzuhalten, geradezu haarsträubend. Sie hatte das Erdgeschoss noch nicht erreicht, als ein gellender Aufschrei durch das Haus hallte. »Nina?«, rief sie aus voller Brust und hastete die Treppe wieder nach oben. Statt einer Antwort hörte sie lautes Poltern, dann herrschte Ruhe. In Panik schoss sie die steile Dachstiege hinauf und steckte ängstlich den Kopf durch die Luke.

»Kannst du mir sagen, wer auf derartig perverse Ideen kommt?« Nina saß im Lichtkegel der am Boden liegenden

Taschenlampe in der Mitte des Raumes und hielt an den ausgestreckten Händen die Enden eines Strickes, an dem etwas Undefinierbares baumelte. Erst beim Näherkommen konnte Alexandra erkennen, dass es sich um tote Mäuse handelte. Man hatte sie an Miniaturgalgen kopfüber mit gleichmäßigem Zwischenraum von circa zehn Zentimetern an den Strick gebunden.

»Das ist krank«, sagte Nina und stand auf. Alexandra trat unwillkürlich einen Schritt zurück, um zwischen sich und die Mäuseleichen entsprechenden Abstand zu bringen. »Das ist vollkommen krank«, wiederholte Nina, während sie zum Fenster lief und den Strick hinauswarf.

»Lass uns wieder nach unten gehen«, drängelte Alexandra. »Ist doch idiotisch, im Dunkeln hier rumzukriechen. Ich hatte eh vor, Harris zu bitten, dass er sich mal gründlich hier oben umsieht.«

Nicht nur, dass sie befürchtete, weitere Tierkadaver zu finden, es war vielmehr die Angst davor, auf etwas zu stoßen, was die Existenz des unheimlichen Dachbewohners bestätigen könnte.

»Okay«, antwortete Nina, »aber die Kammer siehst du dir noch an!«

Alexandra verzog unwillig das Gesicht. »Kann ich doch ein andermal, oder? Ich meine, diese Kammer gibt's doch morgen auch noch!«

»Komm einfach her!«, forderte Nina und richtete den Strahl der Lampe in das Innere des Holzverschlages. Widerstrebend gab Alexandra nach. Den alten Schaukelstuhl in der Mitte der Kammer kannte sie schon, und wider Erwarten saß weder eine Puppe, geschweige denn ein Mensch darin. Der Schrecken der ersten Nacht musste ihr übel mitgespielt haben, denn sie war fest davon überzeugt, Derartiges gesehen zu haben. Der Platz rund um den Stuhl war eng bemessen, denn die Bretterwände säumten Schuhregale unterschiedlicher Höhe, schwerbeladene Kleiderständer, übereinandergestapelte Kisten, ein zweitüriger Kleiderschrank und zu guter Letzt eine alte Kommode, aus deren halb geöffneten Türen Unmengen von Tüchern oder Ähnlichem quollen. Quer über allem waren dicke Taue gespannt, an denen auf Bügeln weitere Kleider von der Decke hingen. Ein großer Standspiegel zur Linken war so ausgerichtet, dass sich der im Schaukelstuhl Sitzende sehen konnte. Im Gegensatz zum übrigen Dachboden war die Kammer von penibler Sauberkeit.

»Der reinste Klamottenladen!«, wiederholte Nina und trat neugierig einen Schritt nach vorn. »Mir ist allerdings schleierhaft, warum sich jemand so einen begehbaren Kleiderschrank auf dem Dachboden einrichtet!«

Nach einem prüfenden Blick ließ sich Nina in den Schaukelstuhl fallen, rückte ihn noch ein wenig zurecht und betrachtete sich mit zufriedenem Lächeln im Spiegel.

»Ich find's super hier! Wenn du nicht weißt, was du anziehen sollst, beim nächsten Date mit Harris zum Beispiel, dann gehst du hier hoch und suchst dir irgendwas aus. Phantastisch! Eine kostenlose Boutique im eigenen Haus!«

Nina begann hin und her zu schaukeln, wobei sie den Kopf in alle Richtungen drehte, dass einem schon vom Zusehen schwindlig wurde, und begutachtete eingehend Kleiderbügel für Kleiderbügel. Dann stoppte sie abrupt. Mit weit aufgerissenen Augen fixierte sie ein Paar schwarze High Heels mit roten Sohlen auf dem obersten Regalbrett. »Das glaube ich nicht!«, rief sie voller Entrüstung und sprang wie elektrisiert vom Stuhl auf. »Weißt du, dass ich wochenlang, ach, was sage ich, monatelang nach genau diesen gesucht habe?! Und jetzt finde ich sie auf einem Dachboden am Arsch der Welt!« Sie hatte den Satz kaum ausgesprochen, als die Schuhe schon ihre nackten Füße zierten.

»Du willst sie doch nicht etwa behalten? Dieser ganze Kram hier gehört mir nicht!«, beanstandete Alexandra.

Nina blieb unbeeindruckt. Sie stemmte demonstrativ die Hände in die Hüften, stellte abwechselnd die Füße nach vorn und betrachtete entzückt die lackschwarzen Pumps. »Es ist dein Haus, dein Dachboden, also sind es auch deine Schuhe! Und jetzt hast du sie mir geschenkt!«

Missbilligend sah Alexandra auf die Schuhe, ließ ihren Blick noch einmal prüfend durch die Kammer streifen und nickte dann der Freundin zu. »Na gut. Ich habe die Kammer gesehen, du hast neue Schuhe, jetzt lass uns gehen! Ich will hier keine Sekunde länger bleiben.« Ohne eine Antwort abzuwarten, durchquerte Alexandra den Dachboden, blieb dann unvermittelt stehen und drehte sich zu Nina um. »Hältst du mich für verrückt, mich in jemanden zu verlieben, den ich erst seit zwei Tagen kenne?«

Mit einem triumphierenden Lächeln klopfte ihr Nina im Vorbeigehen auf die Schulter. »Du warst schon immer verrückt, dazu brauchte es nicht diesen Sheriff!«

Unten angekommen, ließ Nina sich im Sessel nieder und schlug elegant die Beine übereinander, so dass der Schuh an ihrem rechten Fuß direkt vor Alexandras Gesicht wippte.

»Wie findest du sie?«

»Unpraktisch«, antwortete Alexandra knapp und schob Ninas Fuß zur Seite. Ihre Schroffheit war unfair, das wusste sie, aber die Beklemmung, welche sie seit dem Betreten der Kammer verspürte, ließ keine andere Reaktion zu. »Kannst du dir vorstellen, dass diese ganzen Sachen meiner Vorgängerin gehörten, und wenn ja, warum sie die nicht mitgenommen hat?«

Nina, die noch immer mit ihrer neuen Errungenschaft beschäftigt war, zuckte gleichgültig mit den Schultern. »Du kannst einem aber auch jeden Spaß verderben!«, murmelte sie, rutschte vom Sessel herunter und benutzte ihn, auf dem Boden sitzend, als Rückenlehne. »Was interessiert dich, wem diese Klamotten gehörten? Vielleicht hatte diejenige einfach keine Verwendung mehr dafür. Hast du eine Ahnung, was ich schon in Wohnungen zurückgelassen habe? Drei Mal umgezogen ist so gut wie ein Mal abgebrannt!«

Unter anderen Umständen hätte Alexandra sich mit Ninas Ansicht zufriedengegeben, aber Harris' Satz, während ihrer ersten Begegnung, den er wenig später zum Scherz deklarierte, spukte in ihrem Kopf herum. »Na gut. Ich erzähl es dir. Also, auf der Fahrt hierher hielt der Zug plötzlich mitten auf der Strecke, weil eine geköpfte Frau am Gleisbett lag, ich kam also erst im Stockdunkeln in Eberswalde an. Schließlich fuhr mich ein alter Mann zu meinem Haus, dessen Tochter von irgend so einem Wahnsinnigen umgebracht wurde. Beinahe alle, die ich bisher kennengelernt habe, weichen, wenn ich auf mein Haus zu sprechen komme, sofort aus. Der eine druckst herum, der andere wechselt das Thema. Bei meiner ersten Begegnung mit Harris erzählte der mir sogar, dass alle meine Vormieterinnen auf mysteriöse Weise verschwunden seien. Er sagte zwar, dass er mir eigentlich nur einen Schrecken einjagen wollte und dass das seine Art von Humor wäre, aber so ganz glaube ich ihm das nicht. Meinen Gartenzaun zierten aufgespießte Frösche, eine blinde alte Frau beschwor mich im Supermarkt, dass ich von hier fortgehen solle, und jetzt findest du auf meinem Dachboden auch noch aufgehängte Mäuse!«

Alexandra war sich sicher, dass jeder an dieser Stelle wenigstens ein bedeppertes Gesicht machen würde. Nina hingegen kaute auf einem Brotkanten herum und sah sie an, als hätte sie soeben den Wetterbericht der letzten Tage heruntergebetet. Da also zu befürchten war, dass sie mit einer blamablen Gegenrede aufwartete, versuchte Alexandra ihre Aufzählung nun ein wenig zu relativieren.

»Klar können das alles Zufälle sein, und sicher wirst du mich jetzt genau damit beruhigen wollen, aber ehrlich, wie wahrscheinlich ist eine derartige Anhäufung sogenannter

Zufälle innerhalb von drei Tagen? Ich meine, auch wenn ich mir das alles nur einbilde, für die Geräusche auf dem Dachboden muss es trotzdem eine plausible Erklärung geben!«

Nina reagierte noch immer nicht.

»Und die Kellnerin aus der Dorfkneipe ist auch verschwunden!«, fügte Alexandra trotzig hinzu.

Nina schnaufte hörbar. »Und wenn ich dir sage, dass es für alles eine Erklärung gibt, die ganz sicher weniger mysteriös als deine phantasievolle Verkettung ist, würdest du dich dann beruhigen?«

Alexandra zog mit einem flehenden Ausdruck in den Augen die Schultern nach oben. »Gehen wir es Punkt für Punkt durch und fangen hinten an«, begann Nina. »Ist doch vollkommen normal, dass man sich in diesem Haus bei jedem Geräusch … noch dazu, wenn man allein ist, vor Angst in die Hosen scheißt. Ich selbst würde es keine Nacht hier allein aushalten. Aber ich bin mir sicher, dass du dich irgendwann daran gewöhnt hast und sie gar nicht mehr hörst. Deine Zugverspätung und auch der alte Mann, dessen Tochter ermordet wurde, sind unglückliche Zufälle, da gebe ich dir recht. Die Frösche und Mäuse sind Dummejungenstreiche auf einem verlassenen Grundstück, die alte Frau hat sicher einen an der Klatsche, und was Harris angeht … mein Gott, die Nummer ist nun wirklich leicht zu durchschauen.«

An dieser Stelle verfinsterte sich Alexandras Miene schlagartig, ihre Augen wurden zu Schlitzen, und ihre Haltung bekam automatisch etwas Lauerndes. Nina würde nun, aufgrund der Abfuhr, die er ihr erteilt hatte, Harris genüsslich auseinandernehmen, seine Direktheit kritisieren, seine Avancen relativieren, selbst sein Aussehen würde sie nicht unkommentiert lassen, letztendlich würde sie ihn zu einem ungehobelten Hinterwäldler degradieren und ihr den gutgemeinten Rat geben, einen weiten Bogen um ihn zu machen. Aber Alexandra sollte sich dieses eine Mal irren.

»Wie bekomme ich die Auserwählte dazu, sich schutzsuchend an meine Brust zu werfen?«, flötete Nina. »Ganz einfach! Ich jage ihr einen fürchterlichen Schrecken ein, indem ich ihr die grausigsten Horrorgeschichten erzähle, tauche immer genau dann auf, wenn sie in der Scheiße steckt, und biete ihr meine starke Schulter zum Anlehnen an.« Nina legte eine Pause ein, stieß ihr Weinglas an Alexandras Wasserglas und zwinkerte ihr zu. »Also wenn ich an deiner Stelle wäre … ich würde nicht nur die Schulter, sondern den ganzen Kerl nehmen!«

13.

Entgegen Robert Schumanns sonstiger Art, nämlich hoch aufgerichtet, den Rücken bewusst gerade haltend, hockte er nun gekrümmt auf einem alten Holzstuhl vor dem Sprelacarttisch, der seit Urzeiten im unbenutzten Vernehmungsraum neben Harris' Büro stand. Die Arme auf den Oberschenkeln abgelegt, rieb er ununterbrochen die Handflächen aneinander und federte dabei nervös auf beiden Fußballen.

Harris hatte trotz anfänglicher Bedenken des Hauptkommissars durchgesetzt, dass er allein die erste Befragung durchführen konnte, bevor man Robert zur Vernehmung nach Brandenburg überführen würde. Das war zwar ungewöhnlich, und er hatte all seine Überzeugungskünste einsetzen müssen, aber da es sich bei dem Verdächtigen um seinen Freund handelte, wurde seiner Bitte letztendlich entsprochen. Nun allerdings setzte ihn genau das extrem unter Druck.

Er kam nicht umhin zuzugeben, dass ihm seine Position als polizeilicher Vernehmer gegenüber Robert anfänglich unangenehm war, aber sein Ehrgeiz, etwas herauszufinden, wozu nur er als enger Freund fähig war, siegte binnen kurzer Zeit über das Unbehagen. Die Auswertung der Spuren an Theresias Leichnam hatten die Ermittler geradewegs zu Robert Schumann geführt, aber da es sich bei ihm um einen Intimpartner der Getöteten handelte, reichten diese Indizien allein noch nicht, ihn des Mordes zu beschuldigen.

»Wir haben's jetzt drei Mal durchgekaut, Harris! Paul hat mich rausgeschmissen, ich bin nach Hause gelatscht und hab mir die Rübe zugekippt!«

Harris schüttelte energisch den Kopf. »Ich will, dass du mir endlich was Neues erzählst!«

»Aber so war's!«

»Kann ja sein, aber du kannst es nicht beweisen! Verstehst du? Wir brauchen irgendeinen Beweis, jemanden, der dich gesehen hat. 'n Alibi! Kapiert?«

»Verdammt noch mal, Harris, warum sollte ich sie denn umbringen? Ich hab Theresia geliebt!«

»Das beweist auch nichts. Jeder weiß, wie eifersüchtig du bist, und es gibt mindestens dreißig Zeugen, die euren gestrigen Streit hautnah miterlebt haben.«

Laut stöhnend kippte Robert vornüber und ließ seine Stirn hart auf die Tischplatte fallen. Einen Augenblick verharrte er so, dann drehte er den Kopf zur Seite und sah Harris an. »Und nun?«

»Hauptkommissar Schneider wird dich nach Brandenburg bringen. Wie's dann weitergeht, kann ich dir nicht sagen.«

Mit einem Mal kam Leben in Robert. Hektisch kramte er in einer Seitentasche seiner Hose und zog plötzlich ein Handy heraus. Seine Finger flogen über die Tastatur, und bevor Harris reagieren konnte, hielt er sich das Handy ans Ohr.

»Wen willst du anrufen?«, fuhr Harris ihn an.

Robert machte eine heftige Handbewegung, während er mit angespannter Miene in das Telefon lauschte. »Es klingelt!«

Harris blickte unsicher zu der Tür in seinem Rücken. Auch wenn er nicht viel über Vernehmungen wusste, Telefonieren war dem Verdächtigen in einem Mordfall ganz sicher nicht erlaubt. Wenn Schneider jetzt hereinkam, hatte er seine Chance vertan. Mit zwei Schritten war er bei Robert und riss ihm das Handy vom Ohr. »Bist du wahnsinnig!«

»Ihr Handy klingelt.«

»Wessen Handy klingelt?«

»Theresias!«

Harris starrte erschrocken das Telefon an und legte es dann vorsichtig an sein Ohr.

»Man kann's orten, wenn's eingeschaltet ist!«, sagte Robert völlig aufgelöst.

Harris drückte die Stand-by-Taste und schaltete das Handy aus. »Wieso hast du das überhaupt noch?«, brummte er sichtlich verstimmt und ließ das Mobiltelefon in seiner Hosentasche verschwinden.

»Warum sollte ich's nicht haben? Was ist nun?«

»Was soll sein? Ich geb's Schneider.«

»Aber es klingelt doch!«

»Ja. Und Theresia ist tot!«

»Dann muss es ihr Mörder haben! Lass es orten, und ihr habt das Schwein!«

Harris war anzusehen, wie sauer er war. Roberts Klugscheißerei machte ihn zum Deppen, und das konnte er auf den Tod nicht ausstehen. »Für wie dämlich hältst du mich eigentlich?«

Robert spürte wohl, dass er im Begriff war, es sich mit seinem letzten Fürsprecher zu verscherzen, denn er wurde mit einem Mal kleinlaut.

»Würd ich sie anrufen, wenn ich ihr Telefon hätte?«, fragte er leise.

»Wenn's in deiner Wohnung liegt, sicher nicht.« Harris' Antwort sollte überlegen klingen, aber der Schrecken über seine Unachtsamkeit saß ihm mächtig in den Knochen. Er legte eine kurze Pause ein und musterte Robert. »Lass uns die Sache abkürzen. Erzähl mir, was passiert ist, und ich werd sehen, was ich für dich tun kann.«

Noch immer hoffte Harris, die Mordserie durch die neue und für ihn vorteilhafte Konstellation im Alleingang lösen zu können und somit Hauptkommissar Schneiders Vorurteile gegenüber Dorfpolizisten zu entkräften. Das Aufspüren von Theresias Leichnam ließ zwar sein Ansehen unter den

Kollegen wachsen, Schneider hatte jedoch nur müde darüber gelächelt.

Harris war sich sicher, Robert, wenn nötig, derart unter Druck setzen zu können, dass er alles gestand.

»Mein Bruder«, sagte Robert plötzlich.

»Was ist mit dem?«

»Der pennt ab und zu bei mir, wenn er die Schnauze voll hat von den Alten. Vielleicht hat er letzte Nacht bei mir geschlafen.«

»Und?«

»Mein Alibi, ich meine, wenn er in meiner Wohnung war, muss er mich gesehen haben.«

Harris nickte beiläufig. »Wir werden's überprüfen.«

Auf Robert hingegen wirkte die Aussicht auf die Hilfe seines Bruders beinahe wie das Alibi selbst. Sichtbar ermutigt rappelte er sich hoch und sah voller Zuversicht zu Harris.

»Wieso wohnte Theresia eigentlich nicht bei dir?«, fragte dieser jetzt.

»Sie wollte nicht.«

»Ach … aber du hättest es gern gehabt.«

Robert schien Harris' Taktik nicht zu durchschauen, denn er nickte bereitwillig. »Deswegen auch die neue Wohnung. Stimmt's?«

Wieder nickte er nur.

Auch wenn Harris zugeben musste, dass er Robert im Grunde seines Herzens mochte, so stand ihm Theresia doch näher. Es war schmerzhaft, eine Freundin zu verlieren. Der Verlust des Freundes hingegen würde ihn, wenn er sich als schuldig herausstellte, nicht im Geringsten berühren.

»Theresias Mörder ist übrigens Linkshänder«, stellte Harris in den Raum und beobachtete zufrieden, wie Robert zusammenzuckte. Er wusste, dass Robert eigentlich Linkshänder war, was seine Eltern ihm allerdings schon in frühester Kindheit hatten abtrainieren wollen. Demzufolge schrieb er mit rechts, machte aber beinahe alles andere mit der linken Hand. Nur einem guten Beobachter würde diese Abweichung auffallen. Roberts Erschrecken bestätigte ihm, dass er auf dem richtigen Weg war. »Man hat deine DNA gefunden, Robert, überall an ihr!«

»Ja und? Sie war meine Freundin! Ist doch wohl logisch.«

Robert kniff plötzlich die Augen zusammen: »Welche noch? Vom Fußballerarschloch, die meines Bruders, Borowskis? Deine? Jeder hat sie angefasst. Jeder, verdammt noch mal!«

»Vielleicht. Aber das hat nur einer Person nicht gefallen. Nämlich dir!«

Roberts Blick ließ sich schlecht deuten. Es war eine Mischung aus Ratlosigkeit, Kümmernis und unbändiger Wut, wenn man ihn für unschuldig hielt. Ging man aber davon aus, dass ein raffiniert vorgehender Serienmörder vor einem saß, so stand dieses Konglomerat geradezu bildhaft für sein Auffliegen. Harris war sich plötzlich sicher, dass es Letzteres war. Nur mühsam unterdrückte er den Impuls, Robert an die Gurgel zu gehen und das Geständnis aus ihm herauszuprügeln. Stattdessen hielt er die geballten Fäuste krampfhaft in den Hosentaschen und setzte sich ruhig auf seinen Stuhl. »Welches Aftershave benutzt du?«

»Davidoff. Warum?«

Harris sah ihn misstrauisch an. »Und jetzt gerade?«

»Davidoff!«

»Ich dachte, du schwörst auf Hugo Boss?«

»Nach wie vor, aber Davidoff kostet nur die Hälfte.«

Robert rutschte auf seinem Stuhl hin und her und wirkte plötzlich extrem verunsichert. »Wieso fragst du mich so dämliche Sachen? Ich meine, was hat mein Aftershave mit …« Er stoppte mitten im Satz. »Du denkst wirklich, ich hätte sie getötet.«

Harris antwortete nicht. Ein paar Minuten lang saßen sie sich schweigend gegenüber. »Momentan glaube ich noch gar nichts«, sagte Harris nach einer Ewigkeit. »Aber es gibt einfach zu viele Hinweise auf dich. Zum Beispiel der Draht um ihre Kehle! Das gleiche Fabrikat liegt in eurer Werkstatt; und was das Messer angeht, mit dem ihr Gesicht … auseinandergeschnitten wurde, ich bin sicher, das finden wir garantiert auch bei dir! Du steckst so was von in der Scheiße, dass …« Er winkte ab.

Äußerlich schien Harris vollkommen ruhig, aber die Freunde kannten einander lange genug, um jede Nuance im Tonfall des anderen richtig deuten zu können. Robert wusste also, dass sich die Lage innerhalb von Sekunden ändern konnte. »Ich bin reingelegt worden«, sagte er plötzlich.

»Und von wem, wenn ich fragen darf?«

»Was weiß ich, von wem. Von jemandem, der mich kennt.«

»Dann ist das alles ein großes Komplott!«, höhnte Harris.

»Ja! Nimm mein Aftershave. Ihr habt sicher Hugo Boss an ihr gefunden, sonst würdest du nicht so blöd fragen. Ich nehme Davidoff … seit zwei Tagen, verstehst du? Das konnte Theresias Mörder nicht wissen. Ach, und Brot … schneide ich mit rechts ab.«

Harris stand auf, lief mit großen Schritten durch das Zimmer, blieb hin und wieder stehen, musterte Robert und setzte dann seinen Gang fort. So vergingen lange Minuten, nur Harris' Schritte hallten im Raum und unterbrachen ab und zu die unerträgliche Stille.

»Wo warst du am dreizehnten September?«

»Arbeiten.«

»Ich meine, nachts.«

Robert schien keinen Moment zu überlegen. »Zur Jagd.«

»Wieso weißt du das so genau?«

»Weil es der Todestag meines Großvaters war.«

»Wer war noch dabei?«

»Du weißt, dass ich allein jage.«

»Hm! Is'n super Alibi. Du … ganz allein … nachts im

Wald und am nächsten Tag eine nackte Frauenleiche auf den Bahngleisen. Gratuliere!«

Robert, inzwischen wieder hochgradig nervös, verlor plötzlich die Nerven. Wutentbrannt sprang er auf, griff nach dem Holzstuhl hinter sich, schleuderte ihn mit voller Wucht gegen die Wand und ging dann auf Harris los.

»Verdammt noch mal, hör auf, dir hier einen runterzuholen, nur weil du ’n Bulle bist. Bist jetzt was Besonderes, ja? Findest dich irgendwie toll! Du bist ’n Arschloch, ’n kleiner Wichser, ’n jämmerlicher Dorfpolizist!« Robert stoppte erst, als er Harris’ Dienstwaffe an seinem Kehlkopf spürte.

Im gleichen Moment wurde die Tür aufgerissen, und zwei Beamte stürmten herein. Harris riss reflexartig seine linke Hand nach oben, um sie zu stoppen. »Dir ist klar, dass du soeben einen Freund verloren hast?«, zischte er Robert an und überließ dann bereitwillig seine Waffe einem der Polizisten.

14.

»Verdammte Scheiße noch mal, was sind Sie für ein selten blödes Arschloch! Sie haben es vermasselt, Zimmering! Sie haben es so was von vermasselt!« Hauptkommissar Schneider verlor selten die Fassung, wenn aber doch, so ließ er die Maske des makellosen Beamten schlagartig fallen. Momentan schäumte er förmlich vor Wut. »Ich hätte es wissen müssen, man kann einen Dorfdeppen einfach nicht in so einem Fall rumpfuschen lassen. Verfluchte Scheiße, war ich blöd!« Entgegen seiner sonstigen Art lief er hysterisch im Zimmer umher, blieb nach jeder Runde um den Schreibtisch vor Harris stehen und sah ihn an. »Gibt es irgendetwas, was Sie dem Verdächtigen nicht auf die Nase gebunden haben? Warum haben Sie ihm nicht gleich die Akten vorgelesen?«

»Das hätte ich tun können. Er war es nämlich nicht!«

Wie der Blitz schnellte Schneider herum. »Was haben Sie eben gesagt?«

»Ich sagte, Robert Schumann ist unschuldig.«

Hauptkommissar Schneider fror mitten in der Bewegung ein. Vollkommen regungslos stand er vor Harris und starrte minutenlang stumm auf den Boden zu seinen Füßen.

»Wir brauchen einen Namen, weil er uns das Gefühl der Sicherheit zurückgibt. Und Robert Schumann ist das gefundene Fressen, was wir der Presse vorwerfen können. Und wenn die Zeitungsfuzzis dann unbequeme Fragen stellen, sind wir fein raus mit der Antwort, dass wir nun die anderen fünf Morde noch einmal in Bezug auf den mutmaßlichen Täter Robert Schumann untersuchen lassen … das ist alles. Mehr steckt nicht dahinter«, sagte Harris ruhig und stellte mit

Erstaunen fest, wie sicher er klang. Der veränderte Ton gegenüber Schneider gab ihm sein Selbstvertrauen zurück. Er würde diesem arroganten Schnösel beweisen, dass er deutlich mehr konnte als ein gewöhnlicher Dorfpolizist und dass Instinkte bei der Lösung eines derart gelagerten Kriminalfalles von enormer Wichtigkeit waren. Und sein Bauchgefühl sagte ihm, dass Robert zu solch einem Verbrechen nicht in der Lage war. Bisweilen sprach zwar alles gegen diese Behauptung, aber wenn er genügend nachdachte, würde er schon die richtigen Argumente finden.

Schneiders Starre schien jetzt zwar gelöst, aber er hatte noch immer kein Wort gesagt. Lauernd stand er vor Harris und zupfte beflissen an seinem Maßanzug herum. Er erinnerte Harris plötzlich an einen jungen Hund, der vermied, den Stärkeren durch direkten Augenkontakt zu provozieren, und stattdessen mit Verlegenheitsgesten zu beschwichtigen versuchte. Harris genoss die plötzliche Unterwürfigkeit und ließ ihn zappeln.

»Wie ich schon sagte«, schnaubte Kommissar Schneider, »Sie sind ein selten dummes Arschloch. Trotzdem bin ich gespannt, ob außer heißer Luft noch was kommt. Also, was führt Sie zu dieser abstrusen Behauptung?«

»Intuition.«

Kommissar Schneider holte vernehmbar Luft, hielt sie kurzzeitig an und ließ sie dann stoßweise durch die Lippen entweichen.

»Fräulein Zimmering, Intuition ist was für Frauen, hier geht's um Fakten, und die liegen doch wohl klar auf der Hand. Oder?«

»Eben nicht. Wenn ich die Obduktionsberichte richtig gelesen habe, dann könnte unser Mörder auch ein Rechtshänder gewesen sein, der, aus welchen Gründen auch immer, den Schnitt ganz bewusst mit der linken Hand durchgeführt hat. Robert Schumann benutzt Davidoff, unser Mörder Hugo

Boss. Und den Draht um ihren Hals finden wir ganz sicher in jeder Werkstatt Brandenburgs. Robert Schumann hat jetzt noch einen Alkoholpegel, der einen Ochsen umbringen würde. Die Frage ist, wie er es derartig besoffen geschafft hat, Theresias Leiche auf die Insel zu bringen und sie in vier Metern Höhe aufzuhängen? Abgesehen davon habe ich ihn getestet, er hat keinen blassen Schimmer, wo wir ihre Leiche gefunden haben. Aber das Wichtigste ist, dass er überall an Theresia seine Spuren hinterlassen hat. Dem wahren Täter würde so ein Fehler nicht unterlaufen. Wo also … Herr Kriminalhauptkommissar, sind hier die klaren Fakten?« Harris' Redeschwall endete abrupt, er verharrte sekundenlang mitten in der Bewegung und schüttelte dann energisch den Kopf. »Wir sehen sechs Leichen, aber das Gesamtbild entzieht sich uns!« Dass sein letzter Satz nicht von ihm, sondern aus einem amerikanischen Krimi stammte, brauchte niemand zu wissen. Er klang einfach verdammt gut, und Harris hatte nur darauf gewartet, ihn bei passender Gelegenheit an den Mann bringen zu können.

Entweder er hatte den Hauptkommissar schwer verärgert oder, so hoffte Harris insgeheim, derart beeindruckt, dass ihm der Mund offen stand, auf jeden Fall aber schien Schneider nicht mehr derselbe, als er hektisch eine Nummer wählte. »Holt mir sofort Dirk Schumann ran! Was? Sein Bruder, Sie Idiot«, zischte er in den Hörer und verschwand durch die Tür. Es dauerte keine Sekunde, und die Tür öffnete sich wieder. »Und Sie, Zimmering, setzen sich mit den Technikfuzzis in Verbindung, die sollen Theresia Hoeflings Handy orten!«

15.

Nina war schon am frühen Morgen aufgebrochen, um die Abendmaschine von Frankfurt am Main nach New York sicher zu erreichen. Wenn sie es sonst auch relativ leger mit der Pünktlichkeit nahm, so trat sie Fahrten zum Flughafen generell so frühzeitig an, dass sie mindestens zwei Stunden vor dem Boarding auf dem Airport eintraf. Inzwischen war es neun Uhr, und obwohl die Sonne nur hin und wieder durch die dunklen Gewitterwolken brach, versprach es ein warmer Septembertag zu werden. Alexandra beschloss, mit Jack einen ausgiebigen Spaziergang zu machen und ihn dabei ein wenig zu erziehen. Nina hatte den Welpen wie eine teure Handtasche gekauft, nur dass sie ihn nicht im Schaufenster eines Geschäftes, sondern auf einem Flyer an einem Laternenmast entdeckt hatte. Und da die Freundin keinen Schimmer von Hundeerziehung hatte, war Jack die vergangenen drei Tage, die er bei Nina verbracht hatte, mehr oder weniger wie eine Handtasche behandelt worden. Ausführen und streicheln. Von Kommandos wie »Komm!« oder »Bei Fuß!« hatte Jack also noch nie etwas gehört. Kaum dass Alexandra die Haustür einen Spalt geöffnet hatte, drängelte sich Jack an ihr vorbei, schoss in wildem Galopp davon und reagierte weder auf ihr Rufen noch auf gellende Pfiffe. Alexandra befürchtete, dass er Ninas Fährte aufgenommen hatte, diese nun kilometerweit verfolgen und, wenn sie Pech hatte, in Kürze die Autobahn entlangjagen würde. Schon am Morgen, als Nina das Haus verließ, war Jack, unempfänglich für Alexandras Tröstungsversuche, minutenlang vollkommen aufgelöst an der Tür emporgesprungen. Um nicht ziellos im Wald herumzuirren und sich die Kehle aus dem Leib zu schreien, beschloss sie, ganz wie ein Hund nun ebenfalls Ninas Autospur zu folgen. Alexandra schwang sich aufs Rad und trat kräftig in die Pedale. Sie hatte das Grundstück kaum verlassen, als sie in weiter Ferne Jacks Bellen hörte. Na also, stellte sie erleichtert fest, so übermächtig war seine Liebe zu Nina nun doch nicht. Keine zwei Weggabelungen weiter sah sie Jack. Er stand mitten auf dem Weg, hatte etwas Längliches im Maul und schüttelte wild den Kopf.

»Hoffentlich ist es kein Tier«, dachte Alexandra voller Ekel. Sie hatte keine Lust, einen zerfetzten Hasen zu beerdigen. Aber es war weder ein Hase noch ein anderes Lebewesen, sondern ein schlammverkrusteter Lumpen, an dem Jack, kaum dass Alexandra ihn erreicht hatte, das Interesse verlor und ihn achtlos vor ihren Füßen fallen ließ. Zu Alexandras Erleichterung ließ sich Jack ohne weiteres anleinen und folgte ihr bereitwillig. Mit der Fußspitze schob sie im Vorbeigehen den Lumpen an den Wegesrand und zog dann kräftig an Jacks Leine, der sich den Stofffetzen erneut schnappen wollte.

»Nein, Jack! Hörst du? Nein!« Es war ihr gleichgültig, ob Jack das Kommando »Nein!« verstand, aber es widerstrebte ihr, fortan bei jeder Gelegenheit »Pfui!« rufen zu müssen.

Ein paar Meter weiter blieb Alexandra wie vom Donner gerührt stehen. Sie kannte diesen Lumpen, denn das winzige Stoffetikett mit dem Schriftzug »Pashmina« verwies eindeutig auf dessen Herkunft. Sie selbst hatte Nina den Schal am Morgen umgelegt, nachdem diese ihn auf dem Tischchen im Flur hatte liegenlassen. Alexandra ließ das Fahrrad fallen, wickelte Jacks Leine um den Lenker und lief zurück. Auch wenn Jack das Tuch ziemlich ramponiert hatte und dessen Farbe vor Schlamm kaum noch erkennbar war, zweifelte Alexandra keine Sekunde daran, dass der jetzt schmutzige Lappen vor wenigen Stunden noch Ninas Hals gewärmt hatte. Außerdem verströmte er noch immer einen Hauch des charakteristischen Dufts, der die Freundin umgab.

»Wo hast du ihn gefunden, Jack?« Der Welpe wedelte nur müde mit dem Schwanz. Als Alexandra ihm den Schal jedoch direkt vor die Nase hielt, glaubte er, sie wolle mit ihm spielen. Also biss er hinein und begann, mit dunklem Knurren daran herumzuzerren. Alexandra hatte einige Mühe, Jack davon zu überzeugen, dass er losließ. Letztendlich griff sie ihm seitlich ins Maul, was den Hund schließlich zwang, die Kiefer zu öffnen. Blitzschnell entzog Alexandra ihm den Schal und hielt ihn am ausgestreckten Arm über ihren Kopf. Mit der anderen Hand kramte sie nach dem Handy in ihrer Hosentasche. Es zeigte zwar keinen Empfang an, aber das Logo ihres Netzanbieters stand auf dem Display, was eine minimale Chance für ein Telefonat bedeutete. Kaum hatte sie jedoch Ninas Nummer gewählt, verschwand die Netzanzeige gänzlich.

Unzählige Fragen schossen ihr durch den Kopf. Der Morgen war viel zu kühl gewesen, als dass Nina mit offenem Verdeck losgefahren wäre und der Fahrtwind den Schal davongeweht haben könnte. Wenn aber doch, war es unwahrscheinlich, dass sie dies nicht bemerkt hatte. Und sollte es ihr aufgefallen sein, warum hatte sie dann nicht angehalten, um ihn zu holen? Die Marke Pashmina war sündhaft teuer, und auch wenn Nina mit Geld nur so um sich warf, für ihren geliebten Kaschmirschal würde sie sogar auf der Autobahn einen U-Turn in Betracht ziehen. Wie also kam der Schal hierher, und wo genau hatte Jack ihn gefunden? Der Weg war trocken, der Schal aber klebte vor schwarzem Schlamm. Verwundert sah sie auf Jack hinab, der inzwischen platt auf dem Boden lag und sich akribisch den Schlamm von den Pfoten leckte. Sosehr Alexandra auch spekulierte, nichts ergab einen Sinn. Und die Einzige, die Licht in die Sache bringen konnte, war telefonisch nicht erreichbar.

16.

Die »The person you have called is temporarily not available«-Dame begann sich zu wiederholen, und hätte Alexandra nicht mitten im Dorf gestanden, so hätte sie das Handy längst wütend in eine Ecke geworfen. So aber zügelte sie ihren Ärger und steckte es zurück in ihre Hosentasche. Erst jetzt bemerkte sie, dass sie beobachtet wurde, wobei »beobachtet« nicht das richtige Wort dafür war. Die alte Frau aus dem Supermarkt saß auf einer Bank vor ihrem Haus, das Gesicht Alexandra zugewandt. Einen Moment zögerte Alexandra, sie direkt anzusehen, besann sich dann jedoch auf deren Blindheit und betrachtete sie eingehend. Auf den ersten Blick wirkte sie klein, fast zerbrechlich und beinahe hilflos, aber ihre Haltung belehrte den genaueren Betrachter eines Besseren. Kerzengerade, die feingliedrige linke Hand auf dem Knauf ihres Stockes abgelegt, die rechte, ein Taschentuch knetend, in ihrem Schoss, saß sie auf der vorderen Kante der Bank und wendete, Geräuschen folgend, aufmerksam den Kopf in die eine oder andere Richtung. Das feingezeichnete Gesicht und die sorgfältig gekämmten Haare standen in einem merkwürdigen Widerspruch zu ihrer übrigen Erscheinung, die man schlechthin als ungepflegt oder nachlässig bezeichnen konnte. Es war weithin sichtbar, dass ihr eine helfende Hand fehlte.

Alexandra beschloss, die alte Frau nach dem Weg zum Revier zu fragen, wobei sie insgeheim hoffte, unter diesem Vorwand mit ihr ins Gespräch zu kommen und sie dann beiläufig auf die Begegnung im Supermarkt ansprechen zu können. Nach wie vor glaubte sie nicht daran, dass es sich bei dieser

Begebenheit um ein Versehen der alten Dame handelte, und auch Sybilles Erklärung, was deren Geisteszustand betraf, war wenig überzeugend.

»Entschuldigen Sie, ich will Sie nicht erschrecken ... darf ich Sie etwas fragen?«, rief Alexandra der alten Frau zu, die daraufhin wie selbstverständlich herüberwinkte, als hätte sie nur darauf gewartet, angesprochen zu werden. »Wir kennen uns noch nicht. Mein Name ist Alexandra Fischer, ich wohne ...«

»Warum sollte ich Sie nicht kennen? Jeder hier kennt Sie! Sie wohnen doch in dieser Bruchbude hinten im Wald!« Zielsicher griff sie nach Alexandras ausgestreckter Hand, tätschelte Jack den Kopf, zog ihre Hand dann schnell wieder zurück und griff nach dem Taschentuch in ihrem Schoß. »Armes Kind«, nuschelte sie in das Tuch, während sie sich über die Mundwinkel wischte.

»Entschuldigung, was sagten Sie?«, fragte Alexandra.

»Nichts«, antwortete sie, »ich sagte gar nichts.«

Obgleich Alexandra sehr wohl verstanden hatte, beließ sie es dabei. Allem Anschein nach war die alte Frau tatsächlich etwas wirr im Kopf und brabbelte offenbar nach jedem Satz noch etwas Unverständliches, oder aber sie tat bewusst geheimnisvoll, um das Interesse auf sich zu ziehen. Nicht selten trieb Einsamkeit, noch dazu im fortgeschrittenen Alter, seltsame Blüten, und sicher gehörte auch die Beschwörung im Supermarkt zu eben dieser Angewohnheit.

»Sie suchen Harris Zimmering, nicht wahr?«

Alexandra verwunderte es nicht im Geringsten, dass die alte Dame ihre Frage vorwegnahm, schließlich hatte Sybille im Supermarkt schon prophezeit, dass Alexandra mindestens für zwei Wochen das vorrangige Gesprächsthema im Dorf sein würde.

»Das stimmt. Können Sie mir sagen, wie ich zum Revier komme?«

»Doch nicht etwa zu Fuß?«

»Mit dem Fahrrad.«

Die alte Frau nickte. »Also Kindchen, dann passen Sie mal auf. Sie fahren jetzt die Straße hier immer geradeaus, am Kieswerk vorbei, dann kommen Sie nach Hohensaaten. Passen Sie auf Ihr Hündchen auf, wenn Sie am ersten Haus vorbeifahren, da wohnt eine echte Bestie! Am Ende des Ortes fahren Sie über den Kanal, und wenn Sie dann nach rechts unten ans Ufer gucken, sehen Sie ein paar weiße Baracken. Das ist das Revier. Es sind ungefähr sechs Kilometer bis dahin.«

Alexandra hatte es jetzt eilig. »Haben Sie vielen Dank«, sagte sie und streckte der Frau die Hand entgegen. Als diese nicht reagierte, schwang sie sich aufs Rad. »Ich werd's finden.«

Sie war schon einige Meter entfernt, als sie die alte Dame rufen hörte. »Wenn Sie Adam sehen, grüßen Sie ihn von seiner Mutter!«

17.

»Sie können gehen. Vorerst natürlich!«, hörte sie einen Mann um die fünfzig sagen, als sie kurze Zeit später das Revier betrat. Hauptkommissar Schneider strich, als er Alexandra bemerkte, in gewohnter Art seinen Anzug glatt und musterte sie, während er an seinen Ärmeln herumzupfte. Dann klopfte er Robert Schumann, der mit gesenktem Kopf vor ihm stand, auf die Schulter und kam mit einem selbstgefälligen Lächeln und einem Gang, bei dem selbst John Wayne vor Neid erblasst wäre, auf Alexandra zu.

Robert Schumann war anzusehen, dass er Schweres durchgemacht haben musste, als er wie ein Geist an Alexandra vorbeischlich. Ein wenig irritiert fing sie noch einen kurzen Blick von ihm auf und wandte sich dann dem Kommissar zu. »Vielleicht können Sie mir weiterhelfen, ich suche Harris Zimmering.«

Wieder musterte Kommissar Schneider sie eingehend. »Vielleicht. Vielleicht auch nicht.«

Alexandra warf einen unsicheren Blick über seine Schulter hinweg. Der Platz hinter dem Empfangstresen war leer, eine Milchglastür versperrte ihr die Sicht auf den Flur, und außer diesem arroganten Typen war weit und breit niemand zu sehen. Da sie keinerlei Lust auf eine Unterhaltung mit einem wildfremden und noch dazu für ihren Geschmack widerlichen Mittfünfziger im Nadelstreifenanzug hatte, deutete sie ein Lächeln an, nickte ihm zu und machte wortlos kehrt.

In diesem Moment hörte sie Harris' Stimme, gleich darauf das Öffnen der Glastür hinter sich.

»Ist er schon weg? Mist, ich wollte doch … ach, ist ja auch egal … Alexandra?«

Die Hand schon an der Klinke, drehte sie nur den Kopf. Dicht gefolgt von Schneider, kam Harris auf sie zugelaufen.

»Herr Kriminalhauptkommissar, das ist Alexandra …«

»Fischer«, vollendete Alexandra, die Harris' Verlegenheit bemerkte.

»Fischer, genau. Alexandra Fischer, eine … Bekannte.«

Alexandra ignorierte Schneiders entgegengestreckte Hand, drehte sich ein wenig seitwärts, so dass sie dem Kommissar die Schulter zuwandte, und stellte sich auf die Zehenspitzen. »Ich wollte dich um etwas Persönliches bitten!«, sagte sie leise.

»Na, dann lass ich Sie mal allein mit Ihrer … Bekannten!«, hörte sie den Kommissar sagen. Schon die Art, wie er das Wort »Bekannte« akzentuierte, wirkte anzüglich und ließ auf seine Borniertheit schließen. Obwohl er Harris' unmittelbarer Vorgesetzter zu sein schien, würdigte sie ihn keines Blickes mehr, sondern machte einen auffällig großen Bogen um ihn herum und folgte Harris durch die Glastür. Kaum dass sie sein Büro betreten hatten, zog Alexandra mit zitternden Händen den schlammverschmierten Schal aus ihrer Tasche und hielt ihn Harris hin. »Ich möchte, dass du diesen Schal untersuchen lässt!«

»Worauf?«

»Ich hab keine Ahnung … auf Fingerabdrücke oder … Blutspuren? Worauf man so was eben untersucht!«, stammelte sie. »Was weiß ich denn! Du bist doch der …«

Harris umfasste ihre bebenden Schultern und hielt sie fest. »Beruhige dich erst mal, und erzähl mir, was passiert ist.«

Behutsam nahm er ihr den Schal aus den Händen und legte ihn auf dem Stuhl ab. Dann lief er zum Aktenschrank, goss einen Kaffee ein und stellte die Tasse mit leichtem Grinsen auf seinen Schreibtisch.

»So. Dafür, dass du dich bei diesem Sauwetter mit dem Rad

abgestrampelt hast, kriegst du jetzt erst einmal … einen fast kalten Kaffee von heute Morgen.«

Alexandra warf einen ungläubigen Blick aus dem Fenster, und tatsächlich, es regnete, nein, es goss wie aus Kannen. Sie nahm den Schal wieder an sich und ließ sich auf den Stuhl fallen.

»Nina hat heute Morgen gegen sechs mit diesem Schal das Grundstück verlassen. Ein paar Stunden später bin ich mit Jack im Wald spazieren gegangen, und er hat ihn gefunden. Ich versuche seit fast einer Stunde sie anzurufen. Das Handy ist ausgeschaltet! Das tut sie nie, niemals schaltet sie ihr Handy aus.«

Alexandra war inzwischen zu der felsenfesten Überzeugung gelangt, dass Nina Opfer eines Verbrechens geworden sein musste und in gar keinem Fall den Schal einfach nur verloren haben könnte.

Noch bevor Harris Luft holen konnte, wurde die Tür hinter ihm aufgerissen, und Kommissar Schneider steckte den Kopf herein.

»Ich störe ja nur ungern, aber Ihre Intuition ist gefragt! Kommen Sie, Fräulein Zimmering!« Er bedachte Harris mit einem spöttischen Blick und sah dann zu Alexandra. »So ein Riesenvieh von einem Hund da draußen, ich glaube, er frisst gerade Ihr Fahrrad!«

»Wichser!«, knurrte Harris, kaum dass die Tür ins Schloss gefallen war.

Nach kurzer Überlegung griff er den Schal, betrachtete ihn einen Moment mit zusammengekniffenen Augen und ließ ihn dann in seinem Schreibtisch verschwinden. »Ich komme heute Abend vorbei, und dann reden wir.« Er tippte auf die Schreibtischtür. »Ich kümmere mich drum, versprochen!«

Harris hatte die Hand schon an der Klinke, als sie ihm jäh entrissen wurde. Wieder war es Schneider. »Bewegen Sie Ihren Arsch in mein Büro, Zimmering!«, zischte er.

Wenn Harris bislang einigermaßen beherrscht gewirkt hatte, so zeigte Schneiders Ausbruch nun doch seine Wirkung. Mit fahrigen Bewegungen und gehetztem Blick schob er Alexandra zur Tür hinaus. Widerwillig ließ sie es geschehen, drehte sich aber im Flur noch einmal um. »Du sagtest zu Nina, auch ohne ihre Anwesenheit wären hier alle nervös. Was meinst du damit?«

»Jetzt nicht«, war seine knappe Antwort, dann machte er kehrt, ging schnellen Schrittes bis zum Ende des Flures und verschwand hinter einer Tür.

18.

Man hatte Dirk Schumann ganz bewusst mit einem Stapel grauenvoller Detailfotos von den Opfern eine halbe Stunde lang allein gelassen. Es sollte wohl wie ein Zufall wirken, aber selbst dem Einfältigsten musste die Absicht, ihn dadurch in Angst und Schrecken zu versetzen, von vornherein klar sein. Als Harris den Raum betrat, saß Dirk auf einem Stuhl in der äußersten Ecke des Raumes. Es war offensichtlich, dass er zwischen sich und die Fotos den größtmöglichen Abstand gebracht hatte. Äußerlich wirkte er ruhig, aber die ruckartigen Bewegungen seiner Pupillen zwischen dem Tisch und einem imaginären Punkt zu seinen Füßen ließen erahnen, dass er alles andere als entspannt war. Obgleich er sein Bruder war, bildete er einen drastischen Gegensatz zu Robert, denn alles, was dieser an Stattlichkeit aufwies, besaß Dirk an Leibesfülle. Hinzu kam, dass er den meisten Frauen des Ortes in Augenhöhe gegenüberstand, was seinem Selbstbewusstsein alles andere als zuträglich war. Klein, dicklich und stotternd, würde er also seinem Bruder niemals das Wasser reichen können. Was jedoch bei anderen zu Eifersucht oder Bitterkeit führte, äußerte sich bei Dirk in Bewunderung, ja geradezu Glorifizierung von Robert.

Schneider hatte Harris instruiert, Dirk in dem Glauben zu lassen, es ginge ausschließlich um das Alibi für seinen Bruder, nebenbei aber zu überprüfen, ob nicht gar er selbst als möglicher Täter in Frage kam. Zweifelsfrei tappte Schneider so sehr im Dunkeln, dass er inzwischen nahezu jeden verdächtigte. Im Fall Dirk Schumann lag für Harris Schneiders Erfolgsdruck klar auf der Hand.

»Was weißt du über das Verhältnis zwischen Theresia und Robert?«, begann Harris ohne Umschweife.

»Nicht v-v-viel mehr als d-d-du. Na ja. Sie lieben s-s-sich. Vor einem halben Jahr a-a-allerdings hatten sie sich für ein p-p-paar Wochen g-getrennt.«

»Ja, ich weiß. Wer von beiden wollte das eigentlich?«

»T-t-theresia natürlich. Es w-w-wurde ihr zu eng, sie meinte, Robert kontrolliere sie, w-w-wäre zu besitzergreifend und z-z-zu eifersüchtig.«

»Und warum hat sie's rückgängig gemacht?«

Für einen Sekundenbruchteil zuckten Dirks Lider. »Sie war verrückt nach ihm«, sagte er missbilligend. Harris runzelte die Stirn. Es war nichts Neues, was Dirk da von sich gab, genau genommen war es Roberts Wortlaut, als Harris ihn vor Monaten darauf ansprach, nachdem die Eifersuchtsanfälle in Pauls Kneipe zur Tagesordnung gehörten.

»Na gut, ich will nicht lange drum herumreden, eigentlich will ich wissen, wo du vorletzte Nacht geschlafen hast.«

»B-b-bei Robert«, stotterte Dirk.

»Und Robert war auch da.«

»Ja k-klar!«

»Hast du ihn gesehen?«

»Es reicht, dass ich ihn g-g-gehört habe. Wenn d-d-der besoffen ist, schnarcht der w-w-wie 'n Sägewerk.«

»Weiß Robert, dass du bei ihm gepennt hast?«

Dirk schüttelte den Kopf.

»Das heißt, ihr habt euch nicht gesehen. Und wie bist du dann in seine Wohnung gekommen?«

»Ich hab 'nen Schlüssel.«

»Du bist also rein und raus, ohne dass ihr euch begegnet seid.«

Dirk nickte. Harris setzte sich an den Tisch, schob die Fotos zusammen und legte den leeren Umschlag darüber. Selbst ihm war der Anblick eines abgetrennten Kopfes momentan zu viel. Noch weigerte er sich, weiterzudenken und nun Dirk statt seines Bruders ins Visier zu nehmen. Seines Erachtens war Dirk in seinem Wesen nicht nur das Gegenteil eines Serienkillers, sondern geradezu das Musterbeispiel eines Weicheies. Gab es irgendwo eine Auseinandersetzung oder Schlägerei, schlich Dirk sich unauffällig davon. Geriet er selbst unter Beschuss, begann er hastig und vor Nervosität stotternd den vermeintlichen Gegner zu beschwichtigen. Nicht selten zog er damit den Spott der Freunde auf sich.

»Ich hab keine Ahnung, ob dass für meinen Chef als Alibi gilt, aber …«

»Ich hab ihn schnarchen hören, das m-m-muss doch reichen. W-wenn nicht, dann sag ich, ich h-h-hab in sein Zimmer gesehen, w-weil die Tür offen stand. Das kann doch k-k-keiner beweisen!«

»Das ist nicht das Problem.«

»Und w-w-was ist das Problem?«

»Dass Robert *dich* nicht gesehen hat.«

Es brauchte eine Weile, bis bei Dirk der Groschen fiel. Er atmete tief und bemühte sich, leise zu sprechen. »Das ist jetzt nicht dein Ernst!«, sagte er, ohne zu stottern.

»Doch.«

Dirks Hände verkrampften sich an der Stuhlkante, während er mit aller Macht dagegen ankämpfte aufzuspringen. Er hielt sich förmlich selbst fest. »Bist du jetzt v-vollkommen durchgeknallt?«, keuchte er.

»Ich nicht, aber mein Chef.«

»Wir sind Freunde, Harris! D-d-du wirst ihm doch klarmachen k-k-können, dass ich kein Mörder bin!«

»Und wie soll ich das anstellen? Soll ich ihm sagen, dass du ’n netter Kerl bist, weil du alte Omas über die Straße führst oder mit ’ner Katze rumschmust? … Soll ich dir vielleicht ein falsches Alibi geben?«

»Z-z-zum Beispiel! An dem Abend sind wir z-z-zusammen

aus der Kneipe … und du hast m-m-mich zu Robert gefahren!«

»Und dann hab ich die ganze Nacht deine Hand gehalten! Du spinnst doch!« Harris beobachtete, wie Dirk der Schweiß auf die Stirn trat. Er nestelte an seinem Shirt herum, zog plötzlich seine Jacke aus, warf sie über die Stuhllehne, um sie gleich darauf wieder an sich zu nehmen und überzuziehen. Harris hatte die blutigen Spuren an seinem Hals dennoch bemerkt. Blitzschnell griff er nach Dirks Kragen und zog ihn ein Stück hinunter. »Was ist das?«

»W-w-was ist w-was?«

»Die Kratzspuren an deinem Hals.«

Dirks anfängliche Verzweiflung legte sich wieder. Er schlug den Jackenkragen nach oben und lächelte. »Eines unserer Katzenjungen ist auf 'nen Baum gek … klettert und hat sich nicht mehr r-r-runter getraut. Also hab ich sie geholt, und dieses Mistvieh hat sich dabei in meinen Hals gekrallt, das ist alles. Und … ich hab jede Menge Zeugen dafür. Da standen nämlich sechs Nachbarskinder unterm Baum.«

»Okay, das ist gut. Man wird zwar deinen Hals untersuchen lassen, aber wenn es so ist, wie du sagst, kann ja nichts passieren. Trotzdem bleibt die Frage nach vorletzter Nacht. Also streng deinen Grips an, vielleicht fällt dir jemand ein, der dich beim Kommen oder Gehen vor Roberts Haus gesehen hat.«

Als würde er sich erst jetzt der ganzen Tragweite und des Dilemmas, in dem er sich befand, bewusst, wurde Dirk mit einem Mal kreidebleich.

»Davon hängt es jetzt ab, ob man mich für Theresias Mörder hält?«

»Nee, aber 'n Alibi würde dir ersparen, durch die Mangel gedreht zu werden.«

»Durch die Mangel? Und w-w-w-was machst du gerade?«

»'ne Unterhaltung führen. Hör zu, Dirk! Das alles hier

läuft momentan nur so gesittet, weil ich mit euch befreundet bin. Mein Chef erhofft sich, dass ihr redet, weil ich euch gegenübersitze. ’n Verhör ist noch mal was ganz anderes, und das führe auch nicht ich, sondern irgend so ein Gorilla von Schneider. Also pack lieber jetzt aus, verstanden?« Harris ließ sich auf den Stuhl fallen und fuhr sich mit beiden Händen angestrengt über das Gesicht. Plötzlich hielt er inne und sah auf seine Hände. »Wonach riecht das?«

»K-k-keine Ahnung, w-w-wonach d-deine Pfoten stinken«, murmelte Dirk.

Harris stand vom Stuhl auf, riss Dirks Jackenkragen wieder nach unten und hielt die Nase daran. »Ist das Hugo Boss?«

Dirk nickte beiläufig.

»Hab ich von R-r-r-robert. War eh nur noch ’n Rest.«

Harris ignorierte das Vibrieren des Handys in seiner Hosentasche schon seit geraumer Zeit, nun aber begann die Hartnäckigkeit des Anrufers ihn zu nerven. Er deutete Dirk an, sich nicht von der Stelle zu rühren, und verließ den Raum. Vielleicht war es hilfreich, Dirk mit der Androhung eines Gorillas und der zwangsläufig härteren Gangart eines polizeilichen Vernehmers ein paar Minuten sich selbst zu überlassen. Die Phantasie in Dirks Kopf war sicher ein besseres Druckmittel, statt als Freund darauf zu hoffen, in solch einer Situation vom Gegenüber ernst genommen zu werden.

Die Entdeckung des Parfüms würde Dirk zwar schwer belasten, aber für eine Überführung reichte das ganz sicher nicht.

Die auf dem Display angezeigte Nummer sagte Harris nichts, doch der Beharrlichkeit nach musste es wohl dringend sein.

Es war Schneider. »Nur zu Ihrer Information«, hallte es, unterbrochen von lautstarken Nebengeräuschen, aus dem Telefon. »Die Müllabfuhr hat sich gemeldet. Der Zufall wollte es, dass ihnen heute Morgen ausgerechnet Robert Schumanns Müllsack zerplatzte. Und was fanden sie? Ein blutgetränktes

Männershirt! Die Müllfritzen waren so geistesgegenwärtig, uns anzurufen. Pech für Sie und Ihren Freund! Das Labor hat zwar bisher keinerlei Spuren von Robert Schumann feststellen können, aber das Blut konnte einwandfrei Theresia Hoefling zugeordnet werden.«

»Was heißt das jetzt?«, brüllte Harris zurück.

»Dass ich mir persönlich Ihren Freund noch mal vornehme. Ich will Zugriff auf sein Telefon, seinen Computer. Ich will wissen, wo er einkauft, was er einkauft, wen er trifft. Besorgen Sie mir meinetwegen seine Unterhosengröße, einfach alles. Und was Sie angeht, ziehen Sie sich warm an, Zimmering! Mir ist nämlich schleierhaft, wie Sie bei der Untersuchung des Mülls das Shirt übersehen konnten!«

19.

Hätte Jack nicht am Morgen den Schal gefunden, würde sie Nina jetzt im Flugzeug über dem Atlantik wissen und sich einfach nur auf den abendlichen Besuch von Harris freuen. So aber hatte Alexandra den gesamten Nachmittag im Dorf ausgeharrt, um im funktionierenden Funknetz an die dreißig Mal Ninas Handy anzurufen. Gegen fünf hatte sie schließlich enttäuscht aufgegeben und sich von einem hungrigen Welpen nach Hause ziehen lassen. Nun fieberte sie Harris' Erscheinen entgegen und hoffte inständig, dass er gute Nachrichten brachte. Alexandra beschloss, die Wartezeit damit zu verkürzen, die Kartons, die noch leer geräumt in der Küche standen, zusammenzufalten und in der Scheune für einen möglicherweise kommenden Umzug zu deponieren.

Sie steckte gerade bis zu den Schultern im letzten Karton, als sie das schwache Knarren einer einzelnen Flurdiele hörte. Kurz darauf lehnte Harris am Türrahmen. Er hatte sich so leise angeschlichen, dass selbst Jack, der auf seiner Decke unter dem Küchenfenster vor sich hin döste, ihn nicht gehört hatte. Entgegen ihrem Drang, Harris sofort mit Fragen zu bombardieren, gab sie vor, ihn nicht bemerkt zu haben, zerrte weiter an einer Kiste herum und wartete darauf, dass er »Hallo« sagte. Doch nichts dergleichen geschah.

»Du siehst ganz schön fertig aus!«, sagte Alexandra schließlich und sah zu ihm auf.

»War 'n Scheißtag.«

»Willst du drüber reden, oder darfst du das nicht?« Sie gab dem Karton einen Tritt, so dass er endlich in sich zusammenfiel.

»Beides. Wär gut, drüber zu reden … und dürfen, na ja, ich sag mal so, Schneider geht mir am Arsch vorbei. Da du nicht verdächtigt wirst, sechs Frauen getötet zu haben, wüsste ich nicht, warum ich mit dir nicht über meinen Job reden sollte. Aber vorweg, ich habe mich erkundigt: Deine Freundin ist wohlauf und hat vor einer Stunde das Flugzeug nach New York bestiegen.«

Alexandra atmete tief und hörbar aus, aber die Hoffnung, ihre Anspannung würde dadurch weichen, erfüllte sich nicht. »Und der Schal? Hast du sie gefragt, warum …«

»Ich hab nicht mit ihr, sondern mit der Fluggesellschaft gesprochen. Und die haben mir bestätigt, dass Frau von Treuenfeld um achtzehn Uhr eingecheckt hat.«

»Okay, okay, dann ist es gut, okay.«, wiederholte Alexandra fortwährend, so als müsse sie sich selbst von dieser Aussage überzeugen, die sie momentan nicht überprüfen konnte. »Ich verstehe bloß nicht, wie sie ihn verlieren konnte.«

»Ach ja … der Schal. Ich hab ihn zwar schon fürs Labor eingetütet, aber er liegt sicher noch auf meinem Schreibtisch.«

»Verstehe. Gib ihn mir bei Gelegenheit zurück.«

Unschlüssig, da alle Informationen nicht zu der Gewissheit führten, die sie sich erhofft hatte, stand Alexandra bewegungslos im Raum. Es machte sie hochgradig nervös, Nina nicht einfach anrufen zu können, sondern nun darauf warten zu müssen, dass die Freundin gegen drei Uhr morgens mitteleuropäischer Zeit in New York landete. Wieder drängte sich die Frage nach dem untypischen Ausschalten oder der Funktionalität von Ninas Handy auf. So, wie sie die Freundin einschätzte, würde diese sich noch in der gleichen Sekunde, in der ihr Handy den Geist aufgab, ein neues kaufen, um keinesfalls auch nur eine halbe Stunde lang unerreichbar zu sein.

»Bier, Wasser, Kaffee, was kann ich dir anbieten?«, hörte sie Harris plötzlich sagen. »Entschuldige! Ja. Möchtest du ein Bier?«, fragte sie zerstreut und begann in den Untiefen des

Kühlschrankes nach einem Sixpack zu suchen, das da irgendwo sein musste. Sie entdeckte es schließlich unter einem Salatkopf im Gemüsefach. Bevor sie jedoch danach greifen konnte, durchfuhr es sie wie ein Stromschlag.

»Sagtest du eben … sechs Frauen ermordet? … Nein, kannst du nicht gesagt haben, oder?« Harris nickte. »Deswegen sagtest du auch zu Nina, dass alle nervös seien. Und wenn sie nun …« Alexandra wusste, dass es nur ein Mittel gab, um den Zustand, der jeden Moment einsetzen und ihr binnen Sekunden die Luft zum Atmen nehmen würde, erfolgreich zu bekämpfen. Ihre zitternden Hände hatten Mühe, die Dose aus ihrer Hosentasche zu öffnen und eine der weißen Pillen zu entnehmen. Hektisch warf sie sich die Tablette in den Mund, öffnete den Wasserhahn und trank. »Geht gleich wieder«, keuchte sie, während sie das eiskalte Wasser über ihr Gesicht laufen ließ. »Ist gleich vorbei.« Aber dem war nicht so. Wie ein falsch gestelltes Metronom lärmte der Herzschlag in ihrer Brust, und das Gefühl zu ersticken, verstärkte sich weiter.

»Nicht jetzt! Nicht vor ihm!«, hämmerte es in ihrem Kopf, während sie den Hahn schloss und dann, auf den Waschtischrand gestützt, nach Luft rang. Sie schloss die Lippen, sog tief die Luft in ihre Lungen und ließ sie dann langsam durch den halb geöffneten Mund wieder entweichen. Dabei konzentrierte sie sich auf den kleinen antiken Silberlöffel ihrer Großmutter, der zur Hälfte aus einer Tüte Zucker ragte. Es war ihr noch nie gelungen, die winzige Inschrift auf dem Löffelstiel zu entziffern, aber die Konzentration darauf ermöglichte es ihr, sich von der Angst und den dadurch entstehenden körperlichen Symptomen zu befreien. Erst diese Technik half, dass ihr Herz nach einigen Minuten wieder zum normalen Rhythmus zurückfand. Harris war, entgegen ihrer Erwartung, im Türrahmen stehen geblieben und sah nur mit besorgtem Blick zu ihr herüber.

»Ich wusste nicht, ob ich dir helfen sollte«, sagte er.

Alexandra haderte mit dem Gedanken, ihm erneut die Frage zu stellen, die der Auslöser ihres Anfalles gewesen war, oder es einfach bei seinem Kopfnicken zu belassen. Aber da es unwahrscheinlich war, dass sich die Attacke binnen weniger Minuten wiederholen würde, ging sie letztlich kein großes Risiko ein.

»Und wenn Nina nun gar nicht … ich meine, bist du dir sicher, dass sie wirklich abgeflogen ist?«

In Sekundenschnelle war Harris bei ihr und nahm sie in die Arme. »Keine Angst, es ist alles gut«, sagte er leise. Seine Stimme klang anders als sonst. Tief und warm umhüllte sie Alexandra und ließ den Schrecken der letzten Stunden wie eine unnütz gewordene Schale von ihr abfallen. Der Druck seiner Hände auf dem Rücken bezwang schließlich ihre Scheu, zaghaft legte sie den Kopf an seine Brust und gab sich dem Gefühl von Geborgenheit hin. Stundenlang hätte sie so dastehen können, wenn Jack nicht in einem plötzlichen Anfall von Eifersucht versucht hätte, sich zwischen Harris und ihren Beinen hindurchzudrängeln. Anfänglich versuchte Alexandra, den Störenfried mit leichten Fußtritten zu vertreiben, aber der Welpe blieb hartnäckig an ihr dran und zerrte knurrend an ihrem Hosenbein. Nur noch auf einem Bein stehend, verlor sie die Balance, klammerte sich mit aller Kraft an Harris und maßregelte währenddessen empört den laut schnaufenden Hund. »Lass los, Jack! Ich sagte, du sollst loslassen! Wirst du wohl! Du machst mir die Hose kaputt!«

»Aus!«, hörte sie Harris' Stimme, kurz und schneidend. Keine Sekunde später saß Jack, zaghaft mit dem Schwanz wedelnd, auf seinem Hinterteil, den Blick unterwürfig zur Seite gerichtet. Harris beugte sich zu ihm hinunter und tätschelte liebevoll seinen Kopf. »Braver Jack«, lobte er. »Ich weiß, is 'n klasse Spiel! Und wenn sie dann noch so absurde Sachen sagt wie ›Wirst du wohl!‹, macht's erst richtig Laune! Nicht wahr, du Untier?« Er gab dem Welpen einen Schubs und deutete auf die Decke unter dem Fenster. Zu Alexandras Erstaunen zeigte Jack keinerlei Widerstand, sondern trottete gehorsam auf seinen Platz, drehte sich umständlich drei Mal um die eigene Achse und ließ sich dann mit seinem typischen Schnaufen fallen. Harris nickte zufrieden, griff nach Alexandras Hand und zog sie aus der Küche. »Das hätten wir.« Seinem Lächeln war anzusehen, dass ihn Jacks Gehorsam mit Stolz erfüllte, denn es war gefärbt von einem Tick Selbstgefälligkeit. Er bemerkte nicht, dass Jack den zugewiesenen Platz wieder verlassen hatte und inzwischen hinter ihnen herspazierte. Mit einem Mal kam Leben in den Hund. Jack riss ruckartig den Kopf herum, spitzte die Ohren und rannte dann in wildem Galopp die Treppe hinauf. »Was is 'n in den gefahren?« Alexandra zuckte mit den Schultern, während sie dem Hund ins Obergeschoss folgte. Insgeheim dankte sie Jack, denn durch diese Aktion konnte sie Harris ganz nebenbei dazu bringen, sie auf den Dachboden zu begleiten.

Mittlerweile sprang Jack laut bellend an der roten Kammertür hoch und ließ sich durch nichts davon abbringen. »Ich tippe auf Marder … oder Katze«, sagte Harris trocken. Er hatte kaum aufgesperrt, als sich Jack an ihm vorbeidrängelte und schnuppernd die Kammer durchforstete. Ohne erkennbaren Grund verließ er das Zimmer wieder, sprang an der nächsten Tür hoch, machte wieder kehrt, stellte sich schließlich mit steil aufgerichteter Rute an den Treppenabsatz zum Dachboden und bellte nun da hinauf. Ohne dass Alexandra ihn darum bitten musste, rannte Harris die Treppe nach oben, lehnte die Dachluke im Vorbeigehen an den Schornstein und signalisierte dann, dass sie ihm folgen sollte. Oben angekommen, sah Alexandra gerade noch, wie er in der Kammer verschwand. »Komm her!«, hörte sie ihn, wie schon Nina am Vortag, rufen. Obwohl es genau das war, was sie sich erhofft hatte, folgte sie ihm nur widerwillig, denn die Kammer ängstigte sie nach wie vor.

»Sagtest du nicht, dass hier oben jemand ist? Ich hab ihn gefunden«, scherzte Harris. »Siehst du? Dieser Stuhl hier. Als ich die Kammertür öffnete, schaukelte er noch.« Harris verlagerte sein Gewicht langsam von einem Fuß auf den anderen. Die Dielen unter ihm bogen sich knarrend und versetzten den Stuhl in leichtes Wippen. »Du läufst auf die Kammer zu, und schon bekommt dieser Stuhl ein Eigenleben. Das ist alles.« Obgleich Harris' Demonstration eindeutig und unzweifelhaft war, beruhigte sie Alexandra nicht wirklich. Schaukelnde Stühle waren eine Sache, etwas anderes jedoch waren Geräusche, deren Auslöser nicht sie selbst war. »Und was das Getrampel angeht«, sagte Harris, als könne er ihre Gedanken lesen. »Kauf 'ne Marderfalle, und der Spuk ist vorbei.« Er redete vor sich hin, während er sich weiter umsah. »Ich weiß, es hört sich wirklich so an, als würde jemand durch die Gegend laufen. Dabei sind's nur diese Scheißmistviecher!« Harris stockte plötzlich und hob nacheinander die Füße. »Ich hätte mir vielleicht doch die Schuhe saubermachen sollen.« Erst jetzt bemerkte Alexandra die eingetrockneten Schlammabdrücke, die quer durch den Raum bis zur Kammer verliefen und am Schaukelstuhl endeten. »Nee, sind doch nicht meine«, schlussfolgerte Harris mit einem Blick auf seine sauberen Schuhsohlen. »Ich schätze mal Größe neununddreißig, also eindeutig 'ne Frau.«

»Ich war gestern mit Nina hier oben, kann sein, ich …« Alexandra verstummte. Nina war barfüßig gewesen, und soweit sie sich erinnerte, hatte sie selbst nur dicke Strümpfe getragen, so wie sie es zu Hause immer tat. Obendrein war es unmöglich, dass sie die Fußspuren übersehen hatten. Im Gegenteil, es war ihnen doch aufgefallen, wie peinlich sauber die Kammer im Vergleich zum übrigen Teil des Dachbodens war. Alexandra fühlte, wie sich die Härchen an ihren Unterarmen aufstellten und flächendeckend eine Gänsehaut produzierten. Die gleichen Fußabdrücke hatte sie in der zweiten Nacht im

Flur entdeckt. Also keine nächtlichen Hirngespinste, keine Wahnvorstellung, es musste außer ihr noch jemand im Haus sein.

»Wie ich schon sagte«, flüsterte Alexandra, »es ist jemand hier oben.«

Harris umfasste ihre Schultern und sah sie mitfühlend, aber auch ein klein wenig belustigt an. »Also gut. Lass uns Zentimeter für Zentimeter vorgehen. Dieser Jemand kann sich zwar verstecken, aber nicht in Luft auflösen.« Er machte einen großen Schritt und riss mit Schwung beide Schranktüren auf. »Ha, ertappt!« Für Alexandra nicht sichtbar griff er nach etwas, stülpte es sich über den Kopf und drehte sich dann blitzschnell zu ihr um. Voller Entsetzen starrte Alexandra auf die langen, blonden Haare, die ihm wild über das Gesicht fielen. »Hör auf damit, das ist grässlich«, stieß sie hervor. Unbeeindruckt wandte sich Harris von ihr ab, nahm erneut etwas aus dem Schrank und stand nun mit kurzen brünetten Haaren vor ihr. »Oder die?« Er verzog weinerlich den Mund, gab dann einen naiven Augenaufschlag zum Besten und schloss die Vorstellung mit einem breiten Grinsen.

»Du machst mir Angst, Harris!« Wütend wendete sie sich ab, stapfte mit durchgedrückten Knien in Richtung Treppe und drehte sich dort noch einmal um. »Ich meine das ernst«, sagte sie in ungewohnt scharfem Ton und rannte die Treppe hinunter. Verärgert darüber, nicht für voll genommen zu werden, warf sie sich auf ihr Bett und wartete darauf, dass sich Harris reumütig zu ihr gesellte, aber es verging mindestens noch eine Viertelstunde, bis sie seine Schritte im Flur hörte.

»Entschuldige«, sagte er, während er sich den Staub von Shirt und Hosen klopfte. »Ich konnte ja nicht ahnen, dass du derart schreckhaft bist.«

»Geschenkt. Mir war entfallen, was für einen beschissenen Humor du hast.«

Harris sah sie entgeistert an. »Hey, was ist los? Zickst du jetzt rum? Verstehst du keinen Spaß?«

»Das ist kein Spaß. Ich erzähl dir, dass ich mir vor Angst in die Hosen scheiße, weil hier irgendjemand durchs Haus schleicht, und dir fällt nichts weiter dazu ein, als dämliche Possen zu reißen.«

Für einen Augenblick herrschte eisiges Schweigen.

»Es ist besser, wenn du jetzt gehst«, sagte Alexandra schließlich.

»Ja, ist wohl besser«, bekräftigte Harris und warf sich seine Jacke über die Schulter. »Ich hab übrigens den gesamten Boden durchsucht. Da ist niemand.« Er nickte ihr zu und verließ das Zimmer. Sie hörte die Haustür mit einem lauten Knall ins Schloss fallen, dann war es ruhig.

»Scheißkerl!«, rief Alexandra ihm nach, wohl wissend, dass er sie nicht mehr hörte. »Verdammter, bescheuerter, fieser Scheißkerl!«, fluchte sie leise weiter und malträtierte wütend ihr Kopfkissen. Ihre Wut bezog sich jedoch weniger auf Harris als auf sich selbst.

Warum bloß konnte sie sich nicht zügeln? Zum abertausendsten Mal in ihrem Leben verfluchte sie ihre impulsive und in den meisten Fällen unverhältnismäßige Art zu reagieren. Harris hatte doch nur die Stimmung auflockern oder ihr die Angst nehmen wollen, aber statt sich darauf einzulassen, hatte sie es ihm übelgenommen.

Jacks Rute wedelte im Türrahmen, von ihm selbst war nichts zu sehen. »Komm her, Jack«, lockte Alexandra und raschelte mit einer Tüte Hundesnacks. Wenn schon der Mann zu Recht die Flucht ergriffen hatte, so war ihr wenigstens der Hund geblieben, er sollte sie nun trösten. Jack aber gehorchte nicht, nur die Rute wedelte weiter.

»Dumme Kuh«, sagte Alexandra zu sich selbst, »da hast du's, nicht mal der eigene Hund hält zu dir!«

»Was ist nun mit 'nem Bier?« Wie aus dem Nichts lehnte

Harris im Türrahmen und grinste versöhnlich. Eng an sein Knie geschmiegt stand Jack und ließ sich die Ohren kraulen. Alexandra zögerte keine Sekunde, auf Harris' kulantes Angebot einzugehen. »Beck's, Bitburger, Hasseröder, Flens, Jever, Krombacher … Köstritzer … Lübzer … Veltins.«

»Jever«, sagte Harris.

»Hab ich nicht«, antwortete Alexandra, sprang vom Bett und lief in die Küche. »'n Becks kannste haben«, hallte es von dort, kurz darauf stand sie vor ihm und streckte ihm die Flasche entgegen.

»Willst du mir nicht erzählen, was mit dir los ist?«, fragte Harris.

»Das habe ich doch schon«, dachte Alexandra, verkniff sich aber, es auszusprechen.

»Willst du mir nicht lieber erzählen, was bei dir los ist?«, entgegnete sie stattdessen, zog das Kopfkissen vom Bett und ließ sich darauf nieder.

Harris wiegte bedächtig den Kopf. »Wenn ich bedenke, wie du drauf bist … Ist nicht gerade eine Gutenachtgeschichte!«

»Macht nichts.«

»Bist du sicher?«

Alexandra nickte nur, denn ein eindeutiges Ja wollte einfach nicht über ihre Lippen kommen. Auch wenn sie ahnte, dass das, was Harris erzählen würde, in keinem Fall zu ihrer Entspannung beitragen würde, wollte sie seine Gesellschaft über die Länge eines Bieres hinaus. Harris öffnete die Flasche an der Bettkante, trank in einem Zug die Hälfte aus und stellte sie dann auf den Fußboden neben sich.

»Na gut, ich fang mal da an … ach, was soll's, du hast es ja selbst gesehen. Die geköpfte Frau auf den Bahngleisen hat keinen Selbstmord begangen, sondern ist das fünfte Opfer eines … ich nenn's beim Namen, Serienkillers. Fünf junge Frauen innerhalb von zehn Wochen, alle aus dem näheren

Umkreis und …«, er warf einen Blick auf Alexandras Haare, »rothaarig, so wie du. Bisher gab es keine Spuren, einfach nichts, absolut nichts, was uns weiterhelfen könnte. Wir sind blind wie die Maulwürfe und haben inzwischen Speichelproben von halb Brandenburg … ohne Ergebnis. Außer bei Theresia, dem sechsten Opfer, die war übersät mit der DNA von ihrem Freund Robert Schumann. In der Nacht, als Theresia ermordet wurde, hatte sie mordsmäßigen Zoff mit Robert. Klar, dass sich Schneider daraufhin in ihn verbeißt. Also gab er mir den Auftrag, Roberts Müll zu durchsuchen. Ich tat's, aber, wie's aussieht, nicht gründlich genug. Jedenfalls hat man heute in Roberts Müll etwas gefunden, und nun macht Schneider mir die Hölle heiß.« Harris schüttelte kurz den Kopf. »Kannst du dir vorstellen, wie man ein bluttriefendes Shirt übersehen kann?«

»Vielleicht hast du's nicht übersehen, weil es gar nicht drin war. Kann doch sein, dass es im Keller oder sonstwo lag und er es erst reingetan hat, nachdem ihr den Müll durchsucht hattet.«

Es wunderte ihn zwar, dass Alexandra nicht, wie erwartet, mit Entsetzen auf die Mordserie reagierte, sondern auf das Detail eines Müllfundes einging, aber er war zu beschäftigt mit dem, was sie gesagt hatte.

»Oder es ist so, wie Robert sagt: Irgendjemand will ihm was anhängen. Vielleicht aber auch genau andersherum. Er war's und hängt sein Verbrechen nun dem Serienmörder an. Ich an seiner Stelle würd's so machen.«

Alexandra sah ihn entgeistert an. »Du hast 'ne rege Phantasie!«

»Ich glaube nicht, dass er Theresia umbringen wollte, und schon gar nicht, dass er ein Serienmörder ist«, spann Harris den Faden weiter. »Aber nehmen wir mal Folgendes an: Nach seiner Niederlage in der Kneipe lauert er ihr auf, es kommt wieder zum Streit, sie fällt unglücklich und ist tot. Robert gerät in Panik und arrangiert das Ganze so, dass es wie ein weiterer Serienmord aussieht.«

»Dazu müsste er die Details kennen!«, gab Alexandra zu bedenken, woraufhin Harris wie ein ertapptes Kind das Gesicht verzog. »Er kennt sie. Es ist keine zwei Wochen her, dass wir zusammenhockten und ich im Suff gequatscht habe.«

»Ach du Scheiße!«, entwich es Alexandra.

»Kannst du laut sagen. Aber nicht nur er! Und das ist das Problem. Sein Bruder Dirk war mit von der Partie. Und der wiederum hätte sogar ein Motiv.«

»Was für ein Motiv?«

»Ich glaube, dass er Theresia hasste, und zwar einzig aus dem Grund, dass sie seinen Bruder vorführte. Dirk liebt Robert, er vergöttert ihn geradezu. Wenn er könnte, wie er wollte, würde er jeden umbringen, der Robert auch nur verbal ein Haar krümmt.«

»Und du meinst, das würde reichen, Roberts Freundin zu töten?«

»Natürlich nicht. Aber es ihr in irgendeiner Form heimzuzahlen, dazu wäre er auf jeden Fall fähig. Was meine Scheiße angeht, kommt's noch dicker. Als ich im Vernehmungsraum mit Robert redete, rief der plötzlich auf Theresias Handy an. Es klingelte, ich meine, es war zu diesem Zeitpunkt noch eingeschaltet. Ich hab nicht reagiert, weil es mir peinlich war, dass er als Verdächtiger in meiner Anwesenheit telefonierte. Später, als die Techniker es orten wollten, war es dann aus.« Harris massierte mit den Fingern angestrengt seine Stirn. »Wenn man's genau nimmt, hab ich verdammt viel Scheiße gebaut.«

Alexandra schüttelte entschlossen den Kopf. »Wenn sich rausstellt, dass es weder Robert noch sein Bruder war, sondern wirklich so 'n Serienmörder, passiert dir gar nichts. Und wenn's doch einer von beiden war, wär's auch geschehen, wenn du nicht gequatscht hättest.«

»Themawechsel«, wiegelte Harris plötzlich ab und zeigte auf das Ölbild, welches zur Hälfte von der geöffneten Tür verdeckt wurde. »Das hast du doch gemalt, oder?«

Alexandra nickte knapp.

»Ich gebe zu, dass ich keine Ahnung von Kunst habe, aber irgendwie hat es was!«, sagte Harris.

»Ja, aber eben nur, weil du keine Ahnung von Kunst hast. Es ist Schrott.«

»Trotzdem find ich's gut.«

Alexandras Blick wechselte zwischen Harris und dem Bild, dann stand sie auf und hob es hoch. »Weißt du was? Ich schenk's dir! Das hab ich zwar noch nie gemacht, aber was soll's. Alles ist irgendwann das erste Mal.«

»Sagtest du nicht eben, dass es Schrott ist?«

Alexandra nickte wieder.

»Und dann schenkst du es mir?«

»*Ich* sagte, es ist Schrott, *du*, dass du es gut findest. Nun kannst *du* entscheiden, ob du diesen Schrott geschenkt haben möchtest!«

Harris ergriff mit beiden Händen das Bild, dann spreizte er die Daumen ab und betrachtete kritisch die Ölfarbe an seinen Fingerkuppen. »Druckfrisch sozusagen! Wann hast du's gemalt?«

»Sonntag.«

»Und wo ist das?«

»Vor dem Haus! Erkennst du's nicht?«

Harris hielt das Bild von sich weg und betrachtete es mit halb zusammengekniffenen Augen. Dann zuckte er mit den Schultern. »Na gut, mit viel Phantasie.«

»Wie ich schon sagte, es ist Schrott!«

»Ich nehme es«, betonte Harris und lehnte das Bild vorsichtig gegen die Bettkante. »Hast du noch 'n Bier?«

»Klar«, sagte Alexandra und verschwand. Als sie zurückkam, saß Harris über einen geöffneten Koffer gebeugt, den er offensichtlich unter dem Bett hervorgezogen hatte, und betrachtete interessiert die darin liegenden Fotos.

»Wer ist das?«

»Niemand.«

»Eine ganze Kiste Fotos von einem Niemand?«

Mit zwei schnellen Schritten war Alexandra bei ihm, klappte den Deckel herunter und schob den Koffer wieder unter das Bett. Es war unmissverständlich, dass sie nicht bereit war, weiter über dessen Inhalt zu reden. »Es ist zu früh«, sagte sie bestimmt und drückte Harris die Bierflasche in die Hand. Harris hielt die Flasche samt ihrer Hand fest und zog Alexandra neben sich auf den Fußboden.

»Und wann, meinst du, fangen wir damit an? Ich kenne dich nicht, und du weißt ebenso wenig von mir. Was ist, wenn ich mich heute Nacht in einen Werwolf verwandle?« Alexandra betrachtete ihn amüsiert. »Dann würde ich morgen noch ein Halsband kaufen und mit zwei Hunden spazieren gehen!«

»Hey, du kannst ja richtig witzig sein!«, stellte Harris fest.

»Ja. Siehst du, schon wissen wir was. Ich bin witzig und du wahrscheinlich ein Werwolf!«

Harris' Gesichtszüge wurden mit einem Mal weich. »Es steht dir!«, sagte er leise und lächelte.

Alexandra öffnete ihre Wasserflasche und prostete ihm zu. »Okay, dann lass uns weitermachen! Wer warst du als Kind?«

Harris zog gespielt den Kopf ein. »Ein Nichts.«

»Kann ich mir nicht vorstellen.«

»Doch, ich war … ein kleiner Feigling.«

»Das is 'n Schnaps, wer warst du?«

Statt zu antworten, streckte er sich auf dem Fußboden aus, verschränkte die Arme unter dem Kopf und starrte an die Zimmerdecke. Die Falten auf seiner Stirn vertieften sich, die Pupillen begannen hin und her zu wandern, sein Mund wurde schmal. Es war augenscheinlich, dass ihm düstere Gedanken durch den Kopf gingen.

»Es gab ein Spiel in meiner Kindheit«, begann er nach einer Weile. »Es hieß: Wer hat Angst vorm schwarzen Mann.«

»Kenn ich, haben wir auch gespielt.«

»Wir spielten es anders. Meistens in der Dämmerung, das machte es unheimlicher. Derjenige, der das kürzeste Streichholz gezogen hatte, musste sich am Waldrand auf einen alten Baumstamm stellen … mit dem Rücken zum Wald. Wir setzten uns ungefähr zehn Meter entfernt von ihm auf die Wiese. Niemand durfte etwas sagen, er konnte nur unsere Gesichter sehen.«

»Und was passierte dann?«

»Nichts. Die Phantasie, das, was sich in seinem Kopf abspielt, zusammen mit der Unsicherheit, nicht zu wissen, was hinter ihm ist, das macht Angst … unsagbar grauenvolle Angst. Wer es am längsten aushielt, hatte gewonnen.«

Der Vibrationston des Handys summte in Harris' Hosentasche, er ignorierte ihn, Alexandra starrte hingegen wie gebannt auf seine Hose.

»Wieso hast du hier Empfang?«, fragte sie in heller Aufregung. »Was ist das für ein Netz?«

»E-Plus«, antwortete Harris, während er in seiner Hosentasche kramte. Er zog das Handy zur Hälfte heraus, sah auf das Display und schob es dann zurück in die Tasche. »Ich werd 'nen Teufel tun, da jetzt ranzugehen.«

»Wieso, wer ist es?«

»Schneider. Für ihn ist es ein Vierundzwanzig-Stunden-Job, er kann gar nicht anders, als ununterbrochen zu arbeiten. Ich vermute mal, dass er keine Frau hat, Freunde sowieso nicht. Also arbeitet er rund um die Uhr, sonst wüsste er gar nicht, was er anstellen soll. Kennst du jemanden, der freiwillig in meinem Büro übernachten würde? Ich nicht! Aber der hat sich doch tatsächlich vor sechs Wochen da einquartiert, obwohl man ihm ein Pensionszimmer angeboten hat. Er meinte, so könne er auch nachts an den Computer.«

»Und seine Kollegen? Wie kommen die mit ihm klar?«

»Die Sonderkommission sitzt in Eberswalde, aber Schneider wollte hierher. Er is ’n Einzelgänger. Man munkelt zwar, dass er verheiratet ist, aber mal ehrlich, welche Frau hält’s mit so einem aus? Diese ganze Mordscheiße geht mir ohnehin langsam auf ’n Sack! Sorry, aber so ist es nun mal. Bis vor kurzem war das hier ’n Kuhdorf, Dienst nach Vorschrift, mehr war nie verlangt. Und jetzt hab ich diesen Lackaffen am Arsch, muss nach seiner Pfeife tanzen und soll womöglich auch noch nachts verfügbar sein. Das kann er vielleicht mit seinen SOKO-Typen veranstalten, mit mir nicht!«

»Apropos SOKO. Gibt es eigentlich so was wie ein Profil?«

»Du meinst ein Täterprofil? Na klar gibt es das. Männlich, zwischen dreißig und vierzig, durchschnittliche Intelligenz, er lebt allein, macht höchstwahrscheinlich Kraftsport … bla, bla, bla. Genau genommen ist das jeder Dritte hier im Ort. Was ist, wenn er so intelligent ist, dass *er* uns dieses Profil diktiert. Einfach, weil er weiß, wie wir arbeiten. Meine Meinung ist: Wenn’s hart auf hart kommt, kannst du dich weder auf ein Profil noch auf deine Kollegen oder deine fünf Sinne verlassen, einzig auf deine Intuition.«

»Intuition? Ich dachte immer, das ist Frauensache … das mit dem Bauchgefühl.«

»Du redest schon wie Schneider.«

»’tschuldigung. Nennt er dich deswegen Fräulein …?«

Harris’ Miene verdüsterte sich. »Schneider is ’n Arschloch. Selbstgerecht und eingebildet. Ich weiß nicht mal, ob er in dem, was er tut, wirklich gut ist.«

Alexandra hielt die geöffnete Wasserflasche an ihre Lippen, aber statt zu trinken, redete sie. »Okay, lassen wir diesen Schneider mal außen vor. Mich interessiert dein Bauchgefühl. Traust du so etwas wirklich einem deiner Freunde zu?«

Harris hob die Schultern und ließ sie dann ruckartig wieder fallen. »Schneider hat sich in die Schumann-Brüder verbissen und lässt nicht locker. Dabei können wir keinem von beiden wirklich was nachweisen. Natürlich kann ich mir überhaupt nicht vorstellen, so jemanden zu kennen. Aber das geht allen so, die eines Tages erfahren, dass ihr Mann oder der Onkel plötzlich zum Kindermörder geworden ist. Es sind halt doch Menschen wie …«

»Du und ich?«, unterbrach Alexandra. »Nein. Das sind keine Menschen wie du und ich. Und diese Mär von der verpfuschten Kindheit glaube ich auch nicht. Oder nur bedingt. Sieh mal, bei mir ist auch 'ne Menge schiefgelaufen, aber deswegen werde ich nicht zur Mörderin. Oder nimm dich! Hattest du eine glückliche Kindheit? Ist da immer alles glattgelaufen?« Alexandras Blick ließ darauf schließen, dass sie eine Antwort erwartete.

»Das Übliche. Scheidungskind«, sagte Harris trocken.

»Da haben wir's. War sicher nicht angenehm. Ständiger Streit, der ein oder andere Wutausbruch der Eltern, schließlich die Trennung und du … mittendrin. Ein Kind, das sich nicht wehren kann. Und? Läufst du deswegen jetzt Amok?« Wieder endete sie mit einer Frage, die sie aber nur für Sekunden im Raum stehen ließ. »Im Gegenteil, du bist zu den Guten gegangen! Du bist 'n Bulle geworden! Jeder Mensch hat die Wahl! Gut! Oder böse!«

Harris setzte sich auf und lächelte. »Hört sich vernünftig an, aber ich glaube nicht, dass die Menschen so funktionieren. Ich habe in den letzten Wochen viel darüber nachgedacht, und ich habe nur eine Antwort gefunden. Es gibt tausend Gründe, zum Mörder zu werden, und ich glaube, dass es ganz einfach ist, wenn man ein Motiv hat. Kannst du dir nicht vorstellen, jemanden so zu hassen, dass du in der Lage wärst, ihn zu töten? Ich schon.«

In Alexandras Augen spiegelte sich zunächst Erstaunen, dann Entsetzen, schließlich vollkommenes Unverständnis.

»Du kannst es dir nicht vorstellen?«, setzte Harris nach.

»Dann gebe ich dir jetzt ein Motiv. Also, stell dir einen Menschen vor, der dir alles bedeutet … den du sehr liebst, dein eigenes Kind, deine Eltern oder Geschwister. Also einen Bruder oder 'ne kleine Schwester eben. Und eines Tages kommt jemand und nimmt dir deine kleine Schwester weg, vielleicht sogar vor deinen Augen, und du kannst es nicht verhindern. Deine Schwester bleibt verschwunden, du wirst krank vor Angst, deine Sorge lässt dich nicht mehr schlafen, Wochen, Monate. Du weißt nicht, ob sie noch lebt. Irgendwann stellt die Polizei die Ermittlungen ein, und du beginnst auf eigene Faust, nach ihr zu suchen. Die Suche wird zu deinem Lebensinhalt, du kannst nichts anderes mehr tun, nichts anderes denken. Und dann … eines Tages wird ein Mann geschnappt und legt ein Geständnis ab. Unfassbar, grauenvoll. Das Martyrium deiner kleinen Schwester läuft wie ein Film vor dir ab, ihre Angst, ihre unvorstellbaren Schmerzen, schließlich ihr Tod. Dein Alptraum ist Realität geworden. Im Gerichtssaal sitzt du dann diesem Mann gegenüber, und er … er grinst dich an.« Harris machte eine Pause und betrachtete Alexandra, die auf ihrem Kissen eingeschlafen war.

»Würdest du ihn töten, wenn man dir die Gelegenheit dazu gäbe?«, sagte er leise.

20.

Die Leuchtreklame erlosch gerade, als Harris die Stufen zu Pauls Kneipe hochging und entschlossen die Tür zur Gastwirtschaft öffnete. Auch wenn sie der Uhrzeit nach längst geschlossen war, ein letztes Bier verweigerte Paul beinahe niemandem. Nicht selten hatten Harris und Paul bis in die frühen Morgenstunden zusammengesessen und die Weltpolitik auseinandergenommen. Bis auf die Neonlampe über dem Tresen lag die Wirtschaft schon in tiefer Dunkelheit. Paul, der zwischen Abwaschbecken und Kaffeemaschine hin und her lief, grüßte über die Schulter hinweg, als er Harris auf sich zukommen sah, stopfte sich das Geschirrtuch in den Hosenbund und stellte einen Glashumpen unter den Bierhahn.

Harris ließ sich auf einem der Barhocker nieder und rieb sich müde die Augen. »Eins noch, ja?«, sagte er.

Aus der hintersten Ecke des Raumes hörte man ein Hüsteln, eines dieser unechten Räusperer, die Aufmerksamkeit erregen sollten.

Paul zog die Brauen nach oben und deutete mit einem Nicken zum Tisch. »Der hält sich jetzt seit drei Stunden an einem Bier fest. Ich glaube, er braucht Beistand.«

Neugierig drehte Harris sich um. Hauptkommissar Schneider hockte zusammengesunken am letzten Zweiertisch, den Blick starr in sein halbvolles Glas Bier gerichtet, im Mundwinkel eine kalte Zigarette. Entgegen seinem üblichen Auftreten, vor allem aber seinem Kleidungsstil, trug er Jeans, Hemd und eine dunkle Lodenjacke darüber. Die sonst so akkurat nach hinten gegelten Haare fielen ihm wirr in die

Stirn, was ihm einen lockeren, fast sympathischen Ausdruck verlieh. Beinahe hätte Harris ihn nicht erkannt. Paul schob Harris den Humpen Bier über den Tresen und nickte ihm aufmunternd zu.

Schneider sah nicht von seinem Glas auf, als sich Harris ihm gegenüber hinsetzte. »Warum gehen Sie nicht an Ihr Telefon?«, brummte er, winkte aber noch in der gleichen Sekunde ab. »Ist ja auch egal.« Er nahm die Zigarette aus dem Mundwinkel, stellte sie senkrecht auf den Tisch, rutschte nach hinten und legte das Kinn auf der Tischkante ab. In dieser Haltung betrachtete er minutenlang vollkommen stupide seine Zigarette.

»Da sitzen wir nun, Zimmering. Zwei Pappnasen, die sich von einem durchgeknallten Wichser an der selbigen herumführen lassen. Mein Gott, wie erbärmlich.«

Da es möglich war, dass Schneider ihm eine Falle stellte, unterdrückte Harris den Impuls, seinem Chef einfach nur beizupflichten. Er kannte ihn nicht gut genug, um einschätzen zu können, was echte Niedergeschlagenheit oder vielleicht sogar das wahre Gesicht seines Vorgesetzten war. Möglich, dass Schneider gar nicht das Arschloch war, das er im Kollegenkreis gab.

»Wenn wir bis Freitag keine Ergebnisse vorzuweisen haben, die zum Durchbruch führen könnten, wird mir der Fall entzogen. Und zwar zu Recht. Ich bin und bleibe ein Versager.«

Noch immer wartete Harris ab. Allzu oft hatte er Schneiders sprunghaftes Denken und den damit verbundenen Sinneswandel miterlebt, als dass er jetzt naiv darauf eingehen würde. Schneider fuhr sich mit den Händen übers Gesicht, nahm die Zigarette und steckte sie wieder in den Mundwinkel. Bei jeder Bewegung seiner Lippen tanzte sie jetzt hoch und runter.

»Robert Schumanns Anwalt hat einen unabhängigen Forensik-Sachverständigen beauftragt, unsere Beweise zu entkräften. Letztendlich wird er dafür sorgen, dass Schumann nichts nachzuweisen ist und wir verdammt alt aussehen.«

»Hm?«, machte Harris.

»Und das ist momentan sehr einfach. Wenn Robert Schumann das Shirt trug, als er Theresia tötete, dann müssten wir daran seine DNA finden. Wir finden aber nichts, weil es jemand nachträglich mit Theresias Blut beschmiert und dann in seinem Müll deponiert hat. Darauf würde selbst ein Jurastudent kommen. Das Shirt ist also nutzlos. Und ein Urteil allein aufgrund von Indizien zu erreichen, ist nahezu unmöglich. Uns fehlt das Motiv. Gut, was den Mord an Theresia Hoefling angeht, hätten wir eins, aber das bedeutet noch lange nicht, dass er die anderen fünf auch getötet hat.«

Schneider kramte in seiner Hosentasche, zog ein Feuerzeug hervor und zündete die Zigarette an. Er inhalierte tief, hielt kurz die Luft an und ließ dann mit einem entspannten Lächeln genussvoll den Rauch wieder entweichen.

»Helfen Sie mir, Zimmering! Sagen Sie was, selbst wenn es sich saudämlich anhören sollte, vollkommen egal, manchmal führt es …«

Schneiders Handy bewegte sich plötzlich vibrierend über die Tischplatte. In der Erwartung, Schneider würde den Anruf entgegennehmen, hob Harris sein Bier, prostete ihm zu und lehnte sich trinkend nach hinten. Einen Augenblick lang passierte nichts. Wie ein giftiges Insekt starrte Schneider das sich langsam auf die Kante zubewegende Telefon an, doch kurz bevor es herunterzufallen drohte, wischte er es mit einer entschiedenen Handbewegung vom Tisch. Sei es, dass die Elektronik den Aufschlag nicht überstanden oder aber der Anrufer aufgelegt hatte, nun herrschte Ruhe. Ohne Überleitung redete Schneider weiter. »Wo stehen wir? Punkt eins. Die Haare und die Fasern, unsere einzigen verwertbaren Täterspuren, sind niemandem zuzuordnen. Punkt zwei. Anders als bei Beziehungstaten sind bei Serienmorden die Opfer üblicherweise Fremde. Dazu passt, wenn wir Robert Schumann nehmen, der Mord an Theresia Hoefling nicht. Punkt drei. Serienmorde haben ein wiederkehrendes Muster, einen sogenannten Persönlichkeitsabdruck des Täters. Wenn es doch Schumann war, passt hier der Mord an Theresia Hoefling wieder hinein. Punkt vier. Ich hab keine Ahnung, wie wir die ganze Scheiße zusammengebastelt bekommen.«

Das giftige Insekt in der Ecke begann wieder sich zu regen. Schneider wendete langsam den Kopf, stand dann in aller Seelenruhe auf, nahm das Handy vom Boden und schleuderte es mit enormer Wucht gegen die Wand. Ohne noch einen Blick darauf zu werfen, setzte er sich wieder und prostete Harris zu.

»Wissen Sie eigentlich, wie hoch der Anteil der Rothaarigen an der Weltbevölkerung ist? Gerade mal zwei Prozent. Das Gleiche gilt für Deutschland. Fünf davon sind jetzt tot. Theresia Hoefling hätte bei Blond bleiben sollen.«

Schneider leerte sein Glas, winkte Paul zu und quittierte dessen Kopfschütteln mit einem betrübten Nicken.

»Ich frage mich, ob er seinen Radius jetzt erweitert. Irgendwann gehen ihm nämlich die Opfer aus.« In Schneiders Augen blitzte es plötzlich. »Ach du Scheiße!«, stieß er hervor und zog hektisch an seiner Zigarette. »Ihre Bekannte … verdammt … obwohl …« An seiner Mimik war nicht ablesbar, was ihm durch den Kopf ging. Er trommelte mit den Fingerspitzen nervös auf den Tisch und kniff ab und zu die Augen zusammen, was allerdings auch am Zigarettenqualm liegen konnte. Mit einem Mal sprang er auf, klopfte Harris im Vorbeigehen auf die Schulter und eilte zum Ausgang.

Als Harris kurz darauf die Gastwirtschaft verließ, lächelte er in sich hinein. Er hatte lediglich zugehört und selbst nicht einen Satz gesagt.

21.

Dem schwachen Röcheln beim Einatmen folgte nach kurzer Stille beinahe geräuschloses Ausatmen, leise und regelmäßig, gleich einem tiefen Schlaf. Das Kitzeln einer einzelnen Haarsträhne, die der warme Hauch des Atems auf ihrer Stirn hin und her bewegte, hatte Alexandra geweckt. Sie strich die Strähne hinter das Ohr und drehte sich zur Seite.

Schlaftrunken tastete sie nach Harris, aber ihre Hand griff ins Leere. Schlagartig war sie wach und starrte mit weit aufgerissenen Augen in die Dunkelheit. Wie konnte sie eben noch Harris' Atem gespürt haben, wenn er schon vor Stunden gegangen war?

Die Atemgeräusche waren jetzt zwar verstummt, und fast meinte sie, sie hätte nur geträumt, aber sie spürte deutlich, dass sie nicht allein war. Irgendetwas in unmittelbarer Nähe beobachtete sie.

»Jack?« Vorsichtig und beinah geräuschlos stand sie auf, tastete sich bis zur angelehnten Tür und betätigte den Lichtschalter. Im Halbdunkel des Flures sah sie Jack aus der Küche taumeln und schlaftrunken Dehnübungen vollführen. »Du bist 'n toller Wachhund, Jack!«

Jack sah sie mit großen Augen an, aber als nichts passierte, was für ihn von Interesse war, machte er kehrt und lief in die Küche zurück. Ein leises Plumpsen zeigte an, dass er seinen Schlaf fortzusetzen gedachte. Alexandra blieb auf der Türschwelle stehen und durchforstete mit den Augen das Zimmer. Die wenigen Möbel ließen es nicht zu, dass sich in diesem Raum jemand verbergen konnte, aber das Gefühl der Anwesenheit eines anderen Menschen blieb und jagte ihr kalte Schauer über den Rücken. Sie tastete, ohne den Blick aus dem Zimmer zu wenden, nach dem Baseballschläger, der an der Wand des Flures lehnte. Das kühle Holz in ihrer Handfläche gab ihr ein wenig Sicherheit. Alexandra drehte sich um die eigene Achse, legte den Lichtschalter des Flures mit dem Ende des Baseballschlägers um und wartete darauf, dass die Sparlampe allmählich ihr Licht entfaltete. Erst dann wagte sie sich Schritt für Schritt bis zur Küche. »Jack?«, flüsterte sie, »komm her, Jack!« Der Welpe hob zwar den Kopf und schlug ein paar Mal mit dem Schwanz auf den Boden, schien aber keine Veranlassung zu sehen, sich zu erheben und zu ihr zu kommen.

»Wozu, verdammt noch mal, bist du eigentlich nütze!«, murmelte Alexandra. Der kühle Nachtwind, der durch das offene Fenster wehte, ließ sie frösteln. Wieso stand es überhaupt offen? Nicht nur, dass ihr die Erinnerung fehlte, es geöffnet zu haben, keinesfalls würde sie zu Bett gehen, ohne zuvor alle Fenster und Türen zu verriegeln. Blieb also nur die Möglichkeit, dass Harris es geöffnet hatte, und da sie eingeschlafen war, bevor er ging, hatte sie den obligatorischen Kontrollgang nicht gemacht. Dasselbe traf demzufolge auch auf die Haustür zu. Allein der Gedanke, die letzten Stunden in einem offenen Haus geschlafen zu haben, jagte ihr eine Heidenangst ein.

Sie schaltete das Licht in der Küche an und lief schnurstracks auf das Fenster zu. Jack, der unmittelbar darunterlag, ließ sich nur widerwillig zur Seite schieben und kommentierte ihre Bemühungen mit leisen Knurrgeräuschen.

Kaum dass sie den Rahmen berührt hatte, schoss das Fenster wie ein Fallbeil nach unten und rastete mit ohrenbetäubendem Knall ein.

Jack jaulte kurz auf und verließ dann winselnd und mit eingezogenem Schwanz die Küche. Alexandra war sekundenlang starr vor Schreck. »Mein Gott, Alex, komm wieder runter!«, flüsterte sie und verriegelte mit zitternden Händen das Fenster. Dann machte sie auf dem Absatz kehrt, rannte den Flur hinunter und verschloss hastig die Haustür. Seit sie in einem Film gesehen hatte, wie man einen Schlüssel von außen herausschieben und dann unter der Tür hindurchholen konnte, ließ sie ihn prinzipiell waagerecht im Schloss stecken. Erleichtert lehnte sie sich mit dem Rücken gegen die Tür und rutschte daran herunter. Wieder einmal verwünschte sie ihre Entscheidung, den sicheren Hort ihrer Frankfurter Stadtwohnung verlassen und sich freiwillig in solch eine Lage begeben zu haben. Dieses Haus war eine einzige Katastrophe, ob es nun mitten im Dorf oder Kilometer davon entfernt stand. Man sollte es auf keinen Fall allein bewohnen, wollte man nicht jede Nacht aufs Neue Gefahr laufen, vor Angst zu sterben.

»Komm zu mir, Jack«, lockte sie den Welpen, der soeben wieder in die Küche verschwinden wollte. Jack gehorchte und kam schwanzwedelnd auf sie zugaloppiert. Auf halber Strecke stoppte er plötzlich, spitzte die Ohren und hob eine Pfote an. Alexandra kannte diese Art des Vorstehens vom Jagdhund ihres Großvaters. So hatte der Irish Setter angezeigt, dass er potentielle Beute ausfindig gemacht hatte, die dann der Großvater aufscheuchen und erlegen musste. Soviel sie wusste, gehörte Jacks Rasse zwar nicht zur Gruppe der Vorstehhunde, aber er benutzte eindeutig die gleiche Haltung. »Vielleicht hast du's ja auch von deinem Großvater gelernt«, scherzte Alexandra. Jack hielt unbeirrt die rechte Pfote angewinkelt und lauschte.

Langsam wurde ihr klar, dass Jack dies nicht zu ihrer Belustigung veranstaltete, sondern einen guten Grund dafür haben musste.

Was in Teufels Namen hörte er bloß? Alexandra spürte Wut in sich aufkommen. Wut auf sich selbst, die sie wie ein verängstigtes Kind jede Nacht hoffte, dass diese schnell vorbeiging, und Wut auf den Verursacher der Geräusche, wer oder was es auch immer war.

So geräuschlos es nur irgend ging, stand sie auf und schlich zur Treppe. Alexandra war sich sicher, dass das, was Jack hörte, von oben kommen musste, und sie war fest entschlossen, dem jetzt endgültig auf den Grund zu gehen. Vorsichtig setzte sie den rechten Fuß auf die erste Treppenstufe, verlagerte dann das Gewicht und verharrte, ganz wie Jack, den linken Fuß in der Luft haltend. Die Stufe unter ihr knarrte nur kurz, aber weithin vernehmbar. Es war unmöglich, lautlos nach oben zu gelangen.

»Warum auch?«, dachte Alexandra trotzig und betrat die nächste Treppenstufe. »Ich schleiche doch nicht durch mein eigenes Haus!« Dennoch stand ihr das Unbehagen geradezu auf der Stirn geschrieben, als sie sich Stufe für Stufe genau zu dem Ort bewegte, vor dem sie sich am meisten fürchtete.

»Sieh es als Therapie«, sprach sie sich selbst Mut zu, »und wenn du es schaffst, kannst du die Scheißpillen endgültig in den Müll werfen!«

Mit riesiger Überwindung bezwang sie die letzte Treppenstufe und stand nun vor der steilen Dachstiege. Bis hierher war Jack ihr brav gefolgt, nun musste sie allein weiter, denn die engen Stufen stellten für den ungestümen Welpen eine zu große Herausforderung dar. Alexandra unterdrückte den Impuls, auf der Stelle kehrtzumachen und in Panik ins Untergeschoss zu fliehen. Früher hatte ihre Mutter ihr Mut zugesprochen, wenn sie zum x-ten Mal vor Liebeskummer fast gestorben war, jetzt gab es nur noch die Erinnerung daran. »Ich möchte dich so gern vor Unheil bewahren, aus welcher Richtung es auch immer kommen mag. Aber weil ich dich liebe, muss ich dich diese Erfahrungen allein machen lassen. Nur so wirst du zu einem starken Menschen.« Alexandra tätschelte Jack den Kopf, mehr um sich selbst zu beruhigen, und atmete tief durch. Vielleicht war das eine dieser Erfahrungen, die sie machen musste, um ihr neues Leben wirklich beginnen zu können, auch wenn ihre Mutter damals solcherart Geschehnisse weder voraussehen noch gemeint haben konnte. Trotzdem wirkte es. Ohne weiter darüber nachzudenken, was sie Unheilvolles erwarten könnte, stieg Alexandra die Treppe hinauf und hob die Dachluke ein paar Zentimeter an. Was sie dann sah, ließ ihr das Blut durch die Adern rasen.

Im diffusen Mondlicht wiegte sich mit leisem Summen eine große, feingliedrige Gestalt mit langen, strähnigen Haaren. Der Saum des weiten Kleides schwang um die dünnen Waden, ihre Füße, zu groß für die grazilen Pumps, ragten an den Fersen weit über das Ende der Schuhe hinaus. Nichts an dieser Gestalt passte zusammen, was ihr etwas Hässliches, Missgestaltetes, ja fast Monströses gab. Ihre linke Hand hielt das Kleid ein wenig von sich weg, mit der rechten fuhr sie sich unentwegt durch die langen Haare und fasste sich dann, ganz wie es Harris immer tat, ans Ohr. Das Summen ging plötzlich in heiseres Krächzen über und erstickte dann in einem tiefen Hustenanfall. Alexandra spürte, wie die Kraft ihres linken Armes, mit dem sie die Luke über ihrem Kopf hielt, langsam nachließ, aber die Angst, auch nur das leiseste Geräusch zu machen, zwang sie durchzuhalten. Ihre Augen waren dabei starr auf die Frauengestalt gerichtet. Ein kaum vernehmbares Knacken ließ die Gestalt plötzlich innehalten. Sekundenlang war es totenstill. Gleich würde sie sich umdrehen und die heimliche Beobachterin bemerken. Alexandra hielt den Atem an und schloss die Augen. Wieder knackte es, fast zeitgleich verlor sich plötzlich das Gewicht der Luke auf ihrer Hand. Als Alexandra die Augen öffnete, befand sich das Gesicht der Frau direkt über ihr. Alles, was sie im Halbdunkel erkennen konnte, war eine hervorstechende, bis zur Unkenntlichkeit überschminkte Fratze. Sie hörte nur noch einen leisen Aufschrei, der von ihr selbst kommen musste, gefolgt von schmerzhaften Stößen am ganzen Körper, dann wurde es schwarz um sie herum.

Etwas Feuchtwarmes fuhr über ihr Gesicht, von irgendwoher tönte gedämpftes Schlagen. Sie lag weich, das spürte sie, aber ihre Glieder schmerzten, als wäre unter ihr nur harter Boden. Der dunkle Schleier vor ihren Augen hob sich nur langsam, daher brauchte es eine ganze Weile, bis Alexandra sich aufrichten und umsehen konnte. Sie saß auf dem Bett im vorderen Zimmer, auf dem Fußboden lag die umgefallene Stehlampe, daneben ihr blutverschmiertes Kopfkissen. Jack, hocherfreut darüber, dass sie wach war, stellte sich mit den Vorderpfoten auf die Bettkante und leckte ihr stürmisch die Wange. »Aus! Hör auf damit!«, schimpfte Alexandra und schob den Welpen von sich weg. Erst jetzt bemerkte sie Jacks rot gefärbtes Maul und fasste unwillkürlich an ihre Stirn. Die klaffende Wunde zog sich quer über die rechte Augenbraue und maß sicher zwei Zentimeter. Aber das war jetzt nebensächlich, viel wichtiger war, wie sie hierherkam. Denn auch wenn ihre Erinnerung nur vage und verschwommen war, eines wusste sie mit Sicherheit: Sie war gestürzt … ins Bodenlose. Verunsichert sah sie zu Jack, der keinerlei Aufregung zeigte, sondern sich, auf dem Fußboden ausgestreckt, in aller Ruhe über ihr Kopfkissen hermachte. War es möglich, dass sie nur geträumt hatte? Die Wunde an ihrer Stirn ließ diese Version allerdings recht abwegig erscheinen, doch dass sie schlaftrunken über die Schnur der Stehlampe gestolpert und sich so die Verletzung zugezogen hatte, war eine reale Möglichkeit. Und es war genau das, was sie jetzt dringend brauchte. Beruhigung! Ihre Beine fühlten sich zwar wacklig an, der Kopf brummte, und das Rinnsal aus der Wunde lief nun genau in ihr rechtes Auge, aber sie war gewillt, es bis zur Küche zu schaffen. Ein starker, süßer Kaffee würde die Welt anders aussehen lassen, und der Blick zur Uhr tröstete ungemein. In zwei Stunden brach der Tag an.

22.

Harris' Büro war leer, aber da die Tür nicht verschlossen war, würde er sicher jeden Moment zurückkehren. Alexandra ließ sich auf dem Stuhl vor seinem Schreibtisch fallen und griff nach der halbvollen Tasse Kaffee. Die Wärme des Porzellans deutete darauf hin, dass die Tasse eben erst abgestellt worden war. Ohne darüber nachzudenken, setzte sie den Kaffee an ihre Lippen und trank.

»Es ist zwar meiner, aber trinken Sie ruhig«, hörte sie hinter sich eine Stimme, worauf sie sich gewaltig verschluckte und den Kaffee quer über Harris' Schreibtisch prustete. »Herrje, ich meinte doch nur, dass es mein Kaffee ist, ich wollte Sie nicht damit umbringen.«

Hustend und nach Luft ringend spürte Alexandra plötzlich zwei Hände an ihren Schultern, die sie trotz ihrer Gegenwehr energisch nach oben zogen und ihr dann kraftvoll auf den Rücken schlugen. »Geht's wieder?« Sie machte zunächst einen großen Schritt nach vorn, um aus der Reichweite der fremden Hände zu kommen, erst dann drehte sie sich um. »Lassen Sie das!«

Hauptkommissar Schneider war zu sehr Macho, als dass ihn Alexandras Zurechtweisung beeindrucken konnte, also lächelte er selbstgefällig und hob die Hände nach oben, als wäre eine Waffe auf ihn gerichtet. »Kein Problem«, sagte er und schlenderte mit erhobenen Händen hinter den Schreibtisch. Dort ließ er sich galant in den Sessel fallen, verzog kurz das Gesicht, als sich die Metallstreben in seinen Rücken bohrten, und lächelte dann wieder in gewohnt süffisanter Manier.

»Ihr Freund erzählte mir …«, weiter kam er nicht.

»Wenn Sie Harris Zimmering meinen, er ist ein Bekannter«, unterbrach Alexandra ihn gereizt.

»Ihr Bekannter erzählte mir, dass Sie jetzt im alten Bahnhof wohnen. Ist das nicht ein bisschen einsam, so als … junge Frau?«

»Was auch immer Sie damit meinen, Einsamkeit kommt nicht von Alleinsein.«

»Wow, eine Philosophin.«

Nach kurzem Klopfen öffnete sich die Tür, und ein junger Beamter steckte den Kopf herein. »Die von der Spurensicherung haben ein zweites schwarzes Haar gefunden. Sie untersuchen's grade. Der Länge nach zu urteilen könnte es von derselben Person stammen wie …«

»Der Länge nach!«, unterbrach Schneider ihn spöttisch. »Seit wann ziehen wir Schlüsse aus der Länge von Haaren?«

»Ich sag's ja bloß«, entschuldigte sich der Beamte kleinlaut, zog schnell seinen Kopf aus der Tür und schloss sie geräuschlos.

»Spekulationen!«, murmelte Schneider, dann blieb sein Blick an einem Blatt auf Harris' Schreibtisch hängen. Er zog ein Stofftaschentuch aus seiner Hosentasche, wischte mit einem nachsichtigen Lächeln die Kaffeetropfen vom Papier und begann zu lesen. Ganz plötzlich verzerrten sich seine Mundwinkel, sein Gesicht wurde kreidebleich. »Das glaube ich nicht!«, presste er hervor, riss das Blatt vom Tisch und verließ schnellen Schrittes das Büro. Wenige Sekunden später hörte Alexandra ihn brüllen. »Was in aller Welt ist in Sie gefahren, Zimmering! Wieso kriege ich diese Ergebnisse nicht in der gleichen Sekunde, in der das Scheißfax sie ausspuckt? Sind Sie wahnsinnig? Dieses Fax ist zwei Tage alt! Wissen Sie, was das bedeutet?«

Harris' Antwort war zu leise, um sie zu verstehen, Schneider hingegen wurde noch lauter. »Sie sind gefeuert, Sie Arschloch! Jetzt, sofort! Hauen Sie ab, gehen Sie mir aus den Augen!«

Energische Schritte näherten sich, die Tür flog auf, und Schneider kam wieder hereingestürmt. »Tun Sie mir einen Gefallen, nehmen Sie Ihren Bekannten und gehen Sie Kaffee trinken.«

Als Alexandra nicht reagierte, flippte er völlig aus. »Spreche ich zu undeutlich?«, brüllte er, packte sie am Oberarm, schob sie aus dem Zimmer und stellte sie vor Harris, der noch immer wie angenagelt auf dem Flur stand. Alexandra sah ein, dass es keinen Sinn hatte, sich körperlich zu wehren, und schon gar nicht, in irgendeiner Form verbal zu reagieren. Also hakte sie sich kurzerhand bei Harris unter und zog ihn in Richtung Ausgang.

Der Regen war so stark, dass sie gezwungen waren, unter dem Vordach stehen zu bleiben, wenn sie nicht binnen weniger Meter bis auf die Haut durchnässt sein wollten. Harris war anzumerken, wie sehr ihn Schneiders Wutausbruch beeindruckt hatte, denn er trat unschlüssig von einem Bein aufs andere. »Wo er recht hat, hat er recht«, murmelte er.

»Hat er nicht! Einfach schon wegen dieser ekelhaften Art. Dieser Typ ist doch wirklich ein Kotzbrocken!«

Harris schüttelte unmerklich den Kopf und begann, im engen Radius des Vordaches im Kreis zu laufen. »Ich muss mir doch nur vorstellen, ich wäre der Vater eines dieser Mädchen und würde darauf warten, dass die Polizei diesen Wahnsinnigen schnappt. Und dann übersieht so einer wie ich 'ne Information, die dazu führen könnte, dass man ihn endlich kriegt. Ich würd noch mehr ausflippen als Schneider.«

»Und was ist diese wichtige Information?«

»Dass alle diese …« Harris verstummte. »Ich darf darüber nicht reden«, sagte er bestimmt und sah sie das erste Mal an. »Was hast du da?«, fragte er und deutete auf die Wunde an ihrer Stirn.

»Deswegen bin ich eigentlich hier.«

Wegen der abstrusen Begegnung mit Schneider und der

darauffolgenden chaotischen Umstände war der eigentliche Grund, weshalb sie gekommen war, ins Hintertreffen geraten.

Alexandra fürchtete sich plötzlich vor dem, was sie sagen wollte. Das eine war, es zu denken, das andere, erhaben gegen jeglichen Widerspruch oder gar Spott zu sein, zumal sie sich noch immer nicht sicher war, ob sie das, was sie erzählen wollte, auch wirklich erlebt hatte.

»Ich habe sie heute Nacht gesehen«, hörte sie sich dennoch flüstern.

»Wen hast du gesehen?«

»Die Frau auf meinem Dachboden.«

Die Hoffnung, Harris würde unter diesen Umständen alles stehen und liegen lassen und sie sofort nach Hause begleiten, erwies sich als falsch. Entgegen ihrer Erwartung blieb er regungslos vor ihr stehen und schien darauf zu warten, dass sie den Scherz auflöste.

»Du glaubst, ich denke mir das alles nur aus. Ich spinne, phantasiere mir irgendeinen Mist zusammen. Das denkst du doch jetzt, oder?«

»Das denke ich nicht!«

»Dann unternimm was!«

»Also gut. Ich werde heute Nachmittag einen Beamten vorbeischicken, der das Haus noch mal von oben bis unten durchsucht. Einverstanden?«

In Alexandras Blick lag alles andere als Einverständnis.

»Danach wirst du dich besser fühlen!«, versuchte Harris sie zu beruhigen.

»Ich will mich nicht besser fühlen, ich will, dass es mir besser geht.«

Harris zog genervt die Brauen nach oben. »Okay, ich komme am Abend noch mal vorbei.«

»Warum nicht gleich? Ich meine, kannst du dir nicht vorstellen, dass …«

»Ich kann's mir vorstellen. Aber wie du ja vielleicht mitbekommen hast, gibt's Stress hier.«

»Ja. Und Schneider hat dich gefeuert.«

»Das kann er gar nicht.«

»Dann hat er dir eben den Nachmittag freigegeben!«

»Schwachsinn! Mein Dienst geht bis sieben. Wenn ich jetzt abhaue … dann werd ich gefeuert.«

Alexandra verstummte. Ihre Bemühungen, Harris umzustimmen, gestalteten sich als hoffnungsloses Unterfangen, sein Dienstgehorsam oder die Angst vor Schneiders Reaktion waren einfach stärker.

»Ach so, bevor ich's vergesse. Auf den Schal deiner Freundin musst du noch 'nen Moment warten. Ich hatte ihn nämlich in 'ne Labortüte gesteckt, und irgendjemand hat ihn fälschlicherweise mitgenommen. Aber keine Sorge, ich geh mal nicht davon aus, dass sie ihn inzwischen zerschnitten haben … hoffe ich zumindest.«

Obwohl es immer noch wie aus Eimern goss, blieb Alexandra nun nichts anderes übrig, als auf dem Fahrrad den Heimweg anzutreten. Harris schien das entweder nicht sonderlich zu beeindrucken, oder er war so in Gedanken, dass er nicht bemerkte, wie Alexandra sich auf ihr Rad schwang. Erst Jack, der die ganze Zeit triefend vor Nässe neben dem Rad ausgeharrt hatte, riss ihn mit seinem Freudengebell aus seinen Überlegungen.

»Na dann bis heute Abend«, rief Alexandra und fuhr, ohne seine Reaktion abzuwarten, davon.

23.

Harris hielt sein Versprechen, denn gegen vier Uhr hörte Alexandra tatsächlich ein Auto vorfahren, kurz darauf hämmerte eine Faust an ihre Eingangstür. Eine ganze Stunde lang durchforstete der Beamte das Haus, Zimmer für Zimmer, vom Dachboden bis hinunter in den Keller. Ohne Ergebnis. Eines allerdings fand er, verdeckt von einem Tuch, auf dem Fußboden hinter dem Schaukelstuhl. Ninas Handy! Mit allem hatte Alexandra gerechnet, nur nicht damit, dass Nina bei ihrem nächtlichen Ausflug in die Kammer ihr Handy mitgenommen und es dort verloren haben könnte. Aber es erklärte endlich, warum die Freundin über Tage hinweg telefonisch nicht erreichbar war.

Zu Alexandras Beruhigung sicherte der Polizeibeamte den Dachboden mit einem dicken Vorhängeschloss, das selbst für einen Bolzenschneider eine Herausforderung darstellen würde, und beteuerte ihr, dem Spuk damit ein Ende bereitet zu haben. Er ginge davon aus, dass nach wie vor der Boden klammheimlich von Pärchen für Techtelmechtel genutzt wurde, denen es, mangels anderer Möglichkeiten, völlig egal war, ob unten jemand schliefe. Für Alexandra war dies zwar die dämlichste Erklärung, die sie sich vorstellen konnte, aber das behielt sie für sich.

Kaum dass der Polizeiwagen im Wald verschwunden war, hämmerte es erneut an die Tür.

»Hier! Ich empfehle B-b-b-bewegungsmelder!«

Ein kleiner, etwas dicklicher Mann mit Schweißperlen auf der Stirn stand auf der Schwelle und hielt ihr eine große Plastiktüte entgegen.

»Dirk Schumann. S-s-s-sybille schickt mich.«

Noch bevor Alexandra reagieren konnte, marschierte er forschen Schrittes, eine Wolke Aftershave hinter sich herziehend, an ihr vorbei, griff im Gehen an Leitungen und aus der Wand ragende Drähte und schüttelte dabei fortwährend den Kopf.

»Muss alles neu g-g-gemacht werden!«, stotterte er und ließ sich unaufgefordert am Küchentisch nieder.

»Darüber brauchen Sie gar nicht erst nachzudenken«, sagte Alexandra trocken.

»Wieso? Z-z-ziehen Sie etwa s-s-schon wieder aus?«

»Das nicht, aber ich kann's mir nicht leisten.«

»Sie können's in Raten z-z-zahlen, wenn Sie w-wollen.«

»Würd ich vielleicht, wenn's mein Haus wäre. Ist es aber nicht, ich wohne hier nur zur Miete.«

Dirk grinste plötzlich über das ganze Gesicht. Er machte dabei einen leicht dämlichen Eindruck, weshalb Alexandra ihn schlagartig unsympathisch fand.

»Darf ich fragen, was daran so lustig ist?«, fragte sie leicht gereizt.

»Dass alle vor Ihnen d-d-das Gleiche gesagt haben. S-s-s-so wird's nie was!«

Es schien ihn wirklich zu amüsieren, denn er grinste ununterbrochen, während er sich fast den Kopf verrenkte, um von seinem Stuhl aus jede Ecke des Raumes betrachten zu können.

»Haben Sie v-v-vielleicht ein Bier? Ich hab s-s-so einen Brand, w-weil ich gestern …«

»Kein Problem«, sagte Alexandra schnell, da sie kein sonderliches Interesse an einer Begründung für seinen Durst verspürte, die sicher ewig dauern würde. Sein Stottern ging ihr inzwischen mächtig auf die Nerven. Wenn er trank, konnte er wenigstens nicht reden. Danach würde sie ihn einfach das Nötigste reparieren lassen und anschließend zusehen, dass sie ihn wieder loswurde. Dirk Schumann langte über den Tisch, nahm sich die Schachtel Tic Tac, die auf einem Bücherstapel lag, und schüttete sich mindestens vier Stück in den Mund.

»Ich bin süchtig nach dem Zeug. Wenn ich hier arbeiten soll, darf so was nicht rumliegen.«

Sein Lächeln sollte wohl entschuldigend aussehen, aber es wirkte einfach nur dümmlich.

»Ich seh mal nach dem Hund, ja?«, sagte Alexandra schnell, stellte angestrengt lächelnd eine Flasche Bier auf den Tisch und verließ die Küche. Er rief ihr etwas hinterher, aber es war nicht zu verstehen. Sie hatte Jack, der dem Polizeibeamten laut bellend durch das gesamte Haus gefolgt war, im vorderen Zimmer einsperren müssen, durch den erneuten Besuch aber vergessen, ihn wieder freizulassen. Kaum dass sie die Tür einen Spaltbreit geöffnet hatte, drängte Jack, gefolgt von einer Wolke fliegender Bettfedern, an ihr vorbei und schoss wie ein Pfeil in Richtung Küche. Sekunden später hörte sie tiefes Grollen. Als sie die Küche betrat, stand Dirk Schumann mitten auf dem Küchentisch. Zu Alexandras Erstaunen hatte er sogar einen Stuhl mit hinaufgenommen und hielt ihn schützend vor sich.

»N-n-nehmen S-s-sie um G-g-gottes willen diese Bestie weg!«

»Wir machen das anders!«, antwortete Alexandra, die diesen Anblick noch einen Moment genießen wollte. »Jack muss es eh mal lernen!«

»Erziehen Sie Ihren Hund, w-w-wann Sie w-w-wollen, a-a-a-aber nicht auf meine K-k-kosten!«, stotterte Dirk in höchster Erregung.

»Aber das ist genau die Situation, die ich nie wieder herstellen kann. Also passen Sie auf, ich gebe Ihnen jetzt ein Stück Wurst, Sie reden ganz ruhig mit Jack und kommen langsam von da oben runter. Und dann geben Sie sie ihm, ja?«

Ohne seine Einwilligung abzuwarten, holte Alexandra eine

Wiener Wurst aus dem Kühlschrank und warf sie Dirk zu. Er fing zwar, blieb aber mit energischem Kopfschütteln auf dem Tisch. Inzwischen kreidebleich, tat er Alexandra beinahe leid.

»Schade, ich war gespannt, ob's funktioniert. Also gut, geben Sie mir die Wurst.«

Sie hielt die Wiener vor Jacks Nase. »Komm mit, du kriegst sie vorn im Zimmer.«

Jack strafte den vermeintlichen Feind mit sofortiger Ignoranz und folgte Alexandra dann eilig durch den Flur.

Dirk Schumann hatte sich noch keinen Zentimeter bewegt, als Alexandra zurückkehrte. »Sie können runterkommen, ich hab ihn eingesperrt.«

Er war inzwischen völlig außer sich. Umständlich und mit bitterböser Miene kletterte er herunter und baute sich vor ihr auf.

»Das war 'ne saumiese Nummer!«, sagte er leise, »ich werd's mir merken.«

Er warf einen unsicheren Blick in den Flur und verließ dann mit eiligen Schritten das Haus. Noch Stunden später hing das Gemisch aus Schweiß und Aftershave in jedem Winkel der Küche.

24.

Augenscheinlich stand Harris ganz oben auf der Liste der begehrenswerten Männer des Ortes, denn kaum hatten Alexandra und er die Kneipe betreten, wanderten die Blicke der anwesenden Frauen wohlwollend zu ihm herüber.

Sie suchten sich einen kleinen Tisch in der dunkelsten Ecke, fern von Frauenblicken und den dreisten Andeutungen, die lautstark vom vollbesetzten Stammtisch herüberhallten. Ganz klar, dass Dirk in dieser Runde sein nachmittägliches Erlebnis mit Alexandra schon zum Besten gegeben hatte, und ganz sicher kam sie dabei nicht besonders gut weg.

»Augenblick, ja?«, sagte Harris, lief zum Stammtisch zurück und klopfte zum Gruß mit der Faust darauf.

»Bevor ihr euch jetzt das Maul zerreißt: Das ist 'ne rein berufliche Sache. Also lasst die dummen Witze, verstanden?«

Noch herrschte Stille am Tisch, aber keiner der Anwesenden konnte sich ein Grinsen verkneifen. Kaum hatte Harris ihnen den Rücken zugewandt, ertönte schallendes Gelächter. Doch Harris ließ selbst die übelsten Anzüglichkeiten unkommentiert im Raum verhallen.

Alexandra, die am Tisch geblieben war, beobachtete das Szenarium aufmerksam. Auch wenn die jungen Frauen des Ortes sie in diesem Moment ganz sicher um ihre Begleitung beneideten, die Männer zollten ihm keinen sonderlichen Respekt. Er war und blieb einer von ihnen, trotz Polizeimarke.

»Dieses Lächeln wird noch mal dein Untergang sein«, sagte Harris und ließ sich auf der gegenüberliegenden Tischseite nieder.

»Du meinst, dein Untergang!«

»Ich meine es so, wie ich es sagte.«

»Versteh ich nicht.«

Sein Blick glitt über ihr Gesicht. Er lächelte still, blieb ihr aber eine Erklärung schuldig.

»Wollt ihr 'ne Karte?«, hörten sie Paul sagen, der wie aus dem Nichts plötzlich neben ihnen stand.

»Du hast 'ne Speisekarte?«, scherzte Harris.

Paul schlug ihm das in Folie eingeschweißte DIN-A4-Blatt auf den Kopf und legte es dann vor Alexandra auf den Tisch. »Seit fünf Jahren«, knurrte er und verschwand wieder.

Harris zog gespielt den Kopf zwischen die Schultern. »Oh! Dicke Luft! Ich ess 'n Steak, so wie immer.«

Er winkte einem jungen, ganz in Schwarz gekleideten Mädchen mit pinkfarbenen Haaren zu, das auf einem Barhocker am Tresen lümmelte. Die silbernen Ketten samt Anhängern, die sie zu Dutzenden um den Hals trug, klimperten, als sie lässig vom Hocker sprang, zwei volle Biergläser griff und dann langsam auf sie zugeschlurft kam. Dabei kaute sie an einem Piercing an ihrer Unterlippe.

»Wie siehst'n du aus? Biste jetzt zur Pinkfraktion gewechselt?«, empfing Harris sie.

»Halt die Klappe, und mach lieber deinen Job«, fauchte Claudia zurück, während sie wütend die Gläser auf den Tisch knallte. »Sollte ich sie vielleicht in diesem Scheißfuchsrot lassen, bei dem, was hier abgeht?«

Alexandra machte eine ruckartige Handbewegung zum Kopf, nicht auffällig genug, dass Claudia es im Umdrehen bemerkt hätte, aber doch lang genug, dass Harris davon Notiz nahm. »Mach dir keine Sorgen«, beschwichtigte er und griff nach ihrer Hand. »Erstens scheint sein Bedarf momentan gedeckt, und zweitens sitzt du neben mir. Wenn dieses Schwein sich jemanden aussuchen sollte, dann sicher kein Mädchen, das einen Bullen zum Freund hat.«

Einen Moment lang sah Alexandra versonnen auf ihre

Hand, die unter seiner ruhte, dann griff sie verlegen nach einem Bierdeckel und drehte ihn zwischen den Fingern.

»Sein Bedarf scheint gedeckt, hört sich komisch an.«

Es war Harris deutlich anzusehen, dass er zögerte weiterzusprechen. Natürlich hätte er gern mit seinem neu erworbenen kriminalpsychologischen Wissen geprahlt, aber er wusste, dass er sich damit auf verdammt dünnes Eis wagte.

»Sie haben festgestellt, dass Robert mit allen Opfern mal was hatte. Aber da er Rothaarige liebt und die ja eher selten sind, kann man das nicht gerade als großen Zufall bezeichnen. Ich Idiot hab dieses dämliche Fax, auf dem das stand, nicht gelesen, sonst hätt ich's Schneider natürlich sofort unter die Nase gehalten. Ich bin jedoch nach wie vor davon überzeugt, dass Robert es nicht war. Ich glaube vielmehr, dass unser Unbekannter nach einem Muster vorgeht. Und wenn ich recht habe, wäre das Bild nun eigentlich vollständig.«

»Du glaubst, ich muss meine Haare nicht pink färben, weil er aufgehört hat?«, fragte Alexandra. »Und was bedeutet: Das Bild ist vollständig?«

»Der Mörder hat die Leichen so angeordnet, dass sie ein Bild ergeben. Sechs Leichen, sechs Punkte auf der Landkarte. Wenn man sie miteinander verbindet, entsteht ein Herz.«

»Das ist sein Motiv?«

Harris horchte auf. Darüber hatte Schneider nie geredet, zumindest nicht mit ihm. »Du meinst, er tötet aus Liebe?«

»Oder Hass!«

»Das ergibt keinen Sinn für mich.«

»Doch, ein zerbrochenes Herz! Liebe, Schmerz, Rache. Für mich gibt es nur eine Sache, weswegen ich töten würde. Und das ist Rache!«

Harris schien sich plötzlich nicht sonderlich wohl zu fühlen, denn wie immer, wenn er nervös wurde, knetete er sein rechtes Ohr. »Für das, was ich dir jetzt sage, wird mich Schneider endgültig feuern. Also versprich mir, dass du niemals darüber redest.« Er wartete Alexandras Nicken ab und senkte die Stimme. »Ich muss es loswerden. Erinnerst du dich, dass ich dir von dem blutigen Shirt in Roberts Müll erzählt habe? Es war drin, als ich den Müll durchsuchte. Und ich hab's noch tiefer reingesteckt, in der Hoffnung, dass man es nicht finden würde. Ich weiß, es ist saublöd, aber ich wollte Robert schützen.«

Alexandra war entweder wenig beeindruckt oder so in Gedanken, dass sie nicht darauf einging. »Sagtest du nicht, dass der Mörder Linkshänder ist?«, fragte sie stattdessen.

»Sagte ich das?«, wunderte sich Harris und schlug dann laut stöhnend die Hände vor sein Gesicht. »Gibt es irgendwas, das ich dir nicht erzählt habe? Verdammte Scheiße, vielleicht sollte ich dich umbringen, du weißt einfach zu viel.«

»Wusstest du, dass Dirk Schumann Linkshänder ist?«

»Du meinst Robert.«

»Ich meine Dirk. Er war heute bei mir, um sich die Elektrik anzusehen. Ich habe ihm eine Wurst zugeworfen, und er hat sie mit links gefangen.«

Harris schüttelte nachdenklich den Kopf. »Ist mir nie aufgefallen. Bist du dir sicher?«

»Ich habe es bemerkt, weil ich selbst Linkshänderin bin.«

Harris sah sie erstaunt an. Zur Unterstreichung ihrer Worte wechselte sie Messer und Gabel aus, so dass das Messer nun auf der linken Seite lag. Es dauerte nur einige Augenblicke, bis eine Frauenhand über ihre Schulter hinweggriff und das Besteck wieder wie üblich ordnete. »So rum ist falsch. Wenn's der Chef sieht, krieg ich Ärger. Also lass es gefälligst so liegen, ja? So! Was wollt ihr nun?« Claudia stand, die rechte Hand mit dem Stift schreibbereit auf dem Notizblock, mit genervter Miene hinter ihnen.

»Das Gleiche wie immer«, sagte Harris, ohne sich zu ihr umzudrehen.

»Keine Ahnung, was ›wie immer‹ ist. Kannste's auch vernünftig sagen?«

Harris' Antwort klang deutlich gereizt. »Ein Steak ohne den ganzen Scheiß. Nur Steak mit Baguette.«

»Für mich auch«, fügte Alexandra hinzu, obgleich sie Lust auf jede Menge Extrawünsche gehabt hätte.

Claudia drehte sich auf dem Absatz um und schlenderte betont langsam in Richtung Küche.

»Du hattest recht«, sagte Alexandra, »hier sind alle irgendwie gereizt.«

Harris lachte gequält auf. »Ja. Und wir beide haben auch immer nur ein und dasselbe Thema. Mord! Als gäbe es nichts anderes!«

»Zum Beispiel?«

»Erzähl mal was über dich! Oder gibt es da etwa ein großes Geheimnis, das du mit ins Grab nehmen willst?«

»Ich habe keine Geheimnisse.«

Harris beugte sich nach vorn und sah tief in Alexandras unergründlich grüne Augen. »Jeder hat welche!«, sagte er leise.

Einen Moment hielt sie seinem Blick stand, dann wich sie aus und lächelte.

»Wo soll ich anfangen? Bei meiner Geburt?«

Harris wiegte unzufrieden den Kopf. »Vielleicht ein bisschen später!«

»Also gut. Unauffällige, schüchterne, rothaarige, dünne Schülerin mit Zahnspange. Dann mit Hängen und Würgen das Abi, danach die Kunsthochschule bis ... puh, vergessen, also keinen ordentlichen Beruf, 'ne kurze Festanstellung als Grafikerin in einer winzigen Werbeagentur, dann wieder eine Weile nichts. Hab mich so durchgejobbt, bis ich Nina kennengelernt habe und sie einige meiner Bilder mit in ihre Galerie genommen hat. Sie hat sogar ein paar verkauft. Zufrieden mit dem Lebenslauf?«

»Da fehlen ein paar wichtige Details!«

»Und die wären?«

»Männer!«

»Die lass ich ganz bewusst weg, und wenn du es dir nicht verscherzen willst, hakst du besser nicht nach!«

»So viele?«

»Nein, so … beschissene!«

»Nicht ein einziger, der was taugte?«

Alexandra warf den Kopf von links nach rechts und wieder zurück. »Keiner!«

Harris grinste zufrieden. »Okay. Wenn wir nicht über deine … Männer reden können, dann eben über deine Freunde!«

Alexandra stieß laut die Luft aus, denn ihre Antwort wäre, bei genauerem Betrachten, extrem kurz. Die Runde der Freunde war in den vergangenen Jahren auf eine überschaubare Zahl geschrumpft. Keinem der Abtrünnigen trauerte sie auch nur im Geringsten nach, beschränkten sich doch die Gespräche während der letzten Treffen ausschließlich auf Themen der Vergangenheit. Alexandra war es leid, sich unter grölendem Gelächter wieder und wieder anhören zu müssen, wie Karsten doch tatsächlich die bildhübsche Praktikantin Vanessa schon am Abend ihres ersten Arbeitstages in seinem Büro gevögelt hatte und sie daraufhin nie wieder in der Firma aufgetaucht war. Die sich daran anschließende Diskussion war ebenfalls immer dieselbe. Man müsse doch als extrem gutaussehende Praktikantin wissen, dass man sein Praktikum in einer Werbeagentur nur dann erfolgreich bestehen konnte, wenn man zwar nicht unbedingt den Chef, aber doch wenigstens seinen Stellvertreter an sich ranließe. Den Männern in der Runde war es vollkommen gleich, ob die anwesenden Frauen mit dieser Meinung konform gingen, Hauptsache, es wurde ausgiebig gelacht, egal, auf wessen Kosten. Es war primitiv, es war billig, es war widerwärtig. Und obendrein bediente es das Klischee der Medienbranche. Das war die eine Seite des Freundeskreises, die andere, nämlich die, die nur dort auftauchten, wo es etwas umsonst gab, hatte Alexandra nach und nach entlassen.

Übrig geblieben waren Nina und deren engster Freund Jörg, ein Bild von einem Mann mit nur einem Makel, zumindest aus Alexandras Sicht. Hals über Kopf hatte sie sich damals in ihn verliebt, Nina gegenüber jedoch Stillschweigen bewahrt, weil sie abwarten wollte, wie sich deren Verhältnis zu Jörg entwickelte. Nie wäre es ihr in den Sinn gekommen, der Freundin die neue Errungenschaft abspenstig zu machen. Als sie Nina nach Monaten doch davon erzählte, war die Freundin nicht etwa in Lachen ausgebrochen, sondern sehr behutsam vorgegangen.

»Meine liebste Freundin«, so der damalige Wortlaut, »sich in Jörg zu verlieben ist weder verwunderlich noch ein Verbrechen, sondern beinahe ein Muss. Aber ich kann dich beruhigen. Du kannst ihn mir nicht ausspannen, weil ich nicht mit ihm vögle. Bevor du dich jetzt zufrieden zurücklehnst und dein erstes Date mit ihm planst, muss ich dich allerdings über seinen Geschmack aufklären. Jörg ist schwul. Leider.«

Diese Aussage traf Alexandra zwar wie ein Schlag, und ihre Schwärmerei für den Angebeteten verflüchtigte sich nicht auf Anhieb, aber es war weniger schmerzhaft, sich ihn aus dem Kopf zu schlagen, seit sie von dieser Inkompatibilität wusste.

»Hallo?«, meldete sich jetzt Harris. »Ich habe dir gerade eine Frage gestellt!«

»Äh, ja, Nina. Du kennst sie ja«, antwortete Alexandra knapp.

Harris ließ nicht locker. »Also eine Freundin. Okay. Und Familie!«

Alexandra sah ihn sekundenlang an, lächelte unsicher und zeigte in Richtung der Toiletten. »Moment, ja?«

Harris griff blitzschnell nach ihrer Hand und hielt sie fest. »Stopp, stopp, so dringend wird's nicht sein.«

»Woher willst du das wissen?«

»Ich weiß es nicht, aber ich vermute, dass du einfach nur ausweichst. Ist es das? Dein Geheimnis?«

Alexandra gab sich geschlagen. »Ich habe keinen Kontakt zu meinen Eltern. Schon seit zwölf Jahren nicht mehr.«

Harris' Augen wurden immer größer, sein Mund stand vor Erstaunen offen. »Wie geht so was? Ich meine, ich habe so was schon oft gehört, aber ich kann mir einfach nicht vorstellen, wie das funktionieren soll! Es sind doch deine Eltern!«

»Ja. Es sind meine Eltern, aber manchmal passieren eben Sachen, die man sich gegenseitig nicht verzeihen kann. Tu mir einen Gefallen, Harris. Frag nicht mehr danach. Es ist so, wie es ist.«

Zwei Stunden später verließen sie gesättigt und gutgelaunt die Gastwirtschaft.

»Wie lange waren wir jetzt da drin?«, fragte Harris.

»Vier Stunden.«

»Wow! Beeindruckend!«

»Darf ich fragen, was daran beeindruckend ist? Dass wir vier Stunden gegessen und getrunken haben?«

»Nein, dass wir uns vier Stunden was zu sagen hatten. Ist mir noch nie passiert!« Ganz Gentleman, öffnete er Alexandra die Beifahrertür und ließ sie einsteigen. »Bist du einverstanden, wenn wir einen kleinen Umweg nehmen? Ich hab nämlich noch eine Überraschung für dich.«

25.

Der Vollmond warf lange Schatten auf die silbrig glänzende Oberfläche des Sees. Kleine Fledermäuse huschten mit geräuschlosem Flügelschlag über ihre Köpfe hinweg, in der Ferne klang der Ruf einer einzelnen Eule. »Schließ die Augen!«, sagte Harris leise.

Alexandra tat es. Sie hörte ihn zum Auto zurück- und wenig später an ihr vorbeilaufen, dann das Klicken eines Feuerzeuges. »Kannst sie wieder aufmachen!«, rief er schließlich. Harris saß am Ende des kleinen Steges im Schein eines einzelnen Teelichtes, neben sich eine Flasche Wein und zwei Plastikbecher.

»Ich weiß, es sieht bescheuert und kitschig aus, aber Frauen lieben Romantik, und da du eine Frau bist, dachte ich …« Er brach in schallendes Gelächter aus und ließ sich auf den Rücken fallen. »Ich komm mir echt blöd vor!«

»Das brauchst du nicht«, dachte Alexandra, als sie langsam auf ihn zuschlenderte. »Ich liebe romantische Männer.«

Sie hielt kurz inne, als ihre Füße den Steg berührten, und musterte kritisch die hölzernen Planken. Fünf Meter trennten sie von Harris, fünf unsichere, angsteinflößende Meter.

»Na komm schon!«, lockte Harris. »Er ist zwar alt, aber uns zwei wird er schon halten!«

Vertrauenerweckend klang das nicht, aber wenn sie den Abend nicht verderben wollte, musste sie sich jetzt zusammenreißen. Ohne nach rechts und links zu sehen, lief sie schnurstracks auf Harris zu und ließ sich direkt neben ihm nieder. Wie erwartet legte Harris den Arm um sie und zog sie noch näher an sich heran.

»Ehrlich gesagt, habe ich so was noch nie gemacht. Diesen Romantikquatsch mit Kerzen und so!«

»Was machst du sonst?«

»Arbeiten.«

»Ist das nicht ein bisschen einsam?«, neckte Alexandra ihn.

»Hatte ich vorher nicht so empfunden.«

»Und jetzt?«

Harris ließ sich nach hinten fallen und zog Alexandra mit sich. »Na ja, fühlt sich im Nachhinein schon so an.«

Das leise Plätschern der Wellen, die an die Pfeiler des Steges schlugen, und der Ruf der Eule waren die einzigen Geräusche, ansonsten lag der Wald in tiefer, nächtlicher Stille.

»Merkwürdig. Du bist der Mensch, mit dem ich am meisten spreche. Dabei kenne ich dich gerade mal vier Tage«, sagte Harris leise.

»'n echter Verlierer also.«

Harris' Miene verfinsterte sich schlagartig. »Wie meinst du das?«

»Das war ein Scherz. Und noch dazu auf meine Kosten!«

»Nein, im Ernst. Was meinst du mit ›echter Verlierer‹?«

»Ich sagte doch, es war ein Scherz, weiter nichts. Ich meine, was ist mit *deinen* Freunden? Keiner dabei, dem du was anvertrauen würdest?«

Harris sah sie einen Moment mit einem merkwürdigen Ausdruck in den Augen an, schüttelte dann irritiert den Kopf und stand auf. Sie hatte keine Chance zu reagieren, so schnell ließ er Jeans und Shirt fallen, sprang mit einem Hechtsprung ins Wasser und war verschwunden.

Die kreisförmigen Wellen um den eintauchenden Körper ebneten sich langsam, dann wurde es still. Alexandra starrte mit angehaltenem Atem auf die ruhige, dunkle Wasseroberfläche. »Harris?«, flüsterte sie kleinlaut und sah ängstlich auf ihre Uhr, ohne sie jedoch in der Dunkelheit lesen zu können. »Harris!« Sie fühlte Panik aufkommen, stand auf, trat unwillkürlich ein paar Schritte zurück, lief wieder nach vorn an den Rand des Steges und machte dann überstürzt kehrt. Wie von Sinnen rannte sie an Land und blieb erst wieder am Auto stehen. Erschöpft ging sie auf die Knie und schrie, was das Zeug hielt. Immer wieder wischte sie sich hastig die Tränen aus den Augen, um sehen zu können, aber Harris tauchte nicht auf. Nach einer gefühlten Ewigkeit hörte sie endlich ein plätscherndes Geräusch, kurz darauf gab die Dunkelheit Harris preis, der im Laufschritt auf sie zueilte.

»Du Idiot, du dämlicher Vollidiot!«, schrie Alexandra, kaum dass er vor ihr stand. Mit einer heftigen Armbewegung wehrte sie seine Hand ab, die nach ihr greifen wollte, sprang auf die Füße und prügelte mit den Fäusten auf ihn ein. »Das ist kein Spaß, mit so was macht man keine Späße, verstehst du! Verstehst du mich? Du gemeiner, widerlicher Kerl! Du hast ja keine Ahnung …« Sie raste vor Wut, brüllte aus voller Kehle, während sie weiter mit Händen und Füßen auf ihn einschlug. Harris ließ sie sich austoben, auch wenn die Schläge schmerzten und er nicht die geringste Ahnung hatte, was diesen Wutanfall ausgelöst haben konnte. Sie würde es schon sagen, wenn sie mit ihm fertig war. Alexandras Anfall endete so abrupt, wie er begonnen hatte. Vor Anstrengung keuchend und mit schlapp herunterhängenden Armen stand sie vor ihm, nur ihre Augen funkelten noch vor Zorn.

»Fahr mich nach Hause!«

Harris wagte nicht, zu widersprechen. Also nickte er nur, lief zum Steg und zog sich auf dem Rückweg Hose und Shirt über. Er öffnete die Beifahrertür und ließ Alexandra einsteigen. »Wieder gut?«

Alexandra nickte und schob die Flasche Wein, die Harris ihr tröstend vor die Brust hielt, mit angewidertem Blick zur Seite. »Nein danke, ich trinke nicht.«

»Bist du trockene Alkoholikerin oder was?«, versuchte er die Stimmung aufzulockern.

»Ich behalte einfach gern die Kontrolle.«

»Über dich oder die Situation?«

»Beides.«

Harris warf die Flasche auf den Rücksitz, schloss die Beifahrertür und stieg dann selbst ein. »War's mal anders?«, fragte er.

»Ja, aber lass uns jetzt nicht darüber reden.«

»'n Kerl?«

»Ich sagte, lass uns nicht darüber reden!« Ihr Tonfall zeigte deutlich, dass die Stimmung jeden Augenblick wieder kippen konnte und Harris gut daran tat, sie nicht weiter zu drängen. Also ließ er den Motor an und fuhr los. Nur wenige hundert Meter weiter spürte er Alexandras Hand auf seinem Knie. »Halt an!«, sagte sie leise. Für ein paar Sekunden saßen sie schweigend nebeneinander, dann drehte Alexandra den Zündschlüssel um. Der Motor verstummte, es war still. Wie eine Lawine stürzte die Erinnerung auf sie herab und brachte die Bilder jenes verhängnisvollen Tages, der ihr Leben für immer verändert hatte, wieder hervor. »Konzentriere dich auf das Jetzt«, hämmerte es in ihrem Kopf. Wohl Hunderte Male hatte sie Professor Lennings Worte in solchen Situationen wiederholt, geholfen hatten sie nie. »Du kannst die Vergangenheit nicht ändern«, hatte er sie immer wieder beschworen, »du musst lernen, mit ihr zu leben.« Einen kurzen Moment haderte sie mit dem Gedanken, das sichere Terrain zu verlassen.

»Meine Eltern hatten sich das Wochenende freigenommen, frei von uns, den Kindern. Ich vermute mal, sie wollten Sex haben an ihrem zwanzigsten Hochzeitstag, und das war in unserer Dreizimmerwohnung, ohne dass mein Bruder und ich es mitbekamen, kaum möglich. Mein Bruder war damals neun, ich siebzehn. Meine Eltern mieteten sich also von Freitag bis Sonntag in irgendeinem Hotel ein. Das hatten sie noch nie gemacht, und ich war total happy, sturmfreie Bude zu haben.

Samstagnacht wollte meine Clique zum Baden, also knöpfte ich mir meinen kleinen Bruder vor, überzeugte ihn davon, dass ich ihn umbringen würde, wenn er meinen Eltern gegenüber auch nur ein Sterbenswort darüber verlor, und zog, ihn im Schlepptau, mit meinen Freunden los.

Es war schon dunkel, und wir waren mächtig betrunken, als mein Bruder noch einmal ins Wasser ging. Ich weiß noch, dass ich Planschen und einen merkwürdigen Laut gehört habe, aber ich war zu beschäftigt, um nachzusehen. Erst als wir losfahren wollten, stellten wir fest, dass mein Bruder verschwunden war …

Nachdem wir ihn beerdigt hatten, begann ich Dinge zu sehen, die es nicht gab. Und ich hörte Stimmen. Die Ärzte nannten es posttraumatischen Stress und lieferten mich in eine psychiatrische Klinik ein. Ich blieb dort ein Jahr. Die Tabletten haben mir geholfen klarzukommen, und irgendwann bin ich auch wieder ohne Psychopharmaka zurechtgekommen. Aber jetzt …« Alexandra stockte und warf Harris einen unsicheren Blick zu. »Ich befürchte einfach, dass es wieder losgeht.«

»Dass was wieder losgeht?«

»Dass ich etwas höre, wo nichts ist!«

Bisher hatte Harris ihr ruhig zugehört, jetzt aber wirkte er angespannt, geradezu überfordert. Beunruhigt wechselte sein Blick zwischen dem Lenkrad und ihr, während er nervös sein rechtes Ohr knetete.

»Vielleicht solltest du darüber besser mit einem Psychologen reden!«

»Ich bin nicht irre, Harris!«

»Aber du sagtest doch eben, dass du Angst hast, dass es wieder …«

»Vergiss es, vergiss, was ich gesagt habe. Ich hab mich geirrt, ich bin durcheinander, ich …«

Einen Augenblick lang sah Harris ihr in die Augen, dann wandte er sich kopfschüttelnd ab und startete den Wagen.

26.

Sie hatten während der letzten Viertelstunde nicht mehr gesprochen, weder über den Tod ihres Bruders noch über ihren Ausraster. Harris hielt vor dem Haus und blieb, den Blick auf die Haustür gerichtet, sitzen.

Kurz nachdem sie losgefahren waren, begann der Himmel zu grollen, jetzt prasselte der Regen laut auf das Autodach, und ab und zu erhellten Blitze die Umgebung.

»Als ich noch klein war, durfte ich in solchen Nächten bei meinen Eltern im Bett schlafen. Ich hatte wahnsinnige Angst vor Gewittern. Nun ja, das ist bis heute so geblieben.«

Alexandras Blick war höchst flehentlich, aber da er keinerlei Anstalten machte auszusteigen, öffnete sie verdrossen die Autotür. Daraufhin stieg auch Harris aus und begleitete sie zum Haus. »Sei nicht sauer, aber …«

»Schon gut, verstehe!«, sagte Alexandra schnell, während sie das Gegenteil dachte. Nichts fürchtete sie momentan mehr, als die Nacht allein in ihrem Haus zu verbringen. Dennoch zwang sie sich zu einem tapferen Lächeln, schloss die Tür auf und ging hinein. Harris blieb davor stehen. Die Tür öffnete sich wieder.

»Ich wollte, dass du es weißt. Außer Nina kennt niemand diese Geschichte.«

Einen langen Moment sahen sie sich in die Augen, dann stellte Alexandra sich auf die Fußspitzen und näherte sich langsam seinem Gesicht. Sie sah Harris unentwegt an, doch kurz bevor ihre Lippen seinen Mund berührten, drehte er den Kopf zur Seite. Ihr Kuss ging ins Leere. »Entschuldige, ich hab das falsch interpretiert, ich dachte …«, stammelte sie beschämt.

»Es gibt keinen Grund, sich zu entschuldigen.«

»Das hätte ich nicht tun dürfen«, sagte sie schnell und schlug rasch die Tür hinter sich zu.

Harris war bis auf die Haut durchnässt, als er wieder in seinen Wagen stieg. Er ließ den Motor an, wischte mit dem Ärmel die beschlagene Scheibe ab und hielt plötzlich mitten in der Bewegung inne.

Ein schwacher Lichtschimmer, der durch die maroden Ziegel kurz unter dem Dachfirst drang, erregte seine Aufmerksamkeit. Unmöglich, dass das Licht aus dem Erdgeschoss an dieser Stelle des Daches zu sehen war. Er schaltete die Scheibenwischer an, aber als er wieder nach oben sah, lag das Dach in tiefer Dunkelheit. Die reflektierenden Regentropfen auf der Windschutzscheibe mussten ihm etwas vorgegaukelt haben. Harris wendete und fuhr mit durchdrehenden Reifen davon. Den lauten Aufschrei, der in diesem Moment aus dem Haus ertönte, hörte er nicht mehr.

Starr vor Grauen kniete Alexandra auf dem kalten Küchenboden, Jacks leblosen Körper eng an sich gepresst. Der Glanz war aus seinen Augen gewichen, die Zunge hing aus dem schäumenden Mäulchen, und das Fell war struppig und stumpf. Er war allein gestorben, ohne ihren Beistand, ohne eine streichelnde Hand, die es ihm hätte leichter machen können. Ihr Herz zog sich krampfhaft zusammen bei diesem Gedanken. Während sie heitere Stunden in der Kneipe verbrachte, hatte er mit dem Tod gerungen! Dieser Gedanke trieb ihr die Tränen in die Augen und machte den ganzen Abend mitsamt ihrem Glücksgefühl über die zunehmend vertrauliche Beziehung zu Harris zunichte. Nichts von diesem Abend würde als Trost für den Verlust von Jack herhalten können, denn auch wenn sie ihn noch nicht allzu lange besessen hatte, so hatte der Welpe doch längst ihr Herz erobert.

Die Dunkelheit war inzwischen einer zarten Röte gewichen, die den Garten in ein blasses Licht tauchte. Trotz der frühen Morgenstunde war die Luft schwül und drückend und lastete wie eine schwere Decke über allem. Weit entferntes Grollen kündigte ein neues Gewitter an.

Alexandra stand bis zur Hüfte in einem Erdloch, erschöpft auf den Griff des Spatens gestützt, und atmete schwer. Jack hatte es nicht verdient, einfach nur verscharrt zu werden. Außerdem fürchtete Alexandra, dass, wenn sie die Grube nicht tief genug aushob, der Aasgeruch Tiere anlocken könnte, die den Kadaver wieder ausgraben würden. Also schaufelte sie weiter, hin und wieder laut weinend, kurz darauf wütend, weil dicke Wurzeln den Spatenstich bremsten und ihr mehr und mehr die Kräfte schwanden. Die gesamte Nacht hatte sie versucht ausfindig zu machen, woran Jack gestorben war, erst gegen fünf Uhr morgens war ihr die zerfetzte Packung Schneckenkorn in die Hände gefallen. Keine Ahnung, wo Jack sie hervorgezogen hatte, Alexandra jedenfalls hatte dieses Schneckengift noch nie gesehen. Aber das spielte keine Rolle mehr, auf der Verpackung war noch deutlich zu lesen, dass es nicht in Kinderhände gelangen und in keinem Fall von Hunden oder Katzen gefressen werden durfte. Jacks unbändiger Appetit war ihm, auf sich allein gestellt, zum Verhängnis geworden.

Alexandra hielt inne und betrachtete skeptisch das Erdloch um sich herum. Es hatte inzwischen Ausmaße angenommen, in denen man gut ein Pferd hätte begraben können. Sie warf den Spaten nach oben, kletterte heraus und ergriff, begleitet von einem erneuten Heulkrampf, die Decke mit Jacks Körper. Der dumpfe Schlag, mit dem der Kadaver auf den Grund der Grube aufschlug, fuhr ihr durch Mark und Bein. »Es tut mir leid, Jack!«, schluchzte sie und griff beherzt nach dem Spaten. Eine halbe Stunde später ließ sie sich müde und erschöpft neben dem Erdhügel nieder.

»Alexandra?« Es war Harris' Stimme, die vom Haus herüberhallte.

»Ich bin hier!«, rief sie, während sie sich hektisch die Tränen vom Gesicht wischte.

»Wo?«

»Hinterm Haus!«

Kurz darauf stand Harris vor ihr und betrachtete sie amüsiert. »Was machst du hier? Und wie siehst du überhaupt aus?«

Die Haare zerzaust, das Gesicht über und über mit Schlamm beschmiert, gab Alexandra, wenn man die Gründe dafür nicht kannte, ein wirklich komisches Bild ab.

»Ich habe Jack begraben«, sagte sie leise. »Und ich bleibe keine Nacht länger in diesem Haus.«

Harris ging vor ihr in die Hocke, hob mit der Fingerspitze ihr Kinn nach oben und sah sie mitfühlend an. »Was ist passiert?«

»Das ist scheißegal, ich will nur weg hier!«, brauste Alexandra auf und sprang auf die Füße. »Die nächste Nacht schlafe ich bei dir!«, sagte sie und lief mit großen Schritten durch den Garten.

»Das geht leider nicht.«

»Wieso? Bist du verheiratet?«, rief sie provokativ und ohne sich zu ihm umzudrehen.

»Nein«, antwortete Harris lächelnd.

»Und warum geht es dann nicht?«

»Weil ich bei meiner Mutter wohne.«

Alexandra blieb wie vom Donner gerührt stehen.

»Das ist nicht dein Ernst! Mein Gott, du bist dreißig!«, konstatierte Alexandra.

»Ja. Und?«

»Na ja, wer mit dreißig noch bei seiner Mutter …«

»Der ist was? Bescheuert, minderbemittelt, pervers, ein Müttersöhnchen? Vielleicht ist meine Mutter krank, und ich pflege sie, vielleicht sitzt sie im Rollstuhl … Du fragst gar nicht erst. Du urteilst und machst dich lustig!«

Aus Alexandras Gesicht wich die Angriffslust. »Entschuldige, du hast recht.«

Erstaunt darüber, dass sie nicht, wie beim letzten Mal, zickig oder beleidigt reagierte, sondern sich ernsthaft entschuldigte, legte Harris versöhnlich seinen Arm um sie und zog sie mit sich.

»War 'ne harte Nacht für dich. Ich mach uns jetzt ein Frühstück, und du erzählst mir, was passiert ist.«

27.

An diesem Freitagvormittag war das Revier verwaist. Schneider hatte trotz strömenden Regens alle verfügbaren Beamten zu Befragungen an die Haustüren des Ortes und der erneuten Durchsuchung des Waldes geschickt. Noch immer hoffte er, ein winziges Detail übersehen zu haben, das, wie er sich ausdrückte, die Lösung des gordischen Knotens sein könnte.

Der Inhalt des Faxes, welches tagelang unbeachtet auf Harris' Schreibtisch gelegen hatte, hatte zwar für extremen Wirbel gesorgt und Robert erneut in den Fokus der Ermittler gerückt, letztendlich aber reichte es nicht, Robert die Morde an sechs Frauen nachzuweisen. Dennoch war die Erkenntnis, dass alle Frauen mit Robert mehr oder weniger intensive sexuelle Beziehungen hatten, die Sensation des Tages gewesen. Außer bei der Frau auf den Bahngleisen hatte Robert allerdings inzwischen lückenlose Alibis für die Tatzeiten vorweisen können.

Eine ungewohnte Stille herrschte in der Baracke, nur die Kaffeemaschine in Harris' Büro gab laute Schlürfgeräusche von sich, eine einzelne große Fliege brummte nervtötend durch den Raum, und ab und zu klickte die Tastatur unter Schneiders Händen.

»Es scheint Ruhe zu herrschen«, sagte Harris und fing mit einer schnellen Handbewegung das gerade pausierende Insekt am Rand der Tischkante.

Wie von der Tarantel gestochen schoss Schneider hinter dem Computer hervor. »Merken Sie sich eins für die Zukunft. ›Scheint‹ ist ein Wort, das in meinem Sprachgebrauch nicht vorkommt.«

Es war unklar, was Schneider so in Rage brachte, aber da Freitag war, endete an diesem Tag das von oben gestellte Ultimatum an ihn. Harris' Hoffnung, Schneider würde nach der gemeinsam durchzechten Nacht anders mit ihm umgehen, war schon am Morgen des nächsten Tages zerschlagen worden, denn sein Chef hatte schnell zu der gewohnt scharfen Art zurückgefunden.

»Könnte es nicht sein, dass er aufgehört hat?«, stellte Harris die Frage nun anders und hoffte auf eine Reaktion. Seit der Sache mit dem Fax, die ihn zwar letztlich nicht den Job gekostet, aber doch einigen Ärger eingebracht hatte, versuchte Schneider ihn aus dem Fall rauszuhalten, indem er weniger inhaltlich mit Harris kommunizierte, sondern nur noch Anweisungen gab. Ganz sicher enthielt er ihm nun wichtige Informationen vor. Entweder fürchtete er derartige Alleingänge wie das Aufspüren von Theresias Leiche, oder aber er hatte Wind davon bekommen, dass Harris Robert zu schützen versuchte. Letzteres war allerdings unwahrscheinlich, denn Alexandra war die Einzige, die von der Sache mit dem Shirt wusste. Wider Erwarten tobte Schneider nicht, sondern wandte sich mit ungewohnt ruhiger Stimme an ihn.

»Wenn jemand so viel Zeit damit verbringt, seine Opfer zu verstümmeln, sie zu positionieren, zu inszenieren, dann tut er das aus einem inneren Drang heraus. Dann kann er nicht einfach damit aufhören.«

Schneiders veränderter Ton ermutigte Harris, Alexandras Entdeckung, was Dirks Linkshändigkeit betraf, an dieser Stelle an den Mann zu bringen, er musste lediglich verschweigen, dass er es bereits am Vortag erfahren hatte.

»Dirk Schumann ist übrigens auch Linkshänder«, sagte Harris beiläufig.

Schneider hob erstaunt die Brauen. »Wieso sagen Sie mir das erst jetzt?«

»Ich wusste es selbst nicht. Alexandra Fischer hat es mir

erzählt. Sie hat ihm etwas zugeworfen, und er hat es mit links aufgefangen.«

»Ihre Bekannte«, es war das erste Mal, dass Schneider dieses Wort nicht anzüglich betonte, »ist die Verhaltenstherapeutin oder …?«

»Sie ist Linkshänderin«, sagte Harris.

»Ach!«, entfuhr es Schneider. »Bin ich hier umgeben von Linkshändern? Na so ein Zufall! Wieso ist *Ihnen* das nicht aufgefallen?«

»Keine Ahnung«, gab Harris offen zu. »Ich meinte mich zu erinnern, dass Dirk Schumann mit rechts schreibt.«

Eine Weile herrschte Stille. Schneider war wieder hinter seinen Computer verschwunden, Harris tat, als ob er las. Es wunderte ihn, dass Alexandras scharfsinnige Beobachtung keine ermittlungstechnische Relevanz haben sollte. Schließlich zählte Dirk noch immer zum Kreis der Verdächtigen.

»Soll ich Dirk Schumann herbestellen?«, schlug Harris nach einer Weile vor.

»Moment!«, hörte er Schneider hinter dem Bildschirm murmeln. »Hier! Ich lese Ihnen mal was vor. Man hat herausgefunden, dass sich bei umerzogenen Linkshändern häufig negative Begleiterscheinungen zeigen, nicht selten sind das psychische Probleme, Gedächtnis- oder Sprachstörungen, zum Beispiel Stottern … bis hin zum Bettnässen. Die Wissenschaftler streiten noch darüber, ob es ein Gen gibt, das für Linkshändigkeit verantwortlich ist. Und da nur etwa zehn bis fünfzehn Prozent der Bevölkerung Linkshänder sind, ist die Wahrscheinlichkeit, dass beide Brüder diese Abweichung haben, relativ gering.«

»Es könnte also sein, dass Dirk Schumann gar kein Linkshänder ist?«

»Dirk schon, aber Robert Schumann nicht. Wenn nämlich Linkshändigkeit und Stottern zusammenhängen, dann ist Dirk Schumann der wahrscheinlichere Kandidat.«

Harris schüttelte den Kopf. »Ich war dabei, als die Eltern es Robert abtrainierten. Stundenlang haben wir als Erstklässler in der Bude gehockt, weil Robert mit rechts schreiben lernen sollte. Danach ging's raus, und ich musste ihm so lange den Ball zuwerfen, bis er ihn mit rechts fing. Robert ist Linkshänder, dafür würd ich meinen Arsch verwetten!«

»Na gut, aber dann sollten Sie ihn vielleicht nicht länger verteidigen! Der Gerichtsmediziner hat nämlich inzwischen zweifelsfrei bewiesen, dass die Schnitte an den Ermordeten mit links ausgeführt wurden. Wir suchen also nicht nach einem Rechtshänder, der uns verarschen will und falsche Spuren legt, sondern nach einem echten Linkshänder.«

Zur Veranschaulichung nahm Schneider einen Stift vom Schreibtisch, hielt ihn wie ein Messer in der rechten Hand und stellte sich vor die Pinnwand. »Hier! Mit rechts mache ich den Schnitt von links oben nach rechts unten.« Er wechselte zur linken. »Mit links von rechts oben nach links unten. Alles andere ist unorganisch! Und selbst wenn ich mir als Rechtshänder Mühe gebe und den Schnitt mit der linken Hand ausführe, halte ich das Messer nicht so wie ein Linkshänder.« Er warf den Stift auf den Tisch zurück, ärgerte sich, dass er auf der anderen Seite wieder herunterfiel, und ließ sich dann auf der Schreibtischkante nieder. »Na ja, vielleicht platzen Robert Schumanns Alibis doch noch … wenn wir Glück haben.«

Harris wusste, dass Schneider darauf wartete, dass er den Stift vom Boden aufhob, allein schon deshalb ignorierte er dessen Seitenblick und die lauernde Haltung. Es reichte, dass er inzwischen extreme Mühe hatte, Schneiders Gedankengängen, verdächtige Personen betreffend, zu folgen, er würde ganz sicher nicht auch noch den Pagen spielen.

Schneider rümpfte plötzlich die Nase und sah nachdenklich an sich herunter. Dann streifte er die Schuhe von seinen Füßen, lief in Socken um den Schreibtisch herum und zog eine Schublade auf. Nebenbei sah er auf sein klingelndes Handy, verzog kurz den Mund und drückte auf die Ablehnentaste. Harris konnte nicht erkennen, was Schneider hinter dem Schreibtisch tat, erst als dieser wieder nach vorn gelaufen kam, sah er die andersfarbigen Strümpfe.

»Ich möchte Sie etwas fragen, Zimmering. Und ich will, dass Sie sich Zeit lassen mit Ihrer Antwort.« Schneider ließ sich wieder auf der Schreibtischkante nieder und zog seine Schuhe an. »Was wissen Sie über Alexandra Fischer? Wer ist sie, was macht sie, warum ist sie hier?«

Das war es also, weshalb Schneider am Kneipenabend so überstürzt aufgebrochen war. Aufgrund ihrer Rothaarigkeit konnte Alexandra das nächste Opfer sein oder …

»Wie schätzen Sie sie ein? Würde sie als Lockvogel taugen?«, unterbrach Schneider Harris' Überlegungen.

»Als Lock… Sind Sie wahnsinnig?« Er verlor komplett die Fassung, und es war ihm dabei scheißegal, ob sein Chef vor ihm stand oder sonstwer. »Das lass ich nicht zu, niemals, suchen Sie sich wen auch immer, aber nicht Alexandra Fischer«, sagte er energisch und stand, um wenigstens größenmäßig überlegen zu sein, von seinem Stuhl auf. »Ausgeschlossen.«

Schneider schienen weder die Worte noch Harris' Körpersprache auch nur im Geringsten zu beeindrucken. »Machen Sie keine persönliche Angelegenheit daraus, sonst sind Sie ganz schnell draußen. Und was den Lockvogel angeht, wollte ich nur Ihre Meinung wissen. Mit Vergnügen frage ich sie selbst.«

Das Klingeln des Telefons unterbrach das ungleiche Machtgeplänkel. Schneider griff hinter sich und hob ab. »Schneider … Der will was? Sein Auto zurück? Dann geben Sie's ihm, ist eh sauber. Moment, warten Sie! Ist er noch in der Leitung? Ich will ihn sprechen.« Schneider wartete mit zusammengekniffenen Augen. »Hauptkommissar Schneider. Eine Frage, Herr Schumann, ist Ihr Bruder Dirk Linkshänder?«

Harris konnte nicht hören, was Robert sagte, aber Schneiders Mimik verriet, dass es bedeutend sein musste. Ohne einen weiteren Satz legte Schneider auf und lief dann minutenlang um den Schreibtisch herum. Harris, der froh darüber war, dass das Thema »Lockvogel« durch den Anruf unterbrochen worden war, machte Anstalten, das Zimmer zu verlassen, doch Schneider stoppte ihn. »Wissen Sie, was er sagt?«

»Nein«, hätte Harris gern geantwortet und zynisch hinzugefügt, dass er noch keine Gedanken lesen könne, aber gerade dabei sei, es zu lernen.

»Er sagte, dass Dirk eigentlich Rechtshänder sei, aber ihm als Kind schon alles nachgemacht habe und sich sozusagen selbst umtrainierte. Er soll so lange geübt haben, bis er alles auch mit links machen konnte. Er wäre absolut perfekt darin.«

Selbst Harris musste zugeben, dass diese Aussage entscheidend oder gar bahnbrechend sein könnte, was den weiteren Verlauf der Ermittlungen anging. Sei es, dass er Robert tatsächlich unterschätzt hatte und er wirklich der Gesuchte war, der den Verdacht nun gezielt auf seinen Bruder lenkte, oder aber dass Dirk als Links- und Rechtshänder aus unerfindlichen Gründen die Geliebten von Robert umbrachte. Beide steckten verdammt tief in der Scheiße.

»Wieso belastet er seinen Bruder?«, fragte Schneider, womit er exakt Harris' nächste Überlegung formulierte. »Da stimmt was nicht. Robert Schumann weiß, dass wir nach einem Linkshänder suchen, er hätte also einfach sagen können, Dirk sei Rechtshänder, was sogar der Wahrheit entspricht, und die Sache wäre erledigt. Er tut's aber nicht, sondern lobt dessen Perfektion. Wie ist das Verhältnis zwischen den beiden?«

»Dirk vergöttert Robert. Robert dagegen, na ja, nicht dass er ihn links liegenlässt, aber er legt auch keinen sonderlichen Wert auf Dirks Gesellschaft. Trotzdem lässt er ihn ab und zu bei sich pennen, borgt ihm sein Auto oder lädt ihn zum Saufen ein.«

»Was macht Dirk Schumann noch mal beruflich?«

»Er arbeitet in der Autowerkstatt seines Onkels.«

»Ach ja, mit 'ner Waschanlage, oder?«

»Klar, hat jede Werkstatt.«

»Professionelle Autoreinigung?«

»Bieten die auch an.«

»Und da fragen wir uns, warum Robert Schumanns Auto sauberer als ein OP-Saal ist!«

Schneider ließ sich wieder in den Sessel fallen. »Wir fangen noch mal von vorn an: die Obduktionsberichte und Ergebnisse der Spurensicherung durchforsten, Widersprüche und Unstimmigkeiten in den vorliegenden Zeugenaussagen finden und vor allem neue Zeugen auftreiben. Fragen Sie sich von Haus zu Haus durch!«

»Das haben wir doch alles schon getan.«

»Dann tun Sie's noch mal! Außerdem brauche ich eine lückenlose Aufstellung, wo Dirk Schumann zum Zeitpunkt der anderen Morde war. Holen Sie mir seinen Onkel ran, überprüfen Sie seine Telefonate, reden Sie mit den Saufkumpanen. Ab jetzt wird rund um die Uhr gearbeitet.« Schneider setzte ein beinah frohlockendes Grinsen auf.

»Vielleicht rettet mir dieser Dirk Schumann ja den Arsch!«

28.

Es war keine Pension im herkömmlichen Sinn, vielmehr ein ausgebautes Gartenhäuschen auf dem Grundstück eines Rentnerehepaars, das im Laufe der Jahrzehnte mit den ausrangierten Möbeln des Haupthauses gefüllt worden war. Die Küchenzeile stammte aus den frühen Siebzigern, das braune, mit Samtkord bezogene Ecksofa, welches gut den halben Raum einnahm, war sicher kurz nach dem Mauerfall dort abgestellt worden, ebenso ein nierenförmiger Tisch mit eingelassener Glasplatte, unter der vergilbte Postkarten steckten. Der Rest der Einrichtung schien neuzeitlicher und sprach nicht gerade für guten Geschmack, geschweige denn für Stil. Kurz und gut, es war ein Sammelsurium verschiedener Epochen deutscher Möbelindustrie, das wenig einladend wirkte. Hinzu kamen jede Menge Kunstblumen in Töpfen und Vasen, die den schmalen Fenstersims säumten. Ihren Urlaub hätte Alexandra hier nicht verbringen wollen, aber für ein, zwei Nächte sollte es genügen.

Herr Anders, ein kleiner dicker Mann um die achtzig, stand, einen Stapel kariertes Bettzeug unter dem Arm, mitten im Raum und versuchte mit der Spitze seines Krückstockes eine umgeschlagene Ecke des Teppichs wieder geradezurichten. Alexandra überlegte, ob sie ihm behilflich sein sollte, zögerte aber. Der alte Mann hatte bisher noch nicht ein Wort gesprochen. Sie war sich nicht einmal sicher, ob er überhaupt sprechen konnte. Vollkommen wortlos hatte er die Bettwäsche von seiner Frau in Empfang genommen und war danach einfach losgelaufen. Nach einem Wink der Ehefrau war Alexandra ihm gefolgt.

»Kann ich Ihnen helfen?«, fragte Alexandra, da abzusehen war, dass seine Bemühungen erfolglos bleiben würden, und machte ein paar vorsichtige Schritte in seine Richtung. Mit einer heftigen Bewegung seines Stockes wehrte er sie ab und stellte, schnaubend vor Wut, einen Fuß auf die umgeschlagene Ecke. Ein paar Sekunden lang blieb er in dieser Haltung, so als überlege er, was als Nächstes zu tun sei, dann ließ er das Bettzeug aus seinem Arm fallen, warf den Stock zur Seite und ging umständlich auf die Knie, sein rechtes Bein steif zur Seite gestreckt. Mit zittrigen Händen schlug er den Teppich um, stellte einen Fuß darauf und versuchte wieder nach oben zu kommen. Es gelang ihm nicht. Alexandra musste nur einen großen Schritt machen, um ihn gerade noch aufzufangen, bevor er seitlich auf den Boden schlug. Keuchend lag der alte Mann in ihren Armen. Er hielt seine Augen geschlossen und rührte sich nicht. Ein Gemisch aus Tabakgeruch und Schweiß umgab ihn, übertönt vom Rasierwasser des Morgens. Der Geruch erinnerte Alexandra an ihren Großvater, den sie sehr geliebt hatte. Huckepack auf seinem Rücken hatte sie ihr Gesicht immer an sein durchgeschwitztes Hemd gepresst, wenn er im wilden Galopp mit ihr über die Felder gerannt war, um den selbstgebauten Drachen in unendliche Höhen steigen zu lassen. Dieser herbstliche Brauch war eine der schönsten Erinnerungen an ihre Kindheit.

Plötzlich erschien ihr der alte Mann weniger fremd, fast spürte sie so etwas wie Zuneigung für ihn.

»Mein Gott, wie ich es hasse!«, zischte er plötzlich und schlug die Augen auf. Alexandra ahnte, was in ihm vorging, und strich, ihn weiterhin fest in den Armen haltend, mit dem Daumen über seinen Handrücken. Sie dachte nicht darüber nach, ob Trost in diesem Moment das Richtige oder aber genau das war, was er verabscheute, aber da er sie gewähren ließ, folgte sie ihrem Gefühl und streichelte weiter seine Hand.

»Mit Freude altern, ich scheiß drauf. Was ist daran lustig,

wenn man sich bald nicht mehr alleine den Arsch abwischen kann? Also freuen Sie sich nicht darauf. Das Alter bringt nichts außer Schmerzen und einen Kopf, in den von oben jeden Tag Kalk reingeschüttet wird.« Als er Alexandras verdutzte Miene sah, boxte er sie seicht in die Seite und deutete ihr dann an, dass sie ihm aufhelfen sollte. »Nichts für ungut, Kleene, ich wollt dich nicht erschrecken.«

Sie hatte Mühe, in ihrer Hilfestellung nicht zu straucheln, denn auch wenn er kleiner als sie war, seine Leibesfülle und das steife Bein machten das Aufstehen zu einem wahren Kraftakt.

»Morgen kommen die Kinder, deshalb können Sie nur eine Nacht bleiben! Tut mir leid, aber Sie haben sich da einen wirklich ungünstigen Zeitpunkt für Ihren Urlaub ausgesucht.«

»Es muss Ihnen nicht leidtun, das ist vollkommen in Ordnung so«, sagte Alexandra und hob das Bettzeug vom Boden auf.

»Wissen Sie, siebenundneunzig war ich ja noch jung«, er lächelte spitzbübisch, »aber wenn's wieder so schlimm kommt, werden meine Frau und ich damit bestimmt nicht fertig.«

»Was meinen Sie damit?«

»Das Wasser! Wenn die Dämme brechen, kommt es rasend schnell. Die Sandsäcke sind einfach zu schwer für mich.«

Alexandra nickte verständnisvoll.

»Sie wollen dann auch keinen Urlaub mehr hier machen, glauben Sie mir!«

Es war nicht wichtig, ihm zu erklären, dass es ihr um alles andere als Urlaub ging, also lächelte sie freundlich und pflichtete ihm bei. »Da werden Sie wohl recht haben. Ich hasse Wasser, und wenn es ginge, würde ich es nicht mal trinken. Wo soll ich schlafen?«

Herr Anders sah sie verständnislos an und wies dann mit seinem Stock auf das braune Ecksofa. »Sieht unbequemer aus, als es ist. Man kann's ausklappen, aber für so eine schlanke

Person wie Sie wird's gar nicht nötig sein. Oder erwarten Sie etwa Herrenbesuch?«

Alexandra lächelte verschwörerisch. »Vielleicht?«

Wieder die spitzbübische Miene. »Das lassen Sie mal nicht meine Frau wissen! Sie hält nämlich Männerbesuch bei ledigen Frauen für unzüchtig und hat dann die ganze Nacht Angst, wegen Kuppelei ins Gefängnis zu kommen.«

»Ernsthaft?«

Herr Anders nickte nachdrücklich. »Moralisch lebt sie immer noch in den Fünfzigern. Aber keine Sorge, meine Lippen sind verschlossen.« Zur Demonstration kniff er seine Lippen zusammen, drehte seine Finger davor hin und her und warf den imaginären Schlüssel hinter sich. Dann zwinkerte er ihr zu und schlurfte aus dem Zimmer.

29.

Als Harris gegen achtzehn Uhr sein Büro betrat, gab es keinen Platz mehr, worauf man auch nur ein Buch hätte ablegen können. Mindestens zwölf Beamte, von denen er die Hälfte noch nie gesehen hatte, umlagerten sitzend oder stehend seinen Computer. Sogar auf Schneiders Campingliege, die noch von der Nacht zuvor aufgeklappt unter der Pinnwand stand, saßen zwei Kollegen des Nachbarreviers.

»Entschuldigen Sie die Verspätung«, murmelte Harris und hängte seine triefende Regenjacke kurzerhand an der Türklinke auf.

»Ich bevorzuge Pünktlichkeit statt Entschuldigungen«, hörte er Schneider aus der Menge heraus. »Kommen Sie hier rüber. Ich will, dass Sie's mit ansehen.«

Just in diesem Moment klingelte ein Handy. Schneider tastete nach seiner Hosentasche, nickte den Kollegen zu und machte mit der Hand ein Zeichen, das so viel heißen sollte wie einen Moment noch. Dann kniff er die Augen zusammen, las die Anrufernummer und drückte auf die grüne Taste. »Charlotte! Entschuldige, ich bin mitten in einer … nein, ich kann nicht kommen. Ja, versteh ich, aber … Deine Mutter wird ihren Geburtstagskuchen auch ohne mich genießen, ganz sicher. Nein, ausgeschlossen. Entschuldige, aber man wartet hier.« Schneider drückte hektisch auf dem Handy herum. »Wie geht das aus, verdammte Scheiße?« Der unmittelbar neben ihm Sitzende besaß die Dreistigkeit, über Schneiders Hand hinweg auf die Stand-by-Taste zu drücken, was Schneider mit bösem Blick quittierte, aber des Zeitpunktes wegen unkommentiert ließ. »Also. Für alle, die es noch nicht mitbekommen haben: Wir haben Theresia Hoeflings Handy gefunden.« Er sah jetzt explizit zu Harris hinüber. »Sehen Sie, Zimmering, noch mal von Tür zu Tür und noch mal durch den Wald ergibt eben Sinn.« Er wartete Harris' Nicken ab und wurde dann wieder allgemein. »Kurz bevor Theresia Hoefling angegriffen wurde, schaltete sie ihre Handykamera ein. Es hat ihr zwar nicht geholfen … aber dafür haben wir nun alles auf Film!« Beim letzten Wort drückte er triumphierend die Playtaste am Computer und setzte sich auf die vorderste Kante seines Schreibtischsessels.

Das Video begann abrupt. Für Sekunden sah man eine Gestalt, die aus dem Dunkel in den schwachen Lichtschein des Handys trat. Abwehrend riss sie die Arme nach oben, um nicht geblendet zu werden, so dass man deutlich lederne Arbeitshandschuhe erkennen konnte. Schwarzer Regenmantel oder Ähnliches mit Kapuze, dunkle Hosen und klobige Stiefel. Das Bild begann zu zittern, dann Theresias schwacher Aufschrei, und das Handy fiel zu Boden. Fortan waren nur noch Geräusche zu hören. Flüstern, dann Theresias Stimme. »Robert! Bitte, bitte hör auf! Es tut mir leid.« Wieder kaum vernehmbares Flüstern, Kampfgeräusche, schließlich Theresias markerschütternder Schrei. Kurz darauf schaltete die Kamera sich selbst aus.

»Na wenn das kein Ding ist!«, stieß Schneider hervor und sah sich suchend unter den Kollegen um. »Wo ist dieser … na … mein Gott, dieser … Hilfssheriff?«

»Kollege Kahlhaase«

»Genau der.«

»Drei Zimmer weiter!«

Leicht amüsiert griff Schneider nach dem Telefon, wurde aber schlagartig ernst, als auf der anderen Seite jemand abhob.

»Kahlhaase? Holen Sie Robert Schumann her! … Ja, in Handschellen! Wie, das ist zu aufsehenerregend? Genau das beabsichtige ich! Verstanden?«

30.

»Ich war schon mal da, aber du hast nicht aufgemacht.«

Harris stellte ein Sixpack Bier ab, zog seine Jacke aus und schüttelte sich wie ein Hund. »Langsam fängt dieses Scheißwetter an zu nerven.«

Dann griff er mit bitterer Miene in seine Hosentasche und holte das vibrierende Handy hervor. »Und das hier auch.« Nach einem kurzen Blick auf das Display ließ er es wieder in seiner Tasche verschwinden.

»Willst du nicht rangehen?«

Harris winkte ab. »War nur 'ne Benachrichtigung für 'nen verpassten Anruf im letzten Funkloch. Außerdem kann es nicht wichtig gewesen sein, sonst hätte Claudia noch mal angerufen.«

»Claudia?«, fragte Alexandra und gab sich keine Mühe, den auffälligen Unterton zu kaschieren.

Mit gespieltem Desinteresse an ihrer Frage riss Harris die Sixpackverpackung auseinander, öffnete eine Flasche an der Kühlschrankkante und stellte den Rest hinein. In aller Seelenruhe setzte er das Bier an die Lippen und trank.

»Die Kellnerin in Pauls Kneipe«, sagte er schließlich und lächelte. »Höre ich da etwa einen Anflug von …«

»Eifersucht? Auf diese pinkfarbene, gepiercte Punklady? Glaub nicht.«

Alexandra klopfte auf das Sofa neben sich. »Komm hierher, dann sieht man dich nicht so.«

Harris griff nach der Gardine und wedelte damit herum. »Wer sollte mich hier sehen?«

»Meine Vermieterin. Frau Anders befürchtet sonst, ins Gefängnis zu kommen!«

»Hm?«

»Ja, wegen Kuppelei!«

Mit einem Riesensprung hechtete er auf die Couch. »Hat sie denn einen Grund dafür?«

»Kommt drauf an«, flüsterte Alexandra.

Harris' Augen blitzten verführerisch. »Kommt worauf an?«, murmelte er, beugte sich zu ihr und küsste sie auf den Mund. Alexandra war nicht die Frau, die man küsste. Wenn, dann küsste sie, lange und innig.

Ein leises Poltern an der Tür ließ sie zusammenschrecken. Die Klinke bewegte sich zwar leicht, wurde aber nicht nach unten gedrückt. Alexandra lächelte vielsagend, schlich zum Fenster und schob die Gardine ein wenig zur Seite. Im Licht der Gartenlaterne sah sie einen überdimensionalen Regenschirm davonlaufen. Erst als die Person mehrmals stehen blieb und zurückschaute, erkannte sie Herrn Anders. Sicherlich hoffte er, dass sie öffnete und sich auf einen Plausch mit ihm einließ, aber so würde er Harris begegnen. Daher wartete sie geduldig, bis der alte Mann im Haupthaus verschwunden war. Erst dann öffnete sie die Tür und entdeckte den buntgeblümten Stoffbeutel, der von außen an der Klinke baumelte. Obenauf lag ein kleiner Zettel. »Falls Sie morgen früh Hunger haben und wir noch nicht auf sind, hier etwas zum Frühstück. Liebe Grüße Frau Anders.« Darunter lagen ein Stück Butter, ein Glas Nutella und drei knusprig braune Brötchen.

»Ich glaube, nach allem, was ich gehört habe, dass so der Osten funktioniert hat. Zimmer ohne Frühstück, aber dann gab's eben doch eins! Ganz privat selbstverständlich und an der Steuer vorbei!« Hocherfreut leerte sie den Beutel und bestrich eines der ofenfrischen Brötchen zentimeterdick mit Nougatcreme.

Sie widerstand der Versuchung, das Glas mit der heißgeliebten Schokoladencreme samt einem großen Löffel mit aufs Sofa zu nehmen, und setzte sich kauend auf die Bettkante.

»Wenn es irgendwann keine Schokolade mehr gibt, springe ich von der Brücke!« Sie hielt Harris das Brötchen vor den Mund, aber als er hineinbeißen wollte, zog sie es blitzschnell weg. »Und ich bin geizig. Aber nur bei Schokolade!«

Harris griff nach ihrem Handgelenk und betrachtete nachdenklich die Narbe, die sich längs der Pulsader zog.

»Ist es das, was ich denke?«

»Ich hab's versucht«, antwortete Alexandra fast beiläufig.

»Warum?«

»Kann ich nicht sagen.«

»Du willst es *mir* nicht sagen!«

»Ich weiß nicht. Vielleicht versucht ein Teil meines Gehirns mich vor der Erinnerung zu schützen. Ich kann nicht sagen, was ich gedacht habe, als …«

»Lass es, ist nicht wichtig!«, sagte Harris und küsste zärtlich ihr Handgelenk. Seine Augen suchten in ihren die Zustimmung, während seine Lippen über die Armbeuge zu ihrem Hals wanderten und schließlich vor ihrem geöffneten Mund innehielten. Was dann geschah, war nicht mehr aufzuhalten. Wie von Sinnen fielen sie übereinander her, ausgehungert und ekstatisch. Hin und wieder hielten sie inne, sahen einander an und gaben sich dann erneut hin. Als Harris sich erschöpft auf den Rücken fallen ließ, bettete Alexandra ihren Kopf auf seiner Brust und lauschte seinem Herzschlag. Sie schwiegen, eine halbe Ewigkeit.

»Hunger?«, flüsterte Alexandra schließlich und schlängelte sich aus seinen Armen. Mit einem Lächeln, wie er es noch nie an ihr gesehen hatte, stand sie auf, kramte ein weiteres Brötchen aus der Tüte und bestrich es wieder zentimeterdick. In jeder Hand eine Hälfte, hüpfte sie aufs Sofa zurück und biss abwechselnd hinein.

»Wie lange machst du das schon?«, fragte Harris nach einem Blick auf ihren nackten, schlanken Körper und das inzwischen nur noch halbvolle Nutellaglas.

»Seit frühester Kindheit!«

»Alle Achtung! Ich glaube, dafür hasst dich mindestens die Hälfte der weiblichen Bevölkerung!«

Blitzschnell griff er sich eine der Brötchenhälften, bevor sie sich diese in ihren schon übervollen Mund stopfen konnte. Dem bösen Blick, der ihn daraufhin traf, hielt er schmunzelnd stand. Langsam und genussvoll leckte sie sich jeden Finger einzeln ab, setzte sich kerzengerade hin und wurde mit einem Mal ernst.

»Was ist der Unterschied zwischen einem Mörder und mir? Was habe ich nicht, was er hat? Oder umgekehrt! Was hat er nicht, was ich habe? Barmherzigkeit, Empathie? Wie gelangt man an den Punkt, an dem man einen Menschen kaltblütig umbringen kann?«

Harris ließ sich mit dem Gesicht auf die Bettdecke fallen. »Du kannst aber auch Sprünge machen!«, nuschelte er in die Decke. »Mann, Mann, Mann, Schneider is'n Waisenknabe gegen dich!«

»Das interessiert mich eben«, antwortete Alexandra.

»Also gut«, sagte Harris und richtete sich wieder auf. »Simpel betrachtet bedeutet es doch nichts anderes, als dass solche Menschen böse sind. Und wie man weiß, werden sie nicht böse geboren. Also … was macht sie böse?« Diese Art von Frage-und-Antwort-Spiel war ganz nach seinem Geschmack. Das erste Mal in seinem Leben hatte er das Gefühl, von seinem Gegenüber ernst genommen zu werden. Das Gleichgewicht der Unterhaltung hob nicht nur sein Selbstbewusstsein, es gab ihm auch die Möglichkeit, anders als bei Schneider, die eigenen Überlegungen in Ruhe zu Ende führen zu können. Alexandra schien es ähnlich zu ergehen. Nachdenklich kaute sie an ihren Fingernägeln herum und ließ sich Zeit mit ihrer Antwort.

»Ein schlimmes Umfeld, die Nichtsozialisierung … na ja, man dreht sich im Kreis, wenn man darüber nachdenkt; und schon bin ich wieder bei dem, was ich als Entschuldigung nicht gelten lasse. Die furchtbare Kindheit.« Bereits während ihres letzten Satzes war sie aufgestanden und kam nun mit dem Nutellaglas und einem Löffel zurück.

»Als ich fünf war, fragte mich jemand, was ich einmal werden wolle. Ich sagte: Prinzessin. Ich kannte keine, die das nicht werden wollte, alle meine Freundinnen wollten Prinzessin werden. Mit zehn wollte ich dann Busfahrerin werden, mit zwölf Tierärztin, mit vierzehn Schauspielerin. Nichts davon bin ich geworden. Ich wurde Malerin, noch dazu keine sonderlich gute. Es gilt, im Leben Fehler zu machen, falsche Entscheidungen zu treffen, die Hauptsache ist nur, dass du sie erkennst. Egal wann. Was würdest du anders machen, wenn du die Chance bekämst, ein zweites Leben zu führen?«, fragte sie.

Er schien nur darauf gewartet zu haben, genau diese Frage gestellt zu bekommen, denn er dachte nicht einen Moment nach.

»Ich wäre jemand anderes«, sagte er trocken.

»Nein, ich meine, was würdest du ändern wollen?«

Erst jetzt machte er eine lange Pause, bevor er antwortete.

»Jeden Abend gehen die Leute mit dem Vorhaben ins Bett, sich zu ändern. Und am nächsten Morgen stehen sie auf … und tun es nicht. Sie machen weiter wie bisher. Weißt du, wie oft ich das selbst in den letzten zwanzig Jahren so gemacht habe?«

»Zwanzig Jahre?«

»Sagen wir zehn. Dafür aber jeden Tag. Und deswegen bin ich zu dem Schluss gekommen, dass, wenn ich die Wahl hätte, es besser wäre, jemand anderes zu sein.«

»Das ist traurig.«

Harris nickte eine Weile still vor sich hin.

»Ja. Falsche Entscheidungen multiplizieren sich irgendwie. Es ist mehr als eine Kettenreaktion, es ist wie … es ist logisch. Alles folgt einer logischen, unabänderlichen Reihenfolge.«

Harris setzte sich auf und stopfte das Kissen in seinem Rücken zurecht.

»Es ist ganz einfach. Hätte mein Vater damals nicht Maria kennengelernt, würden wir jetzt nicht hier sitzen. Ich wäre nämlich nicht Bulle geworden, wenn ich mir nicht damals in den Kopf gesetzt hätte, die Bösen zu jagen. Aber mein Vater ist unschuldig, denn wenn ich die Geschichte an einem anderen Tag beginne, dann …« Binnen Sekunden schien er die Vergangenheit Revue passieren zu lassen, eine hässliche Vergangenheit, denn sein Blick verdüsterte sich nicht nur, sondern wurde mit einem Mal starr, beinahe wahnsinnig.

»Meine Mutter war der Inbegriff einer beschissenen Ehefrau … von ihren Qualitäten als Mutter will ich gar nicht reden. Aber ich habe sie geliebt! Mein Vater hat sie geliebt! Na ja, anfangs sicherlich. Und dann eines Tages stand diese junge Frau vor unserer Tür. Maria! Versicherungsvertreterin aus dem Westen. Bildschön! Jede Woche stand so jemand da. Jede Woche eine andere Versicherung … alles sollte versichert werden, das Haus, das Auto, der Fernseher … die Ehe meiner Eltern war nicht versichert. Und so ging mein Vater ein paar Monate später mit Maria. Ohne Vorankündigung, einfach so. Er packte seine Sachen und ging. Sechs Wochen später kam der Scheidungstermin mit der Post. Meine Eltern sahen sich erst vor dem Scheidungsrichter wieder und dort auch das letzte Mal. Da war ich neun. Und du fragst mich, was ich ändern würde!« Harris stand auf, holte sich eine Flasche Bier aus dem Kühlschrank, öffnete sie an der Spültischkante und trank sie in einem Zug aus.

»Lass uns über was anderes reden«, murmelte er, warf sich aufs Sofa und zog Alexandra nah an sich heran.

»Das erst … das war wirklich schön«, sagte er nach einer Weile.

»Aha! Was soll das heißen?«

»Ich sagte, dass es schön war. Das heißt …«

»Dass du irgendwann bei mir einziehen willst!«

»Hey, ich sagte nur, dass es schön mit dir ist, ich hab nicht gefragt, ob du mich heiratest!«

Alexandra ließ ruckartig die Schultern fallen und atmete dabei tief aus.

»Ich weiß. Ich würde auch nicht mit 'ner Irren leben wollen!«

»Alexandra Fischer! Du bist nicht irre.«

»O doch. Ich sehe Gestalten, die es nicht gibt. Ich kann nicht allein sein. Ich habe Angst im Dunkeln, und ganz sicher habe ich auch Jack vergiftet. Ach Scheiße … entschuldige bitte!«

»Du musst dich nicht entschuldigen. Es ist das Haus, was dich verrückt macht. Vielleicht musst du einfach nur da wegziehen.«

»Wohin?«

»Das ist 'ne gute Frage. Ich könnte mich im Ort umhören. Hin und wieder wird was frei.«

»Eine Wohnung?«

Harris nickte.

»Kommt nicht in Frage. Dann hätte ich auch in Frankfurt bleiben können. Nein, die Stadt erstickt mich.«

»Ist zwar nur ein Dorf, aber ich verstehe. Dann bleibt dir nichts anderes übrig, als deine Haltung zu ändern!«

Alexandra reagierte nicht, sondern stieß den Löffel in das Nutellaglas, zog ihn wieder heraus und betrachtete ihn mit über der Nase zusammengezogenen Brauen.

»Ich glaube, diesen Gesichtsausdruck habe ich schon mal gesehen. Warte, lass mich raten, wütend oder beleidigt?«, scherzte Harris, worauf sich Alexandras Miene noch mehr verfinsterte.

»Ich soll meine Haltung ändern, ja? So was Ähnliches haben meine Eltern auch immer gefaselt. Es ging ihnen nie darum, wer ich wirklich war, sie hatten eine Wunschvorstellung von mir, der ich nicht entsprechen konnte.

In allem … sollte ich meine Haltung ändern! Zur Schule, zu ihnen, zu meinem kleinen Bruder! Sie wollten mich so formen, dass ich zu ihnen passe, zu der gehobenen Mittelschicht der deutschen Finanzmetropole. Natürlich immer mit dem Satz, dass es zu meinem Besten sei, dabei wussten sie überhaupt nicht, was ich für das Beste hielt. Wie auch? Sie kannten mich ja gar nicht. Dann passierte das mit meinem Bruder. Und das Beste aus der Sicht meiner Eltern war, mich in die Klapsmühle zu stecken.«

In ihren Augen war kein Zorn, es war Trauer.

»Ich bin keine hoffnungslose Romantikerin, aber als ich dich das erste Mal sah … auf den Bahngleisen, da fühlte ich etwas, was ich noch nie gefühlt habe. Es war richtig, ich meine, es fühlte sich richtig an. Und nun sagst du, ich solle meine Haltung ändern.«

31.

Vor ihren geschlossenen Augen entstand Harris' Bild, wie er bäuchlings mit ausgebreiteten Armen neben ihr eingeschlafen war. Lange hatte sie noch wach gelegen und sein Gesicht betrachtet. Hin und wieder hatten sich seine Pupillen unter den Lidern bewegt, so als träumte er, aber kurz darauf hatte er die Augen aufgeschlagen und sie angesehen. »Ich frage mich, ob er von Theresia träumt. Von ihr und den anderen Frauen«, hatte er geflüstert und dann ihr Gesicht stürmisch mit Küssen bedeckt.

Jetzt war es fünf Uhr morgens, der Regen prasselte laut auf das Bungalowdach und übertönte alle Geräusche. Erst als sein Handy durch die Vibration vom Tisch fiel, schreckte Harris auf und sah schlaftrunken auf seine Armbanduhr. Alexandra hielt die Augen weiter geschlossen und genoss das lang entbehrte Gefühl, nicht allein zu sein. Sie hörte, wie Harris nach dem Telefon tastete und sich kurz darauf mit gedämpfter Stimme meldete. »Zimmering.«

Schneider sprach sehr laut, so dass sie jedes seiner Worte klar und deutlich verstehen konnte. »Wir haben schon wieder eine! Das gleiche Muster, bis ins kleinste Detail. Kommen Sie her, Zimmering! Die Adresse kennen Sie sicherlich, es ist Claudia Bormann.«

Harris ließ das Handy fallen und sprang fluchend vom Sofa hoch. »Verdammte Scheiße! Verdammte Scheiße noch mal!« Sein Gesicht verlor plötzlich jegliche Farbe. »Um Gottes willen!«

»Was ist?«

»Letzte Nacht wurde Claudia Bormann umgebracht.«

Mit zitternden Händen hob Harris das Handy vom Boden auf, drückte eine Taste und hielt es sich ans Ohr. Sein Gesicht wurde noch bleicher.

»Sie hat mich angerufen«, stammelte er. »Sie hat mich verdammt noch mal angerufen, und ich bin nicht rangegangen!«

»Was hat sie gesagt?«, fragte Alexandra.

Harris schüttelte irritiert den Kopf.

»Es ist, es ist dieser ... Mehr war nicht drauf, danach hat es getutet.«

»Und was willst du jetzt machen?«

»Ich muss erst mal dahin.«

»Ich meine, mit dem Anruf.«

Harris suchte inzwischen, wild durch die Gegend laufend, das Zimmer ab. »Siehst du irgendwo meinen zweiten Strumpf?«

Alexandra hob die Bettdecke an und zog den Strumpf hervor. »Wenn Schneider von dem Anruf erfährt, feuert er dich doch endgültig. Der sagt doch glatt, du hättest sie retten können.«

»Gut möglich.«

»Dann sag's ihm nicht.«

Harris sah sie entgeistert an. »Dann feuert er mich ganz sicher. Die sind doch längst ihre Anrufliste durchgegangen, und da steht, dass sie mich gegen zehn angerufen hat.«

Er blieb vor Alexandra stehen, küsste sie auf den Mund und lächelte dann gequält. »Ich habe mir unseren ersten Morgen anders vorgestellt. Ich ruf dich später an.«

Fast musste sie lächeln, als sie ihn aus dem Zimmer rennen sah. Diesen Satz hatte sie schon oft gehört.

32.

Als Harris Claudia Bormanns Wohnzimmer betrat, stand Schneider vor dem Leichnam und wippte nervös mit der rechten Fußspitze. Quer über seiner Stirn leuchtete ein Pflaster, sein linkes Auge war angeschwollen, und das morgendliche Zwielicht bewirkte eine Färbung, die Harris bei einem blauen Auge so noch nicht gesehen hatte.

»Stecken Sie Ihre Hände in die Hosentaschen, dann kommen Sie nicht auf die blöde Idee, was anzufassen!«

Wie erwartet lag Claudia Bormann mit dem Gesicht nach unten auf dem Fußboden. Der helle Flockenteppich unter ihr war durchtränkt von Blut. Ansonsten stand alles an seinem Platz. Selbst die dünne Vase auf dem Tisch hatte den Kampf unbeschadet überstanden.

»Ich vertrage ja eine Menge, aber das hier vor dem Frühstück? Sehen Sie sich diese Sauerei an!«

Schneider warf dem Fotografen einen fragenden Blick zu. Erst als dieser nickte, zog er sich die Gummihandschuhe über, fasste dem Leichnam unter die Schulter und drehte ihn um. Das Ausmaß der Verletzungen war gewaltig.

»Er ist im Rausch. In der Fachsprache nennt man es Overkill … Übertöten. Das heißt, mehr Verletzungen als nötig, damit der Tod eintritt. Sie sollen hierhersehen, Zimmering!«

Harris hatte sich, als er Claudias verstümmeltes Gesicht sah, schockiert abgewandt. Schneider dagegen schien mit dem Anblick keine Probleme zu haben. Zum einen, weil er Claudia nicht persönlich gekannt hatte, zum anderen, weil er sicher daran gewöhnt war.

Der Mörder hatte unzählige Male das Messer kreuz und

quer über den nackten Körper gezogen. Da die Innenseiten der Unterarme vollkommen unverletzt waren, musste dies post mortem geschehen sein, alles andere wäre unvorstellbar. Wie bei allen Opfern zuvor war der Tod durch Erdrosseln eingetreten. Schneider hockte sich neben den Leichnam.

»Ich tippe auf einen Cutter, glattrandige Wundwinkel, die Haut ist bis hinunter zum Fettgewebe durchtrennt.« Er beugte sich über Claudias Gesicht und zog eines ihrer Augenlider nach unten. »Diese Punkte hier, sehen Sie die? Eine Folge des Erdrosselns. Könnten zwar auch durch die Bauchlage entstanden sein, aber wenn man sich den Hals ansieht, ist es eher unwahrscheinlich. Die Strangulationsmarken sind intensiv und klar abgegrenzt. Das passiert nur bei sehr dünnen, bandartigen Werkzeugen. Draht zum Beispiel, wie bei allen anderen. Wenn es Sie tröstet und man davon absieht, wie hässlich der Erstickungstod ist, war der Tod des Opfers relativ schmerzfrei.« Schneider stand auf, streifte die Handschuhe ab und steckte sie in seine Jacketttasche.

»Wenn wir hier nichts finden, bin ich endgültig erledigt«, sagte er und deutete den Beamten der Spurensicherung an, dass sie ihre Arbeit nun fortsetzen konnten. »Kommen Sie mit, Zimmering. Hier geht's weiter.« Schneider stellte sich neben die geöffnete Wohnungstür. »Die Tür war verschlossen. Kein Anzeichen von gewaltsamem Eindringen. Wie ist er reingekommen?«

Harris, der noch immer mit sich kämpfte, reagierte nicht.

»Ganz einfach. Das Opfer hat ihn reingelassen. Er tötete sie, schloss danach ab und nahm den Schlüssel mit. Er muss das Opfer ausgesucht haben, bevor es sich die Haare färbte. Oder der Mörder kannte sie, da nutzt auch Haare färben nichts. Hören Sie mir überhaupt zu, Zimmering?«

»Sie heißt Claudia«, sagte Harris.

»Ja und?«

»Dann sagen Sie nicht immer Opfer. Ihr Name ist Claudia Bormann.«

Schneider sah ihn einen Augenblick lang mit zusammengekniffenen Augen an. Normalerweise würde jetzt ein Statement über ermittlungstechnische oder polizeiliche Begriffe folgen, dieses Mal jedoch nicht. »Verstehe«, sagte Schneider ruhig und verließ die Wohnung.

Als Harris vor den Hauseingang trat, saß Schneider rauchend auf einem Blumenkübel und winkte ihn heran. »Was ist, wenn das hier nur beweisen soll, dass Robert Schumann unschuldig ist?«

Wieder so eine Frage aus dem Nichts, die sich aber unter den gegebenen Umständen geradezu aufzwang, denn Robert Schumann befand sich in Polizeigewahrsam. Plötzlich kam Leben in Harris.

»Ein Nachahmer, der will, dass wir Robert freilassen? Warum?«

»Die bessere Frage wäre: Wer?«

»Und wer sollte Interesse daran haben, dass ein Mörder freikommt?«

»Sein Bruder«, antwortete Schneider trocken. »Dirk Schumann versuchte von Anfang an, ihn zu schützen. Er gab Robert mehrere Alibis für die Tatzeiten und vor allem für die Mordnacht von Theresia. Womit er nicht rechnen konnte, war das Handyvideo. Also tötet er Claudia Bormann, damit es so aussieht, als hätten wir den Falschen eingesperrt. Sehr clever.« Schneider drückte seine Zigarette in der Blumenerde aus, stand auf und sah Harris direkt in die Augen. »Das Einzige, was dagegenspricht, ist, dass er dafür die Details kennen muss.«

Entschlossen hielt Harris dem Blick stand. »Wenn Robert wirklich der Mörder ist, dann kennt Dirk die Details.«

»Da haben Sie recht«, sagte Schneider.

»Und wer hat sie gefunden, wenn die Tür abgeschlossen war?«

»Ihr Freund. Er arbeitet irgendwo im Westen und kommt nur am Wochenende.«

Schneider zog die Stirn in Falten, fuhr sich mit den Fingern durch die Haare und zog scheinbar unabsichtlich eine Strähne nach unten. Das Pflaster darunter war trotzdem unübersehbar.

»Claudia Bormann ist das erste Opfer, das keine Verbindung zu Robert Schumann hat. Robert kannte sie natürlich, aber er hat sie nicht gevögelt. Und soweit ich den Recherchen der Eberswalder SOKO vertrauen kann, gibt es im näheren Umkreis keine rothaarigen Frauen mehr. Ihm gehen die Opfer aus! Na ja, eins haben wir noch. Alexandra Fischer. Nun wäre sie wirklich der perfekte Lockvogel.«

»Sperren wir Dirk Schumann ein, dann brauchen wir keinen Lockvogel«, versuchte Harris Schneiders Vorschlag zu untergraben.

»Wenn er es war! Solange wir keine Beweise haben, können wir gar nichts machen. Außerdem wäre Ihre Bekannte als Lockvogel besser geschützt, als sie es jetzt ist.«

Was Schneiders letzten Satz betraf, musste Harris ihm sogar recht geben, trotzdem widerstrebte ihm der Gedanke, Alexandra wie ein Kaninchen in den Schlangenkäfig zu setzen.

»Alexandra ist, wie soll ich's sagen, einfach nicht dafür geeignet.«

»Haben Sie sie gefragt?«

»Nein, aber ich glaube, dass ihr der Mut dazu fehlen würde. Sie ist verängstigt und verlässt sich momentan fast hundertprozentig auf mich. Und nun soll ich sie fragen, ob sie für uns den Lockvogel spielt?«

Schneider umkreiste ihn inzwischen wie ein hungriges Raubtier. Ihm gingen offensichtlich die Ideen aus, und auch wenn ihm das Handyvideo eine gewisse Fristverlängerung gebracht hatte, so stand er nach wie vor unter dem Druck des Polizeipräsidenten.

»Wenn wir davon ausgehen, dass die Opfer nicht unbedingt Roberts Geliebte sein müssen, bleibt die Rothaarigkeit übrig. Ich könnte jetzt natürlich irgendeiner Polizistin eine Perücke aufsetzen, aber ich glaube, dass er in diese Falle nicht tappen würde.«

»Wieso nicht?«

»Viel zu auffällig. Jeder Idiot würde darauf kommen, dass er nur angelockt werden soll, wenn eine neue Rothaarige aus dem Nichts auftaucht.«

Die Art, wie Schneider sich eine weitere Zigarette anzündete, wirkte unnatürlich, denn er hielt den Zeigefinger der rechten Hand steif vom Feuerzeug weg. Erst jetzt fiel Harris auf, dass der Finger doppelt so dick wie die anderen war.

»Darf ich Sie etwas fragen?«

»Kommt drauf an«, murmelte Schneider, während er an seiner Zigarette zog.

»Wo waren Sie letzte Nacht?«

Schneider sah erstaunt auf. »Das geht Sie einen Dreck an.«

»Finde ich nicht.«

»So! Finden Sie nicht. Dann darf ich doch sicherlich fragen, wieso Sie das was angeht.«

»Weil Sie aussehen, als wären Sie in einen Kampf verwickelt gewesen.«

In Schneiders Gesicht zeichnete sich Empörung ab. Er holte tief Luft, wurde aber überraschenderweise nicht laut.

»Ich hab mir schon eine Menge Scheiße von Ihnen angehört, aber jetzt überschreiten Sie eine Grenze! Wo waren Sie denn letzte Nacht?«

»Bei Alexandra Fischer.«

»Ach ja. Das ist merkwürdig. Ich war nämlich auch da. Aber da war niemand, weder Sie noch Ihre Bekannte.«

»Das ist richtig. Alexandra Fischer hat in einer Pension übernachtet.«

Schneiders gesundes Auge zuckte nervös.

»Und was wollten Sie nachts … in der Pension bei Frau Fischer?«

»Wir hatten Sex, wenn Sie's genau wissen wollen. Was wollten Sie denn … nachts bei Frau Fischer?«

Schneider machte ein Gesicht, als hätte man ihn beim Onanieren erwischt, denn er sank in sich zusammen und wirkte plötzlich weniger selbstgerecht, als Harris es von ihm gewohnt war.

»Also gut. Das hier, das hier und das«, er zeigte an seine Stirn, sein Auge und den Zeigefinger, »ist von Sünkeberg, einem Ermittler des Eberswalder Teams.«

»Sie haben sich mit einem Kollegen geprügelt?«

Schneider nickte mit düsterer Miene vor sich hin.

»Er vögelt meine Frau.«

Harris war unsicher, ob er richtig verstanden hatte, aber wenn er eins und eins zusammenzählte, musste es wohl so sein. Deswegen schlief Schneider seit Wochen in seinem Büro, warf Handys gegen die Wand und lehnte Geburtstagsfeiern bei den Schwiegereltern ab. Mit einem Mal tat er Harris leid. Um nicht respektlos zu erscheinen, wechselte er schnell das Thema.

»Ich bin noch nicht dazu gekommen, es Ihnen vorzuspielen, aber es ist wichtig, dass Sie es hören.« Harris holte sein Handy aus der Hosentasche, rief seine Mailbox an und hielt es Schneider hin. »Dieser Anruf kam gegen zehn.«

Schneider hob langsam den Kopf.

»Haben Sie gehört, was ich gesagt habe?« Harris wagte etwas, was bis vor wenigen Minuten noch unvorstellbar gewesen wäre. Er klopfte Schneider auf die Schulter und hielt ihm sein Handy direkt ans Ohr. »Hören Sie sich das an.«

Schneiders Mimik wechselte im Sekundentakt. »Wieso sind Sie nicht rangegangen?«, fragte er, nachdem er die Nachricht zu Ende gehört hatte.

»Funkloch. Ich habe es erst heute Morgen abgehört.«

»Na ja, wie's aussieht, wären Sie in jedem Fall zu spät gekommen. Was kann sie gemeint haben mit: Es ist dieser …? Sie lässt jemanden in ihre Wohnung, und dann fällt ihr der Name nicht ein?«

Schneider wurde durch einen Wagen, dessen quietschende Reifen schwarze Spuren auf dem Gehweg hinterließen, abgelenkt. Das Auto hielt wenige Meter von ihnen entfernt. Bis dahin hatte Schneider es mit den Augen verfolgt, als sich jedoch die Türen öffneten und zwei hochgewachsene Männer ausstiegen, machte er auf dem Absatz kehrt. »Ich hab zu tun«, raunte er Harris zu. »Tun Sie mir den Gefallen und reden Sie mit dem Arschloch. Der mit der Sonnenbrille … ist Sünkeberg.«

Harris nickte und lief dann langsam auf die Beamten zu. Schon aus der Entfernung war klar erkennbar, warum Frau Schneiders Wahl auf Sünkeberg gefallen war. Schlank und athletisch, maß er gut zwei Köpfe mehr als Schneider, sein Gang passte auf jeden Laufsteg, und die Klamotten kaufte er sicher nicht in einem billigen Kaufhaus. Es würde schwer werden, Schneider im Vergleich mit diesem Sonnyboy wieder aufzubauen.

»Ich muss Schneider sprechen. Wo finde ich ihn?«, fragte Kommissar Sünkeberg, kaum dass sie voreinanderstanden.

»Auf dem Klo. Dauert 'ne Weile. Irgendwas von letzter Nacht muss ihm wohl auf den Magen geschlagen sein. Wenn's dringend ist, soll'n Sie's mir sagen.«

Sünkeberg musterte ihn von oben bis unten.

»Der Dorfsheriff, nicht wahr? Schon viel von Ihnen gehört!«

»Und Sie sind Sünkeberg. Ebenfalls viel von Ihnen gehört.«

Sünkeberg verzog den Mund und spuckte seitlich von Harris auf die Erde.

»Seien Sie so freundlich und holen Sie Schneider her!«

»Bedaure. Ich gehöre zum Fußvolk, wie Sie selbst sagten.

Die oberen Etagen, inklusive der Toiletten, sind mir leider verschlossen.«

»Ein kleiner Scherzbold, wie süß! Na ja, muss es auch geben. Okay. Dann sagen Sie Schneider, dass wir was gefunden haben. Wenn er mehr wissen will, muss er schon selbst kommen.«

Voller Schadenfreude stellte Harris fest, dass auch Sünkeberg die Auseinandersetzung mit Schneider nicht unbeschadet überstanden hatte, denn er setzte unvorsichtigerweise einen Moment zu früh seine Sonnenbrille ab. Für Harris' Geschmack stand ihm das blaue Auge ausgesprochen gut. »Gute Besserung!«, schickte Harris ihm nach und erntete für diese Unverfrorenheit Sünkebergs Mittelfinger.

Da abzusehen war, dass Schneider nicht wieder auftauchen würde, lief Harris ins Haus zurück. Schneider stand mit einem Mann um die sechzig, dessen ausgebeulte Trainingshosen partout nicht zu seinem akkurat gebügelten Hemd passten, auf dem Treppenabsatz vor Claudias Wohnung.

»Wann, sagten Sie, hat es geklingelt?«, fragte Schneider, las das Namensschild des Nachbarn und kritzelte »Dohle« auf seinen Notizblock.

»21.47 Uhr.«

»Siebenundvierzig?«

Der Mann nickte übertrieben, während er mit beiden Händen versuchte, sein Hemd am Rücken in die abgenutzte Hose zu stecken.

»Ich hab auf die Uhr gesehen. Das mache ich immer. Manchmal klingelt's nämlich auch nachts um drei! Und dann, so kurz nach zehn, höre ich, wie die Tür geht. Hier!« Er zeigte auf seinen Türspion. »Hat schon gute Dienste geleistet. Na ja, ich guck also durch, und da sehe ich, wie eine Frau mit langen, schwarzen Haaren die Tür abschließt. Frau Bormann war da wahrscheinlich schon die Treppe runter. Dachte ich. Aber jetzt kommt's!« Wieder stopfte er an seinem Hosenbund herum. Sei es, dass ihn sein herausgerutschtes Hemd tatsächlich störte oder er einfach nur die Aufmerksamkeit genoss, jedenfalls ließ er sich mit seiner Enthüllung verdammt viel Zeit.

»Ich also zum Fenster und … tja, da lief nur die Frau mit den langen, schwarzen Haaren. Ganz allein, rechts die Straße runter.«

»Können Sie sie beschreiben?«

»Regenmantel, Hosen, Stiefel.«

»Ja, im Moment sehen hier alle so aus. Schließlich goss es in Strömen. Geht's ein bisschen genauer? Ungefähre Größe vielleicht?«

Was seine Hose betraf, hatte Herr Dohle die Lösung gefunden. Er zerrte sein Hemd heraus und ließ es einfach hängen. Nun glättete er es zwar unentwegt mit den Händen, aber das war für seine Gesprächspartner weniger nervtötend als das Gezappel davor.

»Kannst du dich mal neben den Herrn Kommissar stellen?«, forderte er Harris auf, der auf halber Treppe stand.

»Na ja, genau dazwischen, sag ich mal«, murmelte Herr Dohle, während er Schneider und Harris abwechselnd musterte.

»Also so 1,75 bis 1,80. Ist Ihnen sonst noch was aufgefallen?«

»Sie war dicker als Sie beide.«

»Okay.«, sagte Schneider. »Herr Dohle, Sie haben uns sehr geholfen. Wenn Ihnen noch was einfällt, rufen Sie einfach auf dem Revier an.«

Schneider schüttelte dem Mann die Hand und deutete dann mit einer Kopfbewegung die Treppe hinunter. »Kommen Sie, Zimmering, wir haben noch jede Menge zu tun.«

Schneider warf doch tatsächlich, bevor er aus dem Hauseingang trat, einen unsicheren Blick nach rechts und links.

»Die sind sofort wieder abgefahren. Kommissar Sünkeberg

meinte nur, dass sie etwas gefunden haben, aber wenn Sie Genaueres wissen wollen, sollen Sie selbst vorbeikommen. Unter uns, Sünkeberg ist 'n richtiges Arschloch!«

Schneider hätte unter normalen Umständen derartige verbale Ausfälle nicht ohne eine Zurechtweisung stehen lassen, jetzt aber grinste er konspirativ. Zu mehr sollte es jedoch nicht kommen, denn kaum hatten beide das Haus verlassen, fuhr Sünkebergs Wagen erneut vor.

Harris sah deutlich, wie Schneider sich geraderichtete und ein herablassendes Lächeln aufsetzte. Kommissar Sünkeberg entstieg eilig und in Begleitung des anderen Beamten dem Wagen. Harris kam er plötzlich weniger groß vor, auch die Sonnenbrille schien er in der Hektik vergessen zu haben.

»Wir dachten, Sie sollten es sofort erfahren, Herr Kriminalhauptkommissar. Das wurde soeben in Schumanns Autowerkstatt gefunden.« Er streckte Schneider eine durchsichtige Tüte entgegen, in der sich eine schwarze, langhaarige Perücke befand. »Der Haftbefehl für Dirk Schumann wird gerade abgesegnet.«

Insgeheim grinste Harris über die veränderte Haltung Sünkebergs, aber da er Schneider, was den Dienstrang betraf, unterlegen war, war dieses Auftreten in der Öffentlichkeit vonnöten. Der Beamte neben Sünkeberg sah einen Augenblick irritiert zwischen seinen Vorgesetzten hin und her, deren blau geschlagene Augen für den Nichteingeweihten sicher merkwürdig anmuteten. Erst Schneiders Blick ließ ihn davon Abstand nehmen und verlegen lächelnd zum Auto zurücklaufen. Schneider ging jetzt ein wenig mehr auf Abstand, so dass der Größenunterschied zwischen ihm und Sünkeberg weniger auffällig wurde.

»Ich würd' vorschlagen, dass Sie meine Kinder auch gleich bei sich einziehen lassen. Die Große ist siebzehn, verdammt schwieriges Alter. Ach, und der Kleine hat Asthma, da werden Sie wohl einige Nächte in der Notaufnahme verbringen müssen.« Er nahm Sünkeberg die Tüte ab und drehte ihm dann den Rücken zu. »Nur vögeln … kann jeder!«

Im Vorbeigehen zwinkerte er Harris zu und lief dann schnurstracks zu seinem Auto. Harris konnte sich den Mittelfinger kaum verkneifen, aber damit hätte er sich mit Sünkeberg auf eine Stufe begeben, und das wollte er auf keinen Fall. Also nickte er Sünkeberg freundlich zu, der noch immer an der gleichen Stelle stand, und folgte Schneider. Harris nahm auf dem Beifahrersitz Platz, ließ die Scheibe herunter und zündete sich eine Zigarette an. Nach einem Seitenblick auf Schneider, der nachdenklich aus dem Fenster starrte, zündete er eine zweite Zigarette an und reichte sie seinem Vorgesetzten. Schneider nahm sie ohne Reaktion und klemmte sie sich in den Mundwinkel.

»Ich sag Ihnen was, Zimmering. Wenn unser Täter der ist, für den ich ihn halte, dann gibt er uns nur das, was wir finden sollen. Diese Perücke sollten wir finden. Es ist nicht Dirk Schumann. Er mag blöd sein, aber so blöd nun auch wieder nicht. Keiner der Brüder ist es, hier lenkt uns jemand allzu deutlich zu den Spuren.«

Alles hätte Harris erwartet: eine Auswertung unter Männern, was den Erzfeind Sünkeberg betraf, Freudensprünge, dass sie nun endlich eine heiße Spur hatten. Nur das nicht, was Schneider da von sich gab. Dementsprechend war Harris' Reaktion totale Verblüffung. Schneider starrte weiter geradeaus, während er redete.

»Wir sind ihm auf den Leim gegangen, von Anfang an. Das Shirt im Müll, die Scheißlinkshändigkeit, die sich ja nicht aufs Schreiben, sondern nur auf Messerschnitte stützt, jetzt diese Perücke. Selbst die Aussage des Videos ist vage.«

33.

Der Wetterbericht verhieß nichts Gutes, vielmehr prophezeite er weiterhin anhaltende Regenfälle, die von einem ausgedehnten Tiefdruckgebiet über ganz Osteuropa genährt wurden. Die unmittelbare Nähe zur Oder veranlasste die Dorfbewohner zu abenteuerlichen Spekulationen darüber, wann die Flut ihren Höchststand erreichen und welcher Damm am ehesten brechen würde. Offiziell warnte man zwar vor Panikmache, aber die Sandsäcke, die sich inzwischen an jedem erdenklichen Zaun des Dorfes stapelten, und neuerstellte Evakuierungspläne lehrten Alexandra das Gegenteil. Auch kamen die Dorfbewohner inzwischen fast täglich an den Grenzfluss, bangend, dass die Dämme dem anschwellenden Strom nicht standhalten würden. Zahlreiche Biber, die sich zur Freude der Naturschützer in der Gegend angesiedelt hatten, durchlöcherten die Deiche und sorgten damit für deren Instabilität. Sollten die Dämme brechen, würde das Wasser dem Lauf der alten Oder folgen und weite Gebiete des tiefer gelegenen Umlandes überfluten. Alexandra, die bis zu diesem Zeitpunkt Derartiges nur aus dem Fernsehen kannte, vermutete plötzlich, dass ihr Haus einer der Kollateralschäden aus dem Jahr 1997 war, als man die Polderflächen des unteren Odertals flutete. Sicher würde sie bei genauerem Betrachten der Kellerräume die Wasserstände der letzten Überflutungen erkennen können, und wahrscheinlich war das auch der Grund, warum es so billig zu mieten war. Ihre Erfahrungen bezüglich vorkehrender Schutzmaßnahmen waren gleich null, und so war sie darauf angewiesen, dass man sie rechtzeitig darüber informierte, wann es für sie gefährlich werden würde. Die Aussicht, auf dem Dach eines vom Wasser eingeschlossenen Hauses zu sitzen, war schlichtweg katastrophal. Aber noch war es nicht so weit.

Familie Anders wollte unter keinen Umständen Alexandras Bezahlung für die Nacht annehmen. Mit auf dem Rücken verschränkten Armen stand das betagte Ehepaar vor ihr und schüttelte synchron den Kopf. »Lassen Sie's gut sein, junge Frau. Wir haben das gern gemacht.«

»Es schläft sich ausgesprochen gut auf der Couch, und das Frühstück, na ja, hat den Morgen gar nicht erlebt. Nutella ist nämlich mit Abstand das Beste, was Sie mir zukommen lassen konnten. Ich hoffe, es war richtig, das Bett abzuziehen«, sagte Alexandra, der ein simples Danke einfach zu wenig erschien. In diesem Moment hielt ein Auto mit Berliner Kennzeichen direkt neben ihnen, was Frau Anders in leise Jubeltöne ausbrechen ließ. Alexandra war augenblicklich zur Nebensache geworden, denn Frau Anders rannte in kleinen Trippelschritten auf die hintere Autotür zu und rüttelte am Griff. »Hach, diese neuen Autos! Nun mach schon auf, Kindchen!«

Kaum dass der Teenager mit der Punkerfrisur vom Rücksitz gesprungen war, wurde sein Gesicht über und über mit Küssen bedeckt. Die alte Frau schien das genervte Gesicht des Jungen nicht zu bemerken, der sich vergeblich gegen die Liebesbekundungen zu wehren versuchte. »Oma!«, murrte der Teenie schließlich und hielt schützend seine Hände über die hochgestylten Haare. Herr Anders klopfte Alexandra auf die Schulter und lächelte entschuldigend. »Abgemeldet. Ab jetzt zählt nur noch das Enkelkind.«

»Schon in Ordnung. Ich muss auch los. Wie gesagt, vielen Dank.«

Herr Anders betrachtete, während er ihr die Hand schüttelte, mit skeptischer Miene die schwarzen Wolken, die sich am Horizont zu einem riesigen Haufen zusammenzogen. »Sie werden wohl nicht trockenen Fußes bis zur Bushaltestelle kommen.«

Da sie bisher nichts über den Grund ihrer Übernachtung gesagt hatte, vermied sie auch jetzt zu erwähnen, dass ihr Ziel nicht eine Bushaltestelle, sondern vielmehr der alte Bahnhof im Wald sein würde.

»Geb's Gott, dass es nicht so schlimm wie 97 wird«, sagte Herr Anders schon im Umdrehen und lief dann ebenfalls zum Auto, um seinen Sohn zu begrüßen. Für Alexandra war es genug der Verabschiedung, sie wollte jetzt nur eins: eine Tasse heißen Kaffee an Pauls Tresen.

34.

Der strömende Regen ließ das Licht in der Baracke schwächer werden und die Konturen im Raum mehr und mehr verschwimmen. Schneider hatte seine Füße auf dem Fensterbrett abgelegt und starrte vor sich hin. Seine Finger trommelten dabei nervös auf den Telefonhörer, die einzige Bewegung, zu der er seit Stunden fähig war. Robert und Dirk Schumann befanden sich in Untersuchungshaft, der Polizeipräsident hatte die Fahndung für beendet erklärt und plante mittlerweile eine Pressekonferenz, in der er den Erfolg zu verkünden gedachte.

»Ach, scheiß drauf«, sagte Schneider plötzlich, ließ die Füße vom Fensterbrett fallen und drehte sich zu Harris um. Dieser lag ausgestreckt auf Schneiders Klappliege und betrachtete die Pinnwand schräg über ihm.

»Worauf?«, murmelte Harris.

»Auf den Job, auf den Polizeipräsidenten, auf meine Frau. Kommen Sie, Zimmering, ich lad Sie zu 'ner kühlen Blonden ein!«

Schneider zerrte aus einer winzigen Plastikhülle, die kaum größer als eine Zigarettenschachtel war, einen knallgrünen Folienregenmantel heraus und zog ihn umständlich über sein Jackett. Als er es schließlich geschafft hatte, sah er an sich herunter und zog den Regenmantel wieder aus. »So was Dämliches können auch nur die Chinesen erfinden.«

Obwohl er seit Stunden nur an sie gedacht hatte, war Harris nicht sonderlich erbaut, als er Alexandra an Pauls Tresen sitzen sah. Einerseits, weil er befürchten musste, dass sie sofort auf Schneider losging, andererseits, weil Schneider sie nun sicher direkt danach fragen würde, ob sie bereit wäre, für ihn den Lockvogel zu spielen. Harris war sich sicher, dass Schneider trotz allem keine Ruhe geben und, wenn nötig, auf eigene Faust weiterermitteln würde. Er haderte mit dem Gedanken, ein wichtiges Telefonat vorzutäuschen und die beiden sich selbst zu überlassen. Wie er Alexandra kannte, würde sie Schneider gegenüber zumindest verbal nicht den Kürzeren ziehen, aber was brachte es, wenn sie aneinandergerieten? Seit Harris Sünkeberg begegnet war, hatte Schneider in seinen Augen jede Widerlichkeit verloren, und da dieser ihn gerade zum Bier einlud, konnte er davon ausgehen, dass auch Schneider seine Haltung geändert hatte.

Außerdem hatte Schneider in einem vollkommen recht. Als Lockvogel stand Alexandra unter ständiger Beobachtung und war nirgendwo sicherer als im eigenen Haus.

Alexandras Reaktion war wie geahnt zweischneidig. Ihr Blick zu Harris war liebevoll und erfreut, der zu Schneider von einer Kälte, wie sie nur Frauen ausstrahlen konnten. Schneider, durchaus beeindruckt, aber zu selbstbewusst und vor allem zäh, wenn er eine Chance witterte, ließ sich auf dem Barhocker neben Alexandra nieder und streckte ihr die Hand entgegen. »Frieden?«

Sie wirkte überrascht und zögerte für Harris' Empfinden einen Tick zu lang, letztendlich aber schlug sie ein. »Ich kann solche Typen wie Sie nicht ausstehen, aber es kommt immer wieder vor, dass ich mich irre«, sagte sie kühl.

»Ganz meinerseits, Großstadtzicke ist auch nicht mein Geschmack, beim Rest bin ich Ihrer Meinung.«

»Pari«, dachte Harris, setzte sich aber vorsichtshalber zwischen sie, denn aufgrund Schneiders Wechselhaftigkeit und Alexandras Schnelligkeit konnten beide binnen weniger Minuten in ihr altes Muster zurückfallen. Er würde auf der Hut sein und, wenn nötig, vermitteln.

»Ich sag's ohne Umschweife, wir brauchen Ihre Hilfe«, begann Schneider und nickte dankend zu Paul, der soeben zwei frisch gezapfte Biere über den Tresen schob. »Ich weiß ja nicht, was Harris inzwischen ausgeplaudert hat, aber ich gehe davon aus, dass Sie zumindest grob über den Fall Bescheid wissen.«

Harris hielt Alexandra für klug genug, dass sie darauf nicht wahrheitsgemäß antworten würde, und zu seiner Erleichterung tat sie es auch nicht. Stattdessen fasste sie sich in ihre Haare und wedelte mit einer Strähne. »Soweit ich weiß, stehe ich auf der Abschussliste.«

»Genau das ist das Thema, worüber ich mit Ihnen reden will.«

»Wie beruhigend«, flüsterte Alexandra sarkastisch.

»Ich brauche Sie als Lockvogel. Wären Sie dazu bereit?«

Harris hielt die Art, wie Schneider vorging, für äußerst undiplomatisch, ja geradezu brachial, aber wenn er damit Erfolg hatte, war sie legitim.

»Und wie stellen Sie sich das vor?«

Schneider griff nach seinem Glas und hob es an die Lippen.

»Ganz ehrlich? Darüber hab ich noch nicht nachgedacht.«

»Dann sag ich's Ihnen«, hörte Harris zu seiner Überraschung Alexandra sagen. »Ich setze mich heute Abend wieder hierher, ohne Harris natürlich, und fahre danach mit dem Rad nach Hause.«

Schneider stellte verdutzt das Bier ab. »Das würden Sie tun?«

»Wenn hinter jedem Busch einer von Ihnen sitzt, warum nicht?«

»Hinter jedem dritten Busch!«

»Ich feilsche nicht«, sagte Alexandra.

»Und ich habe keine zweihundert Mann.«

Für Harris war es an der Zeit einzugreifen. »Ich verspreche

dir, dass nichts passieren wird«, sagte er zu Alexandra und wandte sich danach an Schneider. »Wenn doch, dann sind Sie allein dafür verantwortlich«, raunte er so leise, dass Alexandra es unmöglich hören konnte.

Schneider setzte ein Pokerface auf und hielt Alexandra die Hand hin. »Wenn das aufgeht, haben Sie was gut bei mir!«

35.

Die Sieben-Meter-Marke war überschritten, die Deiche der Oder standen unter maximaler Belastung, und das allgemeine Chaos in der Bevölkerung, aufgeheizt durch tägliche Liveticker und Vorortübertragungen verschiedener Fernsehanstalten, nahm von Stunde zu Stunde zu.

Die ausgiebigen Niederschläge der vergangenen Wochen hatten im gesamten odernahen Gebiet zu Hochwasser geführt, das nunmehr den Richtwert der Alarmstufe drei erreicht hatte. Fortan sollten alle Einsatzkräfte der Feuerwehr zum Bewachen der Deiche rund um die Uhr verfügbar sein, beschädigte Dämme mussten repariert und mit Sandsäcken verstärkt werden. Die Einwohner von Lunow saßen bereits, bis auf wenige Ausnahmen, auf gepackten Koffern, und auch die Tageszeitungen berichteten über nichts anderes mehr als die aktuelle Lage, mit der dringenden Aufforderung, den Anweisungen der Einsatzkräfte unbedingt Folge zu leisten. Immer wieder hatten sich in den letzten Jahren Zivilisten in evakuierten Gebieten geweigert, ihr Haus zu verlassen, und mussten dann in großangelegten Rettungsaktionen geborgen werden.

Der Fall des Serienmordes ging im allgemeinen Drunter und Drüber unter und geriet bei der Bevölkerung mehr und mehr in den Hintergrund. Schneider, der vor allem dem Druck der Öffentlichkeit nervlich immer weniger standgehalten hatte, hätte eigentlich aufatmen können, tat es aber nicht. Die Vernehmungen von Robert und Dirk Schumann hatten keine neuen Erkenntnisse gebracht und gemäß Schneiders Erwartung auch kein Geständnis. Seine ganze Hoffnung stützte sich nun auf Alexandra. Infamerweise hatte er ihr verschwiegen, dass es gerade für ihn, der mit seiner Meinung, der Mörder liefe noch immer frei herum, allein stand, unmöglich war, eine Hundertschaft an Polizisten für die Überwachung des Waldes zu beschaffen. Sein Vorschlag war bei den Kollegen des Eberswalder Teams auf taube Ohren gestoßen und zog eine harte Diskussion mit Harris nach sich. Das machte zwar sein Vorhaben nicht unmöglich, aber das Risiko extrem hoch. Harris hatte ihm außerdem das Versprechen abgenommen, beim geringsten Anzeichen einer Gefährdung von Alexandra die Aktion sofort abzubrechen. Unter normalen Umständen würde Schneider sich niemals von einem Untergebenen Vorschriften oder gar Drohungen anhören, in diesem Fall aber blieb ihm nichts anderes übrig. Er nahm, was er kriegen konnte, und das war verdammt wenig. Achtzehn Beamte hatten sich bereit erklärt, die Nacht zu opfern, und das auch nur, weil Harris sie darum gebeten hatte.

Die Uhr über Pauls Tresen zeigte halb elf, als Alexandra ihre Rechnung bezahlte und sich mit banger Miene von Paul verabschiedete.

»Momentan ist alles ruhig«, sagte Paul. »Kein Gesicht, das ich nicht kenne.« Man hatte Paul eingeweiht, damit er am Abend in der Gastwirtschaft die Augen offen hielt.

»Dein Wort in Gottes Gehörgang«, scherzte Alexandra, obwohl ihr wahrhaft nicht zum Scherzen zumute war. Sie lächelte tapfer und lief dann zögerlich zum Ausgang. Obwohl es Samstag war, lag das Dorf zu dieser Uhrzeit schon in totenähnlichem Schlaf. Die Jugend saß in Pauls Kneipe, der Rest der Einwohner vor dem Fernseher oder hatte sich zur Deichbewachung außerhalb des Ortes versammelt. So weit sie blicken konnte, war keine Menschenseele zu sehen. Am Horizont zuckten die Blitze eines herannahenden Gewitters.

So sehr Alexandra sich auch fürchtete, so sehr hoffte sie, dass Schneiders Plan noch in dieser Nacht aufging. Ansonsten würde er keine Ruhe geben und sie ganz sicher eine weitere Nacht auf den Weg schicken. Der Wind trug ein Hundebellen von irgendwoher, ein zweiter in der Nähe stimmte ein und brach kurz darauf in langgezogenes Heulen aus. »Ja toll«, flüsterte Alexandra, »fehlt noch das Käuzchen, und ich scheiß mir in die Hosen!« Das Einzige, was sie jetzt beruhigte, war das Gefühl, nur scheinbar allein zu sein, denn in Wirklichkeit waren, wenn sie Schneider vertrauen konnte, an die fünfzig Augenpaare auf sie gerichtet. Was sie nicht ahnen konnte, war, dass die wenigen Beamten sogar Mühe hatten, die Strecke durch den Wald flächendeckend zu überwachen, hier im Ort war sie also fast auf sich allein gestellt.

Alexandra zweifelte plötzlich daran, dass man einem so bedacht vorgehenden Mörder glaubhaft machen könnte, sie sei bei strömendem Regen wegen eines einsamen Essens mit dem Fahrrad unterwegs, aber Schneider war der Meinung, es wäre einen Versuch wert. Allzu schnell war Alexandra während des Gesprächs mit Schneider klargeworden, wie sehr dieser unter dem selbst auferlegten Erfolgsdruck litt, und so unsympathisch er ihr auch war, in dieser Situation tat er ihr beinahe leid. Ihrer Meinung nach war es das Manko jedes zu klein gewachsenen Mannes, dass er sich konstant zu behaupten versuchte, Angriffe jedweder Art persönlich nahm oder gar auf seine Größe bezog. Das, was sie jetzt tat, tat sie für Harris, und das Risiko lag auf allen Seiten.

Alexandra hatte inzwischen die Waldgrenze erreicht. Der schwache Schein ihrer Fahrradlampe erhellte notdürftig die nächsten zwei Meter, dahinter herrschte tiefschwarze Nacht. Hören konnte sie nichts. Der Regen prasselte laut auf die Baumkronen, und jede Bewegung ihres Kopfes unter der Kapuze verursachte ein raschelndes Geräusch. Sie war praktisch taub und in der Dunkelheit fast blind. Hätte ihr je einer vorausgesagt, dass sie sich eines Tages freiwillig in solch eine Situation begeben würde, sie hätte ihn für verrückt erklärt.

Auf ihre Frage hin, woran sie denn einen potentiellen Angreifer erkennen könne, hatte Schneider erst geschwiegen, sie dann aber damit beruhigt, diese Angelegenheit einfach ihm zu überlassen. Sie würde keinen Meter unbeobachtet bleiben, und die Beamten würden eher zu früh als zu spät eingreifen, sollte sich ihr jemand nähern.

Unter anderen Umständen hätte sie das kurze Aufleuchten aus dem Unterholz zu ihrer rechten Seite in höchste Erregung versetzt, aber da es sich sicher nur um die Reflexion eines Blitzes auf etwas Metallischem an der Uniform eines Beamten handelte, fuhr sie weiter. Ein reichlicher Kilometer trennte sie noch von ihrem Haus, tausend Meter Furcht, die das Gewitter, welches sich jetzt unmittelbar über ihr austobte, noch verstärkte. Das Donnergrollen nahm mehr und mehr an Stärke zu, ohrenbetäubendes Krachen und Blitze im Sekundentakt. Alexandra wollte jetzt nur noch eins, den Weg so schnell wie möglich hinter sich bringen. Was ging es sie an, ob Beamte im strömenden Regen im Gebüsch hockten, ob die Aktion gelang oder nicht, schließlich bekamen sie es bezahlt. Alexandra hingegen war die Einzige, die für ihre Ängste lediglich ein Schulterklopfen ernten würde. Wenn dem so war, wie Schneider vermutete, und das Ganze zum Erfolg führen sollte, würde er allein dafür die Lorbeeren einstreichen. Eine Abfolge von Blitzen erhellte sekundenlang den Weg, lang genug, dass Alexandra die Gestalt in etwa fünfzig Metern Entfernung deutlich erkennen konnte. Es war so weit! Er war da! Plötzlich wusste sie nicht, wie sie reagieren sollte, aber das Logischste war anzuhalten. Verunsichert sah Alexandra sich um. Natürlich war keiner der Polizisten zu sehen, aber sie mussten da sein, laut Schneiders Wort hinter jedem dritten Busch. Alexandra spürte, wie die Angst von ihr Besitz ergriff. Wie nah sollte sie ihn herankommen lassen? Hatten sie überhaupt darüber gesprochen? Ihr Kopf war leer, und je näher sie ihn kommen hörte, desto mehr manifestierte sich die Lähmung in ihren Beinen. Sie konnte jetzt deutlich hören, wie die Stiefelschäfte gegen seine Waden schlugen. Jeder, der einmal zu große Gummistiefel getragen hatte, kannte dieses Geräusch. Der nächste Blitz ließ sie unterdrückt aufschreien. Die Gestalt war nun keine fünf Meter mehr entfernt. Nah, viel zu nah! Wann würde die Polizei endlich eingreifen? Wenn er sein Messer gezogen hatte? Wo war Harris? Vielleicht war sie doch allein! Hatte sie sich etwa im Tag geirrt, und die Aktion war eigentlich für den nächsten Abend geplant? Was in aller Welt sollte sie jetzt tun? »Lauf weg«, hämmerte es in ihrem Kopf, aber sie konnte nicht! Die Angst lähmte sie, hielt sie an der Stelle!

In diesem Moment hörte sie das erlösende Wort. Es war sehr leise, aber sie hörte es. »Zugriff!« Alexandra schrie laut auf, dann verlor sich alles um sie herum in tiefdunkle Nacht.

Ein Schmerz auf ihrer Wange ließ sie die Augen öffnen. Das Erste, was sie in der Dunkelheit erkennen konnte, war Harris' Gesicht. Er hockte auf der Erde, hatte ihren Kopf in seinem Schoss gebettet und redete leise auf sie ein.

»Es ist vorbei, keine Angst, alles ist gut.«

»Habt ihr ihn?«

Harris schüttelte den Kopf. »Nein.«

»Wieso nicht? Er war doch genau vor mir! Ihr hättet doch nur …«

»Er ist es nicht. Der Mann kam von einem Hochsitz, nicht weit von hier. Ein Jäger, den das Gewitter vertrieben hat.«

»Nein!«

»Keine Sorge, die Sache wird nicht wiederholt. Er weiß jetzt, dass wir ihm auflauern. Vorausgesetzt, er war auch hier.«

36.

Eine Viertelstunde saßen sie sich schon gegenüber, der Kaffee dampfte in den Tassen, geredet hatten sie noch nicht. Zu gern würde Alexandra sich jetzt Luft verschaffen, indem sie tobte, weinte oder schrie, stattdessen saß sie stumm am Tisch und kämpfte mit der Beherrschung. Die Anspannung der letzten Stunde wollte einfach nicht von ihr weichen.

»Für einen Moment dachte ich wirklich, dass ich allein bin. Es war grauenvoll, Harris!«

»Ich war da, auch wenn du mich nicht gesehen hast. Ich war die ganze Zeit bei dir. Manchmal dachte ich, du könntest meinen Atem hören.«

Das Klopfen an der Haustür war zu erwarten gewesen. Nachdem die Aktion im Wald abgebrochen worden war, hatte Harris einen Dienstwagen geordert und Alexandra nach Hause gefahren. Nun trafen nach und nach die Beamten ein, um sich auf Schneiders Anweisung hin vor dem Haus zu versammeln. Nach einer kurzen Lagebesprechung sollte der Dienst dann beendet sein.

»Das ist Schneider«, sagte Harris und stand vom Küchentisch auf. »Ich versuch ihn an der Tür abzuwimmeln.«

Alexandra nickte dankbar. Sie hörte Harris die Tür öffnen, aber bevor er etwas sagen konnte, redete Schneider schon auf ihn ein. »Wir müssen los, Zimmering. Kommen Sie, wird noch 'ne lange Nacht!«

Sekunden später lehnte Hauptkommissar Schneider im Türrahmen. »Ich wollte mich nur bei Ihnen bedanken, dann sind wir weg«, sagte er und streckte die Hand aus.

Alexandra dachte nicht im Traum daran aufzustehen. Die

letzten Minuten hatte sie unter anderem auch darüber nachgedacht, wie sie Schneider klarmachen konnte, dass sie den Rest der Nacht ohne Polizeibewachung schon aus Angst nicht überleben würde.

»Sie sind mir was schuldig, auch wenn Ihr Scheißplan nicht aufgegangen ist.«

»Sie haben sich tapfer geschlagen«, sagte Schneider anerkennend.

»Das ist alles?«

»Wollen Sie Rosen?«

Alexandra verzog das Gesicht zu einem vernichtenden Ausdruck.

Es fehlte noch, dass Schneider ihr blöd kam. »Der Dienst ist beendet, soviel ich weiß«, sagte Alexandra bestimmt.

»Für die Leute da draußen ja.«

»Auch für Harris. Ich bestehe für diese Nacht auf Polizeischutz. Das sind Sie mir schuldig!«

Schneider entwich tatsächlich ein Lächeln. »Abgemacht«, sagte er und verließ schmunzelnd die Küche. Sie hörte ihn irgendetwas flüstern, dann schlug die Haustür zu. Harris' Schritte hallten durch den Flur, kurz darauf lehnte er, wie eben noch Schneider, grinsend im Türrahmen. »Das war überaus geschickt.«

»Nicht nur das, es war notwendig, weil ich diese Nacht tatsächlich vor Angst sterben würde.«

»Na, na, na«, erwiderte Harris, »es ist noch nie jemand vor Angst gestorben.«

»Es gibt immer ein erstes Mal«, entgegnete sie mit einem Lächeln.

»Wo du recht hast, hast du recht. Und da ich zu den vorbildlichen Beamten gehöre, befolge ich jetzt die Anweisungen meines Vorgesetzten.«

Harris tat einen großen Schritt nach vorn und küsste sie ungestüm.

»Das gibt uns eine weitere Nacht!«, flüsterte er.

»Und deine Mutter wird klarkommen? Ich meine, ohne dich?«, flüsterte Alexandra zurück.

Harris zuckte kaum merklich zusammen und setzte sich dann langsam.

Der Griff an sein Ohr ließ erkennen, dass er plötzlich nervös und angespannt war. »Meine Mutter … starb vor drei Jahren.«

»Das verstehe ich nicht.«

»Kannst du auch nicht«, sagte Harris leise. »Ich hab dich angelogen.«

»Warum?«

Harris überlegte lange, was die richtige und vor allem glaubwürdigste Antwort darauf sein würde, aber er kam zu keinem Schluss. Die Wahrheit musste sich für weibliche Ohren ungewöhnlich anhören, denn die meisten Männer praktizierten das Gegenteil.

»Die Wahrheit ist, dass es zu früh war, um mit dir ins Bett zu gehen. Ich wollte es nicht.«

»Du wolltest nicht«, wiederholte Alexandra mit gezielt spitzem Unterton.

»Weil du anders bist.«

»Klingt merkwürdig.«

»Ich wusste, dass du das sagst.«

Einen Augenblick herrschte Schweigen.

»Um nicht mit mir ins Bett gehen zu müssen, lässt du deine tote Mutter auferstehen? Entschuldige, aber das ist wirklich fast eine …«

»Beleidigung?«

»Genau das. Zumal du mir eine Szene gemacht hast, als ich mich darüber wunderte.«

Harris stand so abrupt auf, dass der Stuhl hinter ihm krachend zu Boden fiel. »Jetzt mach mal 'nen Punkt«, donnerte er los, nahm aber die Lautstärke sofort wieder zurück. »Ja, du hast recht, wenn du sagst, dass es schwer zu verstehen ist. Und natürlich hast du auch das Recht, dich darüber aufzuregen, dass ich gelogen habe. Du könntest aber auch versuchen, mich zu verstehen!« Was auch immer in ihm vorging, der Ärger war ihm anzusehen. Mit ausholenden Schritten durchmaß er das Zimmer und schüttelte fortwährend den Kopf. »Ich wollte es anders machen, weil … ich mich in dich verliebt habe«, sagte er schließlich und verließ die Küche.

Alexandra kam sich plötzlich klein und dumm vor. Ihr Stolz untersagte es ihr, aufzuspringen und ihm nachzulaufen, aber das erste Mal kämpfte sie gegen ihn an. Auch wenn es Harris mit der Notlüge nicht gelungen war, zu verhindern, dass sie in der Pensionsnacht schließlich doch miteinander schliefen, der Versuch war ehrenhaft und zeugte davon, dass er es ernst meinte. Es war an ihr, sich zu entschuldigen.

Er war nirgends zu sehen, als sie den Flur betrat, auch das vordere Zimmer war leer, sie bemerkte ihn erst, als sie zur Küche zurücklaufen wollte. Harris saß, das Gesicht in den Händen vergraben, auf den Treppenstufen.

»Es macht keinen Spaß, mit dir zu streiten«, sagte er.

»Geht mir genauso«, pflichtete Alexandra ihm bei und setzte sich neben ihn. »Wechseln wir einfach das Thema. Worüber möchtest du reden?«

Harris legte den Kopf in den Nacken, verharrte einen Augenblick in dieser Haltung und ließ ihn dann nach vorn fallen. »Nicht über die Arbeit!«, stieß er hervor.

»Doch! Ich muss es wissen, damit ich hier weiter wohnen kann.«

Sie wartete einen Moment, dann lächelte sie verführerisch. »Oder du musst von jetzt an jede Nacht bei mir schlafen! Du kannst es dir aussuchen!«

Harris hob ruckartig den Kopf. »Ich nehme das nach dem ›oder‹!«

»Auch gut«, sagte Alexandra und lehnte sich an seine Schulter. Die Ruhe hielt nicht lang. »Trotzdem. Eine Erklärung bist du mir schuldig. Ihr habt doch nun jemanden festgenommen. Robert oder Dirk?«

»Beide«, antwortete Harris unwillig.

»Okay. Und wen sucht ihr dann jetzt?«

»Den großen Unbekannten. Schneider ist davon überzeugt, dass es keiner von den Schumanns war. Und ich glaube das auch.«

»Und warum glaubt ihr das?«

Alexandra begann, unruhig hin und her zu rutschen. »Lass dir doch nicht jedes Wort aus der Nase ziehen!«

»Weil es viel zu einfach wäre.«

»Versteh ich nicht. Muss es immer kompliziert sein?«

Harris drehte sich jetzt zu ihr.

»Da hat jemand fünf Menschen umgebracht, ohne eine einzige Spur zu hinterlassen. Und dann stopft er beim sechsten Mord sein blutiges T-Shirt in den Müll? Und vergisst beim Siebten, die schwarze Perücke zu verstecken?«

Alexandra wurde blass. Sie griff sich an den Hals, zerrte am Kragen ihres Shirts und rang nach Luft. Es dauerte einige Sekunden, bevor sie sprechen konnte. »Sagtest du eben, eine schwarze Perücke?«

»Ja. Ganz am Anfang fanden wir nur ein langes schwarzes Haar, später noch eins, jetzt die passende Perücke dazu.«

»Wir haben nie darüber gesprochen, weil Schneider dieses dämliche Fax … mein Gott!«

»Was?«

»Ich erzählte dir doch, dass ich auf dem Dachboden eine Frau gesehen habe.«

Harris reagierte schnell. »Ja, das sagtest du. Und soviel ich weiß, hat daraufhin einer meiner Kollegen das gesamte Haus auf den Kopf gestellt und nichts gefunden. Alex, ich kann das gut nachvollziehen. Es ist Nacht, du bist allein, hörst Geräusche, du hast Angst. Das alles gaukelt dir merkwürdige Sachen vor, die es nicht gibt.«

Alexandra stützte ihr Kinn auf beide Hände und kniff die Augen zusammen. Immer wieder wanderte ihr Blick unauffällig zu Harris.

»Warum tust du das?«

»Ganz einfach. Ich möchte nicht, dass du dich in etwas hineinsteigerst, was dir Angst macht.«

Alexandra stieß jetzt laut die Luft durch die Lippen.

»Nein. Du willst mir beweisen, dass ich irre bin. Du glaubst mir nicht.«

»Ich glaube dir ja, aber …!«

»Eben nicht, nicht mal im Ansatz, sonst würdest du mich zu Ende reden lassen.«

Harris gab auf. Natürlich hatte es keinen Sinn, ihr zu erzählen, dass der gesuchte Mörder noch frei herumlief, und gleichzeitig zu erwarten, dass sie sich von ihm beruhigen ließ. Also nickte er und wartete dann geduldig, dass sie weitersprach.

»Es war wie in jeder Nacht. Ich wachte von irgendwas auf. Dann spielte Jack plötzlich verrückt. Er musste etwas gehört haben. Und da es nur von oben kommen konnte, bin ich rauf und habe die Luke angehoben.« Alexandra prüfte mit kritischem Blick, wie Harris reagierte. Überrascht stellte sie fest, dass er keinerlei Regung zeigte, sondern gelassen, beinah teilnahmslos auf seine Füße starrte. »Und dann sah ich sie. Eine dünne Person mit langen schwarzen Haaren. Im ersten Moment sah sie wie eine Frau aus, aber es war ein Mann. Eindeutig. Ein Mann mit einer schwarzen Perücke, der sich immer wieder an sein …« Ganz plötzlich wurde Alexandra klar, dass sie den Satz unmöglich zu Ende führen konnte.

»Ja?«, fragte Harris, der langsam ungeduldig wurde.

»Nichts«, sagte Alexandra schnell und sah mit Entsetzen, wie Harris sich an sein rechtes Ohr griff.

»Wenn du hier gewesen wärst, dann …«

»Alex!«

Bevor er weitersprechen konnte, war Alexandra aufgestanden und sah ihn mit einem merkwürdigen Ausdruck in den Augen an. »Nenn mich nicht Alex, das darf nur Nina.«

»Okay. Alexandra! Wenn ich da gewesen wäre, dann hätte ich dir bewiesen, dass da nichts ist. Es war bestimmt ein Fehler, dir so viel von dieser Mordserie zu erzählen. Dieser ganze Mist ist nun in deinem Kopf, dann kommt die Nacht, du bist allein, und die Phantasie hat freien Lauf. Du siehst einfach Gespenster!«

»Kann sein. Vielleicht habe ich mich geirrt.« Sie zuckte zurück, als Harris nach ihrer Hand greifen wollte.

»Was hast du?«, fragte er.

Alexandra legte ihr harmlosestes Lächeln auf. »Entschuldige, ich bin total überspannt.«

»Würde es dir helfen, wenn wir zusammen hochgehen? Dann kannst du dich selbst noch mal davon überzeugen, dass da wirklich niemand ist.«

»Jetzt kann da oben niemand sein«, dachte Alexandra, willigte aber, um ihn nicht gegen sich aufzubringen, ein. Harris griff wieder nach ihrer Hand. Dieses Mal ließ sie es geschehen, auch wenn ihr die Berührung kalte Schauer über den Rücken jagte. Er zog sie die Stufen nach oben und blieb vor der Treppe zum Dachboden stehen.

»Wo ist der Schlüssel?«, fragte er und deutete auf das dicke Vorhängeschloss. Alexandra tastete an ihrer Hose. »Eigentlich müsste … Moment, ich glaube, er hängt am Nagel neben der Eingangstür.«

»Ich hol ihn, warte hier!«, sagte Harris und rannte die Treppe hinunter. »Hier hängen fünf! Welcher ist es?«, hörte sie ihn rufen.

»Der kleinste.«

»Ist nicht hier, das sind alles alte Türschlüssel.«

»Dann sieh in der Küche nach! Wahrscheinlich liegt er dort auf dem Tisch.«

Erst als sie seine Schritte den Flur entlang in Richtung Küche hörte, lief sie los. Soweit sie sich erinnerte, gab es nur eine Tür, die abschließbar war. Die rote Tür zur Kammer! Vorsichtig hob sie den Türflügel etwas an, damit er nicht über den Boden schleifte, und öffnete ihn geräuschlos. Der modrige Geruch war abscheulich, aber auszuhalten. Alexandra tat einen vorsichtigen Schritt ins Innere und schloss dann leise die Tür hinter sich zu. Harris' Schritte auf der Treppe übertönten das klickende Geräusch der alten Türverriegelung.

Alexandra ging in die Hocke, duckte sich unter das Schlüsselloch und rührte sich nicht.

»Alexandra? Hey, wo bist du?« Harris' Schritte näherten sich, es klickte an der Nachbartür. »Alex?« Noch zwei Meter bis zu ihrer Tür!

Sie hielt den Atem an, als sich die Klinke direkt vor ihrer Nase nach unten bewegte. »Hm«, hörte sie Harris murmeln, dann lief er langsam die Treppe nach unten. »Alexandra!« War sein Tonfall bisher noch fragend, wurde er nun zunehmend ungehaltener. »Verdammt noch mal, wo bist du denn!« Endlose zehn Minuten hörte sie ihn unten im Haus herumlaufen, bis schließlich das erlösende Zuschlagen der Haustür zu hören war. Alexandra wartete einen Moment und schlich dann leise zum Fenster. Sie musste, sollte Harris gerade nach oben sehen, vermeiden, dass sich die Gardine bewegte, also hielt sie nur ein Auge an eines der zahllosen Mottenlöcher und sah hindurch. Soweit sie es erkennen konnte, stand Harris keine fünf Meter vom Haus entfernt, schirmte, des prasselnden Regens wegen, mit der Hand seine Augen ab und sah tatsächlich zu ihr hinauf. Plötzlich machte er kehrt und lief davon. Noch weit vor der Grundstücksgrenze verschluckte ihn die Dunkelheit. Fürs Erste schien sie in Sicherheit, auch wenn die Haustür noch immer unverschlossen war und Harris jederzeit zurückkommen konnte. Alexandra ließ sich auf den Fußboden nieder, zog die Knie an und umschlang sie mit den Armen.

Schon als Kind hatte ihr diese Körperhaltung Sicherheit suggeriert.

Ihre Gedanken reihten sich aneinander wie eine Perlenkette, deren Anfang der Zusammenprall im Wald war und die mit Harris' jetzigem Verhalten endete. Alles passte. Sehr genau erinnerte sie sich an seine Worte auf dem Waldweg, als er unter seinem Auto ihre Lebensmittel aufsammelte. »Eigentlich zu schade«, hatte Harris gesagt. Zu schade, um sie zu töten, etwas anderes konnte er nicht gemeint haben. Harris musste sie schon im Zug ausgesucht haben, während er sich, mit seiner Polizeiuniform getarnt, noch über sein fünftes Opfer beugte. Der Blick aus seinen stahlblauen Augen ging ihr noch heute durch Mark und Bein. Wie ein Kaninchen war sie ihm verfallen, nicht ahnend, dass dem Blick der tödliche Biss folgen würde. Und dann Nina!

Mit welcher Verachtung er ihr gegenübergetreten war! Auch wenn das Geheimnis um Ninas Handy gelüftet wurde, was verbarg sich hinter der Geschichte mit dem Schal?

Wenn Alexandra es Punkt für Punkt durchging, blieb eine Erkenntnis. Harris' Griff an sein rechtes Ohr war absolut identisch mit der Geste der Gestalt auf dem Dachboden.

Er konnte also ihrer Bitte, bei ihm übernachten zu dürfen, gar nicht nachkommen, weil seine Nächte für das Morden reserviert waren. Und nicht nur das. Er hatte sie sogar als Alibi für die Nacht, in der er Claudia Bormann getötet hatte, benutzt. So, wie das heutige Angebot, mit ihr gemeinsam auf den Dachboden zu gehen, sie nicht beruhigt, sondern letztendlich zum Schafott geführt hätte.

37.

Der Morgen war eine einzige Katastrophe. Nicht nur, dass Harris während des nächtlichen Marsches drei Mal umgekehrt war, weil er sich Vorwürfe machte und die Strecke dadurch fast doppelt so lang wurde, auch zu Hause war er nicht zur Ruhe gekommen. Alexandras Versteckspiel blieb ihm ein Rätsel. Immer wieder hatte er versucht, sich vor Augen zu führen, an welcher Stelle sie verschwunden war. Ihr letzter Satz sollte ihn in die Küche dirigieren, innerhalb des Hauses die größtmögliche Distanz. Dann war sie verschwunden. Unmöglich, dass sie unbemerkt das Haus verlassen haben konnte, er vermutete sie vielmehr hinter der verschlossenen roten Tür im Obergeschoss. Aber warum? Warum war sie vor ihm davongelaufen? Sie hatte mitten im Satz abgebrochen und anschließend völlig verändert reagiert, doch die Ursache für ihr Verschwinden war ihm absolut unklar. Obgleich er es für ein Hirngespinst hielt, musste er Schneider von Alexandras Geschichte berichten. »Ein Mann mit einer schwarzen Perücke«, hatte sie gesagt. Zu dumm, dass sie bei ihrem Besuch im Revier nicht dazu gekommen war, den Vorfall um ihre Wunde an der Stirn zu erklären, denn zu diesem Zeitpunkt wusste sie noch nichts von einer Perücke. Möglich, dass Alexandras Krankheit doch stärker ausgeprägt war, als sie vorgab. Denkbar auch, dass sie sich alles nur zusammenreimte, um Harris an sich zu binden. Er musste mehr über sie in Erfahrung bringen, wollte er ihr Verhalten verstehen, die Frage war nur, wen er um eine Auskunft bitten konnte.

Noch in Gedanken betrat Harris sein Büro und bemerkte Schneider erst, als er direkt vor ihm stand. Dieser lag auf seiner Klappliege, eine Tasse Kaffee auf dem Bauch abgestellt.

»Wie war die Nacht?«, fragte Schneider.

Harris murmelte Unverständliches und winkte ab. »Hysterische Frauen sind …!«

»Das Allerletzte!«, vervollständigte Schneider. »Warum sollte es Ihnen besser gehen als anderen! Hier! Das kam gerade rein!«

Er griff umständlich nach einem Blatt auf dem Schreibtisch, konnte es aber aus der liegenden Position nicht erreichen und zeigte schließlich mit dem Finger darauf.

»Fünf verschiedene DNA-Spuren aus der Wohnung von Claudia Bormann. Zwei weibliche, drei männliche. Speichelreste an Gläsern, Bierflaschen, Zigaretten und haufenweise Fingerabdrücke. Wie der Nachbar schon sagte, da gingen eine Menge Leute ein und aus. Na ja, warten wir ab, was rauskommt.«

Harris nahm das Fax vom Tisch, warf einen kurzen Blick darauf und legte es zurück.

»Ich bin mir nicht sicher, ob es wichtig ist …«, setzte er an, wurde aber von Schneider sofort unterbrochen.

»Wenn es mit dem Fall zusammenhängt, ist alles wichtig, mit dem Rest verschonen Sie mich!«

»Alexandra erzählte mir, dass sie auf ihrem Dachboden einen Mann mit einer schwarzen Perücke gesehen hat.«

Schneider saß senkrecht, kaum dass Harris geendet hatte. »Wann?«

»Vor ein paar Tagen. Sie war auf dem Revier, als Sie mich wegen des Faxes feuern wollten. Ich habe daraufhin einen Beamten losgeschickt …«

»Sie haben was?«

»Jemanden losgeschickt, der es überprüfen sollte.«

»Ohne mich davon in Kenntnis zu setzen?«

Obwohl er permanent unterbrochen wurde, behielt Harris die Nerven.

»Mir schien es zu diesem Zeitpunkt nicht relevant, weil …«

»Seit wann bestimmen Sie, was relevant ist?«

Hauptkommissar Schneider war zu seiner alten Form zurückgekehrt. Längst war er von der Liege aufgesprungen und umkreiste Harris jetzt mit schnellen Schritten.

»An diesem Tag meinte sie noch, eine Frau gesehen zu haben.«

Je ruhiger Harris wirkte, desto explosiver wurden Schneiders Entgegnungen.

»Es ist völlig gleichgültig, was oder wen sie gesehen hat. Eine Frau, einen Mann, meinetwegen einen Außerirdischen, sie hat etwas gesehen, was sie für erzählenswert hielt. Und Sie überlegen, ob es relevant sein könnte? Herrgott, Zimmering, haben Sie hier in den letzten zwei Monaten nur geschnarcht, oder was?«

Bis vor ein paar Tagen wäre das Gespräch an dieser Stelle beendet gewesen, entweder hätte Schneider ihn längst des Raumes verwiesen, oder er wäre freiwillig gegangen. Aber die Situation hatte sich geändert, spätestens am vorangegangenen Abend, an dem Harris bei den Beamten für Schneider ein gutes Wort eingelegt und sie zu der außerprotokollarischen Nachtaktion überredet hatte.

»Also gut«, sagte Harris betont ruhig. »Vielleicht sollten Sie mir die Zeit geben, etwas über Alexandra Fischer zu erzählen.«

Es war weithin sichtbar, wie Schneider sich selbst an die Zügel nahm und, so gelassen wie möglich, auf der Kante der Liege Platz nahm. Der Fügsamkeit zu viel, stand er sofort wieder auf und setzte sich hinter den Schreibtisch. Er verkniff sich ein Kommando und nickte Harris zu.

»Soweit ich es verstehe, leidet Alexandra Fischer unter Panikattacken. Vor einigen Jahren kam ihr kleiner Bruder bei einem Unfall ums Leben, und sie gibt sich die Schuld daran. Und seitdem leidet sie eben unter … ich weiß nicht was. Ich hab nur mitgekriegt, dass sie in Stresssituationen überreagiert.«

»Was meinen Sie mit überreagiert?«

»Na ja, wie sich eben ein Laie eine Panikattacke vorstellt. Atemnot, Angstschweiß …«

»Ja und weiter?«

Harris überlegte, ob er jetzt vielleicht doch hinzufügen müsse, dass sie kurzzeitig Patientin in einer psychiatrischen Klinik war, inzwischen offensichtlich Gespenster sah und welche Rolle er bei dem Ganzen spielte. Die Sache mit der Perücke schien eindeutig ein Trick von Alexandra, und noch immer vermutete er dahinter ganz private Beweggründe. Was also sollte er Schneider sagen, ohne Alexandra gänzlich unglaubwürdig zu machen oder gar, wie sie selbst sagte, zu einer Irren zu degradieren?

»Seit sie hier wohnt, behauptet sie, nachts Geräusche vom Dachboden zu hören. Kann sein, dass das sogar stimmt. Unter uns: Ich weiß von einigen, die auf diesem Dachboden schon gevögelt haben. Das Haus ist geradezu perfekt dafür, weit weg vom Dorf, na ja, Sie wissen schon, was ich meine.«

Schneider schien äußerlich ruhig zuzuhören, aber sein nervöses Spiel mit einem Kugelschreiber auf der Schreibtischplatte zeigte, dass er alles andere als gelassen war.

»Sie schicken vorweg, dass Sie nicht wissen, ob es wichtig ist. Ich sage, es ist wichtig, und dann versuchen Sie das Ganze wieder vom Tisch zu diskutieren. Tut mir leid, aber ich kann Ihnen nicht folgen!«

»Als sie auf dem Revier war, sagte sie, sie hätte eine Frau auf dem Dachboden gesehen. Und gestern beziehungsweise heute Nacht meinte sie plötzlich einen Mann mit einer schwarzen Perücke gesehen zu haben.«

»Dann wird es wohl Letzteres sein, wie soll sie sonst auf eine Perücke kommen?«

»Weil ich ihr davon erzählt habe.« So, nun war es raus.

Schneider reagierte überraschend ruhig. »Was noch?«

»Einiges.«

»Okay, dann zeige ich Ihnen mal was!«

Schneider zog eine Schreibtischschublade auf und holte einen Stapel Zeitungen heraus.

»Sind Sie sicher, dass Alexandra Fischer keine Journalistin ist?«

Harris nickte.

»Und wie erklären Sie sich dann das hier?« Schneider schob die oberste Zeitung zu Harris hinüber. Er musste sie nicht zur Hand nehmen, so fett war die Schlagzeile: »Polizei tappt im Dunkeln! Lockvogelaktion bleibt ohne Ergebnis! Irrer Serienmörder mit schwarzer Perücke metzelt weiter!«

»Ihnen ist klar, was das bedeutet?«

Harris hob die Schultern. Schneider ließ ihn zappeln. Seelenruhig nahm er seinen Kaffee vom Tisch und legte sich wieder auf die Klappliege. »Man hat mich suspendiert, und Sie holt man in zehn Minuten. Ab heute helfen Sie bei der Deichbewachung. Schade, Zimmering, gerade fingen Sie an, mir sympathisch zu werden, und nun bauen Sie diese Scheiße!«

Es war das erste Mal, dass sich Harris wirklich dämlich vorkam und seinem Chef recht gab. Sollte er sich in Alexandra so getäuscht haben? Natürlich hatte er sich oft gefragt, warum ihr Interesse an dem Fall so groß war, dass sie kaum eine Gelegenheit ausließ, ihn danach zu fragen. Bis dato dachte er, sie damit beruhigen zu können. Wissen war immer besser als Unwissenheit. Außerdem kam er nicht umhin, zuzugeben, dass er mit den kriminalistischen Fachsimpeleien hin und wieder auch geprahlt hatte. Harris fiel es plötzlich wie Schuppen von den Augen. Kein Zweifel, er war ihr auf den Leim gegangen.

»Wahrscheinlich hatten Sie recht«, sagte er kleinmütig.

»Womit?«

»Als Sie sagten, dass man einen Dorfdeppen wie mich nicht in so einem Fall rumpfuschen lassen darf.«

Wider Erwarten legte Schneider nicht noch eins obendrauf. »Spielt nun auch keine Rolle mehr«, sagte er ruhig und nippte dann weiter an seinem Kaffee.

»Was machen Sie jetzt?«, fragte Harris nach einer langen Pause.

Schneider sah sich im Raum um, als würde er dort eine Antwort finden. Dann zog er gleichzeitig Brauen und Schultern nach oben und schnaufte laut.

»Vielleicht sollten Sie Urlaub machen!«, schlug Harris vor.

»Ich weiß nicht, ob Urlaub bei der Art meiner Probleme wirklich hilfreich ist.«

»Sie meinen Ihre Frau und Sünkeberg.«

Schneider nickte. »Sagen Sie mir, wie ich damit umgehen soll.«

»Machen Sie ihr keine Vorwürfe!«

»Sie meinen, ich soll es auch noch gutheißen, dass sie sich von meinem Kollegen vögeln lässt?« Schneider stutzte, als würde ihm erst jetzt bewusst, was Harris gesagt hatte, und schüttelte dann fassungslos den Kopf.

»Wie lange sind Sie verheiratet?«, fragte Harris.

»Achtzehn Jahre.«

»Vielleicht hat sie ihre Gründe!«, murmelte Harris.

»Seien Sie vorsichtig, Zimmering!«

»Vielleicht fehlt ihr was. Ihre Gesellschaft, Ihre Aufmerksamkeit, Anerkennung, vielleicht auch nur der Sex. Was war zuerst da? Huhn oder Ei? Schlafen Sie in meinem Büro, weil Ihre Frau Sie betrügt, oder betrügt Ihre Frau Sie, weil Sie seit Wochen in meinem Büro schlafen? Ich schätze Ihre Frau nicht so ein, dass sie ausgerechnet mit einem Ihrer Kollegen das schnelle Abenteuer sucht. Ich meine, ich kenne sie nicht, aber ich kann's mir einfach nicht vorstellen. Wissen Sie, mein Vater war der Ernährer unserer Familie. Er sagte einmal zu mir, er wäre nur das. Ich hab's damals nicht verstanden, aber inzwischen … Egal. Wenn ich Ihnen einen Tipp geben darf, hören Sie ihr zu, und lassen Sie sie vor allem ausreden!«

Harris befürchtete, dass Schneider eingeschlafen sein könnte, denn er hielt seine Augen geschlossen und bewegte sich nicht. Vielleicht sammelte er sich auch nur, um urplötzlich aufzuspringen und ihm an die Gurgel zu gehen. Aber nichts von dem geschah. Schneider öffnete die Augen, stand langsam auf und ging nah an Harris heran.

»Sie sind vielleicht gar nicht so ein Depp, wie ich dachte«, sagte er ruhig.

»Gleichfalls. Sie sind auch nicht das Arschloch, das Sie spielen!«

Schneider zuckte kurz zusammen, grinste und boxte Harris mit der geballten Faust freundschaftlich gegen die Brust. Dann wurde er ernst. »Ich möchte Sie um etwas bitten, Zimmering. Als Freund von Robert und Dirk Schumann wird man Sie in der Sache vernehmen. Sagen Sie für die beiden aus … nicht gegen sie.« Er griff hinter den Schreibtisch und holte eine schwarze Reisetasche hervor. Erst jetzt bemerkte Harris, dass nichts im Büro mehr an den Chef erinnerte. Schneider sagte nichts mehr, er blieb noch einen Moment in der geöffneten Tür stehen, dann zog er sie langsam hinter sich zu.

38.

Den gesamten Tag hatte Alexandra mit dem Absichern der Türen und Fenster verbracht, undichte Stellen gesucht, an denen jemand unbemerkt ins Haus eindringen konnte, und nicht einen Schritt ins Freie getan. Abgesehen davon, dass es ununterbrochen regnete, wäre es ihr ein Graus gewesen, ohne die schützenden Mauern zu sein.

Es beunruhigte und beruhigte sie gleichermaßen, dass Harris nicht mehr aufgetaucht war. Hatte sie ihm mit ihrer Mutmaßung unrecht getan oder plante er, wie er sich ihrer entledigen konnte, ohne dass der Verdacht auf ihn fiel? Dieser Gedanke ängstigte sie furchtbar. Ganz zum Schluss hatte sie die Axt, die ihr beim Durchstöbern eines ihr bisher nicht aufgefallenen Wandschrankes in die Hände gefallen war, von innen an die Haustür gelehnt. Auch wenn sich Alexandra niemals vorstellen konnte, mit einer derart martialischen Waffe auf einen Menschen loszugehen, beruhigte sie der Gedanke, dass sie für den Notfall griffbereit stand.

Mit der Nacht kam die Angst. Sie wollte sich nicht im vorderen Zimmer einschließen, weil sie dann nicht mehr hören konnte, was im Haus vor sich ging. Schließlich konnte jedes Geräusch der Beginn weiterer grauenvoller Stunden sein. Also ließ sie die Tür offen stehen und den Flur erleuchtet. Trotz ihrer furchtbar beängstigenden Gedanken schlief sie letztendlich gegen Mitternacht ein.

Eine Berührung an der Wange holte sie aus dem Schlaf. Kaum spürbar, ein Hauch, ein sanftes Streicheln, vielleicht hatte sie auch nur geträumt.

Als sie die Augen öffnete, stand ihr Herz jedoch sekundenlang still.

Direkt vor ihr, im schummrigen Licht, saß eine Gestalt, so nah, dass sie sie berühren konnte. Erst auf den zweiten Blick erkannte Alexandra, wer da vor ihr saß. Wie in jener Nacht trug er das weite Kleid, seinen Kopf schmückte eine schwarze Perücke. Die Knie nah an das Kinn gezogen, hockte er auf einem Stuhl und sah sie an. »Wir müssen fort von hier!«, sagte er leise und lächelte. »Jetzt! Sonst ertrinken wir.«

Alexandra schloss die Augen. Nein, sie träumte, ganz sicher träumte sie nur. Wieder spürte sie die Berührung an der Wange. Ihre Hand schnellte zu ihrem Gesicht, wischte mit einer heftigen Bewegung darüber, aber da war nichts. Gut, sehr gut, du träumst nur!

»Wir müssen nach oben!«, hörte sie wieder die Stimme, sie klang nicht mehr freundlich, sondern eindringlich, fordernd, befehlend. Erschrocken riss Alexandra die Augen auf. Der Mann stand jetzt auf dem Stuhl und streckte die Hand nach ihr aus. Er lächelte nicht mehr, er durchdrang sie mit den Augen. Augen, die so schwarz waren wie die Nacht da draußen. »Komm, ich helfe dir! Dann wirst du nicht nass.« Sie schüttelte heftig den Kopf und kroch, weg von der dürren Hand, auf die andere Seite des Bettes. Erst jetzt sah sie, dass die Möbel so angeordnet waren, dass man über sie, ohne den Boden zu berühren, bis zur Treppe gelangen konnte. Aber warum? Warum sollte sie den Boden nicht betreten? Vorsichtig wagte sie einen Blick über die vordere Bettkante. Wer auch immer dieser Mann war und woher er kam, er hatte recht. Der Fußboden war nicht nass, es gab ihn nicht mehr. Das ganze Zimmer stand unter Wasser. Sie schätzte zwanzig Zentimeter, aber diese Zentimeter flößten nicht nur ihr Angst ein, auch der Mann tat gerade so, als wäre die Berührung damit tödlich. Immer wieder sah er mit angstgeweiteten Augen auf das Wasser, tippelte einen Augenblick auf der Stelle und wagte erst danach den nächsten Sprung. Diese Angst musste sie nutzen, wenn sie ihm entkommen wollte. Alexandra rappelte sich hoch, trat an die Vorderkante des Bettes und tat den ersten Schritt auf den Stuhl. »So ist es gut«, flüsterte der Mann. »Lass ihn vorgehen«, dachte Alexandra, »er wird so schnell wie möglich die Treppe erreichen wollen, und wenn der Abstand groß genug ist, spring runter und hole die Axt.« Der Blick in den Flur machte ihre Hoffnung zunichte. Die Axt war verschwunden, und unter der Haustür hindurch strömte das Wasser. Fieberhaft suchte Alexandra nach einem Ausweg. Es gab ihn!

Mit bloßem Auge fiel einem die Steigung, die der Flur in Richtung Küche nahm, nicht auf, aber das Wasser endete an einer geraden Linie auf halber Strecke. Bis dahin musste sie es schaffen!

Der Mann stand inzwischen auf der vierten Treppenstufe und streckte ihr wieder seine Hand entgegen. »Keine Angst, da oben sind wir sicher!«

»Jetzt«, dachte Alexandra und sprang, so weit sie konnte. Sie landete im letzten Meter Wasser und rettete sich schließlich in die Küche.

»Nein, tu das nicht!«, hörte sie ihn schreien, als sie die Küchentür mit lautem Krachen hinter sich zuschlug. Dann war es still. Totenstill. Alexandra presste ihr Ohr gegen die Tür und zwang sich, normal zu atmen. Es gelang ihr nicht, die sich ankündigende Panikattacke zwang sie in die Knie. Es war unmöglich, mit zitternden Händen in die enge Tasche ihrer Jeans zu greifen und das Röhrchen mit den rettenden Tabletten hervorzuholen, also hielt sie sich an der Türklinke fest und zog sich daran wieder nach oben. Aber außer einem zerknüllten Zellstofftaschentuch war die Tasche leer, sie war der Attacke wehrlos ausgesetzt. Und nicht nur ihr! Mit Entsetzen sah Alexandra auf das kleine Rinnsal, das unter der Tür hindurch in die Küche floss.

39.

Im Minutentakt bewegten sich die Lastkraftwagen des Deutschen Roten Kreuzes im grellen Flutlicht aus der Evakuierungszone. Das Dorf war noch nicht betroffen, würde aber innerhalb der Nacht von einer zweiten Welle erreicht werden. Ununterbochen brachten jetzt Hubschrauber Tausende Sandsäcke, die im Notfall an den Bruchstellen aufgeschichtet werden konnten, falls die aufgeweichten Deiche dem enormen Wasserdruck nicht mehr standhielten. Schon am Abend hatte man damit begonnen, die unteren Polderflächen zu fluten, was den Wasserstand zwar kurzzeitig absenkte, aber durch die ausgedehnten Starkniederschläge in den tschechischen und polnischen Gebirgsregionen drohte eine neue, noch höhere Flutwelle. Trotz der Neubaumaßnahmen, die unmittelbar nach der letzten Flut begonnen und fast sieben Jahre gedauert hatten, bezweifelten die Verantwortlichen aufgrund der Wucht der ankommenden Wassermassen, dass die Deicherhöhung ausreichen würde.

Harris war, wie von Schneider angekündigt, noch am selben Tag zur Deichsicherung abgezogen worden. Schneider selbst hatte den kürzesten Weg nach Hause genommen und redete, sollte er Harris' Rat befolgt haben, gerade mit seiner Frau. Im Stillen war Harris jedoch davon überzeugt, dass, wenn die Ehekrise auch nur leidlich, aber doch abgewendet war, sich Schneider wieder auf den Fall stürzen würde. Ungeachtet dessen, ob man Dirk oder Robert Schumann inzwischen den Prozess machte, würde Schneider weitersuchen, solange deren Schuld nicht zweifelsfrei erwiesen war.

Nun, da das Dorf evakuiert wurde, überwachte Harris den

reibungslosen Ablauf, redete auf Leute ein, die sich immer noch sträubten, und half alten Menschen beim Tragen der unverzichtbaren Dinge, was manchmal die Ausmaße eines Umzuges annahm. Währenddessen weilten seine Gedanken bei Alexandra. Man hatte ihm mitgeteilt, dass ein Fahrzeug zu ihrem Haus unterwegs und dafür gesorgt sei, dass sie wohlbehalten das Überschwemmungsgebiet verlassen konnte. Was er nicht wusste, war, dass der Weg dorthin schon seit Stunden nicht mehr befahrbar war. Das gesamte Waldgebiet konnte man mittlerweile nur noch mit dem Boot erreichen.

40.

Die Treppe war zu alt, als dass man sie lautlos hinaufsteigen konnte, und da Alexandra nichts hörte, musste er, so wie sie hinter der Küchentür, noch immer auf der vierten Stufe stehen. Was diesen Mann anging, beschäftigte sie nur eine einzige Frage. Würde sie es fertigbringen, wenn es so weit war? Alexandra war sich inzwischen sicher, dass er es war, nach dem die Polizei seit Monaten suchte. Keiner hatte ihr Glauben geschenkt, wenn sie vom Dachboden berichtete, von unerklärlichen Geräuschen. Nicht einmal die Gestalt mit der Perücke hatte Harris hellhörig werden lassen, weil sie meinten, in Dirk oder Robert den Mörder gefunden zu haben. Viel zu beschäftigt mit innerbetrieblichen Machtkämpfen und erpicht auf den schnellen Erfolg, hatten sie den Wald vor lauter Bäumen nicht gesehen. Das wirklich Verheerende aber war, dass sie meinten, nicht weitersuchen zu müssen. Alexandra würde also mit diesem Irren allein bleiben, gefangen im eigenen Haus, eingeschlossen von Wasser, welches stetig stieg. Dass Harris sich meldete, war nach den Ereignissen der letzten Nacht nicht zu erwarten, dafür hatte sie ihn mit ihren Verdächtigungen und ihrer anschließenden Flucht zu sehr beleidigt.

Es blieben also nur zwei Varianten: die direkte Konfrontation mit einem routiniert vorgehenden Serienmörder oder sich so lange zu verstecken, bis eine Rettung in Sicht war. Das Ohr eng an die Tür gepresst, spielte sie gedanklich alle Möglichkeiten durch. Sie würde alles tun, was nötig war, und wenn es die Umstände erforderten, würde sie ihn auch töten. Die Umstände! Was würde das sein? Dieser Umstand, dass sie ihn …

Mehr als einmal hatte sie diese Frage gestellt, wenn sie sich am Ende eines Filmes gemeinsam mit Freunden Horrorszenarien ausmalte, an deren Schluss man dazu fähig sein müsste. Sie hatte immer eine Antwort gefunden, die leicht über die Lippen kam. Sie würde töten, bevor sie getötet wurde. Aus Rache zu töten, schien einfach, weil sie es für das stärkste Motiv hielt. Aber wie war es mit Angst? Das war ihre Schwachstelle. Angst lähmte sie, ließ sie Fehler machen und nicht mehr klar denken. »Also reiß dich zusammen und verliere nicht die Nerven«, beschwor sie sich selbst. Das Rinnsal unter der Tür war mittlerweile zu einem breiten Durchfluss angewachsen und setzte nun auch den Boden der Küche zunehmend unter Wasser. Wie lange würde es dauern, bis der Raum hüfthoch geflutet war? Eine Stunde, zwei? Wie viel Zeit hatte sie, einen Ausweg zu finden? Es blieb ja nur das Haus, der Garten hatte sich längst in einen See verwandelt. Alexandra durchforstete mit den Augen den Raum. Das Fenster führte auf ein Wassergrundstück und die Tür, an der sie stand, in den Flur. Mehr Möglichkeiten, den Raum zu verlassen, gab es nicht. Aber sie musste höher hinauf, nicht weil sie ertrinken, sondern vor Angst sterben würde. Ihre Phobie gegen Wasser würde erfahrungsgemäß keine Spontanheilung erfahren. Im Hausflur war es still. Entweder hockte der Mann noch immer auf der Treppe, oder er hatte sich weiter nach oben begeben. Seine Angst vor Wasser schien ebenso ausgeprägt wie die ihre. Leise öffnete Alexandra die Tür und sah durch den Spalt. Soweit sie es übersehen konnte, war die Treppe leer. Das Wasser im Flur war mittlerweile kniehoch angestiegen und strömte jetzt leise rauschend durch den Türspalt in die Küche. Erschrocken machte Alexandra einen Schritt rückwärts, rettete sich auf den Küchenstuhl und beobachtete mit Ensetzen, wie die Flut gegen die Tür drückte, bis sie schließlich sperrangelweit offen stand. Binnen Sekunden hatte sich der Wasserpegel im Raum angeglichen. Ihr blieb einfach keine Zeit!

Genau genommen war der Dachboden nun die einzige Stelle, an der sie eine Chance hatte, die Zeit trocken zu überstehen. Aber wie hoch war das Risiko, ihm geradewegs in die Arme zu laufen? In ihrer Hosentasche befand sich noch immer der Schlüssel des Vorhängeschlosses für die Dachluke. Wenn es ihr gelang, von ihm unbemerkt den Dachboden zu erreichen, dann könnte sie dort tagelang ausharren, bis, und dessen war sie sich sicher, irgendjemand nach ihr suchen würde. Die Möbel auf dem Dachboden würden ausreichen, die Luke so zu beschweren, dass sich diese von unten nicht mehr anheben ließ.

Wenn sie im Flur am Regal des geöffneten Wandschrankes hinaufkletterte, gelangte sie über das Treppengeländer ungefähr auf die Hälfte der Treppe. Von dort waren es nur Sekunden bis zur Dachluke.

Hochkonzentriert sah Alexandra sich um. Sie brauchte etwas, das ihr als Brücke dienen konnte. Das Brett, welches hinter der Tür lehnte, war unerreichbar, auch würde es ihr nicht gelingen, den schweren Küchentisch von ihrem Stuhl aus so zu verschieben, dass er als Übergang diente. Sie musste durchs Wasser, auch wenn der bloße Gedanke daran ihr Herz fast zum Stillstand brachte. Alexandra sah auf den silbernen Kaffeelöffel in der Zuckertüte und atmete ruhig. Dann sprang sie mit einem lauten Schrei ins Wasser, rannte auf das Regal zu und kletterte daran hoch. Kurz bevor es aus dem Schrank zu kippen drohte, bekam sie das Treppengeländer zu fassen und zog sich nach oben. Kaum auf den Füßen, hetzte sie die restlichen Stufen hinauf, zerrte im Laufen den Schlüssel aus der Hosentasche und steckte ihn ins Schloss. Das laute Klicken des Vorhängeschlosses klang wie eine Erlösung. Mit letzter Kraft stemmte sie die Luke nach oben, kroch hindurch und setzte sich darauf. Erst jetzt schien sie wieder zu atmen.

Um sie herum herrschten tiefe Dunkelheit und Stille. Es würde nicht leicht sein, in der Finsternis Gegenstände zu finden, um die Luke damit zu beschweren, abgesehen davon, dass es geräuschlos gar nicht zu bewerkstelligen war. Es war so schwarz um sie herum, dass sich nicht nur die Umgebung, sondern auch ihr Orientierungssinn in nichts auflöste.

Zum ersten Mal verfluchte Alexandra ihr Nichtraucherdasein, anderenfalls hätte sie jetzt sicher ein Feuerzeug bei sich und könnte die Kerze, die noch immer auf dem kleinen Tisch vor der Kammer stand, entzünden.

»Du hast es geschafft. Das ist gut.« Die Stimme kam aus dem Nichts. Nur der Windhauch und das leise Quietschen des Fensterrahmens widerlegten, dass sie halluzinierte. Das also war sein Trick, unbemerkt ein und aus zu gehen. Was störte ihn ein dickes Vorhängeschloss, wenn er doch von außen über eine Leiter kam? Auch wenn es ihre Sinne schärfte, es machte sie rasend, dass sie nichts sah. Sie spürte, wie er sie anstarrte, aber wo war er? Stand er direkt neben ihr? Ein leises Rascheln, dann das Fauchen eines entzündeten Streichholzkopfes.

Sein Gesicht, im Schein des brennenden Streichholzes, ließ Alexandra laut aufschreien. Es war das eines Kindes, und auch wenn die Proportionen groß und ausgeprägt waren, die kindlichen Züge waren geblieben. Und genau das ließ es hässlich und monströs erscheinen.

Lächelnd zündete er die Kerze auf dem Tischchen an. Die Art, wie er das Streichholz ausblies, erinnerte Alexandra plötzlich an ihren kleinen Bruder. Ängstlich und übermäßig lange pustete und schüttelte er das Hölzchen. Dann ließ er sich auf den Fußboden sinken, nahm wieder die hockende Haltung an, umschlang mit seinen langen Armen die Knie und stützte das Kinn darauf ab. Sein Blick blieb starr an ihr hängen.

Knapp eine Stunde saßen sie sich so gegenüber. In Alexandras Kopf rasten derweil die Gedanken. Momentan schien ihre Lage zwar aussichtslos, aber ungeachtet ihres Streites würde Harris irgendwann jemanden schicken, der nach ihr sah. So lange musste sie durchhalten. Zu flüchten hatte keinen Sinn, zum einen, weil sie nicht wusste, wohin, zum anderen, weil ihr der Mann immer einen Schritt voraus sein würde. Sicher hauste er schon länger hier und kannte jeden Schlupfwinkel des Gebäudes. Anders war es auch nicht zu erklären, dass er so lange unentdeckt geblieben war. Wenn es ihr gelingen würde, ihn in ein Gespräch zu verwickeln, würde sie Zeit gewinnen. Jemand, der redete, handelte für gewöhnlich nicht. Jedenfalls traf das auf Selbstmörder zu, die, bereit zum Sprung, auf dem Dach eines Hochhauses standen. Reden lenkte sie für eine gewisse Zeit von ihrem eigentlichen Vorhaben ab.

Ihre Nägel gruben sich in ihre Handflächen, aber die Angst betäubte den Schmerz. Sie bemühte sich, normal zu klingen.

»Wer bist du?«, fragte sie und sah schnell zur Seite, als er den Kopf hob. Sein Gesicht jagte ihr noch immer panische Angst ein.

»Mein Name ist Adam.«

»Und weiter?«

»Nur Adam.«

»Gut«, dachte Alexandra, »mach einfach so weiter.«

»Woher kommst du?«

»Von einem Ort, den du sehr gut kennst.«

Einen Augenblick verwirrte sie der Gedanke, der sich in ihren Kopf drängte, doch kurz darauf hatte sie sich wieder im Griff. Er konnte weder Frankfurt meinen noch … Alexandra erschauderte. Hatte einer der Insassen der Psychiatrie Adam geheißen? Wieso kam ihr sein Name so bekannt vor?

»Was für einen Ort meinst du?«

Adam lächelte. »Du weißt es.«

Alexandra schüttelte den Kopf.

»Dann lass uns weiterspielen! Du fragst, und ich antworte«, sagte er und nickte ihr aufmunternd zu.

»Was machst du hier?«

»Auch das weißt du.«

Alexandra spürte Unmut in sich aufkommen. Vielleicht musste sie einfach nur den Ton verschärfen, und er würde klein beigeben.

»Die Regel ist: Ich frage, und du antwortest«, sagte sie streng. »Also, was machst du hier?«

»Die Antwort ist, dass du es weißt.«

Auch wenn sie ihn für nicht sonderlich intelligent hielt, schien Härte ihn nicht zu beeindrucken. Seine Antworten klangen vielmehr so, als wäre er sich seiner Überlegenheit bewusst und durchaus Herr der Situation. Es war eindeutig, dass er mit ihr spielte. Sie musste geschickter vorgehen und die Fragen anders stellen.

»Vor wem versteckst du dich?«

»Vor der ganzen Welt.«

»Und warum?«

»Das weißt du doch.«

Alexandra, der nichtssagenden Antworten mittlerweile überdrüssig, überwand ihre Abscheu und wagte den direkten Augenkontakt. Wie erhofft, zog Adam den Kopf zwischen die Schultern. »Weil ich irre bin«, flüsterte er und kicherte demonstrativ. »Und alle suchen mich!«

Just in diesem Moment fiel Alexandra ein, wann sie den Namen Adam das erste Mal gehört hatte. Die blinde Frau auf der Gartenbank hatte ihr nachgerufen, sie solle Adam grüßen, wenn sie ihn sähe. Von seiner Mutter! Konnte die alte Frau wirklich ihn meinen? Wusste sie, dass er hier hauste, und wenn ja, wie lange hütete sie dieses Geheimnis schon?

»Wie lange wohnst du schon hier?«

Adams Blick verlor sich plötzlich. Er zwirbelte eine lange Haarsträhne zwischen seinen Fingern und summte leise vor sich hin

»Niemand wohnt lange in diesem Haus!«, sagte er schließlich.

Auch diesen Satz hatte sie schon einmal gehört. Paul hatte ihn gesagt, und schon damals war er ihr merkwürdig vorgekommen. Sie hatte nicht gefragt, warum das so war.

»Wieso nicht?«

Adam wiegte den Kopf hin und her. Er schien zunehmend Gefallen daran zu finden, sie mit seinen Antworten zu verwirren.

»Hast du dich denn nicht gefragt, warum es so günstig ist?«

»Doch, aber das Haus ist nun mal nichts wert.«

Er kicherte wie ein Kind.

»Das Ammenmärchen! Wie schön! Und das glaubst du?« Er schüttelte wild den Kopf und machte dann ein todernstes Gesicht.

»Es ist das Haus einer Mörderin. Und das weißt du! Vergossenes Blut trocknet nie!«, sagte er mit betont tiefer Stimme.

Was in Gottes Namen meinte er damit? Las er ihre Gedanken? An ihren Händen klebte das Blut ihres Bruders und … nein, er konnte nicht sie meinen. Er sprach von sich. Er sprach von seinen mörderischen Feldzügen, die er von hier aus startete. Warum sonst trug er Frauenkleider?

»Du bist wahnsinnig!«

»Ja.«

Ein paar Minuten lang herrschte Stille. Adam summte leise vor sich hin und warf ihr gelegentlich verklärte Blicke zu. In Alexandras Kopf wechselten unterdessen Angriffs- und Fluchtgedanken. Entweder musste sie auf eine passende Gelegenheit zur Flucht warten, oder sie schaffte es, ihn zu überwältigen.

Die Fluchtmöglichkeiten nach unten waren des Wassers wegen zwar begrenzt, aber die Kammer hinter der roten Tür, die ihr als Versteck vor Harris gedient hatte, besaß nur ein winziges Fenster. Ein ausgewachsener Mann wie Adam würde da unmöglich hindurchpassen. Der Gedanke an diesen Ausweg beruhigte sie ein wenig, auch wenn sie noch keine Idee hatte, wie sie den Plan ausführen sollte. Unauffällig sah sie sich um. Sie musste ihren Platz auf der Luke verlassen, ohne dass er es bemerkte. Im passenden Moment würde sie die Luke anheben und sich nach unten fallen lassen. Selbst auf die Gefahr hin, dass sie sich beim Sturz alle Knochen brach, bis in die Kammer würde sie es, wenn nötig, auch kriechend schaffen. Der lederne Beutel an ihrem Gürtel schlug leise klappernd gegen ihren Oberschenkel, als sie ein Stück nach vorn rutschte. Erschrocken hielt sie ihn fest und sah zu Adam. Er hatte nichts bemerkt, nach wie vor summte er die immergleiche Melodie. Unterdessen gedieh in ihr ein neuer Plan. Niemals wäre sie auf die Idee gekommen, dass der Lederbeutel mit den Pinseln ihr einmal das Leben retten könnte, doch er beherbergte unter anderem auch das Skalpell, welches sie zum Schneiden der Leinen benutzte. Aber würde sie den Mut aufbringen, es gegen einen Menschen zu richten?

»Was hast du da?«, fragte Adam plötzlich und deutete auf ihren Oberschenkel. Kein Zweifel, er konnte Gedanken lesen oder hatte, was wahrscheinlicher war, doch das Klappern bemerkt.

»Meine Pinsel.«

In Adams Augen blitzte es verzückt. »Du malst?«

Sie nickte. Begeistert fuhr sich Adam durch die Haare, spuckte in seine Hände und ordnete einzelne Strähnen. Dann sah er lächelnd an sich herunter. »Ich möchte, dass du mich malst.«

»Dafür kenne ich dich zu wenig.«

»Warum musst du mich kennen, um mich zu malen?«

Alexandras Antwort war ein vorgefertigter Satz ihres Dozenten an der Hochschule. Sie hatte ihn oft benutzt, um Leute davon abzuhalten, sie um ein Porträt zu bitten.

»Weil ich dafür in dich hineinsehen muss. Es würde sonst nur ein Bild werden.«

Adam kroch plötzlich mit enormer Geschwindigkeit auf sie

zu. »Sieh in mich hinein!«, flüsterte er. »Hier! Ich helf dir dabei.« Er zückte plötzlich ein Messer und hielt es sich an die Brust. »Soll ich es aufschneiden?«

Alexandra schrie vor Entsetzen auf und rutschte von ihm weg. Instinktiv streckte sie die Arme aus und hielt ihm die Handflächen entgegen, um Abstand zu signalisieren. Zu ihrer Erleichterung kam er nicht näher heran.

»Nein! Ich sehe dich! Ich sehe dich ganz genau! Erzähl mir was, Adam, dann kann ich auch in dich hineinsehen.«

Adam ließ das Messer sinken, behielt es aber in der Hand.

»Und worauf malst du?«

»Auf Leinen. Die Rahmen stehen unten.«

»Ich hol sie dir!«

»Nein, lass mich das machen.«

»Wie du willst! Dann musst *du* eben schwimmen.«

»Wieso?«

»Weil das Wasser so hoch steht!« Adam sprang auf die Füße und hielt die flache Hand an seine Gurgel. »Ich könnte ja vielleicht noch laufen, aber du?«

»Dann ist es eh zu spät. Das Wasser hat das Leinen längst aufgeweicht.«

Adam sah sie mit bitterböser Miene an. »Du willst mich nicht malen!«

»Doch, aber ich brauche etwas, worauf ich malen kann.«

Urplötzlich kam Bewegung in Adam. Hektisch rannte er von links nach rechts, riss Schränke auf, zerrte Kleider heraus und schob Kisten hin und her. Ihre Chance war gekommen, er war abgelenkt. Ohne ihn aus den Augen zu lassen, hob sie langsam die Luke an. Es knarrte erheblich, aber die Geräuschkulisse, die Adam verursachte, übertönte alles. Behutsam schob Alexandra sich durch den Spalt, stützte sich mit einer Hand auf den Stufen ab und zwängte sich weiter hindurch. Er schien nichts zu bemerken, denn noch immer polterte es in den unterschiedlichsten Ecken des Dachbodens.

Alexandra stand jetzt kopfüber mit den Händen auf der vierten Stufe von oben, nur ihre Füße steckten noch im Spalt der Deckenluke. Es würde unüberhörbar krachen, wenn sie die Füße herauszog und die Luke in den Rahmen fiel. Spätestens zu diesem Zeitpunkt würde er ihre Flucht bemerken. Alexandra hatte keine Ahnung, wie sie aus dieser Position heraus die Treppe hinunterkommen würde, es musste nur sehr schnell gehen. Der geplante Sturz kopfüber schien aus drei Metern Höhe plötzlich keine gute Idee zu sein. Alexandra spannte die Muskeln an und begann, ihren rechten Fuß Zentimeter für Zentimeter aus der Luke zu ziehen. Als das geschafft war, stellte sie den Fuß von unten an die Luke und stützte sie ein wenig ab. Wenn es ihr gelänge, den Linken herauszuziehen und mit dem rechten Fuß das Gewicht der Luke abzufangen, damit sie nicht krachend im Rahmen landete, dann … Eine gewaltige Kraft drückte plötzlich von oben auf die Luke und zerquetschte krachend ihren linken Knöchel. Alexandra schrie laut auf. Der Schmerz war so gewaltig, dass er ihr die Sinne nahm.

Das Schwarz vor ihren Augen lichtete sich. Adam hockte leise singend unmittelbar neben ihr. »Der Mond ist aufgegangen, die goldnen Sternlein prangen am Himmel hell und klar.« Über sie gebeugt, kitzelten seine Haare ihren Hals, während er zart ihre Wange streichelte. »Der Wald steht schwarz und schweiget, und aus den Wiesen steiget der weiße Nebel wunderbar!« Sie wollte nur weg, weg von diesem hässlichen Gesicht, weg von der streichelnden Hand und dem Lied, welches ihr das Herz zerriss. Aber etwas hinderte sie daran. Ihre Füße umschlang eine dickes Tau, die Handgelenke ein flüchtig geknoteter Strick.

»Warum hast du mich gefesselt?«

»Das war ich nicht. Ich soll nur auf dich aufpassen. Ich soll gut auf dich aufpassen.«

»Du bindest mich jetzt sofort los!« Alexandra warf ihm einen Blick zu, der keinen Ungehorsam duldete, und wie erwartet zog Adam wieder den Kopf zwischen die Schultern. »Das darf ich nicht. Wenn er zurückkommt und sieht, dass ich dir geholfen habe, dann …« Er verstummte und sah sich ängstlich um.

Alexandra hatte jetzt nur noch eine Chance. Sie musste ihn wie ein Tier in die Ecke drängen, ihn provozieren. Erst dann, meinte sie, würde er sein wahres Gesicht zeigen. »Es ist Harris, nicht wahr?«, sagte Alexandra.

Adam wackelte mit dem Kopf, zwinkerte dann auffällig mit dem rechten Auge und wendete sich ab. Es war zwar nicht die Reaktion, die Alexandra erhofft hatte, aber es gab ihr die Möglichkeit, die Handfesseln abzustreifen und sich dem dicken Tau um ihre Knöchel zu widmen. Als ihr Blick auf ihren linken Fuß fiel, drehte sich ihr förmlich der Magen um. Obgleich ihre Beine normal ausgestreckt waren, lag ihr Fuß in einem Fünfundvierzig-Grad-Winkel am Boden. Keine Anstrengung reichte, um ihn auch nur einen Millimeter zu bewegen. Er war glatt durchgebrochen. Das Merkwürdige daran war, dass sie keinerlei Schmerz spürte, ganz so, als würde dieser Fuß nicht zu ihr gehören. »Tut sicher weh«, hörte sie Adam sagen. »Aber das ist nicht meine Schuld, es ist deine.« Er verdeckte sein Gesicht mit den Händen und drehte sich zu ihr um. »So wie alles«, flüsterte er und sah zwischen den gespreizten Fingern hindurch.

»Was soll das heißen?«

»Nichts, nichts«, wisperte Adam und ließ die Hände sinken. Er fasste den Saum seines Kleides und tänzelte auf der Stelle.

»Wie geht es dem kleinen Philipp?«, fragte er beiläufig.

»Was?« Alexandras Stimme überschlug sich.

»Und deiner Mutter?«

»Hör auf!«

»Dein Vater … er hat wirklich gelitten, als es passierte. Philipp war …«

»Hör auf!«, schrie Alexandra.

»… er war sein Ein und Alles! Weil er ein Junge war, verstehst du? Sein Junge! Nie wird dein Vater dir das verzeihen! Nie!«

Alexandra war nicht mehr fähig, zu reagieren. Das erste Mal, seit jener schicksalhaften Sommernacht, in der ihr Bruder starb, hatte jemand genau das ausgesprochen, was seit dreizehn Jahren an ihr nagte. Nicht einmal die Ärzte hatten es gewagt, sie damit zu konfrontieren, geschweige denn ihre Eltern, die, monatelang unter Schock stehend, die Wohnung nicht mehr verlassen konnten. Bis zu jener Nacht, als Alexandra selbst dem Tod von Angesicht zu Angesicht … nein, niemand würde ihr jemals verzeihen. Sie tat es ja selbst nicht.

»Tja, so ist das mit der Vergangenheit!«, hörte sie Adam sagen. »Wer sie zu verdrängen versucht, der fördert sie noch mehr zutage. Wir vergessen, woran wir uns nicht erinnern wollen. Aber so funktioniert das nicht, Alex! Oh, entschuldige, Philipp nannte dich so.«

Adams Miene wurde mit einem Mal ernst, fast feierlich. »Soll ich dir ein Geheimnis verraten? Ja? Ich weiß, wer die Frauen getötet hat!« Er begann sich wild im Kreis zu drehen, wobei er, gleich einer Ballerina, ihr immer wieder ruckartig das Gesicht zuwendete und Namen hervorstieß.

»Stefanie, Michaela, Sabine, Katrin, Theresia, Claudia. Ich weiß es … nur ich weiß es!«

Der wilde Tanz endete abrupt. »Da drin sind ihre Kleider!«, wisperte er und zeigte auf die Kammer. Alexandra stockte der Atem. Stefanie, Michaela … Kein Zweifel, Adam sagte die Wahrheit. Michaela, die Tochter des Fuhrunternehmers Beyer, hatte man am Ufer der Oder gefunden, und Stefanie war, laut Pauls Aussage, Alexandras Vormieterin gewesen, bis sie eines Tages verschwand. Ganz sicher war das auch der

Grund, warum alle so merkwürdig auf ihren Einzug in dieses Haus reagiert hatten. Adam stand noch immer vor der Kammertür und zeigte mit ausgestreckter Hand hinein. Erst jetzt bemerkte Alexandra, dass seine Haare nicht mehr schwarz, sondern feuerrot waren.

»Nimm die Perücke ab«, sagte sie.

Adam schüttelte den Kopf.

»Tu es! Es ist zu deinem Besten!«

»Aber ich liebe rote Haare!«

»Nimm sie ab, wenn du nicht sterben willst!«

Adam begann hysterisch zu schreien, riss sich dabei immer wieder die Perücke vom Kopf, um sie gleich darauf wieder aufzusetzen, und sprang schließlich durch die Luke nach unten. Sekundenlang war es totenstill im Haus, kurz darauf kamen die Geräusche aus dem Obergeschoss.

Sie hörte, wie etwas über den Boden schleifte und dann im Takt des Treppenhinaufsteigens gegen die Stufen schlug. Sie zählte fünf, bis das Schlagen aufhörte. Er stand auf halber Treppe zum Dachboden. Alexandra biss die Zähne zusammen, rutschte zur Luke und schlug sie krachend zu. Kaum dass die fallende Luke den Rahmen erreichte, splitterte das Holz unter dem gewaltigen Schlag der Axt.

41.

Die Anwohner von Lunow waren gegangen. Die Erinnerung an die letzte große Flut war noch nicht verblichen, und die Angst der Menschen, die Katastrophe von 1997 könnte sich wiederholen oder gar übertroffen werden, saß tief. Kurz vor Mitternacht waren bei Hohensaaten die Deiche auf einer Länge von knapp fünfzig Metern gebrochen und hatten Löcher mit enormen Ausmaßen verursacht. In einer waghalsigen Aktion versuchten Taucher nun von der Wasserseite aus, die Bruchstellen mit riesigen Planen abzudecken. Wenn es gelang, entspannte das die prekäre Lage anliegender Ortschaften gewaltig. Zudem verschaffte es den Einsatzkräften die Zeit, einmal durchzuatmen. Seit zwanzig Stunden waren diese nun pausenlos im Einsatz. Harris musste zugeben, dass unter dem Dauerstress der letzten Stunden Alexandra aus seinen Gedanken verschwunden war. Erst jetzt, die erste Tasse heißen Kaffee in den Händen, fiel sie ihm wieder ein. Von den Männern, die mit dem Auto zu ihr unterwegs waren, hatte er nichts mehr gehört. Das musste zwar nicht unbedingt etwas heißen, denn schließlich waren sie ihm keine Rückmeldung schuldig, aber es beunruhigte ihn mittlerweile doch. Inzwischen waren vier Stunden vergangen. Von seinem jetzigen Standort Hohensaaten waren es nur wenige Kilometer bis zu Alexandras Haus. Das Problem war allerdings nicht die Entfernung, sondern ein geeignetes Fortbewegungsmittel. Kein Fahrer würde sich bereit erklären, ohne Anordnung von oben auf gut Glück in das Überschwemmungsgebiet zu fahren. Und der bloße Verdacht, dass sich dort noch Menschen aufhalten könnten, würde als Argument nicht ausreichen. Um sich Gewissheit zu verschaffen, musste Harris das Risiko allein eingehen. Aber wie so oft im realen Leben, in dem man sich nicht einfach ein Pferd schnappen und querfeldein zur Angebeteten preschen konnte, blieb Harris nur eine einzige, sehr ernüchternde Möglichkeit. Robert Schumanns Onkel mit seiner Autowerkstatt samt einem höhergelegten Jeep.

Dass der Onkel aufgrund der polizeilichen Ermittlungen, an deren Ende seine Neffen in Haft saßen, auf Harris nicht gut zu sprechen war, sollte momentan zweitrangig sein. Das einzig Wichtige war, dass er den Jeep nicht gerade selbst nutzte, sondern dieser noch neben der Werkstatt parkte. Alles andere würde sich später klären lassen.

42.

In den letzten fünf Minuten war nichts mehr passiert. Alexandra saß bewegungslos vor der Luke und starrte auf die blanke Schneide der Axt, die durch das zersplitterte Holz ragte. Im Haus herrschte gespenstische Stille. Weder hörte sie Adam atmen, noch hatte sie Schritte auf der Treppe vernommen, denen sie entnehmen konnte, dass er fort war. Sie beugte sich nach unten und legte vorsichtig ihr Ohr an die Planken. Direkt vor ihren Augen steckte die Axt, an deren metallener Oberfläche sich ihr Gesicht spiegelte. Sie sah furchtbar aus. Mit den schwarzen Rändern unter den Augen und an der Stirn festgeklebten Haaren gab sie ein erschreckendes Bild ab. Trotz der misslichen Lage brauchte sie einen Moment der Ruhe. Woher kannte Adam die Tragödie ihrer Familie? Außer mit Nina und Harris hatte Alexandra mit keinem Menschen darüber gesprochen.

Adam hatte auf ihre Frage nach Harris zwar nicht konkret geantwortet, aber seine Reaktion war eher bejahend als verneinend gewesen. Bedeutete das etwa, dass Harris gemeinsame Sache mit diesem Irren machte? Woher sonst sollte Adam all die Namen der getöteten Frauen kennen? Bewahrten sie die Kleider als Trophäen auf und Harris hatte Adam erlaubt, sie hier oben heimlich zu tragen? Jetzt war auch klar, warum Harris auf dem Dachboden nichts Verdächtiges bemerkt haben wollte. Ganz sicher befand sich unter den Kleidern in der Kammer inzwischen keines mehr, das den toten Frauen gehörte. Hatte Harris die schwarze Perücke in Schumanns Autowerkstatt deponiert? Was war mit dem blutigen Shirt? Er hatte es nicht, wie er sagte, tiefer hineingesteckt, sondern erst nachträglich!

Wie hatte er Theresias Leiche so schnell auf der Insel finden können?

Und was bedeutete seine Bemerkung, dass ihr Lächeln irgendwann ihr Untergang sein würde? Dieser Satz bekam nun eine vollkommen andere Bedeutung. Wenn er kam, würde er sie töten, dessen war sich Alexandra inzwischen sicher. Sie hatte ihn nie für sonderlich clever gehalten, aber der perfide Trick, als Polizist einen Mörder zu jagen, den es nicht geben konnte, weil er selbst es war, belehrte sie nun eines Besseren. Eines beruhigte sie immerhin, sie wusste nun, mit wem sie es zu tun hatte, und war vorbereitet. Aber jetzt galt es, erst einmal herauszufinden, wo Adam steckte.

Ganz langsam hob sie die Luke ein Stück an und sah durch den schmalen Spalt nach unten. Adam stand nicht mehr auf der Treppe und war, soweit sie es sehen konnte, auch nicht im oberen Flur. Vorsichtig lehnte sie die Luke an den Schornstein, stellte den gesunden Fuß dagegen und hebelte mit aller Kraft die Axt aus dem Holz. Es gelang ihr fast geräuschlos. Die Axt in ihrem Schoß gaukelte ihr zwar für einen Moment Sicherheit vor, aber der gebrochene Knöchel holte sie schnell in die Realität zurück. Was für eine Chance hatte sie gegen einen irren Serienmörder, der seit Monaten selbst die Polizei zum Narren hielt? Immer noch stand die Frage, warum er sie nicht längst getötet hatte, im Raum. Die Kerze neben der Kammer begann langsam und leise zischend zu erlöschen.

»Lass es uns jetzt beenden.«

Alexandras Atem ging stoßweise, als sie sich zum Fenster umdrehte. Im flackernden Licht der Kerze stand Adam.

»Was soll das heißen?«, keuchte sie.

Die Kerze erlosch. Sie hörte, wie Adam langsam auf sie zugelaufen kam. Entgegen seiner vorherigen Hysterie wirkte er ruhig und beherrscht, als er sich neben ihr in die Öffnung der Luke setzte. Er trug jetzt Hose und Shirt, auch die Physiognomie seines Gesichtes schien stark verändert. Das Kindliche war harten, scharf geschnittenen Zügen gewichen. Mit einer matten Bewegung zog er die Perücke vom Kopf, ließ sie durch die Luke fallen und legte seine Hände in den Schoß. Vor ihrem inneren Auge reihte sich Detail an Detail. So hatte ihr Vater damals in ihrem Zimmer gesessen, müde, ratlos, erschöpft. Alles an Adam erinnerte sie plötzlich an ihren Vater. Der harte Zug um den Mund, der selbst in den glücklichsten Momenten nicht gänzlich verschwand, der gramgebeugte Rücken und die im Schoß ruhenden Hände.

»Es ist zu Ende, Alexandra. Das Wasser wird zurückgehen, dann werden sie kommen und alles erfahren. Man kann sich nicht ewig verstecken. Also lass es uns jetzt beenden.«

Alexandras Hand krampfte sich um den Stiel der Axt. »Was willst du?«

»Du weißt es doch.«

Sie schüttelte wild den Kopf.

»Mach es mir nicht so schwer!«, sagte Adam ruhig und lächelte sie an.

»Warum ich?« Eine Frage, die schon seit einer Ewigkeit ihr gesamtes Denken beherrschte, sie in ihren Träumen verfolgte und letztlich zu der gemacht hatte, die sie jetzt war. Die Antwort war denkbar einfach, man nannte es Schicksal.

»Weil ich sonst weiter töten werde. Der Alptraum würde nie aufhören. Erst mit deinem Tod ist es beendet.«

Nun hatte er es ausgesprochen. Er war es … nicht Harris. Was aber nutzte ihr die Erkenntnis, zu wissen, wer ihr Mörder war?

Alexandra hatte das Gefühl, als würde sich ein Strick um ihre Kehle legen, der von Sekunde zu Sekunde enger gezogen wurde. Das war das Ende? Sahen so die Minuten vor dem Tod aus? Der Gedanke an diesen letzten Moment hatte sie ihr Leben lang fasziniert. Was fühlte man, wenn es kein Morgen mehr gab? Erleichterung, weil die Qualen verschmähter Liebe, fehlender Anerkennung oder persönlichen Misserfolgs größer waren als die Kraft weiterzuleben? Oder Trauer darüber, dass man das Licht des folgenden Tages nicht mehr erblicken würde?

Alexandra stellte mit Erschrecken fest, dass sie geneigt war, loszulassen. Ihre Kraft wich wie die Luft nach einem Nadelstich in eine Luftmatratze. Langsam, aber stetig. Des Versteckspielens müde, konnte sie weder weglaufen noch sich dem Kampf mit einem ungleichen Gegner stellen.

Welche Magie benutzte Adam, dass sie so schnell mit dem Tod ihren Frieden schließen konnte? Und wann, hatte man ihn vor Augen, kehrte endlich der Überlebenswille zurück? Müde sank Alexandra in Adams Schoß. Sie spürte seine Hand, die sanft über ihr Haar glitt, und schloss die Augen. Adam begann wieder zu singen. »Wie ist die Welt so stille und in der Dämmrung Hülle so traulich und so hold.« Alexandras Fingerspitzen verschlossen seine Lippen. »Als eine stille Kammer«, sang Alexandra leise, »wo ihr des Tages Jammer verschlafen und vergessen sollt.« Einen Augenblick ausruhen! Nur einen Augenblick. Mit Neugierde wartete sie darauf, dass ihr Leben an ihr vorbeizog. Die unbeschwerte Zeit in ihrem Leben währte nur kurz, viel zu kurz, als dass sie sie hätte bewusst genießen können. Es war ihr nie gelungen, aus dem Schatten, den Philipps Tod verursacht hatte, herauszutreten. Was blieb, war ein fortwährender Alptraum, der nun schon dreizehn Jahre andauerte. Würde der Moment vor ihrem Tod ihr vielleicht ein anderes Leben zeigen, eines, das zwar existierte, das sie jedoch nie wahrgenommen hatte?

»Es wird schnell gehen. Ich verspreche es dir!«, hörte sie ihn flüstern.

Alexandra öffnete die Augen, drehte den Kopf und sah in sein Gesicht. Das hässliche Kind war zurückgekehrt! Sie schnellte nach oben, bündelte die gesamte Kraft in ihrem rechten Arm, holte aus und ließ die Axt mit rasender Geschwindigkeit auf seinen Kopf hinabfahren. Die Schneide traf ihn mitten durch die Stirn. Er saß aufrecht, mit gespaltener Stirn, und sah sie an. Der Ausdruck in seinen Augen war eine Mischung aus Grauen und Verwunderung. Panisch und aus Leibeskräften schreiend, trat sie mit dem Fuß gegen seinen Körper. Er fiel nach unten wie eine Puppe, überschlug sich auf dem Absatz und fiel weiter. Sie konnte nicht mehr sehen, wie er im Wasser versank, denn alles verschwand hinter einem schwarzen Vorhang.

Ein Geräusch, das nicht in die Kulisse des lärmenden Wassers passte, holte sie aus der Ohnmacht. Es klang wie der Motor eines Autos, aber da der Wald einen knappen Meter unter Wasser stand, war das mehr als unwahrscheinlich. Dennoch hörte sie kurz darauf lautes Plätschern im unteren Flur. »Alexandra? Bist du hier?«

Harris' Stimme ließ sie augenblicklich in Tränen ausbrechen.

»Hier oben!«, rief Alexandra, so laut sie es schluchzend vermochte. Es dauerte nur Sekunden, bis Harris in der Lukenöffnung stand und sie mit großen Augen ansah. »Wieso bist du noch hier?«

»Wieso nicht?«

»Weil das Gebiet schon lange evakuiert wurde. War denn niemand hier, um dich abzuholen?«

Alexandra schüttelte den Kopf und brach erneut in Tränen aus. »Hier war niemand! Hier war überhaupt niemand! Außer …«

Harris verschloss ihren Mund mit seiner Hand. »Ist ja gut. Lass uns gehen, bevor wir nicht mehr durchkommen!« Er umschlang Alexandras Hüfte und stellte sie auf die Füße. Mit einem lauten Aufschrei brach sie zusammen.

»Ich kann nirgendwohin gehen. Mein Knöchel ist gebrochen.«

»Scheiße! Wie ist das denn passiert?«

Bestürzt sah er auf Alexandras verdrehten Fuß. »Kein Problem, dich Fliegengewicht krieg ich auf einer Hand bis zum Auto.« Er entdeckte ein dünnes Brett auf einem Stapel, zerbrach es über dem Knie in zwei Hälften und warf sie auf den Boden. Dann zog er sein Hemd aus, riss es mit kräftigen Bewegungen auseinander, bis er einigermaßen gleiche Streifen hatte. Die provisorische Schiene hielt den Fuß zumindest in einer halbwegs natürlichen Stellung.

»Ich hab ihn getötet, Harris!«

»Was?«, fragte er leicht irritiert, während er mit dem Hemdstreifen den Knöchel bandagierte.

»Er liegt unten im Wasser.«

Harris schüttelte den Kopf.

»Da liegt niemand. Außer dir ist hier niemand!«

»Doch. Der Mann, von dem ich dir erzählte. Adam. Ich hab ihn getötet.«

»Alexandra! Das ist jetzt nicht der richtige Zeitpunkt, um darüber zu reden, dass du …«

»Irre bist? Das bin ich ganz bestimmt nicht. Der da unten, der ist irre!«

Harris setzte sich in die Luke und ließ erschöpft die Schultern fallen.

»Pass auf. Ich hab 'nen Scheißtag hinter mir. Ich habe mich, ohne mich abzumelden, vom Fluss entfernt. Ich hab ein Auto gestohlen und es fast zu Schrott gefahren, um dich hier rauszuholen. Ab jetzt drängt die Zeit ein bisschen! Verstehst du?«

»Er hat mir die Namen der getöteten Frauen aufgezählt. Alle sechs Vornamen!«

»Wer?«

»Adam!«

»Blödsinn. Niemand kennt diese Namen.«

»Er wusste sie!«

Harris tat, was er immer tat, wenn er nervös wurde. Er griff an sein rechtes Ohr und massierte es angestrengt.

»Also noch mal. Niemand außer der Polizei kennt die Namen der Frauen, sie gingen nämlich ausnahmsweise mal nicht durch die Presse. Und ich glaube auch, dass nicht mal der Mörder selbst sie weiß. Reicht das? Können wir jetzt los?«

»Dann weiß Adam sie von dir!«

»Das ist doch idiotisch! Ich kenne keinen Adam, und ich habe auch niemand anderem die Namen gesagt.«

»Stefanie, Michaela, Sabine, Katrin, Theresia, Claudia.«

Seine versteinerte Miene ließ ihr Herz ein paar Schläge lang aussetzen, und der anfängliche Verdacht überfiel sie erneut mit ungeheurer Wucht.

Harris reagierte unlogisch. Sie hatte zugegeben, einen Menschen getötet zu haben, dessen Leiche irgendwo da unten im Wasser schwamm, und er erklärte, dass er keinen Adam kenne. Selbst wenn er unter Zeitdruck stand, musste er doch, wenn nicht als Freund, dann wenigstens als Polizist reagieren. Adam hatte gesagt, dass erst ihr Tod den Alptraum beenden würde, aber sie lebte noch. Wollte sich Harris nur vergewissern, ob Adam erfolgreich gewesen war? Sie wusste inzwischen zu viel, als dass man sie am Leben lassen konnte.

»Wieso bist du hergekommen, wenn du eigentlich dachtest, ich wäre nicht mehr hier? Was wolltest du hier?«

»Mich selbst davon überzeugen, dass du …!«

»Tot bist?«

Harris stöhnte laut auf. »Dass man dich abgeholt hat! Ich habe keine Rückmeldung bekommen! Wovon redest du überhaupt?«

Alexandra erwog kurz, Harris auf den Kopf zuzusagen, dass sie ihn durchschaut hatte. Aber sollte er sich daraufhin zu erkennen geben, blieb ihm nur die Möglichkeit, sie als Zeugin spurlos verschwinden zu lassen. Doch das konnte er unmöglich in ihrem Haus tun.

»Du traust mir nicht, oder?«, fragte Harris. »Deshalb auch die Aktion mit der roten Kammer. Aber ich sag dir jetzt was.

Ich trau dir auch nicht. Dein ganzes Interesse an diesem Fall hat nur einen einzigen Grund. Ich bin selbst nicht darauf gekommen, es war Schneider. Du bist Journalistin, nicht wahr? Das alles ist ein abgekartetes Spiel, von Anfang an. Und wir wären jetzt nicht in dieser Scheißsituation, wenn du nicht … ist ja auch egal. Können wir jetzt gehen?«

Alexandras Reaktion sprach Bände: kein Widerspruch, kein Gegenangriff, keine Verteidigung.

»Sag mir nur noch eins«, flüsterte sie stattdessen. »Wie lautet der Name meines Bruders?«

»Du sagtest, dass er Philipp heißt«, antwortete Harris und machte Anstalten, Alexandra auf seine Schultern zu heben, um sie die Treppe hinunterzutragen. Willenlos ließ sie es geschehen, aber als Harris seinen Fuß auf die erste Stufe setzte, griff sie entschlossen nach der Axt am Schornstein und schlug ihm mit der stumpfen Seite auf den Kopf.

Harris brach unter dem Schlag zusammen und stürzte mit ihr auf den Boden.

Den Schmerz des Aufschlagens spürte Alexandra nicht, so schnell schoss das Adrenalin jetzt durch ihren Körper. Sie rappelte sich hoch, schlang in Windeseile das Tau um seine Füße und verknotete so akribisch den Strick an seinen Handgelenken, dass er sich unter keinen Umständen von selbst lösen konnte. Danach rutschte sie aus Harris' Reichweite und wartete darauf, dass er wieder zu sich kam.

Harris' Bewusstlosigkeit hielt nicht lange. Keine drei Minuten später blinzelte er und schlug die Augen auf. Benommen und gleichermaßen erstaunt sah er auf seine zusammengebundenen Hände.

»Warum hast du mich gefesselt?«

»Dasselbe habe ich Adam gefragt. Er sagte, dass du es warst.«

»Noch mal, ich kenne keinen Adam!«

»Ach, Harris, komm mir doch nicht so! Erst dachte ich tatsächlich, dass er es sei, aber Adam ist ein Kind und gar nicht dazu fähig.«

»Ich versteh kein Wort. Wie kommst du auf die absurde Idee, dass …«

»Kann ich dir sagen. Nur dass sie nicht absurd ist, sondern logisch.«

Es war ihr anzusehen, wie sehr sie mit sich rang. Irgendetwas in ihr kämpfte dagegen, dass sie es aussprach.

»Seit mein kleiner Bruder gestorben ist, habe ich seinen Namen nie wieder ausgesprochen. Ich weiß nicht, woher du ihn kennst. Wahrscheinlich ist das bei Bullen so, dass sie ihre Geliebte erst ausspionieren, bevor sie mit ihr ins Bett gehen. Aber Adam konnte den Namen unmöglich wissen. Es sei denn, du hast mit ihm darüber gesprochen.«

»Zum x-ten Mal, ich kenne keinen Adam. Okay, ich gebe zu, dass ich ein bisschen recherchiert habe. Aber das ist auch alles.«

Alexandra beschloss, ihre Strategie zu ändern. Er würde zwar über kurz oder lang dahinterkommen, was sie bezweckte, aber einen Versuch war es wert.

»Ich dachte, du liebst mich«, sagte sie leise. Harris' Gesicht blieb regungslos.

»Liebe? Ich weiß nicht, nennen wir es eine vorübergehende Verwirrtheit. So etwas bleibt nicht.«

Erstaunt stellte Alexandra fest, dass sie sich, was Harris betraf, wieder einmal gründlich getäuscht hatte. Nina hingegen hatte ihn binnen Minuten durchschaut. Ihre Äußerung, dass irgendetwas mit ihm nicht stimmte, hatte Alexandra damit abgetan, dass Nina ihr die Bekanntschaft wahrscheinlich nur neidete. Nun sollte Nina, wie so oft, recht behalten.

»Du bist verdammt arm dran, wenn du dieses Gefühl nicht kennst«, sagte Alexandra.

Harris schwieg. Vielleicht überlegte er nur, wie er die Fesseln gelöst bekam, vielleicht dachte er aber auch darüber nach, wie er ihr Vertrauen zurückgewinnen konnte, damit sie ihn losband. Dem Klang seiner Stimme nach tendierte er zu Letzterem.

»Du weißt doch gar nichts über mich!«, sagte er leise.

»Eben. Ich weiß nichts. Dann erzähl mir was! Das Ganze dauert doch keine fünfzehn Sekunden! Erzähl mir, was in dir vorgeht!«

Harris' Gesichtszüge veränderten sich. Sei es, dass er nur schauspielerte oder sie tatsächlich umzustimmen versuchte, ganz offenbar ging irgendetwas in ihm vor, was ihn sanfter werden ließ. »Wann kennen wir jemanden wirklich, Alexandra? Wenn er uns ein Geheimnis offenbart hat? Wenn man zwanzig Jahre lang das Bett geteilt hat? Nein. Es ist Vertrauen. Das macht Freunde aus, dass sie einander das Gefühl von Sicherheit geben. Ich dachte, zwischen uns wäre das so.«

»Und dann spionierst du mir nach?«

»Ich konnte dein Verhalten einfach nicht verstehen. Aber ich wollte es. Ich wollte wissen, was mit dir passiert ist, damit ich nicht die falschen Fragen stelle. Eigentlich wollte ich …«

»Mir helfen? Komm mir nicht mit dieser Scheiße. Helfersyndrom, ja? Bist du deswegen Bulle geworden?«

Harris versuchte mit gefesselten Händen, sich das Blut, das von seiner Stirn herunterlief, aus den Augen zu wischen, aber es gelang ihm nicht. Verdrossen gab er auf und zwinkerte fortan unaufhörlich.

»In einer Praktikumsbeurteilung stand mal, ich hätte keine Persönlichkeit. Das stimmt, denn nachdem mein Vater uns verlassen hatte, wurde ich zum Sklaven meiner Mutter. Sie tat mir leid, weil sie nur noch mich hatte. Ich tat also nichts, was sie nicht wollte, besser gesagt, ich tat nur, was sie wollte, um ihr nicht weh zu tun. Ich war ein Hanswurst, wie er im Buche steht. Wahrscheinlich bin ich auch deswegen Bulle geworden. Ich wollte endlich jemand sein.«

Ein hysterisches Lachen überkam Alexandra. Wie in jedem

schlechten Film würde nun gleich die Nummer mit der verpfuschten Kindheit folgen. Man musste kein Psychologe sein, um dieses Schema schnell zu durchschauen, denn es diente einzig der Rechtfertigung der eigenen Unzulänglichkeit. Harris war gar nicht in der Lage, sich selbst zu analysieren. Das, was er da von sich gab, war die aufgeschnappte Theorie eines Psychoanalytikers. Alexandra verstand mit einem Mal alles: Harris' Geschichte lag vor ihr wie ein offenes Buch.

»Hast du sie umgebracht, weil du dich für deine Mutter rächen wolltest? Junge Mädchen, die sich ältere Männer nehmen. Die einen Vater aus einer Familie reißen, ohne sich darum zu kümmern, was aus den Kindern wird? War's so, Harris?«

Das Entsetzen in Harris' Gesicht war echt. Sie hatte ihn dort, wo sie ihn haben wollte. »Rache ist zuckersüß, nicht wahr?«, flötete Alexandra. »Aber sie hält nicht lange. Sie verflüchtigt sich wie ein Tropfen auf einem heißen Stein. Dann beginnt es von vorn. Es nagt an dir. Du suchst den neuen Rausch, ein neues unschuldiges Mädchen, um deine Gelüste zu stillen.«

»Das ist krank«, stieß Harris hervor.

»Ja«, bestätigte Alexandra kurz und knapp, »es ist wie eine unheilbare Krankheit, wie ein Vulkan. Es bricht immer wieder aus.«

»Wovon redest du?«

In Alexandras Stimme klang jetzt fast ein Funken Bewunderung mit.

»Ich muss ehrlich zugeben, dass ich dich unterschätzt habe.«

Harris sah sie lange an. Er hatte wieder jenen unsagbar durchdringenden Blick wie einst auf den Bahngleisen, jetzt aber mischte sich Traurigkeit darunter. Das Klingeln des Handys in seiner Hosentasche ließ beide vor Schreck zusammenfahren.

»Wenn ich nicht rangehe, werden sie mich suchen.«

Alexandra ließ sich vornüberfallen, rutschte an Harris heran und griff in seine Hosentasche. »Genau das will ich. Sie sollen nach dir suchen!«

Sie legte das Handy auf den Fußboden und wartete, bis das Klingeln aufhörte.

»Ich weiß nicht, warum du das machst«, sagte Harris. »Ich kann nachvollziehen, dass einige Dinge, die ich dir erzählt habe, gegen mich sprechen, wenn man sie unter einem bestimmten Aspekt betrachtet. Die Sache mit dem Shirt zum Beispiel oder wie ich Theresias Leiche finden konnte. Aber ich war es nicht. Ich hatte keinen Grund, diese Frauen zu töten.«

Alexandra stand auf und hüpfte auf einem Bein in die Kammer. Sekunden später flogen Kleidungsstücke und Perücken aus der offenen Brettertür. »Und das hier? Und das?«, schrie sie empört. »Wie kommen diese Sachen in meine Kammer? Du willst 'n Bulle sein, und dann fällt dir hier drin nichts auf? Ich kann dir sagen, warum nicht! Weil du sie selbst hier versteckt hast!«

Harris hatte nur darauf gewartet, dass sie abgelenkt war, um unbemerkt an sein Handy zu gelangen. Er ließ sich auf die Seite fallen, so dass sein Kopf neben dem Handy zu liegen kam, und drückte mit der Nasenspitze auf die Mailboxtaste. Alexandra war schneller. Von ihm unbemerkt hatte sie die Kammer verlassen, war leise herangekrochen und zog das Telefon blitzschnell unter seinem Kopf hervor. Lächelnd drückte sie die Lautsprechertaste. Schneiders Stimme, unterlegt von dumpfem Motorengeräusch, hallte durch den Raum.

»Verdammt noch mal, warum gehen Sie nie ran? Okay. Hören Sie gut zu. Ich habe mir die Nachricht auf Ihrer Mailbox noch mal genau angehört. Claudia Bormann sagte nicht: Es ist dieser ... Sie sagte: Es ist diese ... In den zwei Sekunden, bevor der Anruf unterbrochen wurde, hätte sie das r noch sagen können. Harris! Der, nach dem wir suchen, ist eine Frau. Es ist ... Alexandra Fischer.«

Sekundenlang herrschte Stille. Über Alexandras Gesicht glitt ein liebevolles Lächeln, als ihr Handrücken sanft und zärtlich über Harris' Wange fuhr. Sie küsste ihren Zeigefinger und legte ihn auf seine Lippen.

»Du weißt, dass ich dich jetzt töten muss!«, sagte sie leise.

43.

Das Chaos am Deich erreichte gerade seinen Höhepunkt, als Schneiders Dienstwagen in Hohensaaten eintraf. Die zweite Welle hatte den Fluss binnen kurzer Zeit wieder ansteigen lassen und das Wasser mit so ungeheurer Wucht gegen die Planen gepresst, dass sie an vereinzelten Stellen durch die Bruchstellen hindurchgedrückt wurden.

Schneider wusste zwar, dass es wenig Sinn hatte, im Durcheinander von Polizei, Feuerwehr und Bundesgrenzschutz nach einer einzelnen Person zu suchen, aber er hoffte, dass Harris inzwischen seine Mailbox abgehört hatte, und wollte vor Ort sein, wenn dieser zurückrief. Ausgerechnet Kahlhaase, dessen Lahmarschigkeit ihn schon während der Ermittlungen genervt hatte, klopfte ihm jetzt im Vorbeigehen väterlich auf die Schulter.

Schneiders Stand bei den Lunower Beamten hätte man zu keinem Zeitpunkt als sonderlich gut bezeichnen können, nachdem er aber suspendiert war, schlug der dienstrangbedingte Respekt in Hohn um. Ganz sicher hatte seine Schlägerei mit Sünkeberg die Runde gemacht, und auch der Anlass war schnell durchgesickert. Nur durch das Ende der Ermittlungen war er als Gehörnter dem Spott entgangen. Aber das spielte momentan alles keine Rolle. Das Wichtigste war, jetzt Harris Zimmering zu finden, um Alexandra Fischer so schnell wie möglich hinter Gitter zu bringen.

»Wo ist Zimmering!«, brüllte Schneider gegen den Hubschrauberlärm an und schloss mit zwei schnellen Schritten zu Kahlhaase auf.

»Keine Ahnung, hab ihn schon seit 'ner Stunde nicht mehr

gesehen. Wenn Sie Glück haben, finden Sie ihn in Lunow. Er hat irgendwas gefaselt, dass da noch ’ne alte Oma sitzt. Bauernstraße 5, glaub ich.«

44.

Knapp eine Stunde hatten sie sich gegenübergesessen, einander taxierend wie Wölfe, geduldig auf eine Schwäche des anderen wartend.

»Meinst du, du schaffst es, mich zu töten?«, fragte Harris.

Alexandra lachte schallend auf. »Es ist so leicht, Harris. Wenn du wüsstest, wie leicht es ist.«

»Das scheint einer der Unterschiede zwischen uns zu sein.«

Alexandra lehnte sich zur Seite und zog die Axt in ihren Schoß. Ihre Finger umspielten die blanke Schneide, hin und wieder beugte sie sich hinunter und kontrollierte ihr Spiegelbild.

»Du brauchst Hilfe«, sagte er.

Ihr Mund verzog sich zu einem spöttischen Grinsen. »O ja, diesen Satz kenne ich. Tausend Mal gehört! Danach kommt die Fixierung an ein Bett! Schon mal so geschlafen, Harris? Tage, Wochen, Monate? Du hast ja keine Ahnung!«

Harris' Handy blinkte in der Dunkelheit, gleich darauf schrillte der Klingelton. Alexandra hob es vom Boden auf, sah auf das Display und lächelte. »Armer Kriminalkommissar, du wirst dir wohl einen neuen Dorfbullen suchen müssen!« Sie drehte sich etwas seitlich, fixierte das geöffnete Fenster und warf das Handy zielsicher hindurch. Ein paar Sekunden lang konnte man es im Wasser noch klingeln hören, dann war es still. Alexandra wandte sich wieder zu Harris. »Interessiert es dich?«

»Was?«

»Wie ich es gemacht habe?«

»Ich bin mir nicht sicher, ob ich es wirklich wissen will.«

Sie zuckte übertrieben mit den Schultern.

»So sind wir eben. Immer Angst vor der Wahrheit. Ich glaube, die Menschen belügen sich lieber selbst, als der Wahrheit ins Gesicht zu sehen.«

»Und du? Wie sieht's bei dir aus? Was ist deine Wahrheit?«, fragte Harris.

»Die hat noch nie jemanden interessiert.«

»Dann erzähl sie *mir*! Was hat man dir angetan?«

»Wer soll mir was angetan haben?«, fragte sie spöttisch und schüttelte den Kopf. »Du redest wirres Zeug!«

Harris musste sich eingestehen, dass das Bild, welches er bislang von Psychiatriepatienten hatte, von Alexandra gründlich widerlegt wurde. Seine laienhafte Vorstellung von in Zwangsjacken hin und her schaukelnden Geisteskranken war nach seiner Begegnung mit Alexandra nicht länger aufrechtzuerhalten. Zwar wechselten ihre Stimmung und Gefühlslage binnen Sekunden, aber das war seines Erachtens nicht nur typisch für eine Irre, sondern schlichtweg für alle Frauen. Und wie diese ticken, war ihm nicht nur fremd, sondern würde ihm ewig ein Rätsel bleiben.

»Weißt du, was mir Adam erzählt hat?«, unterbrach Alexandra seine Gedanken. »Er sagte, dass mein Vater mir nie, nie, nie verzeihen würde.« Nachdenklich sah sie auf die Axt in ihrem Schoß und fügte dann flüsternd hinzu. »Ich hatte gehofft, sie würden es irgendwann tun. Aber das haben sie nicht. Adam hatte recht. Vergossenes Blut trocknet nicht.«

Alexandra war in ihrer Gedankenwelt unerreichbar geworden, und ganz wie sie beschloss nun Harris, das Spiel so lange mitzuspielen, bis er sie entweder überwältigt hatte oder ihm irgendjemand zu Hilfe kam. Er hielt Alexandra zwar nicht für dumm, aber in dem Zustand, in dem sie sich derzeit befand, für wankelmütig und beeinflussbar. Er glaubte, nur den richtigen Knopf drücken zu müssen, damit sie zusammenbrach.

Und dieser war, nach dem, was sie eben gesagt hatte, leicht zu finden.

»Vielleicht solltest du mit deinen Eltern darüber reden. Ich bin sicher, dass sie dir verzeihen.«

»Meinst du?« Sie reagierte, wie erhofft. Über ihr Gesicht glitt ein zuversichtliches Lächeln, sie drückte den Rücken gerade und klatschte in die Hände. »Ich werde ihnen sagen, wie sehr ich meinen kleinen Bruder geliebt habe. Und dass ich seither nie wieder einen Schluck Alkohol getrunken habe. Und dass ich jetzt klarkomme mit meinem Leben. Und dass ich einen Mann kennengelernt habe, der mich liebt und beschützt. Sie werden mir glauben, ganz bestimmt. Und dann werden sie mir verzeihen!« Völlig aufgelöst nickte sie jetzt ununterbrochen mit dem Kopf.

»Und wenn Nina dann Weihnachten aus New York zurückkommt, werde ich alle hierher einladen. Meine Eltern, meinen kleinen Bruder, Nina und dich. Es wird wunderbar!« Sie beugte sich über die Axt und musterte kritisch ihr Spiegelbild. »Was hältst du davon?«, fragte sie, als ob es die normalste Sache der Welt wäre. Dabei zupfte sie die angeklebten Haare von ihrer Stirn, fuhr ein paar Mal mit den Fingern hindurch und ordnete dann mit geübten Handgriffen die Frisur.

»Ja«, sagte Harris, »das wird sicher schön.« Für einen Moment sah sie ihn an wie früher. Ihr Lächeln war das von ehemals, ihre Stimme klang weich, nur ihre Augen beherbergten einen seltsamen Schatten. Harris bemühte sich, ihren Blick zu erwidern, zweifelte aber daran, dass es ihm wirklich gelang. Alexandra rutschte an ihn heran, küsste ihn zärtlich auf den Mund und bettete ihren Kopf an seiner Brust. Ganz leise begann sie zu singen. »Seht ihr den Mond dort stehen? Er ist nur halb zu sehen und ist doch rund und schön. Verschon uns, Gott, mit Strafen und lass uns ruhig schlafen … Philipp liebte dieses Lied.« Alexandra lächelte eine Weile still vor sich hin.

»Mein Vater sagte einmal zu mir, wir sollten nicht das bereuen, was wir getan haben, sondern nur das, was wir nicht getan haben.« Sie richtete sich auf und sah Harris in die Augen. »Ich habe meinen kleinen Bruder sterben lassen. Jede Nacht frage ich mich: War das etwas, was ich getan, oder etwas, was ich nicht getan habe?« Noch einen Moment sah sie ihn an, erst als sich ihre Augen mit Tränen füllten, senkte sie den Blick. »Würdest du mitkommen?«, flüsterte sie.

»Wohin?«

»Zu meinen Eltern!«

»Ich denk schon.«

Alexandra wischte sich hastig über ihre Wangen und strahlte. »Das ist gut«, sagte sie, »das ist sehr gut.« Sie atmete tief ein und ließ beim Ausatmen ruckartig die Schultern fallen. »Also was ist, wollen wir?«

»Jetzt?«

»Warum nicht? Wenn wir gleich losfahren, könnten wir mittags in Frankfurt sein.«

Harris hielt ihr seine gefesselten Hände hin. »Wenn du mich zum Auto trägst.«

»O Gott, ja natürlich«, entschuldigte sich Alexandra. Mit vor Aufregung zitternden Händen versuchte sie, das dicke Tau um Harris' Knöchel zu lösen, aber der Knoten hatte sich inzwischen so fest gezogen, dass es ihr einfach nicht gelingen wollte. Verzweifelt sah sie zu Harris auf. Als dieser ihr jedoch erneut seine Hände entgegenstreckte, änderte sich ihr Blick. Hastig griff sie nach der Axt und hielt sie schützend vor sich. Dann entfernte sie sich rutschend in Richtung der Luke, stützte sich auf den Stiel der Axt und versuchte, auf die Füße zu kommen. Harris hatte mit der Schienung des Knöchels gute Arbeit geleistet. Nach einigen Fehlversuchen stand Alexandra schließlich auf beiden Beinen. Es war nicht zu erkennen, was in ihr vorging, äußerlich wirkte sie ruhig, aber in ihrem Inneren tobte ein schier unlösbarer Kampf. Irritiert sah sie zwischen Harris und dem Fenster hin und her. »Meinst du, dass er uns gehen lässt?«

»Von wem sprichst du?«

»Adam. Er tauchte immer dann auf, wenn ich gerade gehen wollte.«

Ein kaum hörbares Knacken ließ sie erschrocken den Kopf herumreißen. Den Stiel der Axt mit beiden Händen umschlungen, stand sie über der offenen Luke und sah hinunter.

»Noch einen Schritt, und ich töte ihn!«, sagte sie mit fester Stimme.

Obwohl Harris danach zumute war, ihr zuzuschreien, dass niemand außer ihnen beiden hier sein konnte und dass sie vollkommen wahnsinnig sei, riss er sich zusammen und blieb ruhig. Wenn er jetzt den Fehler machte, die Nerven zu verlieren, so würde er dafür, bei Alexandras derzeitigem Geisteszustand, ganz sicher mit dem Leben bezahlen.

»Ich sagte, ich töte ihn!«, wiederholte Alexandra.

»Wenn Sie das wollten, hätten Sie es längst getan.«

Harris' Atem setzte sekundenlang aus, als er Schneiders Stimme erkannte.

»Aber Sie können es nicht! Hab ich recht?«

»Was wissen Sie schon!«, fauchte Alexandra.

»Vielleicht bin ich der Einzige, der Sie versteht.«

»Wieso sollten Sie?«

»Weil ich Ihre Geschichte kenne. Sie müssen aufhören, sich allein die Schuld daran zu geben, was vor dreizehn Jahren passierte. Es war ein Unglück, verstehen Sie! Und Unglücke passieren nun mal.«

»Bleiben Sie, wo Sie sind … ich schwöre, ich werde Harris töten!«, zischte sie Schneider an.

»Dann tun Sie's!«

Alexandra fuhr herum und sah mit hasserfüllter Miene zu Harris hinüber. Sie strauchelte ein wenig, als sie, auf dem verletzten Fuß stehend, den gesunden über die Öffnung der

Luke hob und ihre Schritte dann langsam in Harris' Richtung lenkte.

»Schneider hat recht«, sagte Harris.

»Ja. Aber er macht einen Fehler! Er ist auf der falschen Seite! Schneider ist dir genauso auf den Leim gegangen wie ich, aber ich habe dich durchschaut. Dein Fehler war, hierherzukommen, aber du musstest dich ja unbedingt davon überzeugen, dass ich tot bin. Die Fassade bröckelt, Harris!«

Alexandra hob die Axt über ihren Kopf, ein untrügliches Zeichen dafür, dass sie bereit war, nun tatsächlich zuzuschlagen. »Ich lass mich nicht mehr täuschen! Nicht von Marcel, nicht von dir … von überhaupt niemandem mehr!«, sagte sie leise.

Harris wusste, dass er mit dem, was er gleich sagen würde, ein hohes Risiko einging, hoffte aber, dass Schneider im Notfall schneller sein würde. Er musste aufs Ganze gehen, und es war dabei vollkommen nebensächlich, ob es der Wahrheit entsprach oder nicht.

»Ich habe mit deinen Eltern gesprochen, Alexandra. Ich weiß, ich hätte das nicht tun sollen, nicht hinter deinem Rücken, aber …«

»Du lügst«, flüsterte sie.

»Nein.«

Alexandras Körper durchlief ein Schauer, dann knickten ihr die Beine ein, und sie fiel auf die Knie. »Das ist nicht wahr!«, jammerte sie kaum hörbar. Kaum dass sie es ausgesprochen hatte, verzerrte sich ihr Gesicht vor unbändiger Wut.

»Das ist eine Lüge!«, schrie sie aus Leibeskräften und hob die Axt erneut über den Kopf.

»Sie haben dir längst verziehen«, sagte Harris, so ruhig er es im Angesicht der Axt, die drohend über ihm schwebte, nur vermochte.

»Ich komme jetzt hoch!«, ertönte Schneiders Stimme. Trotz des gebrochenen Knöchels war Alexandra binnen Sekunden auf den Beinen und humpelte zur Luke zurück. Breitbeinig stellte sie sich über die Öffnung und sah auf den Kommissar hinunter. Eine unerträglich lange Minute passierte nichts, keiner der drei rührte sich oder sagte etwas. Selbst das Lärmen des Wassers schien für diesen Moment verstummt zu sein.

Alexandras Hände, die noch immer den Stiel der Axt umklammerten, begannen unkontrolliert zu zittern. Wieder drehte sie den Kopf zu Harris. Ihre Augen hatten jetzt jeglichen Wahnsinn verloren, sie waren voller Sehnsucht. »Ich habe dich wirklich geliebt«, sagte sie leise. Ein Lächeln glitt über Alexandras Mund, dann ließ sie sich, ohne den Blick von Harris' Gesicht zu wenden, durch die offene Luke fallen.

Schon bis zur Hüfte im Wasser stehend, drehte Harris noch einmal um und stieg die Treppe hinauf. Alexandra lag am Fuße der Dachstiege. Ihre rechte Hand umklammerte noch immer die Axt, deren Schneide tief in ihrem Brustkorb steckte. Der Augenblick des Todes hatte die Sehnsucht in ihren Augen verewigt, und die Tränen auf ihren Wangen waren noch nicht getrocknet.

Harris beugte sich über den Leichnam und flüsterte.

»Ich hatte recht, Alexandra. Man braucht nur ein Motiv. Eines hast du mich allerdings gelehrt: Äußerlich unterscheiden sie sich nicht von den anderen, sie trennt einzig das Gefühl von Reue … und der Umgang mit der Schuld.«

Epilog

Die alte Gemüsekiste ächzte unter seiner Last, aber er wusste schon jetzt, dass er ihr nach dem Aufstehen einen letzten kräftigen Tritt geben würde, damit sie in sich zusammenfiele. Alexandras Lieblingsplatz sollte nicht die Zeit überdauern, und er mochte ihn auch nicht mehr sehen, sollte er irgendwann einmal hierher zurückkehren. Ein Hauch Wehmut glitt über Harris' Gesicht, wenn er daran dachte, wie er sie heimlich beobachtet hatte. Einen mit Leinen bespannten Keilrahmen über den Knien, neben sich eine alte Werkzeugkiste und alles um sich herum vergessend, das war ihre Art zu malen gewesen. Ab und zu hatte ihre rechte Hand nach den wild verstreuten Farbtuben im Gras getastet, während die linke den Pinsel mit Leichtigkeit über das Leinen führte. Ja, er hatte sie geliebt, ohne sie zu kennen. Wie sollte er auch? Ihre Maske hatte sie nie abgelegt, und selbst wenn er eine leise Ahnung von dem bekommen hätte, was sich in ihrem Inneren abspielte, er hätte ihr nicht helfen können.

Das unechte Hüsteln in seinem Rücken kannte er schon. Harris brauchte sich nicht umzudrehen, um zu wissen, dass Hauptkommissar Schneider hinter ihm stand. »Sie war eine schöne Frau. Schade um sie«, hörte er ihn sagen. Schneider legte im Vorbeigehen kurz seine Hand auf Harris' Schulter, holte sich einen Eimer, der in der Nähe lag, stürzte ihn um und ließ sich darauf nieder.

»Was ist mit diesem Adam? Habt ihr ihn inzwischen gefunden?«, fragte Harris.

»Da war niemand. Es gibt keinen Adam, also gibt es auch keine Leiche. Das alles spielte sich nur in ihrer Wahnvorstellung ab. In ihrem Zimmer in der Psychiatrie gab es auch so jemanden. Sie nannte ihn Philipp.«

»Ihr Bruder hieß so.«

Schneider nickte. »Haben Sie inzwischen ihre Freundin ausfindig machen können? Diese Nina von Treuenfeld?«

»Ja. Sie ist noch in New York, will sich aber melden, sobald sie wieder in Deutschland ist. Eines aber konnte sie mir gleich beantworten. Auf meine Frage, wann Alexandra hierhergezogen sei, antwortete sie: Anfang Juli. Als ich Alexandra das erste Mal sah, stand sie in dem Zug, der unser fünftes Opfer überfuhr. Das war am 14. September. Am 15., einem Sonntag, tauchte sie das erste Mal im Dorf auf und erzählte, dass sie gerade den alten Bahnhof bezogen hätte. Da wohnte sie allerdings schon seit zehn Wochen dort, und keiner hat's mitbekommen. Stefanie Voigt, ihre Vormieterin, war ihr erstes Opfer.«

Fast andächtig hob Harris einen Pinsel auf, der zu seinen Füßen unter einem Grasbüschel lag. »Dann hat mich also mein Instinkt dieses Mal mächtig im Stich gelassen.«

»Scheint so«, sagte Schneider und erwiderte Harris' Blick mit einem Grinsen. »Ja, das ist von Ihnen, das ist nicht aus meinem Sprachgebrauch.«

Harris spielte nachdenklich mit dem Pinsel in seiner Hand.

»Wie sind Sie darauf gekommen?«, fragte er.

»Das habe ich Ihnen zu verdanken. Eine der DNA-Spuren, die wir bei Claudia Bormann fanden und die wir bis dato nicht zuordnen konnten, befand sich auch am Schal von Nina von Treuenfeld. Hätten Sie ihn nicht eingetütet, wäre er nicht im Labor gelandet und wir wären nie darauf gestoßen. Aber dadurch meldete der Computer plötzlich eine Übereinstimmung. Und nicht nur mit einer DNA aus Claudia Bormanns Wohnung, sondern auch vom zweiten Tatort. Erst einmal sind wir davon ausgegangen, dass sich auf dem Schal nur Nina von Treuenfelds und Alexandras DNA befinden konnte.

Eine der beiden Frauen konnte also unser Täter sein. Und da Sie eine Schlampe sind, Zimmering, und Ihr Büro nicht aufräumen, stand meine Kaffeetasse noch dort. Ich hatte Alexandra kurz zuvor dabei überrascht, wie sie aus Versehen aus meiner Tasse trank. Und bingo, dieselbe DNA!«

Harris schüttelte den Kopf.

»Woher wusste Alexandra von Roberts Vorliebe für Rothaarige? Also ich meine, wollte sie es ihm in die Schuhe schieben und suchte deshalb bewusst seine Affären aus?«

»Das ist so was wie ein unglücklicher Zufall. So viele Rothaarige gibt es nun mal nicht. Robert liebte sie, Alexandra hasste sie. In ihren Augen waren sie wie sie selbst. So sind die beiden mehr oder minder zufällig auf ein und denselben Personenkreis gestoßen. Ich gehe davon aus, dass Sie ihr eine Menge über den Fall erzählt haben. Ab Opfer Nummer sechs, also Theresia, hat es Alexandra dann bewusst so arrangiert, dass wir auf Robert aufmerksam wurden. Das Shirt gehörte ihm tatsächlich nicht, sie hat es in seinem Müll deponiert.«

»Clever.«

»Und perfide. Denn als sie davon hörte, dass wir Dirk verdächtigen, deponierte sie nach dem Mord an Claudia Bormann die schwarze Perücke in der Autowerkstatt.«

»Und die Mordwaffe?«

»Ein Skalpell, das sie ständig bei sich trug.«

Mit einem lauten Krachen zerbrach der Pinsel in Harris' Hand. Im Aufstehen warf er ihn weit von sich, zertrat mit einem kräftigen Tritt die Gemüsekiste, griff nach der Marderfalle, die neben ihm im Gras stand, und sah hinein. »Du störst hier zwar niemanden mehr, aber du musst trotzdem umziehen«, sagte er zu dem verängstigt in einer Ecke des Käfigs hockenden Marder. Harris warf einen letzten Blick auf das Haus und ging dann langsam zu seinem Auto. Schneider folgte ihm.

»Wie hat sie es geschafft, Theresias Leiche auf die Insel zu bringen?«, fragte Harris.

Schneider blieb stehen, zündete sich eine Zigarette an und blies hörbar den Rauch durch die Lippen. »Ehrlich? Wir wissen es nicht.«

Als würde er erneut darüber nachdenken müssen, lief er eine Weile kopfschüttelnd hinter Harris her, erst am Auto holte er ihn wieder ein.

»Ich habe heute mit Professor Lenning von der Psychiatrischen Uniklinik in Frankfurt am Main gesprochen. Im Fachjargon heißt es paranoide Schizophrenie. Kurz nachdem man Alexandra in Lennings Klinik eingeliefert hatte, unternahm sie einen Selbstmordversuch. Man informierte ihre Eltern, die sich daraufhin mitten in der Nacht ins Auto setzten und zur Klinik fuhren. Ein Schwertransporter rammte ihren Wagen mitten auf einer Kreuzung, und beide verstarben noch an der Unfallstelle. Innerhalb weniger Monate verlor Alexandra ihre gesamte Familie. Das ist jetzt dreizehn Jahre her. Die Ärzte entließen sie nicht als geheilt, sondern als mehr oder weniger stabil, was ihre Psyche anging. Das, was hier geschehen ist, war nicht vorhersehbar.«

»Sie hat immer von ihnen gesprochen, als seien sie noch am Leben. Meinen Sie, der Tod ihres Bruders und der Eltern führte dazu, dass sie wahnsinnig wurde?«

»Nein, das kann man so nicht sagen. Aber es war sicher der Auslöser für den Ausbruch der Krankheit. Schizophrenie tritt in den meisten Fällen schubweise auf, und dieser Schub kann mehrere Wochen oder gar Monate dauern. Danach klingt die Krankheit mehr oder weniger vollständig ab, bis nach Monaten oder Jahren ein neuer Schub kommt. Alexandra projizierte die eigenen Versagensthemen auf ihre Opfer. Wahllos, ohne erkennbare Verschuldung der jeweiligen Person, außer vielleicht, dass sie weiblich und rothaarig waren. Das machte sie in ihren Augen schuldig. Sie konnte sich an niemandem rächen für das, was ihr passiert war, weil sie selbst die Schuld daran trug. Der gesunde Teil von ihr wusste das, der kranke aber ließ sie zu dem werden, was sie war. Eine Psychopathin. Der gescheiterte Selbstmordversuch führte letztlich dazu, dass sie begann, andere zu töten. Das Schizophrene ist: Äußerlich tötete sie diese Frauen, in ihrem Geist aber tötete sie sich selbst.«

Leseprobe aus:

Gabriela Gwisdek

Die Fremde

Broschur
259 Seiten
ISBN 978-3-7466-2624-6

1.

»Wir müssen reden«, waren die letzten Worte seiner Frau, bevor sie auflegte. Markus schaltete das Autoradio ein, in der Hoffnung, die Nachrichten der Welt würden das Bild in seinem Kopf zertrümmern. Schon seit Tagen drängten sich ihm, wenn er an Katharina dachte, die wildesten Eifersuchtsphantasien auf, nun nahmen sie konkrete Formen an. Um ihr nicht das Gefühl zu geben, von ihm kontrolliert zu werden, hatte er es immer vermieden, sie nach einem erfolglosen Anruf zu Hause auf ihrem Handy anzurufen. Sie hatte ihm aber nie erklärt, wo sie gewesen war, wenn er sie nicht erreicht hatte.

Der Regen peitschte über die Straße, so dass er Mühe hatte, die immer stärker verschwimmenden Konturen der Straßenbegrenzung zu erkennen. Es war ein Tag gewesen, an dem alles schiefgegangen war.

Die Besprechungen in den Firmen waren zäh und langwierig gewesen, und die Abschlüsse, die er als Verkaufsmanager pro Monat zu erbringen hatte, waren wieder einmal ausgeblieben, was dem kommenden Gespräch mit seinem Chef alles andere als zuträglich war. Zudem wurden die freien Tage zwischen den Touren immer seltener, da die Auftragslage total mies war. Markus war mittlerweile fünfunddreißig und hatte eigentlich noch nichts zustande gebracht. Seine Harley war einem VW Passat gewichen, die neue, viel zu kleine Wohnung ließ er von seiner Frau einrichten; nicht einmal seine Kleidung hatte er selbst gekauft. Die anfänglichen Rituale des Verliebtseins waren nach nur zwei Jahren Ehe der Gewohnheit gewichen, und die Bilder, die sich ihm boten, wenn er nach Hause kam, ließen ihn oftmals zusammenschrecken: Katharina auf der Couch vor dem Fernseher, ein müdes »Hallo, da bist du ja!«, mit dem sie ihn empfing, und ein flüchtiger Kuss, ohne aufzustehen.

Aber nichts von alledem war neu und ernsthaft beunruhigend gewesen, bis mitten in eine Sitzung hinein der unüberhörbar schrille Klingelton seines Handys die Köpfe der Anwesenden herumschnellen ließ. Markus hatte, als er den Namen seiner Frau Katharina auf dem Display sah, es kurzerhand weggedrückt und sich dann höflich bei den Umsitzenden entschuldigt. Kaum dass wieder Ruhe eingetreten war, klingelte es erneut. Mit einem verlegenen Nicken war er aus dem Zimmer gegangen und hatte den Anruf entgegengenommen. Von diesem Moment an hatte Markus die Minuten gezählt, bis er sich endlich von seinen Geschäftspartnern verabschieden und in sein Auto steigen konnte. Der Stau in der Innenstadt von Düsseldorf, die lange Autoschlange an der Tankstelle und der einsetzende Starkregen verhinderten ein schnelles Vorwärtskommen. Immer wieder holte er sich Katharinas Worte ins Gedächtnis zurück. Die Art, wie sie ihm sagte, er solle sich beeilen, es sei wichtig, und sie warte auf ihn, regte seine Phantasie in einem Maße an, die er so nicht kannte. War der Tag gekommen, den er so fürchtete? Das Ende seiner Ehe schien ihm fast unausweichlich. Markus musste sich eingestehen, dass er nichts dagegen unternommen, sondern vielmehr dabei zugesehen hatte. Noch bis vor einem Jahr glaubte er sich sicher in dem Gefühl, dass es wohl das Beste war, Katharina damals zu heiraten. Er hatte sich eingeredet, dass es Liebe war, was sie verband.

Sie hatten eine Menge versäumt in ihrer Ehe, versäumt, miteinander zu reden, versäumt, einander kennenzulernen. Viele von Katharinas Charaktereigenschaften mussten tiefere Ursachen haben, als dass sie in einem Satz gesagt waren, und sicher gab es Geheimnisse, die Katharina niemals preisgeben würde, aber wenn Markus ehrlich war, dann hatte er jetzt Angst vor den Abgründen, die sich ihm auftun würden.

Obwohl Katharina am Telefon nicht weiter mit ihm hatte reden wollen, griff Markus doch zu seinem Handy. Er musste einfach wissen, was so wichtig sein sollte. Vielleicht war es ja doch nur wieder das leidige Geldproblem oder die zu kleine Wohnung. In letzter Zeit eskalierte das Thema Lebensverhältnisse, und die Diskussionen um ein eigenes Haus nahmen dramatische Dimensionen an.

Katharina meldete sich jedoch nicht, und bevor die viel zu lange Ansage seines Anrufbeantworters zu Ende war, ließ er das Handy fallen, ergriff mit beiden Händen das Lenkrad und machte eine Vollbremsung. Quietschend kam der Wagen quer hinter einem Lastzug zum Stehen. Sekundenlang war Markus vollkommen unfähig, sich zu rühren. Wie paralysiert verfolgten seine Augen das Wischen der Scheibenblätter, während er darauf wartete, dass das unkontrollierbare Zittern seiner Knie nachließ. Einen Meter weiter und er würde in einem Schrotthaufen unter dem blinkenden Lastzug klemmen und darauf hoffen, dass sein Atem reichte, bis Spezialisten ihn aus dem Wrack herausgesägt hatten. Langsam stieg Wut in ihm hoch. Was für ein Vollidiot parkte im Dunkeln hinter einer Kurve!

Laut fluchend legte Markus den Rückwärtsgang ein, fuhr er ein paar Meter zurück, hupte und setzte zum Überholen an. Dann bremste er erneut. Erst jetzt sah er die Autoschlange, das Blaulicht und den Rest eines Feuers, das soeben in weißem Schaum erlosch.

Als sich sein Wagen wenig später im Schritttempo an der Unfallstelle vorbeibewegte, bot sich ihm ein grauenhaftes Bild. Zwei Fahrzeuge waren ineinander verkeilt, wobei das hintere, ein Kleintransporter, völlig ausgebrannt war. Am Feldrand lagen drei mit Tüchern abgedeckte Körper.

2.

Die Wohnung lag im Dunkeln, als Markus die Tür aufschloss und leise in den Flur trat. Vorsichtig öffnete er die Schlafzimmertür, tastete sich bis zum Bett vor und schaltete die Nachttischlampe an. Das Bett war unberührt. Verdutzt drehte er sich um und lief zum Wohnzimmer.

Wahrscheinlich ist Katharina nur zum Zigarettenautomaten um die Ecke gegangen, dachte er. Seit sie vor einem Jahr arbeitslos geworden war, rauchte sie wieder.

Sein Blick blieb an zwei Gläsern auf dem Couchtisch hängen, als das Licht das Wohnzimmer erleuchtete. Der Aschenbecher war voller ausgedrückter Zigaretten, und die offene Schachtel daneben war noch halb voll. Die verdammten Glimmstängel waren ihr also nicht ausgegangen!

Markus ließ sich auf den Sessel fallen und starrte nachdenklich auf die beiden Weingläser. An einem der Gläser waren deutliche Spuren von Lippenstift zu erkennen.

Bevor er weiter herumrätselte, wählte er Katharinas Mobilnummer, doch ihr Handy war ausgeschaltet. Merkwürdig! Sie schaltete ihr Handy niemals aus, weil sie stets Angst hatte, etwas zu verpassen.

Mittlerweile war es 0:35 Uhr. Wo, um alles in der Welt, konnte sie um diese Uhrzeit sein? Nichts im Ort hatte noch geöffnet. Markus holte die leere Weinflasche unter dem Tisch hervor und studierte das Etikett. Keine der Sorten, die Katharina immer trank, außerdem schien er sündhaft teuer zu sein. Sie hatte offenbar Besuch gehabt. Aufgeregt lief Markus ins Badezimmer und kehrte mit Katharinas Lippenstift zurück. Nach einem Strich auf dem Glasrand war klar, dass es sich um das Glas seiner Frau handelte. Aber warum hatte sie zu Hause Lippenstift aufgelegt? Augenblicklich fiel ihm Christoph ein. Der Freund hatte sich in letzter Zeit sehr verändert. Katharina und er hatten sich zwar schon immer gut verstanden, aber da war dieser eine Blick zwischen ihnen beim letzten gemeinsamen Essen gewesen, der Markus nicht mehr aus dem Kopf ging. Wenn man einmal damit angefangen hatte, kleine Begebenheiten unter einem bestimmten Verdacht zu sehen, schien einem plötzlich alles klar, und der Adrenalinspiegel stieg ins Unermessliche. Dann setzte die Phantasie ein, und es kamen diese verdammten Bilder.

Markus griff zum Telefon und wählte hastig eine Nummer.

»Christoph? Ist Katharina bei euch?«

Am anderen Ende war ein verschlafenes und mürrisches »Nein, wieso?« zu hören.

»Weil sie nicht zu Hause ist. Warst du heute Abend bei uns?«

Wieder ein mürrisches »Nein«, dann wurde aufgelegt.

Markus starrte einen Moment lang wütend auf das Telefon in seiner Hand. Dann atmete er tief durch und wählte die Nummer von Katharinas bester Freundin. Janett war seine einzige Hoffnung; schon häufiger hatten die Freundinnen bis spät in die Nacht zusammengesessen und bei ihren Frauengesprächen jedes Zeitgefühl verloren.

Nach einer halben Ewigkeit wurde endlich abgehoben.

»Janett, ich bin's, Markus.«

Am anderen Ende hörte man das Klicken eines Feuerzeuges und das Anrauchen einer Zigarette.

»Weißt du, wie spät es ist?«, fragte Janett, wie jemand, der beim Fernsehen nicht gestört werden will.

»Tut mir leid, aber ist Katharina bei dir?«

»Nein! Warum fragst du?«

»Sie ist nicht zu Hause und hat keine Nachricht hinterlassen. Dabei wollte sie mich eigentlich dringend sprechen.«

Wieder entstand eine kleine Pause. Janett blies hörbar den Rauch aus, bevor sie antwortete. »Also bei mir hat Katharina sich nicht gemeldet, aber das …«

»Dann rufe ich die Polizei an!«, unterbrach Markus sie heftig und ärgerte sich gleichzeitig darüber, dass er sie nicht hatte aussprechen lassen. Die Verunsicherung in ihrer Stimme war ihm sehr wohl aufgefallen. Was wusste Janett, was er nicht wusste?

Er hörte ein leises Aufstöhnen am anderen Ende der Leitung.

»Und was willst du denen sagen?«

»Dass meine Frau verschwunden ist.«

»Markus, du machst dich lächerlich!«

»Überhaupt nicht! Es muss ihr irgendwas passiert sein!«

Er schrie nun fast ins Telefon und fuhr sich dabei nervös durch die Haare, so wie er es immer tat, wenn er aufgeregt war.

»Verschweigst du mir etwas?«, fragte er.

»Nein, Markus, das tue ich nicht! Pass auf, du gehst jetzt schlafen, und wenn du wieder munter bist, ist Katharina wahrscheinlich wieder da und wird dir alles erklären.«

»Und wenn nicht?«

»Dann kannst du immer noch die Polizei anrufen! Geh schlafen und ruf mich morgen früh noch mal an, falls sie noch nicht da ist. Dann komme ich, ja?«

Ohne seine Antwort abzuwarten, legte Janett auf.

Markus saß minutenlang regungslos im Sessel und starrte auf die Weingläser. Dann stand er auf, holte sich ein Bier aus dem Kühlschrank, öffnete es an der Tischkante und ließ sich auf die Couch fallen.

Er musste für kurze Zeit eingeschlafen sein, denn er schreckte auf, als seine Füße vom Couchtisch rutschten. »Katharina?«

Die Wohnzimmeruhr zeigte kurz nach drei Uhr. Durch die

angelehnte Schlafzimmertür schimmerte ein schwaches Licht. Markus sprang auf, war mit drei großen Schritten im Flur und riss die Tür auf.

»Katharina?«

Nichts.

Er hatte die Nachttischlampe brennen lassen. Markus hastete zurück ins Wohnzimmer und tippte eine Nummer ins Telefon. Diesmal wurde sofort abgehoben.

»Notaufnahme Allgemeines Krankenhaus Celle. Sie sprechen mit Schwester Gudrun.«

»Ist bei Ihnen eine Frau mit dem Namen Katharina Franke eingeliefert worden?«

»Einen Moment bitte!«

Nervös trommelte Markus mit den Fingerspitzen auf die Tischplatte und lauschte angestrengt.

»Hören Sie? Nein, eine Frau namens Katharina Franke ist bei uns nicht eingeliefert worden.«

Enttäuscht und erleichtert zugleich legte Markus den Hörer in die Station zurück. Wenigstens etwas! Katharina war nicht im Krankenhaus! Ihr war anscheinend nichts passiert, aber wo, zum Teufel, war sie?

Eine Familie, bei der sich nach ihr erkundigen konnte, hatte Katharina nicht. Sie war ganz allein auf dieser Welt, zumindest hatte Markus nie etwas von irgendwelchen Verwandten gehört. Als er Katharina vor sieben Jahren kennenlernte, war sie gerade fünfundzwanzig Jahre geworden. Anfangs wunderte er sich nur darüber, wie wenig sie von ihrer Vergangenheit sprach, dann fiel ihm auf, dass sie niemals über sich redete, und als er sie nach Monaten fragte, wann sie ihn denn endlich ihren Eltern vorstellen würde, erfuhr er, dass sie keine hatte. Katharina war bis zu ihrem sechzehnten Lebensjahr in einem Kinderheim in Bremen aufgewachsen, hatte dann eine Lehre als Kauffrau in Hannover gemacht und war danach nicht wieder ihre Heimatstadt zurückgekehrt.

Viel mehr über ihre Vergangenheit wusste Markus nicht. Ihr beharrliches Schweigen über ihre Kindheit hatte er sich so erklärt, dass es aller Wahrscheinlichkeit nach nichts Positives über die Zeit im Waisenhaus zu berichten gab. Seltsamerweise gab es auch keine Fotos, die sie als Kind zeigten. Er erinnerte sich, wie seine Mutter einmal beim Essen vorsichtig das Gespräch auf dieses Thema gebracht hatte. Laut klirrend hatte Katharina daraufhin das Besteck auf den Tellerrand fallen lassen, war erzürnt aufgesprungen und eine halbe Stunde im Bad verschwunden. Nach diesem Vorfall war nie wieder über ihre Kindheit gesprochen worden. Einzig ein kleiner Stoffhund mit Namen »Struppi« zeugte davon, dass Katharina einmal ein kleines Mädchen gewesen war.

Markus griff hinter sich, tastete mit der Hand unter das Sofakissen, holte das zerknautschte Plüschtier hervor und betrachtete es sorgenvoll.

Nein, unmöglich, dass sie ihn verlassen hatte, dann hätte sie Struppi mitgenommen! Katharina liebte diesen Hund über alles!

Das Klappen einer Autotür unten auf der Straße ließ ihn aufschrecken und zum Fenster laufen. Aber es waren nur Leute, die zur Arbeit fuhren.

Enttäuscht ließ er sich wieder auf die Couch fallen und starrte an die Decke. Es war inzwischen fast vier Uhr. Wer sagte ihm denn, dass Katharina nicht schon seit gestern verschwunden war? Vielleicht waren inzwischen viel mehr Stunden vergangen, als er annahm. Von diesem Gedanken getrieben, entschloss sich Markus, zur Polizei zu gehen und Katharina als vermisst zu melden.